暴风骤雨

周立波 著

作家出版社

暴风

《暴风骤雨》以东北一个村子元茂屯土改运动的全过程，史诗般地展现了东北解放区土地斗争的巨幅画卷，展示出中国农村在政治、经济、思想及风俗习惯等方面的伟大变革。

1946年的东北战场上，人民解放军经过艰难的战斗粉碎了敌人的全面进攻。为了在东北广大农村站稳脚跟、巩固后方，我军抽调大量干部下乡发动农民群众，掀起了一场东北土地改革运动的暴风骤雨。在元茂屯，工作队萧队长访贫问苦，将苦大仇深、正直朴实的农民发动起来并培养成骨干，战胜了恶霸地主的顽固抵抗，打退了土匪的侵扰，为我军将来转入全国反攻创造了有利条件。

小说既洋溢着饱满的政治热情，又充满着浓郁的东北地域色彩和民间情趣，具有鲜明的时代特色。

周立波

（1908-1979）

湖南益阳人。1934年参加左联，曾任八路军前线司令部和晋察冀边区战地记者，延安鲁艺教师，湖南省文联主席，湖南省作协主席等。著有长篇小说《暴风骤雨》《铁水奔流》《山乡巨变》，短篇小说集《铁门里》《山那边人家》，报告文学集《战场三记》《南下记》，译著《被开垦的处女地》（第一部）等。

骤雨

很短的时间内，将有几万万农民从中国中部、南部和北部各省起来，其势如暴风骤雨，迅猛异常，无论什么大的力量都将压抑不住。

——毛泽东

第一部

一

七月里的一个清早，太阳刚出来。地里，苞米和高粱的确青的叶子上，抹上了金子的颜色。豆叶和西蔓谷[①]上的露水，好像无数银珠似的晃眼睛。道旁屯落里，做早饭的淡青色的柴烟，正从土黄屋顶上高高地飘起。一群群牛马，从屯子里出来，往草甸子[②]走去。一个戴尖顶草帽的牛倌，骑在一匹儿马[③]的光背上，用鞭子吆喝牲口，不让它们走近庄稼地。这时候，从县城那面，来了一挂四轱辘大车。轱辘滚动的声音，杂着赶车人的吆喝，惊动了牛倌。他望着车上的人们，忘了自己的牲口。前边一头大牤子[④]趁着这个空，在地边上吃起苞米棵来了。

"牛吃庄稼啦。"车上的人叫嚷。牛倌慌忙从马背上跳下，气呼呼地把那钻空子的贪吃的牤子，狠狠地抽了一鞭。

---

① 苋菜。

② 长满野草的低湿地。

③ 没有阉的牡马。

④ 公牛。

一九四六年七月下旬的这个清早，在东北松江省境内，在哈尔滨东南的一条公路上，牛倌看见的这挂四马拉的四轱辘大车，是从珠河县动身，到元茂屯去的。过了西门桥，赶车的挥动大鞭，鞭梢蜷起又甩直，甩直又蜷起，发出枪响似的啸声来。马跑得快了，蹄子踏起的泥浆，溅在道边的蒿子上、苞米叶子上和电线杆子上。跑了一程，辕马遍身冒汗，喷着鼻子，走得慢一些，赶车的就咕噜起来：

“才跑上几步，就累着你了？要吃，你尽拣好的，谷草、稗草还不乐意吃，要吃豆饼、高粱。干活你就不行了？瞅着吧，不给你一顿好揍，我也不算赶好车的老孙啦。”他光讲着，鞭子却不落下来。辕马也明白：他只动嘴，不动手，其实是准许它慢慢地走。车子在平道上晃晃悠悠、慢慢吞吞地走着。牲口喘着气，响着鼻子，迈着小步。老孙头扭转脸去，瞅瞅车上的人们。他们通共十五个，坐得挺挤。有的穿灰布军装，有的穿青布小衫。有的挎着匣枪，有的抱着大枪。他们是八路军的哪一部分？来干啥的？赶车的都不明白。他想，不明白就不明白吧，反正他们会给他车钱，这就得了呗。他是昨儿给人装柈子[①]进城来卖的。下晚落在王家店，遇到县上的人来雇元茂屯的车，他答应下来，今儿就搭上这十五个客人。不管好赖，不是空车往回走，能挣一棒子[②]酒，总是运气。

车子慢慢地走着，在一个泥洼子里窝住了。老孙头一面骂牲口，一面跳下地来看。轱辘陷在泥泞里，连车轴也陷了进去。他叹一口气，又爬上车来，下死劲甩鞭子抽马。车上的人都跳下地来，绕到车后，帮忙推车。这时候，后面来了一挂四马拉的胶皮轱辘车，那赶车的，看到前头有车窝住了，就从旁边泥水浅处急急赶过去。因为跑得快，又是胶皮轮，并没有窝住。胶皮轱辘碾起的泥

---

① 劈柴。

② 一瓶。

浆，飞溅在老孙头的脸上、手上和小衫子上，那赶车的扭转脖子，见是老孙头，笑了一笑，却并不赔礼，回头赶着车跑了。老孙头用衣袖擦擦脸上的泥浆，悄声地骂道：

“你他妈的没长眼呀！”

“那是谁的车？”十五个人中一个三十来岁的中等个子问。老孙头瞅他一眼，认出他是昨儿下晚跟县政府的秘书来交涉车子的萧队长，就回答说：

“谁还能有那样的好车呀？瞅那红骟马①，膘多厚，毛色多光，跑起来，蹄子好像不沾地似的。”

“到底是谁的车呢？”萧队长又追问一句。

见问得紧，老孙头倒不敢说了，他支支吾吾地唠起别的闲嗑②来避开追问。

萧队长也不再问，催他快把车子赶出来。老孙头用鞭子净抽那辕马，大伙也用死劲来推，车子终于拉出了泥洼。大伙歇了歇气，又上车赶道。

“老孙头，你光打辕马，不是心眼太偏了吗？”萧队长问。

“这可不能怨我，怨它劲大。”老孙头笑着说，有着几条深深的皱纹的他的前额上，还有一点黑泥没擦净。

“劲大就该打了吗？”萧队长觉得他的话有一点奇怪。

“队长同志，你不明白，车窝在泥里，不打有劲的，拉不出来呀。你打有劲的，它能往死里拉，一头顶三头。你打那差劲的家伙，打死也不顶事。干啥有啥道，不瞒同志，要说赶车，咱们元茂屯四百户人家，老孙头我不数第一，也数第二呀。”

“你赶多少年车了？”萧队长又问。

“二十八年。可尽是给别人赶车。”老孙头眯起左眼，朝前边张

---

① 阉马。

② 唠嗑即聊天。

望，看见前面没有泥洼子，他放了心，让车马慢慢地走着，自己跟萧队长闲唠。他说，“康德”[①] 八年，他撂下鞭子去开荒，开了五垧[②]地。到老秋，收五十多石苞米，两个苞米楼子盛不下。他想，这下财神爷真到家了。谁知道刚打完场，他害起伤寒病来。五十来石苞米，扎古病[③]，交出荷[④]，摊花销，一个冬天，花得溜干二净，一颗也不剩。开的荒地，给日本团圈去，他只得又拿起鞭子，干旧业了。他对萧队长说：

“队长同志，发财得靠命的呀，五十多石苞米，黄灿灿的，一个冬天哗啦啦地像水似的花个光。你说能不认命吗？往后，我泄劲了。今年元茂闹胡子，家里吃的、穿的、铺的、盖的，都抢个溜光，正下不来炕，揭不开锅盖，就来了八路军三五九旅第三营，稀里哗啦把胡子打垮，打开元茂屯的积谷仓，叫把谷子苞米，通通分给老百姓，咱家也分到一石苞米。队长同志，真是常言说得好：车到山前必有路，老天爷饿不死没眼的家雀。咱如今是吃不大饱，也饿不大着，这不就得了呗？吁吁，看你走到哪去呀？”他吆喝着牲口。

萧队长问他：

“你有几个孩子？”

老孙头笑了一笑，才慢慢说：

“穷赶车的，还能有儿子？”

萧队长问：

“为啥？”

老孙头摇摇鞭子说：

“光打好牲口，歪了心眼，还能有儿子？”

---

① 伪“满洲国”年号。

② 一垧是十亩。

③ 治病。

④ 出荷，日本话，交出荷即纳粮。

十五个人中间的一个年纪挺小的小王，这时插嘴说：

“你老伴多大岁数？”

老孙头说：

“四十九。”

小王笑笑说：

“那不用着忙，还会生的。八十八，还能结瓜呀。”

车上的人都哗哗地笑了起来，老孙头自己也跟着笑了。为了要显显他的本领，在平道上，他把牲口赶得飞也似的跑，牲口听着他的调度，叫左就左，叫右就右，他操纵车子，就像松花江上的船夫，操纵小船一样的轻巧。跑了一阵，他又叫牲口慢下来，迈小步走。他用手指着一个有红砖房子的屯落说：

“瞅那屯子，那是日本开拓团。‘八一五’炮响，日本子跑走，咱们屯里的人都来捡洋落[①]。我老伴说：‘你咋不去？’我说：‘命里没财，捡回也得丢。钱没有好来，就没有好花。’左邻右舍，都捡了东西。有的捡了大洋马，有的捡了九九式枪[②]，也有人拿回一板一板的士林布。我那老伴骂开了：‘你这穷鬼，活该穷断你的骨头筋，跟着你倒一辈子霉。人家都捡了洋落，你不去，还说命里无财哩。’我说：‘等着瞅吧。’不到半拉月，韩老六拉起大排[③]来，收洋马，收大枪，收枪子子，收布匹衣裳，锅碗瓢盆，啥啥都收走，连笊篱[④]都不叫人留。说是日本子扔下的东西，官家叫他韩凤岐管业。抗违不交的，给捆上韩家大院，屁股都给打飞了。我对老伴说：‘这会你该看见了吧？’她不吱声。老娘们尽是这样，光看到鼻尖底下的小便宜，不往远处想。”

萧队长问：

---

① 发洋财。

② 一种日造枪。

③ 成立地主武装。

④ 在锅里捞东西用的家什，形如勺子，用柳条或铁丝编成。

“你说的那韩老六是个什么人？”

“是咱屯子里的粮户。”

“这人咋样？”

老孙头看看四围，却不吱声。萧队长猜到他的心事，跟他说道：

“别怕，车上都是工作队同志。”

“不怕，不怕，我老孙头怕啥？我是有啥说啥的。要说韩老六这人吧，也不大离[①]。你瞅那旁拉的苞米。”老孙头用别的话岔开关于韩老六的问话，“这叫老母猪不跷脚[②]，都是胡子闹瞎的，今年会缺吃的呀，同志。”

萧队长也不再问韩老六的事，他掉转话头，打听胡子的情况：

“胡子打过你们屯子吗？”

“咋没打过？五月间，胡子两趟打进屯子来。白日放哨，下晚扎古丁[③]，还糟蹋娘们，真不是人。”

“胡子头叫啥？”

“刘作非。”

“还有谁？”

“那可说不上。”

看见老孙头又不敢往下说，萧队长也不再问了。他明白，上了年纪的人都是前怕狼，后怕虎，事事有顾虑。他望望田野，苞米叶子都焦黄，蒿子却青得漆黑。小麦也都淹没在野草里，到处都是攀地龙[④]和野苇子。在这密密层层的杂草里，一只灰色的跳猫子[⑤]，慌里慌张往外窜，小王掏出匣枪来，冲着跳猫子，“当当”给了它两下。他抡起匣枪还要打，萧队长说：

---

① 差不多。

② 形容庄稼长得矮小，猪不用跷脚就能吃到。

③ 抢劫。

④ 爬在地上的一种野藤。

⑤ 兔子。

“别再浪费子弹啰，用枪时候还多呢。”

小王听从萧队长的话，把匣枪别好。车子平平稳稳地前进。到了杨家店，车子停下，老孙头喂好牲口，抽了一袋烟，又赶车上道。这会大伙都没说啥话，但也没有休息或打盹。老孙头接二连三地跟那些从元茂屯出来的赶车的招呼，问长问短，应接不停。工作队的年轻的人们唱着《白毛女》里的歌曲。萧队长没有唱歌，也没有跟别人唠嗑。他想起了党中央的《五四指示》，想起了松江省委的传达报告。他也想起了昨儿下晚县委的争论，他是完全同意张政委的说法的：群众还没有发动起来，或没有真正发动起来时，太早地说到照顾，是不妥当的。废除几千年来的封建制度，要一场暴风骤雨。这不是一件平平常常的事情。害怕群众起来整乱套，群众还没动，就给他们先画上个圈子，叫他们只能在这圈子里走，那是不行的。可是，事情到底该怎么起头？萧队长正想到这里，老孙头大声嚷道：

“快到了，瞅那黑糊糊的一片，可不就是咱们屯子！”

萧队长连忙抬起头，看见一片烟云似的远山的附近，有一长列土黄色的房子，夹杂着绿得发黑的树木，这就是他们要去工作的元茂屯。

大车从屯子的西门赶进去。道旁还有三营修筑的工事。一个头小脖长的男子，手提一篮子香油馃子[①]，在道上叫卖。看见车子赶进屯子来，他连忙跑上，问老孙头道：

“县里来的吗？”

老孙头装作没有听见的样子，扬起鞭子，吆喝牲口往前走。卖馃子的长脖男人站在路边，往车上看了一阵，随即走开。他走到道北一个小草房跟前，拐一个弯，只当没有人看见，撒腿就跑，跑到一个高大的黑门楼跟前，推开大门上的一扇小门，钻了进去。

---

① 油条。

这人的举动，萧队长都瞅在眼里。这黑大门楼是个四脚落地屋脊起龙的门楼，大门用铁皮包着，上面还密密层层地钉着铁钉子。房子周围是庄稼地和园子地。灰砖高墙的下边，是柳树障子[1]和水濠。房子四角是四座高耸的炮楼，黑洞洞的枪眼，像妖怪的眼睛似的瞅着全屯的草屋和车道，和四围的车马与行人。长脖子男人推开的小门没有关住，从那门洞里能望到院里。院里的正面，是一排青瓦屋顶的上屋。玻璃窗户擦得亮堂堂。院子的当间，一群白鹅一跛一跛地迈着方步。卖馃子的人跑进去，鹅都嘎嘎地高声大叫，随着鸡也叫，狗也咬，马也在棚下嘶鸣起来，光景十分热闹。萧队长问老孙头道：

"这是什么人家？"

老孙头往四外瞅了一眼，看到近旁没有别的人，才说：

"别家还能有这样宽绰的院套？瞅那炮楼子，多威势呀！"

"是不是韩老六的院套？"

"嗯哪。"老孙头答应这么一句，就不再说了。

这挂车子的到来，给韩家大院带来了老大的不安，同时也打破了全屯居民生活的平静。草屋里和瓦房里的所有的人们都给惊动了。穿着露肉的裤子，披着麻布片的男人和女人，从各个草屋里出来，跑到路旁，惊奇地瞅着车上的向他们微笑的人们。一群光腚的孩子跟在车后跑，车子停下，他们也停下。有一个孩子，把左手塞在嘴里头，望着车上的人和枪，歪着脖子笑。不大一会，他往一个破旧的小草屋跑去，一面奔跑，一面嚷道：

"妈呀，三营回来了。"

车道上，一个穿白绸衫子的衔长烟袋的中年胖女人，三步作两步，转进岔道，好像是怕被车上人瞅见似的。

车子停在小学校的榆树障子的外边。萧队长从榆树丛子的空

---

① 一排丛生的小柳树。

处，透过玻璃窗，瞅着空空荡荡的课堂，他说：

“就住在这行不行？”

大伙都同意，一个个跳下车来，七手八脚地把车上的行李卷往学校里搬。萧队长走到老孙头跟前，把车钱给他，亲亲热热地拍拍他的肩膀，并且说道：

“咱们是一回生，二回熟了，回头一定来串门吧。”

老孙头把钱接过来，揣在衣兜里，笑得咧开嘴，说道：

“还能不来吗？这以后咱们都是朋友了。”他说完，就赶着车，上街里买酒去了。

二

工作队的到来，确实是元茂屯翻天覆地的事情的开始。靠山的人家都知道，风是雨的头，风来了，雨也要来的。但到底是瓢泼大雨呢，还是牛毛细雨？还不能知道。就是屯子里消息灵通、心眼挺多的韩家大院的韩老六，也不太清楚。

这两天来，韩家大院的大烟灯，整天彻夜地亮着。韩老六躺在东屋南炕上，一面烧烟泡，一面跟来往的人说话，吩咐一些事，探问一些事，合计一些事。他忙得很，有些像他拉大排的时候。所不同的是他十分犯愁。他的蜡黄的脸上，看不出一点点轻快的笑容。八路军三五九旅三营打走元茂屯的胡子以后，他的脾气就坏了。他常常窝火：摔碗、骂人、打人、跟大老婆子干仗。就是他挺喜欢的小老婆子，也常挨他的骂。

远近闻名的韩凤岐，兄弟七人，他是老六。他今年四十七岁，因为抽大烟，人很瘦，鬓角又秃，外貌看去有五十开外了。人们当面称呼他六爷，背地叫他韩老六，又叫韩大棒子。伪满时代，他当过村长[1]，秋后给自己催租粮，给日本子催亚麻，催山葡萄叶子，他常常提根大棒子，遇到他不顺眼不顺耳的，抬手就打。下晚逛道儿[2]，他也把大棒子搁在卖大炕[3]的娘们的门外，别人不敢再进去。韩大棒子的名声，就此传开了。

卖馃子的长脖子男人，瞅见工作队的车子赶进屯子来，急急忙忙跑来告诉韩老六。

“六叔，工作队来了。”长脖子一面说，一面把篮子放在地板上，挨近炕沿站立着。韩老六把烟枪一摔，翻身起来，连忙问道：

“来了吗？”

韩老六手忙脚乱，从炕上爬起来的时候，白绸衫子的袖子把烟灯打翻，灯灭了，清油淌出来，漫在黑漆描花的烟盘里。他的秃鬓角和高额头上冒出无数小小的汗珠。几天以前，宾县他儿媳的娘家捎封信来说：他们那儿来了工作队，就是共产党，带领一帮穷百姓，清算粮户，劈地分房，不知还要干些啥。得到这封信，韩老六早有些准备。房子地他都不怕分。地是风吹不动，浪打不翻的，谁要拿去就拿去；到时候，一声叫归还，还怕谁少他一垄？房子呢，看谁敢搬进这黑大门楼里来？唯有浮物，得挪动一下。他的两挂胶皮轱辘车，一挂跑县城里，一挂跑一面坡[4]，忙了六天了。浮物挪动了一半，还剩下一半。没有想到工作队来得这么快。他紧跟着问：

“有多少人？都住在哪？”

长脖子说：

“十五六个，往小学校那边去了。”

长脖子直着腰杆，坐上炕沿了。平日他在他六叔跟前，本来是不敢落座的，现在知道正是用得着他的时候，他安然坐下，又添上

---

① 伪满村长即区长。

② 逛窑子。

③ 卖淫。

④ 松江珠河县的一个市镇。

一句：

“都挎了枪哩，有撸子[①]，也有大枪。”

韩老六等心里平静一点以后，才慢慢说：

“这几天，你加点小心吧。”

长脖子答应：

“那我知道。”

这长脖子男人，名叫韩世才，外号韩长脖，今年二十七岁，生得头小脖长，为人奸猾，是韩老六的远房本家。论辈数，他是韩老六的侄子。韩长脖原先也还阔，往后才穷下来的。他好逛道儿，常耍大钱，又有嗜好[②]。后来，抽不起大烟，就扎烟针，两个胳膊都给烟针扎得尽是疙瘩，脖子更长了。伪满“康德”九年间，他缺钱买烟针，把自己的媳妇卖给双城窑子里。为这件事，他老丈人跟他干起仗来了，他用刀子把左手拉破，倒在地上大声地叫唤，逼着他老丈人赔了两千老绵羊票子[③]，才算作罢。

韩长脖卖掉媳妇以后，平日倒腾点破烂[④]，贩卖点馃子，这不够吃喝，更不够买烟。韩老六有时接济他一点，就这样，他成了韩家大院的腿子。屯子里的人都说：“韩老六做的哪一件坏事也少不了韩长脖。”

这时候，韩老六瞅瞅韩长脖，说道：

“别看这会子威风，站不长的。”

韩长脖附和道：

“那还用说。”

“这几天，你加点小心。我跟你六婶子都是土埋半截的人了，还能带家当进棺材去吗？保住家业，还不是你们哥几个的？可要小

① 手枪。

② 抽大烟。

③ 伪满钞票。

④ 收买破烂衣物，又卖给人。

心，共产党不是好对付的，‘满洲国’时候，一个赵尚志就闹得关东军头痛。”韩老六说到这儿，停了一停，又问道：

“你近来有些啥困难？”

韩长脖吞吞吐吐说：

“还能对付，就是……”

韩老六没等他说完，就朝里屋叫唤道：

“你来一下。”

韩老六的大老婆子应声走出来。这是一个中间粗、两头尖的枣核样的胖女人，穿一件青绸子大褂，衔一根青玉烟嘴的长烟袋。韩长脖连忙站起来，哈着腰道：

“六婶子。”

韩老六一面擦根火柴点着灭了的烟灯，一面问道：

“前儿李振江送来那笔款，还剩多少？”

“剩不多了，只有几个零头了。”大枣核存心把剩下的钱，往少处说。

韩老六吩咐：

“拿来给世才。”

韩长脖忙说：

“不用，不用，六婶子你甭去拿。”嘴上这样说，却站着不动，等大枣核进去又出来，把一小卷票子塞进他的发黄的白布小衫兜兜里，他才哈腰道谢，退着往外走。韩老六说：

“走了？捎个信给李振江、田万顺，叫他们来这一下。”说罢，他又躺在烟灯的旁边，大老婆子坐在炕沿，咕咕噜噜埋怨起来。她怨世道，怨人心，又怨这个穷本家一月两头来，成了个填不满的耗子窟窿眼。她说：

“来一回又一回，夜猫子拉小鸡，有去无回。亏他这瘦长脖子还能顶起那副脸。”

韩老六听到院子里狗咬，鹅叫，接着屋外有脚步声音，骂他大老婆子道：

“你懂啥？你就看见眼皮底下几个钱。快到里屋去。看有人来了。”大枣核顺从地走了进去。一个戴尖顶草帽、穿破蓝布衫的人走了进来。这个人看来岁数不小，辛苦生活的深深的皱纹刻在他的眼角上和额头上，嘴巴上的几根山羊胡须上满沾着尘土。一进屋里，他把草帽取下来，拿在手里，走到炕边，尊一声：“六爷。”大烟冒着香气，烧得嗞嗞响，韩老六没有回答。当院又叫闹起来。有人骂那狂咬猛扑的大牙狗①：

“没长眼的家伙，才几天不来，就不认识了？六爷在吗？”那人一面问，一面进了外屋。

“进来吧，老李。”韩老六热心招呼，连忙坐起来。

李振江笑着走进来，把那帽檐耷拉下来的发黑的毡帽摘下来，挨近炕沿说：

“六爷，今儿晌午来一帮子人，说是工作队，不知道是来干啥的。哦，你也来了吗，老田头？”他扭过头去，跟田万顺招呼，好像才看见他似的。

韩老六从炕桌上拿起一把小小的有蓝花的日本瓷茶壶，把着壶嘴，喝一口，又轻轻地咳嗽一声，再用他那一双小绿豆眼睛向李振江和田万顺瞅了一眼，才慢慢吞吞地说道：

“你俩都去租别人家的地吧，我地不够种了。”

田万顺像是触了一个闷雷，直直溜溜地站在那里，用手紧紧捏着草帽边发呆。韩老六要他退佃，他租不到好地种，还不清拉下的饥荒②，他跟他的瞎老婆子，又得要饭啦。李振江可不大着忙，他皱着两撇宽宽的黑眉，寻思一会。他想：韩大棒子又玩什么花招呢？备不住烟土涨价，想加租吧？但到后来，他想到了正题：一定

① 公狗。

② 欠下的账。

是看工作队来，要找他帮忙，先来这招下马威。李振江笑着，眼睛闪出明亮的光来，他说：

“地是六爷的，六爷要收，咱没话说。”

韩老六突然笑着爬起来，把他拉到外屋去，跟他悄声悄气说了一会话，田万顺还呆呆地站在里屋，只听见李振江的压不低的粗嗓门说道：

“六爷的事，就是姓李的我个人的事，大小我都尽力办。”

往后，除了院里的人们的脚步声和狗咬鹅叫以外，听不见别的声音。李振江走后，韩老六嘴角留着笑容走进来。一见田万顺，就收起笑容，露出一副厉害的脸相。二十多年来，韩老六对待佃户、劳金[①]和旁的手下人，他有一套一套的办法。他的留着一撇日本式的短胡子的黄脸上，有时假笑，有时生气，一双小绿豆眼睛骨碌碌地直逼着你。他吃过饭在屯里溜达，对于穷人的毕恭毕敬的招呼从不理睬，而对于有钱的人，有说有笑，但也绝不吐露一句心里话。“话到舌尖留半句”，“对啥人，说啥话”，这是祖上传下的教训，他牢记在心。只有一回，他喝多了酒，稀里糊涂跟他朋友唐田闲唠嗑，他说：

“有钱要有七个字：奸、滑、刻薄、结实、狠。”

这时他躺在炕上，光顾抽大烟，把一个老实巴交[②]的老田头晾在一边。大枣核进来，韩老六使一个眼色，她会意，就对田万顺说道：

“老田头，不是咱要退你佃，还是为你呀。咱这地薄，不打粮，你租别人好地，到秋后也能多落几颗。”

“六爷，太太，”老田头把手搁在胸前请求说，“你们不租地给我，我下一辈子也还不了你们的饥荒，我只一匹老瞎马，咋能种人

---

① 长工。吃劳金，是当长工。

② 老老实实，巴交为语助词。

家远地？六爷，我老田没犯过你啥章程呀，也没少交过你一颗租粮……”

韩老六冷丁[1]坐起来，切断老田头的话，劈头问道：

“共产党工作队来了，你说好不好？”

“不懂六爷的意思。人家工作队好赖，咱庄稼人哪能知道呢？”

老田头这样说着，可他心里想，工作队是八路军，八路军三营驻在屯子里的时候，有五个同志住在他家里，天天替他扫当院，劈柴火，要说他们不好，那是昧良心的话。但在韩老六跟前说工作队好，他不敢，说他们坏，又不情愿。他就含含糊糊说了上面这一句。韩老六说：

“工作队来，该你抖起来啦。”

“六爷真爱说玩话，工作队跟我一不沾亲，二不带故……”

不待老田头说完这话，韩老六瞪他一眼说：

“告诉你吧，工作队是待不长的。‘中央军’眼看就要过江来。你别看他们挂着短枪长枪的那个熊样，到时候，管保穿兔子鞋跑也不赶趟。老田头，咱们是老屯邻，我不能不照应你，你要想长种我地……”

说到这儿，他停顿一下，斜眼瞅瞅老田头。心眼老实的田万顺听到“工作队是待不长的”这句话，正触动心事，他正担心他们待不长。他那额上，被岁数和苦楚蹚出一条条垄沟，现在，星星点点地，冒出好些汗珠子。韩老六跟着又说：“你要想久后无事，就别跟他们胡混，他们问啥，你也来个一问三不知。”

韩老六说到这儿，叫老田头坐下，自己凑过去说道：

“咱们哥俩在一起的日子也长了，哪有铁勺子不碰锅沿的呢？”

说到这里，韩老六想要提提老田头他姑娘的事，并且跟他说几句好话。但一转念，他想，还是不提好一些。老田头却早在想着他

---

① 突然。

的姑娘，伤心起来。她死得苦呀！老田头两只眼睛里，停着两颗泪珠子，他的嘴唇微微地抖动，他在使劲忍住心上的难过。韩老六赶紧抓住田万顺的胆小心情，把假笑收住，冷冷地说：

"你要有本事，就甭听我的话，去跟工作队串鼻子，咱们骑在毛驴上看唱本，走着瞧吧！"

说到这儿，韩老六抬起右手，往空中一挥，又添说一句：

"到时候，哼！"

这一声哼，在老田头的脑瓜子里，好久还嗡嗡地响。这时候，院子里又有人问道：

"六爷在屋吗？"

韩老六一边答应，一边起身往外屋迎接。不大一会进来两个人，一胖一瘦。韩老六使眼色叫老田头快走。进来的胖子名叫杜善发，外号杜善人，是韩老六的侄儿的老丈人。瘦子叫唐田，外号唐抓子，是韩老六的磕头的[①]。两人都是大粮户，和韩老六并称元茂屯的三大户，要把本屯的地和他们在江北的地都算计在内，他们三家都有一千垧以上的好地，条通和黄土包子[②]还不算在内。街里的"福来德"烧锅[③]，就是他们三家合股开设的。

杜善人和唐抓子外貌十分不同，性情也是两样。杜善人好念佛，家里供一尊铜佛。唐抓子信神鬼，家里供狐黄二仙[④]。杜善人老娘们病了，叫人拔火罐[⑤]，到北庙许愿。唐抓子老婆子闹病，请跳大神的，给黄皮子磕头。杜善人太胖，走道就喘气。唐抓子天天装穷，一声接一声地叹气。杜善人好对穷人说：

---

① 拜把兄弟。

② 条通是灌木丛生的土地。黄土包子是黄土丘陵地。

③ 糟坊，即酿酒坊。

④ 旧社会以为多年的狐狸和黄鼬都能成仙。

⑤ 把纸放在小瓦罐里烧着，覆在头上和身上，罐子被吸住，停一阵，才拔下，老百姓以此治病。

“正经都得修修来世呀！”

唐抓子爱对小户说：

“这逼死人的花销呀，有地人家别想活啦。”

杜、唐二人听说工作队到来，不约而同地来找韩老六。他们来到后，屋子里随即热闹起来。韩老六的小老婆子、小小子、侄儿侄女，和大枣核，呼啦呼啦一大群，都从里屋跑出来。他们好像一家人似的，男人闲唠嗑，女人也时而插上一句嘴。韩老六的小小子爬到唐抓子背上，用手拍着他脊梁，嘻嘻地笑着。

“快下来，崽子。”唐抓子说，叹起气来。

大枣核从嘴上移开长烟袋，也说：

“还不快下来，看你老叔又唉声叹气了。”

这时候，里屋的门帘微微掀动，两个打扮得溜光水滑的年轻女人正偷偷地往外瞅看。两个人的擦着胭脂的嘴唇，露在雪白布帘子外面。这两个女人，一个是韩老六的姑娘韩爱贞，一个是他的儿媳。在伪满时，两个女人都跟日本宪兵队长森田大郎逛过哈尔滨，都好打扮，都好瞅男人。所不同的是韩爱贞有着没出阁的大姑娘脾气，在家里更刁横一些。

大伙唠到落黑，妇女小孩都上西屋睡去了。韩老六叫大枣核吩咐管院子的李青山：不准家里人跟工作队说话。特别不许猪倌吴家富到小学校串门。韩老六说：

“他要是不听话，把他拴在马圈里。”

韩老六吩咐完了，就陪杜、唐二人坐在红漆炕桌的旁边，挂在天棚上的大吊灯点起来了。吊灯的晃眼的光亮照着墙壁上翠蓝的花纸，照着炕梢的红漆炕琴[①]，照着“三代宗亲”的紫檀神龛，也照着坐在炕桌旁边悄声唠嗑的三家大粮户。韩老六常常掀开透花窗帘，从玻璃窗里，瞅瞅当院。星光底下，院子里是空空荡荡的，看

① 炕上的长卧柜，上边可以搁被子。

不见人影，也没有声音。三个人唠到深夜，两人才打算回去。韩老六喊人拿出一对擦得雪亮的玻璃小提灯，点着后，三个人合计一下，又吹熄放回。两人辞了出门，在漆黑的夜里，走上车道，一个奔西，一个往东。东西两头都起了狗咬，一声声地起来，又落下去。这时候，韩家大院的当院里、马圈中、柴火堆底下，洋镐和铁锹挖掘石头和沙土的响声，直闹到鸡叫。天刚露明时，有人瞅到一辆胶皮轱辘车，车上装满了藤箱和麻袋，四匹马拉着，往西门一溜烟跑去，这就是昨天在半道把泥浆溅到老孙头脸上、手上和衣上的那一辆空车，今天又拉着满车财物出去了。

三

放下行李卷，架好电话线，工作队就开了一个小会。小学校的课堂里，没有凳子，十五个人有的坐在尽是尘土的长方书桌上，有的坐在自己的还没解开的行李上。小王坐在窗台上，背靠窗框。他隔着窗玻璃瞅着外面。近边是一条横贯屯子的大道跟柳树障子。绿得漆黑的柳树丛子里，好多家雀在蹦跳、翻飞、啾啾叫个不停。燕子从天空飞下，落在电话线上，用嘴壳刷着在水面上打湿的胸脯上的绒毛。大道的北头，一帮孩子正在藏猫猫[①]。瞅着窗口坐了一个人，他们一个一个钻过障子来，一窝蜂似的跑到窗户的跟前。为首一个把脸蛋贴在窗户玻璃上，鼻子抵成一片扁平，一只眼睛眯着，冲着小王做鬼脸。小王冷丁把窗子打开，孩子们回身穿过障子去，四散逃跑。最小的一个光腚的孩子，被一块石头绊住，摔倒在道上，哇哇地哭了。小王从窗口跳出，跑去把他扶起来，替他擦眼泪。别的孩子跑了一段路，站住回头看，并且信口唱着《摔西瓜》：

---

① 捉迷藏。

蹦了一对螃蟹跑了一对虾，摔坏大西瓜，哎呀，哎呀。

小王回来，又跳进窗子来，会议正在进行着。商议的事情是先开大会呢，还是先交朋友。刘胜主张先召集大会。萧祥说怕的是到会的人不会多，还是先把情况了解一下，再开会好些。刘胜说：

“不先开个会，老百姓不知道咱们是来干啥的，能了解出什么来呢？”他一面说着，一面取下眼镜，用青布小衫的衣角，擦着眼镜片上的尘土。

萧祥说：

“老百姓就会知道咱们是来干啥的。咱们乍一来，就开大会，了解不到什么真实情形，你说着，他们听着，你向大伙提出你的意见，他们会齐声地说：‘赞成。’可是，你说他们马上真的赞成了吗？那可不一定。中国社会复杂得很。中国老百姓，特别是住在分散的农村，过去长期遭受封建压迫的农民，常常要在你跟他们混熟以后，跟你有了感情，随便唠嗑时，才会相信你，才会透露他们的心事，说出掏心肺腑的话来。”

刘胜红着脸反问：

“照你这样说，咱们找农民开会，说要斗争大肚子，叫大伙翻身，他们嘴上喊‘赞成’，心底却不赞成吗？”

萧队长觉得刘胜是在挑字眼，误会自己的意思，心里冒了火，他说：

“我是这样说的吗？”

他还想说一两句刺刘胜的言语，但一转念，觉得自己是工作队的党的负责人，而且，自己的话也的确还有说得不太清楚的地方，他就平平静静地说道：

“我的意思是说，我们乍一来，老百姓还没有跟我们混熟，心里分明痛恨大肚子，不一定一见面就跟我们说，而且也不一定相信斗得垮。他们不会一下认识自己的力量，一下相信咱们站得长。况且定规还有坏根在背地里造谣捣乱呢。”

大伙议论了一会，有赞成刘胜的话，说是应该马上开会的；有赞成萧队长的话，主张先交朋友，了解情况的；也有说要开小会，不开大会的。表决的时候，刘胜的意见多一人赞成。

刘胜欢天喜地地去找老孙头，叫他吆喝人开会。老孙头提一面铜锣，从屯子的南头敲到北头，东头敲到西头，还一面喊道：

“到小学校开会去呀，家家都得去，一户一个。”

落黑时，正是李振江走后不久，元茂屯的三家大粮户在大吊灯下悄声唠嗑的时候，从屯子的各个角落，哩哩啦啦的，有一些人来到小学校的操场上，在星星的微光里，三三五五站着的，尽是老头和小孩。刘胜站在一张书桌上，大声说道：

“老乡们，咱们今天找大家来，开个翻身大会。咱们要翻身，就要大伙起来，打垮大肚子，咱们穷人自己掌上印把子，拿上枪杆子才行。”他还说了许多，最后发问道：

“你们赞不赞成斗争你们这里的大肚子？”

“赞成！”十来个声音答应。

“我最赞成。”有一个白胡子的老头子说道，说完，回头冲着站在他的背后的李振江笑笑。

“你们屯子里谁是大肚子？”刘胜又问。

好大一会，没有人吱声。

“咋不说话呀？”刘胜问，他的眼睛落在刚才说了“最赞成”的白胡子身上，“你说吧，老大爷。”

“这个屯子咱可不摸底，‘八一五’日本子败退了，咱才搬来的。”李振江嘁嘁喳喳在他背后说些啥，白胡子就继续说道，“听别人说，这屯子里没有大粮户，确实没有。”

“那你为啥说，你最赞成斗争大肚子呢？”刘胜问。

“这屯没有，去斗外屯呗，外屯大肚子有的是。”白胡子说。

“同志，我有一句话，不知道受听不受听？”另一个戴黑毡帽的老头子说道，“从古以来，都是人随王法草随风，官家说了算。如今的官家，就是咱们的工作队。咱们工作队同志说要斗争大肚子，帮咱穷伙计翻身，大伙谁还不乐意？大伙说，乐意不乐意？”

“乐意！”从四方八面，从各个角落，老头和小孩同声地回答，跟着猛地爆发一大阵掌声。戴黑毡帽的老头又说：

“同志你听听，大伙都乐意欢迎，也快到半夜了，这会该散了吧？请同志原谅，我可得先走一步，明儿还着忙脱坯，秋后好扒炕[①]。头年炕没扒，老冒烟，烧不热，十冬腊月睡着乍凉乍凉的，我那老伴一夜哆嗦到天明，老睡不着……”

“你说那干啥？扒炕还早呢。”旁边一个人说。

“你那老伴下晚睡不着，跟这同志说干啥呀？”另一个人打趣说。在笑声里，白胡子从人群里挤了出来，用胳膊碰一碰戴黑毡帽的脊梁说道：

“你要走就走得了呗。”

看着黑毡帽走了，白胡子也说：“同志，我也告个罪，先走一步。明儿一早得去瞧我姑娘，她正闹眼睛，真对不起同志。”说罢也走了。往后，有的说明儿要去拔土豆子的，有的说要去钉马掌的，也有的说要赶着拿大草[②]的。有一个人说，家里媳妇坐月子，明儿不亮天，自己得起来做饭。一个一个的，三三两两的，都说着，往回走了。赶车的老孙头看见这情形，生气地说：

“都是些个‘满洲国’的脑瓜子。”但瞅着没有人看见，他也溜走了。

刘胜走回课堂里，坐在一个墙角的行李卷上，两手抱着低垂的

① 脱坯：用模子制作土砖。扒炕：疑即盘炕的转音，是把旧炕拆去，用新坯重垒新炕。

② 割草。

头，肘子支在波棱盖[1]上，好半天，他才说道：

“意外的失败。”

“不是意外，”萧队长看着刘胜泄气的样子，用温和的声调安慰和鼓励他说，“是难免的事。再说，开了这个会也有好处，我们至少见识了这个屯子里的事情不简单，不能性急。”

紧接着，工作队又开了一个小会，意见达到了一致：明儿一亮天，工作队全体动员去找穷而又苦的人们交朋友，去发现积极分子，收集地主坏蛋的材料，确定斗争的对象。

四

天刚露明，屯子里远远近近的雄鸡的啼叫还没有停息，工作队的人就一个一个地出门去了。

工作队的十五个人中，十个警卫班战士和张班长，都背着长枪。其余四个人：萧队长、刘胜跟小王，加上萧队长的通讯员万健，都挎着匣子。一早起来，烧了开水喝，吃了点干粮，他们分头出去串门子，找小户，约好下晚回学校汇报，还是集中住在一起。都带了些钱，到哪家，吃哪家，算钱给他。

小王到北头串了几家，往后又走到南头，瞧见一个光腚的孩子，从一扇柳条编制的大门里出来。他迎上去，认识这是昨儿摔倒的那个孩子，小王把他抱起来问道：

“你叫啥？”

“我叫锁住！”小孩回答，用小手去抓小王的匣枪把上浅红的丝带子。

小王又问：

---

① 膝盖。

“几岁啦？”

“我妈说我五岁，我爹说，再过两年得放猪啦，爹嫌乎我，老熊我，他说：‘我养不起你啦，你给我滚。’我说：‘我不滚，我要跟我妈，你给我滚。’他就打我一撇子[①]。”

“你爹在家吗？”

“这不是他出来啦？”锁住说。

这时候，一个光着上身的男子，从草屋推开窗纸破碎的格子门，走到院子里来，手里拿一根短烟袋，站在当院。这人三十二三岁模样，不高也不矮，不胖也不瘦，长一脸漆黑的连鬓胡子。他叫赵玉林，外号赵光腚。他一年到头，顾上了吃，顾不上穿，一家三口都光着腚，冬天除了抱柴、挑水、做饭外，一家三口，都不下炕。夏天，地里庄稼埋住人头的时候，赵玉林媳妇每天不亮天，光着身子跑到地里去干活，直到漆黑才回来。屯子里谁也不知道她光着腚下地。有一天，她在苞米地里铲草，地头有人叫嚷着，她探出头来看是什么事，被人看见了光着的肩膀，从此，赵玉林媳妇光腚下地的事，传遍了屯子。从此，赵光腚的名字被叫开来。八路军三五九旅三营，来这屯子打胡子，听说这情形，送了两套灰布军装给赵玉林。赵玉林一家这才穿上了衣裳，才敢让人到屋里坐坐。

“同志，到屋里坐。”赵玉林招呼小王说。

小王抱着锁住，跟赵玉林走进他屋里。一个穿黄布小衫的妇女盘坐在炕头，在用闪亮的苇子编草帽。看见有客人进来，慌忙撂下手里的苇子，要下地来。小王忙说：

“你忙着，快别下来。”小王把小孩放在炕头上，自己就坐在炕沿，拿起赵玉林敬他的烟袋，抽着烟，黄烟的香气喷满一屋子。小王一走进穷苦人家里，就无拘无束的，像回到了自己的家里似的。他们唠起闲嗑来。由眼前的烟笸箩[②]唠到黄烟，由小日月庄

① 耳光。

② 藤或柳条制的装烟的小小的、圆圆的或长圆的浅筐。

稼[①]谈到今年的苞米。起始，赵玉林光听小王一人说，自己只是“嗯哪，嗯哪”地点头，往后，看到小王懂得好多地里的事情，赵玉林寻思：

“他也是庄稼底子。”

这样一想，赵玉林就不拘束了，女人也跟着随便了。

“你们这儿一垧地，能种多少棵苞米?”小王问。

“一垧一万二千棵，好地能打八九石，岗地也打三四石。”赵玉林说，“这儿地不薄！出粮，可是得侍弄好。‘人勤地不懒’，这话真不假。你要赶这晴天铲了草，再赶上一场雨，就真是啪啦啪啦地长，一夜一个样。到老秋，籽粒实实在在，一颗顶一颗。”

“你要下地吗?”小王慌忙问，怕误他的活。

“不，二遍铲完了。今儿想去碾稗子。”赵玉林说。

“走，咱们一起去。”小王说，他顺手端起放在炕上的一簸箕稗子。

到南头刘德山家里借了碾子，两人就推起来。一边推，一边谈唠着。赵玉林无心地天南地北地闲扯，小王却有意地要在对方不知不觉中来进行自己的了解工作。他要了解这个人——他的心、他的身世、家庭和历史，他也要了解这个屯子里的情形。小王很快取得了赵玉林的信任。他是常常能够很快和庄稼人交上朋友的，因为他自己也吃过劳金，当过半拉子[②]，庄稼地的事，他都明白。

小王名叫王春生，春天生的，他妈就叫他春生。他是松花江北呼兰县生人。父亲是东北抗日联军赵尚志部队的一个营教导员，也有人说他还曾是中央北满地方党的一位区委书记。民国二十二年冬，他父亲被伪满县警察署捉住，打得快死时也问不出什么口供，日本鬼子把他和别的三百多个抗联同志一起，一个一个装在麻布

---

① 由播种到收获的时间不长的庄稼。

② 只能顶半个长工的年轻长工。

袋子里，一个一个在石头上高高举起，又啪嗒摔下，血和脑浆从麻袋里流出来，在麻袋上凝成一片一片的黑疙脂。一个落雪的下晚，日本鬼子用两辆卡车，把这三百多个凝着血泥的麻袋送到冰雪封住的松花江上，挖个冰窟窿，把麻袋一个个丢进江里去了。这时候，王春生还只有五岁。赶到七岁，伪满当局捕捉得更紧，他们跟抗联的大部队又失了联络，一家人不得不四散逃亡。他的叔叔奔关里，他们母子逃西满。母子二人半饥半饿，在凄风苦雨里，流浪好些年。赶十一岁，他给白城子一家地主老张家放猪，十三岁，用他自己的话来说，“官升了一级”，给老张家放马了。十六岁扛大活[①]，因为个子长得小，拿劳金钱时只算半拉子。

王春生七岁那年，就是跟他妈逃难到西满的那年，八月的一天，太阳正毒，母子俩在望不见屯落的大道上走着，西南天上起了乌云，密雨下黑了天地，老远望去，雨脚织成的帘子从天到地，悬在西南，真有些像传说里的龙须。带着湿气的大风猛刮着，把那夹着雷轰电闪的雨云飞快地刮了过来。王春生的妈一双半小脚，跑不快，近旁又没有一个躲雨的地方，他们挨浇了。赶他们母子连走带爬走到一座小破庙里的时候，两人露肉的衣裳早都湿得往下滴水了，小王直哆嗦，他妈把他紧抱在怀里，眼泪一滴跟着一滴落下来，落在孩子仰着的脸上。

“妈呀！”七岁的王春生懂事地大哭起来。

“崽子，”母亲一边擦眼睛，一边说，“你要能长大成人，可别忘了你爹是怎么死的呀。”

王春生十六岁那年，当上半拉子。他的劳金钱一个也不花，全都交给妈。这一年，他妈害肺病死了。自从逃难以来，这位在千灾百难中，宁死也要把小王抚养成人的母亲，这位继承中国妇女高尚品德的半小脚的不识字的旧女子，九年之久，没穿过一件好衣裳，

---

① 做长工。

没吃过一顿饱饭。临终时，她神志清明，眼角停着泪珠子，还是重复这句话：

"崽子，你长大成人，可别忘了你爹是怎么死的呀。"

王春生从来没有忘了他爹的惨死跟妈的眼泪。"八一五"以后，他参加了民主联军。不久又得到了跑到关里的他老叔的信息，他早在关里参加八路军了。七月，党动员一万二千个干部下乡去做群众工作时，小王响应了，编到了萧祥同志的一队。小王没有念过书，在部队里学习了八个来月，现在呢，他说："能识半拉字了。"

小王跟赵玉林推完了碾子，已晌午大歪。他们回来吃完晌午饭，小王抽了一袋烟，又跟赵玉林去侍弄园子地。赵玉林租种老韩家一垧岗地，交了租粮，三口不够吃，又租杜善人二亩园子地。他种上豆角、茄子、倭瓜、大葱、黄瓜，还有土豆子和向日葵。这些瓜菜，都长得肥肥大大。每年收了菜，除了出租子，赵玉林把菜卖掉一些，剩下的自己吃。每年春夏，他家用瓜菜来填补粮食的不够。他的园子地，拾掇得溜净，一根杂草也不生。今儿他是来整那大风刮歪了的黄瓜豆角架子的。他们从地边割了一些靰鞡草[①]，到了园子里，小王一面帮他用靰鞡草绑架子，一面闲唠嗑。

起始，赵玉林尽说一些别人的事，往后才慢慢谈到他自己，他说：

"民国二十一年，山东家遭了荒旱，颗粒不收，我撇下家人奔逃关外来碰运气。到了这边，没有证明书，落不下户，只好给老韩家吃劳金。扛活的人指望'一膀掀'，就是把劳金钱一起领下来，这么的，就算是微微了了的几个小钱吧，也能顶些用。老韩家呢，却分作七八起来给。到老秋，钱早花光，啥事没办。到年一算账，倒欠老韩家一百元老绵羊票子，只好把一件山东带来的青布小衫子

① 一种叶子细长的柔韧的野草，农民割来，晾干，冬天塞在皮制的靰鞡（鞋）里，可以保暖，老百姓说："东北有三宝：人参，貂皮，靰鞡草。"

交给东家，作为抵押。第二年，我屋里的跟老娘也从山东家赶来，带的盘费还没有花完，我就不再扛活，租种人家的地了。谁料正赶铲草时候又摊上了劳工号，地全扔了。我一连出了四回劳工，头趟还没回来，二趟就又派上了。四回劳工，数牡丹江那一回邪乎[①]，二十天，二十宿，没有睡觉，一天吃两顿橡子面，吃了肚子胀，连饿带冻，死的人老鼻子[②]啦。王同志，”赵玉林抬头瞅一瞅小王，“我还能回来，真算是命大。回来那时光，妈早死了，媳妇领着小嘎[③]在外屯要饭，我各屯去找，一见了我，娘儿俩哭得抬不起头来。我没有掉泪。王同志，穷人要是遇到不痛快的事就哭鼻子，那真要淹死在泪水里了。”

小王的眼睛湿了，停了一阵，他用别的话岔开：

“你说的那老韩家，就是韩老六家吗？”

赵玉林点头。

小王又问道：

“他家有多少地？”

“说不上。”赵玉林回头看看后面，他一面用确青的靰鞡草把黄瓜蔓子往架子上绑，一面接着说，“在这屯，南门外那一大片平川地，全是他的，有二百来垧吧。外屯外省的，就不详细啦。”

“韩老六这人怎么样？”小王透过爬满了须叶的黄瓜架子瞧着赵玉林，等他的回答。

“他吗？人家说：‘好事找不到他，坏事少不了他。’”赵玉林说。他的脸蛋衬着确青的黄瓜的叶蔓，更显得焦黄，两束皱纹，像两个蜘蛛网似的结在两边眼角上。

整整的一个下晌，在园子里，两个新朋友悄声悄气地唠着。赵玉林常常抬起眼睛来，瞅瞅开满了嫩黄的倭瓜花的障子的外边，看

---

① 厉害。

② 多。

③ 小男孩。

外边有没有人。其实，就是有人来听声，也听不出啥来，因为他们的声音，比在黄瓜花上嗡嗡飞着的蜜蜂的声音，大不了多少。赵玉林把他所知道的韩老六的罪恶，都说给小王听了。

韩大棒子韩凤岐，伪满乍一成立时，是中等人家。往后，他猛然发家了，年年置地。在本屯、在宾县、在佳木斯，都有他的地。街里的“福来德”烧锅，有他一大股。伪满“康德”五年，就是民国二十七年，他当上村长，为了效忠日本子，常常亲自提着一根大棒子到各民户去催出荷，催缴猪皮、猪血和葡萄叶子。当上二年村长，家更发了。往后他交卸村长，在家吃安逸饭了。就在这一年，日本宪兵队长森田大郎住在他家里。有人说，森田跟他姑娘好，又有人说，森田爱上他的小婆子，也有人说，这个身板儿挺棒的日本宪兵队长是一箭双雕。小户摸不清底细，他家院墙高，腿子们出出进进，谁敢管这些闲事？但是有眼睛的人，谁都看得见，从打森田住在他家里，他的威势就更大了。他家里挑水、打柴、盖房、扒炕、南园夹障子[①]，都派官工。他雇的劳金，全用在烧锅油坊。他的黑漆门楼的近旁，有一口井，是大伙修下的。修井时，讲好他出地皮，小户出工，井归大伙使。可井修好以后，他家管院子的李青山便站在井台上，不许别人来挑水，井就这样叫他霸占了。往后，听他支使的，还能来这井挑水，不顺他眼的，要来挑水可不行。挖井的小户约好一起进大门楼去说理，管院子的李青山把他们堵在当院，不许进屋。这时候，正屋里，从窗口探出一个秃鬓角的头，这是韩老六。他厉声地问：

“这帮人来干啥的？”

“咱们是为井的事来找六爷，当初井是大伙修下的。”走在头里的老张说，脸上赔着笑。

“拿井照来我看。”韩老六瞪着两只小绿豆眼睛，打断老张的

① 编篱笆。

话。大伙可都没有准备这着，哪有井照呢？

“六爷，可不明明是大伙摊工挖的吗？”老张还跟他理论。

“井挖在谁家地里？”韩老六问。

老张还要说下去，森田跑出来，挥动鞭子，朝大伙的头顶上一阵乱抽，没有法子，都退出来了。第二天，老张摊上劳工，上了老黑山去，至今没回。就这么的，大伙挖好一口井，却捞不着水喝。但要喝这井里的水，也不犯难，你一个月替他六爷干两三天活，不吃他的饭，不要他的钱，就自然叫你挑这井的水。韩老六靠这口井，年年省下好些工夫钱。

韩老六的马房里，喂着二十来匹马，全都肥肥壮壮的。庄稼熟时，他叫人把马放到跟他的地相连的地里，吃人家的庄稼，年年如此。吃人家眼瞅要收到家来的谷子和高粱，叫人好伤心，但是，谁也不敢吱声。为此，宁可把地扔了的人家，年年都有。

“大哥，咋把地扔了？”韩老六问那扔了地的人，对方不吱声，韩老六装做好心地又说，“怕是出不起花销吧？我来替你担待一两年。”他就雇人把地种上了。他种上一年，顶多二年，便成他的地。你说这地是你开的荒，你能拿出地照来？他早起来了地照。他的哥哥韩老五是大特务，衙门里的手续早就办妥了。就这么的，小户摔着汗珠子，开一两垧荒，到头都由他霸占。如今韩老六的地，东头直到山，西头直到日本开拓团。说起开拓团，也是韩家发财的地方。

西头老宋家，租了开拓团的两垧地，种了线麻。麻快割啦，韩老六的大儿子韩世元，仗着他会日本话，领来一个日本人，走到老宋的地头，两人指指点点的，不知说些啥。

“大爷，你要下啥？”老宋走到他们跟前问，胆战心惊地赔着笑。

“我要包大段[①]。”韩世元仰脸回答他。

“我麻都快割了，咋办呀？”

---

① 租种一大段地，不叫别人种。

“算你白种了。”韩世元说完，跟日本人转身往回走。到秋，老宋家的线麻给老韩家割走，老宋只得卖了马，现买线麻缴“官”麻。

赵玉林说到这儿，抬眼瞅瞅西边，太阳快落了。黄瓜蔓子都已经绑好。他顺手摘了些黄瓜、豆角，薅了一把葱，搁在草帽里。他跟小王迈过一条条垄沟，往他家里走，一边还在低声地谈唠。

“韩老六的事，一半天说不完呀，”赵玉林说，声音更低些，“光他动动嘴，向森田告状，搁枪崩掉的人，本屯就有好几个。那时候，黑大门楼是个阎王殿，谁敢进去？走在半道，远远看见韩老六他来了，都要趁早拐往岔道去，躲不及的，就恭恭敬敬站在道沿，等他过去，才敢动弹。你要招呼他：‘六爷，上哪去呀？’他仰起脸来，瞪着一双小绿豆眼睛说：‘你问这干啥？拦着你的道啦？’多威势啊！啊，到家了。”

“头里走，头里走。”进门时，赵玉林让着小王。

吃晚饭时，炕桌上摆着煮得黏黏巴巴的豆角，还有新鲜的黄瓜和大葱。

“吃吧，吃完再去添。”赵玉林看见小王爱吃豆角，一碗又一碗地往上添，“王同志，别看这饭菜寒碜，头年还吃不上哩。”赵玉林咬一根蘸着酱的大葱，这样说：“你们再来晚一点，咱们都得死光了。”

吃完了饭，小王脸上泛出年轻的红润。他交了饭钱，起身要走。赵玉林也站起身来说：

“送送你。”

赵玉林跟小王走在半道，小王一边走，一边说起好多翻身的道理和办法，最后，谈到本屯也得斗争地主恶霸这宗事。小王问赵玉林道：

“你说该斗谁？”

“你说呢？”赵玉林会意地笑着，反问一句，却不明说。

“要是斗他，你敢来吗？”小王又问。

“咋不敢来？咱死也不怕。”赵玉林说完这话，小王双手紧握他右手，欢喜地说道：

“那好，那真好，咱们是好汉一言，快马一鞭。我就往回走，明儿咱们再合计。再去联络人。”小王说罢，走了。

赵玉林回到家里来，天已落黑。他媳妇在外屋刷碗。锁住在炕上趴着，看见爹回来，他跳下炕，扑到爹身上。今儿来了客，爹心里高兴，没有打他。他用小手摸摸他脸颊上的漆黑的连鬓胡子，一边告诉他：今儿捉到一只蝈蝈，明儿再去捉。又说：大河套里有好多好多的鱼，老初家的鱼帘子[①]给人起去了。老刘家用丝挂子[②]挂一筐子鱼：有黄骨子、鲫瓜子，还有狗鱼呢。

“爹，咱俩明儿也去挂。”

“你不是要捉蝈蝈吗？”

没有回答，锁住眼皮垂下来，前额靠在爹爹胸脯上，发出了小小的鼾声。赵玉林抱起他来，轻轻放在炕头上，从炕琴上取下自己的一件破布衫子，盖了孩子的光身子。女人走进来，坐在炕沿上。

“柴火烧没了。”女人说，瞅老赵一眼。这是一个跟他吃尽千辛万苦，也不抱怨的好心眼的小个子女人。

“你先去割捆蒿子烧着吧，明儿我有事。”赵玉林说完，走到外屋，点着烟袋。女人靠着锁住躺下来，不大一会，也发出了细小的鼾声。赵玉林回来，坐在炕梢，背靠墙壁，抽着烟，他在寻思好多的事情。他想他跟韩老六是有大仇的。大前年，他躲劳工，藏在松木林子里，韩老六告诉了森田，他被抓去蹲了三个月的笆篱子[③]，完了送到延寿当劳工。头年他去缴租粮，过了三天期，韩老六罚他跪在铺着碗碴子的地上，碗碴子扎进他波棱盖的皮骨里，鲜血淌出

① 一种竹片或木片编成的渔具。

② 一种渔网，鱼碰到，就挂上了。

③ 监牢。

来，染红了碗碴子和地面，那痛啊，直像刀子扎在心窝里。如今，要革掉这个王八犊子的狗命，他是称心快意的。他躺下来，称心快意地抽着他的短烟袋。

“能行吗？韩老六能像王同志说的那样容易打垮吗？”这个思想冷丁钻进他的脑瓜子，他翻来覆去，左思右想，老是睡不着。他又爬起来，摸着烟袋，走到外屋灶坑边，拨开热灰，把烟袋点上，蹲在灶坑边，一面抽烟，一面寻思。烟锅嗞嗞地响着，他想起韩家的威势，韩老五还逃亡在外省，韩老七蹽到大青顶子①里，他的儿子韩世元跑到了长春。屯子里又有他好多亲戚朋友，磕头拜把的，和三老四少②的徒弟。

“就是怕不能行啊。”他脑瓜子里又钻出这么个念头。

“你害怕了吗，老赵哥？”脑瓜子里又显出小王的圆脸，满脸堆着笑问他。

“我怕啥？”赵玉林抵赖，怪不好意思。小王的影子一出现，他就感到有力量。“人家年纪轻轻的，还不怕，我怕啥呢？”他想着，“小王说：关里关外，八路军有好几百万，尽好枪好炮。又说天下穷人都姓穷，天下穷人是一家。天下就是穷人多，这话真不假。明日咱去多联络些穷人，韩老六看你有本事，能拧过咱们！”他想到这，好像韩老六就在他眼前。一看到他那一双小绿豆眼睛，他就冒了火，“非革他的命，不能解这恨。”他使劲在锅台上敲着烟锅里的烟灰。

“锁住他爹，干啥还不来睡呀？快亮天了。”赵大嫂子睡醒一觉了，在屋里叫他。他进来睡时，院子里的雄鸡已经拍打着翅膀，叫头遍了。鸡叫第三遍，他就爬起来，戴上草帽，光着上身，迈出大门，一直往工作队走去。小王躺在桌子上，正在揉眼睛，看见赵玉

---

① 蹽：跑。大青顶子：松江省一带的大山名。

② 民间秘密结社的青帮，在东北称为家理，又叫在家理的人为三老四少。

林进来，他赶紧起身，两个人到操场里去溜达去了。赵玉林把他昨下晚拐弯抹角，晃晃荡荡的心思，一五一十地，都告诉小王，结尾他说：

“这会想透了，叫我把命搭上，也要跟他干到底。”

“革命到底。”小王快活地改正他的话。

“嗯哪，好汉一言，快马一鞭。”赵玉林记起小王这句话来说，完了，两个朋友一起再去联络屯子里别的穷哥们去了。

五

萧队长打算去串门，走出小学校，瞅见一个中年汉子在道旁井台上打水。

“队长同志，吃晌[①]了吗？”这人笑着打招呼，萧队长一面点头答应，一面瞅着这人的粗大的手指，宽阔的肩膀，穿着一件破蓝布衫子，他想：“是个庄稼人。”就走到他跟前，问他：

“你贵姓？”

“我免贵姓刘，叫刘德山。”中年人回答，接着就笑嘻嘻地邀萧队长往他家里去串门，他担了满满的两筲[②]水，往道北走，萧队长跟他并排地走着。

“队长同志，听到是叫同志的人，我就不怕。”刘德山担着滴滴溜溜的水筲，边走边说，“三五九旅三营来这屯子打胡子，有一个班住在我们家，一早起来，又是担水，又是劈柈子，又是扫当院，真是处处为咱老百姓。昨儿你们来，西屋老熊家娘们慌慌忙忙的，把一只下蛋的大黑老抱子[③]藏在躺箱里，碰巧这母鸡下了个蛋，给

---

① 吃午饭。

② 水桶。

③ 大黑老母鸡。

大伙报喜，咯嗒咯嗒，叫得没有头，把她急坏了。我说：‘不用着忙，我去打听打听。’我出去一会，慌忙跑回跟她说：‘快把你那大黑老抱子宰了，人家军队正在找小鸡子哩。’她当是真的，拿把菜刀去宰那母鸡。我说：‘骗你的，这不是蒋介石的胡子军，是正装的人民军队，你把黑老抱子拿去送队长，他也不要呀。’”

听他说话，萧队长心想：“嘴上是好的，可不知道他家底和心眼怎样。”

到了刘德山家里，看到院套挺宽敞，铺着地板的马圈里，拴着三匹马，正在嚼草料。牲口都是养得肥肥壮壮的。朝南的三间草屋，样子还有七成新。东屋的窗子镶一块玻璃。萧队长想：“这个人至少是富裕中农。”他现在光想找贫雇农唠嗑，待要不进屋，又已经来了，他又寻思：“也可以谈谈，对农民的各个阶层都应该熟悉熟悉。”

他跟刘德山走进东屋里，坐在南炕上，抽着黄烟卷，喝着糊米茶①。刘德山从南园子里摘来一些小李子，放在炕桌上。自己坐在炕沿上，尽挑萧队长听来顺耳的话唠着，说上几句话，就要看看萧队长的脸色，一看到萧队长脸上露出不爱听的颜色，马上改说别的话。萧队长说话的时候，刘德山总是连忙点头，总是说：“嗯哪，那还用说？”“嗯哪，那不用提了。”

刘德山是个能干的人，扶犁、点籽、夹障子、码麦子，凡是庄稼地里事，都是利落手。他原先也穷，往后，家有了起色。“八一五”炮响，有马户都捡了洋落，刘德山也套起他的一辆小平车，老远从日本开拓团的屯子里运回一车子东西。衣服、被子、洋面、粳米、锅碗瓢盆，都捡回一些。他看见几十棵大枪，但是不敢捡。

韩老六拉大排的时候，硬说他捡回一棵康八枪②，派人来抄他的家，把他捡的洋落都搬走，光留了一件他改短了，又用泥浆涂黑

---

① 炒焦的高粱米泡的水。

② 伪满“康德”八年造的步枪。

了的军大氅。因为这宗事，刘德山对韩老六是怨恨的，可是他不说，他怕整出乱子来没有人顶。

工作队来了，他是快活的，他想：这回韩老六遇到敌手了。可是才高兴，他又往回想：工作队是共产党，共产党能准许刘德山他有三匹牲口、五垧近地吗？他想：这是不能的，工作队是韩老六的敌人，可也不能算是他自己的亲戚。他翻来覆去，寻思一宿，决计两面不得罪，两面都应付，向谁都不说出掏心肺腑的话来。他想："就这么的，看看风头再说吧。"

看看谈不出什么，不到晌午，萧队长就辞了出来。回到小学校，别人都没有回来，他拿出本子，记了下边一段话：

"刘德山，中年的富裕中农，态度摇摆，但能争取。"

他写完，刚把本子放进衣兜里，一个穿白布小衫，留分头的浓眉大汉走进来，哈腰问道：

"请问哪位是萧队长？"

"我就是萧祥。"萧队长说，用眼睛上下打量着来人。

大汉从衣兜里掏出一个深红色的硬纸帖子来，双手送给萧队长，又哈一哈腰说：

"我叫李青山，我们掌柜的再三致意，一定要启动萧队长光临。"

萧队长瞅着红帖子，封皮上写的是：

"萧工作队长殿"

把红帖子翻开，里面写的是：

"本月十六日午后六时，敬备菲酌，候光，韩凤岐谨订。"

旁边注一行小字：

"席设本宅。"

萧祥看了这帖子，特别是瞅了封皮上的"殿"字，微微一笑，说道：

"连请帖也是协和体，你们东家还请了谁？"

"没有再请谁，专请萧队长赴席。"李青山右手摸摸对襟褂子上的化学扣子，又哈一哈腰说。

“我问你，你们东家做了些什么好吃的？”萧队长又问。

“咱们这荒草野甸的穷棒子屯子，还能有啥好吃的？也不过是一点意思。”

“什么意思？”萧队长紧追一句道。

“队长不是为咱老百姓，请也请不来的呀，六爷准备了点自己家里出的高粱酒，为队长接风。”

“你是他的什么人？”

“我在他家吃劳金，给他翻土拉块的。”

“去你的吧，你这是骗谁？翻土拉块的，是你这个样子吗？”萧队长的眼睛落在他的分头上，他火了，哗啦一声把大红帖子撕成了两截，接着连连撕几下，把这红硬纸的碎片往李青山的脸上掷去，有一片正打着他的眼睛。李青山的额上冒出了青筋，眼睛横着，往后退一步，两腿分开，左手叉腰，右手攥起了拳头，摆开一个动武的架子。

“干啥，要动手吗？”萧队长的通讯员万健，一手捏着匣枪的把子，一手去推李青山的胸脯，“快给我滚。”

看到了老万的匣枪，和他的结实的身板，李青山有些胆怯，他退到门边，嘴头咕噜着：“滚就滚吧！”扭转身子，窝火憋气地迈出门去了。老万赶到门口，轻蔑地骂道：

“臭狗腿子，看你敢再来。”

老万还没有转身，老孙头来了，他牵着两匹马，打学校的门口经过。

“跟谁顶嘴呀，老乡？”老孙头问。万健指一指李青山渐渐走远的背影，并且告诉他，李青山是来替韩老六下请帖的，碰一鼻子灰走了。老孙头细眯左眼笑笑说：

“请客还能不去吗？要我早去了。”

“吃人家嘴软。”老万说。

“这可不见得，嘴头子生在你个人的鼻子底下，是软是硬，还能由人吗？要是谁请我，我一定去，吃喝完了，把嘴头子一抹，捎带把脸也抹下来了，事情该咋办，还是咋办。”

“对，还是你行，回头告诉萧队长，往后谁家大肚子请客，都叫你代表。”

“得了吧，老乡，”老孙头笑眯左眼，凑拢一点，放低声音说，“正经告诉咱们萧队长，昨儿下晚，西门里狗咬，有人往外捣腾东西哩。”

“谁家？”老万问。

“你看还有谁家呢？”说着，他用手指一指全屯都能望见的黑大门楼的高高的青瓦屋脊，就牵着马，往道北的井台边饮马去了。

六

萧队长黑价白日地工作。带来的一包洋蜡点完了，在微弱的豆油灯光下，他反复地研究种种的材料。他深深地理解：熟悉情况，掌握材料，是人民解放事业，是我们共产党的一切事业的成功的基础之一。“闭塞眼睛捉麻雀”，结果往往麻雀捉不到，还要碰破头。

关于韩老六，他掌握了好些材料。他和工作队全体人员又都联络了不少的小户，这里头，也有个别的有马户。不几天以后的一个下晚，他们分头约了这些人到学校里来，不说开会，光说唠唠嗑。

人们接二连三地来了。刘德山是来得顶早的一个。他站在一扇窗户的跟前，又在说起三营的事。

接着，赶车的老孙头也来了，他一来，人们就快活起来。昏黄的豆油灯光里，人们都围在他周围，听他闲唠嗑。他在说起黑瞎子[①]。

---

① 黑熊。

他说：

“那玩意儿，黑咕隆咚的，力气可不小，饭碗粗细的松木，用两个前掌抱住，一摇再一薅，连根薅出了。老虎哪能是他的敌手？这家伙就是一宗：缺心眼儿。他跟老虎一交手，两边打得气呼呼，老虎看看要败了，连忙说：‘停一停。’”

“你亲眼看见它们打过吗？”近边有一个人问。

老孙头眯一眯左眼，并不理会这人的问话。在他看来，这是不必回答的。

“黑瞎子说：‘好吧。’老虎走了，黑瞎子也不歇歇，也不吃啥，光顾收拾干仗的场子，噼里啪啦把场子里头的大树小树薅得一棵也不留。老虎跑到山沟里，吃饱了，喝足了，又歇一阵气，完了跑回来，又跟黑瞎子干了，这个黑咕隆咚的傻相公，又饿又累，力气再大也不行，两下里不分胜败，老虎累了，又说：‘好老熊头，咱俩再停一停吧。’他不说歇一歇，光说停一停，是怕黑瞎子的脑瓜子开了，学它的样，也歇歇气。黑瞎子说：‘说停咱们就停吧。’老虎又去吃喝歇气，黑瞎子还是火星直冒，手脚不停地薅松木，拔椴木，老虎再来，一鼓气把黑瞎子打败，把它吃了。”

这时候，接二连三地又来一些人。赵玉林走来，坐在课堂中间的一张桌子上，点起他的短烟袋，抽得嗞呀嗞呀地发响。

“你的黑瞎子讲完没有？”萧队长笑问老孙头。

“完了完了，队长，”老孙头眯着左眼说，“你说你的吧。”

“好吧，咱们来说说咱们的事情，”萧队长开口，“大伙凑拢来一点，今儿也不算开会，大伙唠唠嗑，伪满压迫咱们十四年，粮户苦害我们几千年，大伙肚里装满了苦水，吐一吐吧，如今是咱穷伙计们的天下了。”

“对，对，大伙都说说，八路军是咱们自己的队伍，三营在这儿，都瞅到了的。”刘德山抢着说，“萧队长在这，咱们今儿是灶王爷上西天，有啥说啥。”

“对，有啥说啥，一人说一样。”窗台附近有一个人附和，这人就是李振江，他把他的灰色毡帽掀到后脑勺子上，豆油灯下，露出他的光溜溜的秃头来。

“说呀，谁先说都行，”刘德山接着又说，“说错了另说，没关系。”

“嗯哪，如今人民军队讲民主，不兴骂人，打人，说得对不对不挑，说吧，谁先开口？”李振江也催着大伙。

尽是他们两个人的声音，别人都不说。赵玉林坐在桌子上，噙着他的短烟袋。老孙头远远坐在一个角落里，也不吱声。老田头坐在李振江近边，胆小地望望李振江，眼窝显出阴凄的神色。他不害怕萧队长，光怕李振江。他明白李振江是韩老六心腹。萧队长看到这情形，说道：

“你们不用怕谁，有话只管说。”

“对，谁也不用怕谁，各人说各人的话。”李振江马上应和萧队长，“如今不是‘满洲国’，谁也不兴压力派。”

还是没有人说话，光听见赵玉林的烟袋嗞呀嗞呀地发响。萧队长在课堂里踱来踱去。他想，得找出一个办法，打开这闷人的局面，得提出一个人人知道而且人人敢说的事情，让大家开口。他低下头来，皱起眉头，用右手取掉他的军帽，用这拿着帽子的同一只手搔着他的剃得溜光的脑瓜，不大一会，他抬起头来，对大伙说道：

“你们谁当过劳工？”

“谁都当过。”除了李振江，都答应着。除了李振江，到会的人都当过劳工，谁都想起这段挨冻挨饿又挨揍的差点送命的生活，会场里面哗哗地吵闹起来了，不止一个人说话，而是二十多个人，分作好几堆，同时抢着说。李振江光笑，没有话说。别的人都七嘴八舌倒苦水。

“我劳工号还没有摊到，就叫去了，六个月回来，庄稼也扔了。”赵玉林说，在桌沿上磕烟袋。

“你还说庄稼哩，人家把人都扔了。伪‘康德’九年，我屋里的闹病，我到村公所请求宫股长想法，等我屋里的病好些，再去。他瞪起黑窟窿似的两只眼睛说：‘你不去，叫我替你去？你屋里的闹病，你迷糊了，我还迷糊哩，你跟我说，我跟谁说去？不是看你媳妇那一面，你妈那巴子，兔崽子，看我揍你。’他越骂越上火，抡起黑手杖来了。我蹽出来，寻思着：‘去就去呗。’赶到我六个月回来，我屋里的早入土了，我到如今还是跑腿子[①]。”赵玉林的邻居，跑腿子的花永喜说完，叹了一口气。

“你还想你媳妇哩，人家差点命都搭上。上东宁煤窑的那年，一天三碗小米粥，两个小饽饽，饿得肚皮贴着脊梁骨。”老孙头看见大伙唠开了，也凑拢来插嘴说。

“你那算啥？”老田头不顾李振江瞪眼歪脖的阻止，也开口说，“我上三棵树当劳工，在山边干活，饿得邪乎，大伙都到山上去找蒿子芽吃。日本子知道，不让去找，怕耽误工。见天下晌收工时，叫大伙把嘴巴张开，谁嘴里有点青颜色，就用棒子揍，连饿带打，一天死十来多个。”

“你没见过死人多的呀。”刘德山看见老实巴交的老田头说话，也说起自己的经历，“我头一回当劳工，也是在煤窑挖煤，见天三碗稀米汤，又是数九天，冰有三尺厚，连饿带冻，干活干不动。一天下晚，正睡得迷迷糊糊，有人推醒我：‘快快地起来，快快地，去推煤去。’我醒过来，擦擦眼睛说：‘没亮天呀！’‘还不快起来，要挨揍了！’我赶快起来，赶到煤窑去推车，伸手到车里，摸摸装满了没有。这一摸，可把心都吓凉了。我叫唤一声，脊梁上马上挨了一鞭子：‘再叫，揍死你这老杂种操的。’我不叫了，推着车走，你猜车上装的啥？是死人！一车一车的死尸，叫我扔到大河套的冰窟窿里去。你看到一天死七八个人，还当奇事，咱们那儿，一车一

① 跑腿子：打单身。

车地扔哩，在‘满洲国’，死个劳工真不算啥，扔到冰窟窿里就算完事。”

说到当劳工的沾满血泪的往事，每个庄稼人就都唠不完。萧队长不打断他们，一直到深夜，他才另外提出一个新问题：

“你们个个都摊了劳工，能回来的算是命大……”

“嗯哪。”不等萧队长说完，十来多个声音应和着。

“不是三营来，咱们都进冰窟窿了。”赵玉林补充说。

“对！”萧队长接嘴，“大伙寻思寻思吧，地主当不当劳工？”

大伙都回答：

“地主都不当劳工。”

“为啥？”萧队长追问。

回答是各式各样的。有人说：地主有钱，出钱就不出劳工。有人说：地主有亲戚朋友在衙门里干事，摊了劳工，也能活动不叫去。也有人说：地主的儿子当“国兵”，当警察特务，家庭受优待，都不出劳工。又有人说：地主摊了佃户劳金当劳工，顶自己的名字。

“你们这屯子里，谁家没有出劳工？”

“那老鼻子啦。”直到现在没吱声的李振江抢着说。

“韩家大院摊过劳工没有呢？”为了缩小斗争面，萧队长单刀直入，提到韩老六家。

“咱们屯子摊一千劳工，也摊不到韩老六他头上！”赵玉林说，又点起烟袋。

背阴处，有三个人，在赵玉林说话的时候，趁着大伙不留心，悄悄溜走了。刘胜瞅见了，起身要去追，萧队长说：“不要理他们。”他转向大家又问道，“咱们大伙过的日子能不能和韩老六家比？咱们吃的、住的、穿的、戴的、铺的、盖的，能和他比吗？”

“那哪能比呢？”刘德山说。

“货比货得扔，人比人得死呀！”老孙头说。

“咱们穷人家，咋能跟他大粮户比呢？”看见大伙都说话，老实胆小的田万顺，又开口了，“人家命好，肩不担担，手不提篮，还能吃香的，喝辣的，穿的是绫罗绸缎，住的是高大瓦房、宽大院套。咱们命苦的人，起早贪黑，翻土拉块，吃柳树叶，披破麻袋片，住呢，连自己盖的草屋，也捞不到住……”说到这里，他的饱经风霜的发红的老眼里掉下泪水了。他记起了韩老六霸占去做马圈的他新盖的三间小草房，他的声音抖动，说不下去了。而他又看到了李振江向他瞪眼睛，越发不敢说了。

“怎么的，你老人家？”萧队长问。

小王向赵玉林问了老田头的姓名，走到他跟前，手搁在他的肩膀上，温和地说：

“老田头，今儿你把苦水都倒出来吧。”

“你说下去。”萧队长催他，“把你的冤屈，都说出来吧。”

老田头又瞅李振江一眼，他说：

“我心屈命不屈，队长，你们说你们的吧，我的完了。”

这时候，李振江站立起来，首先向萧队长行了一个鞠躬礼，又向大伙哈哈腰，这才慢慢说道：

“没人说，我来唠唠。我不会说话，大伙包涵点。我叫李振江，是韩凤岐家的佃户，老田头也是。咱俩到韩家走动，年头不少了。韩六爷的那个脾气，咱俩也明白，他光是嘴头子硬，心眼倒是软和的。”

刘胜跟小王同时暴跳起来，同时走到李振江跟前。

“谁派你来的？”刘胜问。

“谁也没有派我来。”李振江回答，有些心怯。

“你来干啥的？”小王跟踪问一句。

“啥也不干。”李振江说，使劲叫自己镇静。

“让他说完，让他说完。”萧队长也站起来了，劝住刘胜和小王，他怕性急的刘胜和暴躁的小王要揍李振江，闹成个包办代替的局面，失掉教育大伙的机会，又把斗争韩老六的火力分散了。他从容问道："你叫李振江，韩老六的佃户，是吗？正好，我问你，韩老六到底有多少地呢？"

"本屯有百十来垧。"

"外屯呢？外省呢？"

"说不上。"

"他有几挂车，几匹牲口？"

"牲口有十来多头吧，咱可说不上。"

"你说差啦，谁不知道韩老六有二十多头牲口。"后面灯光照射不到的地方，有一个人叫唤，李振江扭转头去，想要看看那是谁。

"你不用看了，"萧队长冷笑说，"现在你知道是谁说的，也不中用。'满洲国'垮了。刘作非蹽了。蒋介石本人是泥菩萨过江，自身难保。没有人来救你们韩六爷的驾了。"萧队长言语从容，但内容尖锐。他本来要说："韩老六的命也抓在穷人的掌心了。"可是他一想：在大伙还没完全清楚自己的力量时，说出来反而不太好。他连忙忍住，不说这一句，改变一个方向说："我倒要问你，韩老六给了你一些什么好处，你替他尽忠？你种他地不缴租粮吗？"

"那哪能呢？"李振江说，不敢抬眼去看萧队长，装得老实得多了。可是他的这句话并不是真话，工作队到来的那一天下晚，韩老六叫了他去，在外屋里，他俩悄声密语唠半天，韩老六要李振江"维持"他一下，答应三年不要他租粮。就这样，为了自己的底产、马匹、院套，和那搁在地窖里年年有余的粮食，为了韩老六约许他的三年不缴的租粮，也为了韩老六是他的"在家理"的师父，他顽固地替地主说话，跟穷人对立。今儿下晚，萧队长担心转移了目标，分散了力量，有意放松李振江，走到课堂的中心，又向大伙发问道：

"我再问你们，韩老六压迫过你们没有？"

"压迫过。"十来多个声音齐声地回答。

"压迫些什么？"

又是各式各样的回答，有的说：向韩老六借钱贷粮，要给七分利、八分利，还有驴打滚的，小户拉他的饥荒，一年就连家带人都拉进去了。有的说：韩家门外的那口井，是大伙挖的，可是往后跟他不对心眼的，不能去担水。也有的说：得罪了韩老六，不死也得伤。韩老六爷俩，看见人家好媳妇、好姑娘，要千方百计弄到手里来糟蹋。

听到这儿，老田头的眼睛又在豆油灯下，闪动泪光了。

“老田头，你心里有啥，还是跟大伙说说。”萧队长早就留心他，带着抚慰的口气说。

“没啥说的，队长。”老田头说，眼睛瞅瞅李振江。

这时候，赵玉林从桌子上跳下地来，把他那枝短烟袋别在裤腰上，往前迈一步，一手解开三营战士送给他的那件灰布军服的扣子，露出他的结实的、太阳晒黑的胸膛。这是他的老脾气，说话跟打仗一样，他要发热冒汗，要敞开胸膛。他说：

“屯邻们，姓赵的我是这屯里的有名的穷棒子，大伙送我的外号赵光腚，当面不叫，怕我不乐意，背地里净叫，我也知道，我不责怪大伙，当面叫我赵光腚，也没关系。”

有人发出了笑声。

“不准笑，”有人冒火了，“笑穷棒子，你安的是啥肠子呀？”

赵玉林继续说道：

“笑也没关系，反正队长也明白，穷不算丢脸。我屋里的没裤子穿，光着腚，五年没吃过一顿白面，可也没有干啥丢人的事。”

“那是不假，”老孙头插嘴，“你那媳妇是一块金子。”

“没铺没盖，没穿没戴的小人家，”赵玉林又说，“平常还好，光腚就光腚吧。可一到刮西北风下暴烟雪的十冬腊月天，就是过关啦。一到下晚，一家四口，挤成一堆，睡在炕上，天气是一年四季都算圆全了。光身子躺在热炕上，下头是夏天，上头是冬天，翻一个身儿，是二八月天。要说这二八月的天气正合你的适，你就得一宿到明，翻个不停，不能合眼了。”

“那是不假，”老孙头说，“穷棒子都遭过这罪。”

“可是穷人要有穷人的骨气。我那媳妇也和我一样。不乐意向谁去低头。咱们一不偷人家，二不劫人家，守着庄稼人本分。可是你越老实，日子越加紧。伪满‘康德’十一年腊月，野鸡没药到，三天揭不开锅盖，锁住跟他姐姐躺在炕头上，连饿带冻，哭着直叫唤。女人待在一边尽掉泪。”

老田头听到这儿，低下头来，泪珠噼里啪啦往下掉，是穷人特有的软心肠，和他自己的心事，使他忍不住流泪。小王也不停地用衣袖来揩擦眼睛。刘胜走到窗户跟前，仰起脸来，望着这七月下晚的满天星斗的天空，来摆脱他听到赵玉林的故事以后，压在心上的石头。坚强冷静的萧队长，气得嘴唇直哆嗦。他催着赵玉林：

“说下去，你说下去吧，老赵哥。”

老赵又说下去：

“我一想，得想个办法，要不就得死。我往韩家大院奔，分明知道那是鬼门关，也得去呀。我不能眼瞅孩子们饿死。进得大门，四只狼种深毛狗，一齐奔过来，跳起来咬人，我招架着。韩家管院子的老李，就是李青山，他跑出来，挡住我在当院里，他说：‘看你那股埋汰[①]劲，不许你进屋。’‘老李，谁呀？’东屋有人问，听那粗哑的嗓门，我知道就是韩老六本人。李青山说：‘南头赵玉林。’里面说：‘问他来干啥。’外面答应：‘他说是来拉点饥荒的。’一听到这话，玻璃窗户上，伸出一个秃鬓角的大头来，这是韩老六本人，他一脸奸笑，说道：‘赵家好汉你也求到我这寒碜门第里来了？我要说不借，对不起你屋里的那面。’李青山在一边，听到这儿，哈哈大笑，我的心口烈火似的烧，嘴里冒青烟。韩老六说：‘你要贷钱？钱有的是，要多少，有多少，可是有一宗条件，就怕

① 肮脏。

你不能答应。’韩老六没有往下说，他等我答应。我一想两个孩子正在饿得哇哇哭，就说：‘你说那条件看看吧。’韩老六开口：‘今天下晚止灯睡觉的时候，叫你媳妇来取吧。’我肺气炸了。可是一个人孤孤单单的，两手攥空拳，有啥办法呢？我转身就走。李青山唆使四只狗追上，把我的破裤腿扯拉成几片，脚脖子给咬了一口，血淌出来。第二天，算是天老爷不昧苦心人，药到一只野鸡，一家正吃着，来摊劳工了。一家子那哭啊，就别提了。当劳工回来，屋里的为了躲开韩老六，脸上涂得埋埋汰汰的，在外屯要饭，锁住的姐姐，我那七岁小丫头，活活饿死了。我呢，一天，韩老六罚我跪在碗碴子上边，尖碗碴子扎进皮骨里，那痛啊！就像上了阴司地狱的尖刀山，血淌一地，你们瞅瞅。”赵玉林把脚跷在桌子上，把裤腿卷起，说道：“这里，波棱盖上还有一个个指头大的伤疤。”

人们都围拢来看。不大一会，赵玉林把脚放下来，他为他自己的长长的诉说，和过去的伤疤，大大上火了，提起粗嗓门唤道：

“屯邻们，有工作队做主，我要报仇，我要出气啦。韩老六当伪满的村长那年，你们谁没挨过他的大棒子？”

“挨过的人可老鼻子了。”老孙头说。

“那是不假，挨揍的人不老少。”刘德山也说。

“再问问大伙，南头的老顾家，老陈家，西门外的老黄家的少的，都给谁害死了？”

赵玉林说到这儿，大伙又都不吱声，有的向门边移动，想走。萧队长看到这情形，怕大伙冷了下来，坏分子趁机泄大伙的劲，慌忙走到赵玉林跟前，悄声地要他提一个大伙能回答的有鼓动性的问题。赵玉林问道：

“你们说：韩老六坏不坏呀？”

“坏！”大伙齐声答应了。

“他压迫咱们穷人，咱们应不应该和他算算账？”

“咋不应该呀？”一部分人这样回答。

“和他算账！”一部分人又这样回答。

“咱们敢不敢去和他算账呀？”赵玉林又问。

“敢！”大伙齐声回答。

“咋不敢？”站在萧队长附近的刘德山还加了一句。

“大伙说敢！就跟我来，革命的人不兴光卖嘴。去，今下晚去抓起那王八犊子，老百姓就敢说话了。”赵玉林往门边挤去，用那敞开的旧军衣的衣襟，擦着头上的由于兴奋和激动而冒出的汗珠儿。

课堂里起了骚扰和争吵，有的人走来走去，有些人围成几堆，用着各种不同的声音和态度，合计和争吵。

“咱们都跟赵大叔去抓大汉奸！”热烈的年轻人说。

“去就去呗。”稳健些的中年人说。

“三星都那么高了，明儿去吧，明儿一早去也赶趟。”困倦的上了年纪的人说。

“人心隔肚皮，备不住有那吃里爬外的家伙[①]走风漏水，叫韩老六跑了。”年轻的人反驳，还是赞成去。听到讲这话，萧队长看见李振江的身子震动了一下。

“看他能跑！跑到哪儿都是共产党的天下。”不赞成立刻去抓的人说。

“他一家子在这儿，他的房子地在这儿，他跑？跑了和尚跑不了庙。”另外一些不赞成立即去抓的人也说。

“去！有胆量的跟我来！”赵玉林好像没有听见别人的说话，又唤叫道，“谁怕事的，趁早回家，赶快搂着媳妇娃娃蒙在被窝里。老刘，我看你也回去吧。”赵玉林挑战似的对那挨到门边，想要溜走，又怕人家笑话的脸色灰白的刘德山说道。

“我回去干啥？你能去，我不能去吗？”刘德山勉强笑着。

---

① 内奸、叛徒。

工作队的人都支持老赵的意见：立即去抓韩老六。但是对今儿这事态的急速的发展，他们有着各种各样的不同的热情的表现。刘胜瞅着赵玉林的痛快的说话和举动，高兴得蹦跳起来，他热烈地对张班长说，你看看农民的伟大，他满口赞美，忘记了张班长自己也是一个庄稼人。

小王看见赵玉林挤到了门口，忙挤上去，把自己的匣枪解下，给老赵说道：

“你拿我的枪去，王八犊子作兴有枪的，你使过枪吗？”

“匣枪不会使，摆弄过洋炮[1]。”赵玉林用粗大的右手接过匣枪来。

“容易使唤，你来，你来，我教你，”小王推开众人，忙把赵玉林拖到屋子的当间，在豆油灯下，他把匣枪从皮套里取出，咔唧一声上好一梭子弹，把枪膛一拨，他说，“上好顶门子了，你这么一扣，火就出来了。再打再扣。”赵玉林一面答应“知道了”，一面挎好枪，转身要走。小王又叫他回来说：“要带捕绳去。”他说着，忙去把他的捆背包的麻绳拿过来，交给赵玉林，并且说：“抓到了，把他捆结实一点，对反革命就得这样子。”

在人们吵吵闹闹的当中，萧队长用全力控制了自己的狂热的情感。他和刘胜、小王一样，高兴老赵这种勇敢的行为。但是对于解放事业，党的任务的重大的责任感，使他感觉到，常常需要平静地好好地思索事情的一切方面。他在人少的角落里，走过来走过去，脱下军帽，习惯地用手搔搔他那剃得溜光的头顶。他想：在群众的酝酿准备还不够成熟、动员还不够彻底和广泛的情形之下，也许赵玉林跑得太快，脱离了广大的觉悟慢些的群众。但他又想：泼冷水是不好的，人是要抓的。赵玉林说，抓起韩老六，老百姓就敢说话了。“好吧，抓来再看。”他对自己说。忽然灵机一动，他想韩老六

---

① 洋炮，南方叫鸟枪。

拉过大排，一定有大枪，赵玉林单枪匹马地冲去，不定要吃亏，他叫唤道：

“春生，叫赵玉林别忙着走。张班长！”

“有。”张班长忙跑过来，立一个正。萧队长说：

“你带八个人，跟赵玉林去，到了那边，四个留在大门外警戒，你带四个人进去，上好刺刀，一切作战斗准备。”

大伙走了以后，萧队长还沉思着。他在细细地想起这个初次的积极分子会议的一切经过的情景：“还不太坏。”他满意地笑了，“可是老田头，看样子是有大的伤心事，明儿咱们去找老田头。有水吗？”他问老万，“凉水也好，打一盆来，三天没有洗脸了。完了，你也去看他们抓人去。”

赵玉林挎着枪，领着头，大踏步地走出学校门，在道沿走着。天气凉凉的，天上银河闪亮着。远远近近，蟋蟀和蝈蝈，一唱一和地鸣叫。道旁柳树丛子里，惊起的家雀飞跃着，震动树枝，把枝叶上的露水滴滴溜溜地震落下来，滴在人们的头上、肩上和枪上。

刚出学校门，李振江连忙隐在后尾人堆里，一会不见了，他钻进道北一家人家的菜园子，抄近道，朝韩家大院的方向跑去了。

刘德山走到半道，慢慢落下来，趁着没有人瞅见，躲进道边一个茅楼[①]里，一直到人们的脚步声越走越远，他才伸出头，两边望一眼，然后走出来，低头掩住脸，往家里猛跑，并不是怕有人追他，而是想着越快越好地跑回家里去，免得人瞅见，识破他是临阵逃跑的。

人们在前进，带枪的人们和不带枪的人们在一起，呼啦呼啦地往前走。腿脚不好的老孙头和老田头，也跟在人们的后面，侧棱侧棱地拐着慢慢走。插在枪尖的刺刀，在星光底下，闪着光亮。从稍远的后面一望，这一小列枪尖上的长刺刀，好像是在划开灰蒙蒙的

① 厕所。

天色似的。

一路狗咬着，酣睡了的人们好多惊醒了，整个屯落骚动起来了。

七

这一宿，就是赵玉林领头去抓韩老六的这一宿，元茂屯里好多的人整夜没有睡。韩家大院和小学校里的灯火，都点到天亮。两个地方空气是同样的紧张。两个地方的人们都用全部的力量在进行战斗，都睁大眼睛留心发生的事情，但一面是没有希望的没落的挣扎，一面是满怀希望的革命的行动。

赵玉林带领着众人，向韩家大院走去。刚到半道，迎面来了两个人，星光底下，看得挺清楚。一个是韩家大院管院子的李青山，一个就是韩老六本人。这意外的碰见，使得赵玉林一时愣住了，不知说啥好。他不知不觉地把拿着捕绳的右手搁到背后去。紧逼在他的跟前的秃鬓角，就是老百姓不敢拿正眼瞅瞅的威风十足的韩凤岐。“我能捕他吗？”赵玉林心想。韩老六看见赵玉林发愣，就放出平日的气焰开口道：

“老赵，听说你是来抓我来的，那好，你瞅我自己来了。”

看见韩老六怒气冲冲的样子，人们又走散了一些，老田头不敢再上前，赶车的老孙头也慢慢走开，慢慢走回家去了。

赵玉林旁边，光剩几个年轻人。韩老六往前迈一步，对赵玉林说道：

“你咋不说话呢？你背后的绳子是干啥的？来捕我的？你是谁封的官？我犯了啥事？要抓人，也得说个理呀，我姓韩的，守着祖先传下的几垄地、几间房，一没劫人家，二没偷人家，我犯了你姓赵的哪一条律条，要启动你拿捕绳来捕我？走，走，咱们一起去，去找工作队同志说说。”

“早说过了，”张班长看见赵玉林被韩老六吓唬住了，帮他说道，“你犯的律条可多哩。”

“你叫我在当院里跪碗碴子，你忘了吗？”赵玉林看到有了帮手，恢复了勇气。

“你记错了吧，老赵哥？哪能有这事？”看见赵玉林敢于开口，韩老六起始有点儿吃惊，但立即把声音放得和软些，在“老赵”下边添一个“哥”字，而又狡猾地抵赖他做过的事情。

韩老六这一耍赖，使赵玉林上了火了。他怒气冲冲地说：

“你说没有，就能没有吗？我不跟你说，你到工作队去见萧队长。”赵玉林说着，原先不知不觉藏在背后的捕绳，如今又不知不觉露到前面来了。

“去就去呗。”韩老六意外地碰见赵玉林的强硬的态度，心里有些恐慌了，但嘴上还装硬地说道，“就是萧队长也得说个理。我姓韩的桥是桥，路是路，一清二白的，怕谁来歪我不成，倒要问问老赵哥？”

“谁是你的老赵哥？”赵玉林说。

“咱们一个屯子的人，抬头不见低头见，平日都是你兄我弟的，日子长远了，彼此有些言语不周，照应不到的地方，也是有的，那也是咱哥俩自己家里的事，你这么吵吵，看外人笑话。常言道‘远亲不如近邻’哩……”

“走吧，走吧，”张班长切断他的话，“别啰嗦了。”

“走吧，”赵玉林说，“这会来说这些话也晚了。在‘满洲国’，叫我跪碗碴子，血淌一地，我说：‘六爷，痛得支不住了，看我们屯邻情面，饶我这一回吧。’当时你怎么说的，你忘了吗？你说：‘谁是你屯邻，你妈那巴子。’如今你倒说：‘远亲不如近邻哩。’我有你这个‘近邻’，劳工号没到，就摊到劳工，回来小丫也死了。”说到这里，赵玉林想起连裤子也穿不上的日子和他的死去的小丫，痛心而且上火了，他说：

“走吧，走吧，跟你说啥都是白搭唾沫，快走。”

“走就走，谁还怕啥呀？你告我，架不住我没有过呀，脚正不怕鞋歪，走就走呗。”韩老六说。

“你没有过？头次刘作非胡子队来了，你摆三天三宿的迎风香堂[①]。二次邹宪民胡子队来攻打元茂屯，你叫他们从西门进，往街里打。胡子撤走，你家一根谷草也没丢，你这不是跟胡子勾连？再说，韩老七蹽到哪儿去了？”赵玉林顶着韩老六问。

“胡子来打街，我不是也打过枪吗？”韩老六勉强地说，对后一问题“韩老七上哪儿去了？”，他避开不答。赵玉林揭穿了他家的秘密，使他心里十分恐慌，可还是故作镇定。

“你打的是朋友枪，朝天打的，谁还不知道。”赵玉林说。

“你的枪在哪儿？”张班长听说他打过枪，立即追问他的枪。

“缴一面坡了。”韩老六说。

“他真缴了吗？”张班长转身问赵玉林。

“谁知道他。”赵玉林说。

“走，咱们要走就快点走吧。”韩老六用别的话岔开大枪的问答，他又回头对李青山说道，“你回去，说我到工作队去了，没啥。我不在屋，叫她们多加小心。”李青山走了以后，韩老六反催着大家：“快走吧，我倒正要见见萧队长，问问赵玉林你深更半夜，无故捕人，是依的哪儿的法律？你凭空诬告，你，哼！”

“你去告我吧。”赵玉林说，带着他走。

到了工作队，跟赵玉林去抓人的一些人，各自散了。小王随即把赵玉林拖到一个窗台下，问长问短。赵玉林说在半道碰见韩老六，和他干了一仗，谈到韩老六说他自己“脚正不怕鞋歪”时，小王哈哈大笑道：“真是人越丑越爱戴花。”

萧队长也凑过来了，握着赵玉林的手，听他说完一切经过的情

---

① 摆香堂是青帮一种聚会的仪式，迎风香堂是欢迎会似的聚会。

形以后，悄声要他就回去，多找对心眼的人，多联络些起小成年扛活的，穷而又苦的人，越多越好，等着开大会，跟韩老六讲理。最后萧队长说：“好，你先回吧。”赵玉林起身，把匣枪还给小王，迈步要走，萧队长又说：

“你别忙走，张班长，拿一棵大枪给赵玉林使唤。”

张班长取来一棵三八大盖[①]，三排子弹，交给赵玉林，萧队长说：

“你得多加小心呀，老赵。”

韩老六一到工作队，就跟萧队长深深一鞠躬，萧祥撇开他跟赵玉林说话的时候，通讯员老万对他说：

“往那边靠。”把他撵到远远的一个窗台下，但他还是侧着耳朵，极力想要听清萧队长和赵玉林说一些什么。

“队长辛苦了。”赵玉林走后，韩老六走向萧队长，又深深地鞠了一躬，奸笑着说。

萧队长从头到脚，瞅着这个人：秃鬓角，脸上焦黄，笑起来露出一嘴黑牙齿，穿着白绸子小衫、青花绸裤子，脚上穿的是皮鞋。这人就是国民党胡子北来[②]队的后台，他供给胡子的枪支、马匹和粮食，他的弟弟韩老七还在大青山上当胡子，所有这些，萧队长来到元茂屯以前，早就听说过。到了元茂屯以后，他又听到了关于他的许多事。

“啊，你就是韩六爷吗？”萧队长讥讽地说着。

“不敢，民户就是韩凤岐。”韩老六哈着腰说，“前儿队长没赏光，本来早就要来拜望的。”

“今儿来了也不晚。”萧队长笑着说。韩老六从衣兜里掏出一盒烟卷来，抽出一支送给萧队长，遭了拒绝以后，他自己点着抽了说：

---

① 枪栓上有个钢盖的日本枪。

② 国民党胡子头的名字。

“队长要不是为咱们百姓，哪能来这荒草野甸的穷棒子屯子，这疙疸[1]吃喝都不便，凳子也缺，赶明儿搬到我们院子里去。我把上屋腾出来，给队长办公。再说，咱们乡下人对这如今民主世界，好多事情还不懂，队长搬去，早晚好请教。”

“好吧，明儿的事，明儿再说吧，今儿下晚你先在这儿待一下晚。”

“那是干啥呢？叫我蹲笆篱子吗？”韩老六发问，他有些着忙，却故作镇定。今儿下晚的事，好多都是他没预先想到的，赵玉林的强硬，萧队长的扣押。他的五亲六眷，家理师徒，磕头拜把的，布满全屯。在哈尔滨，在佳木斯，在一面坡，都有他的休戚相关的亲友，大青顶子还有韩老七，他想他在这儿原是稳如泰山的，谁敢动他？可是现在呢？真的是蹲笆篱子了吗？他再试探一句：

“萧队长，我能回去一下再来吗？”

“不必要。”萧队长这样干脆回答他。

“队长，你说不必要，我想有必要，你说不行，也得讲个道理呀。”韩老六说，焦黄的脸上挂着假笑。

“就是不行！”小王右手在桌上一拍，愤怒地说，“跟地主汉奸还讲啥道理？”

“小同志，你也不能张口伤人呀。”韩老六说。

“打还要打呢。”小王说。

“八路军共产党不兴骂人打人的呀，小同志，”韩老六心里得意了，他想，“这下可整下他来了。”

“八路军共产党不兴骂好人，打好人，”萧队长从容地却是强硬地回答，“对刁横的坏蛋，可不一定。”

这时候，韩老六的大老婆子韩李氏和小老婆子江秀英哭着闹着闯进来了。韩李氏捶着胸口哭，江秀英小声地干号。

---

① 这儿。

“我们当家的犯了啥事呀，你把他扣住？”韩李氏撒泼地叫道，“你杀死咱，杀死咱们一家吧。”

“队长，”江秀英从衣兜里掏出一条粉红手绢来，擦擦鼻尖上的汗，对萧队长说，“你们扣起咱们当家的，这不是抗违了你们的伟大的政策吗？”

正闹着，韩老六的儿媳、侄媳、侄儿侄女等等一帮人，都蜂拥进来，他的姑娘韩爱贞走在最后，她打扮得溜光水滑的，白绸子大衫里面，衬着粉红洋纱汗衫子。她走到韩老六跟前，伏在他肩上，哭着唤道：

“爹呀，可把你屈死哪。”

正吵闹间，元茂屯的另外两个大粮户，杜善人和唐抓子，带领三十多个人，拥进来了。他们团团围住工作队的人。杜善人站在头里，向萧队长鞠躬，这鞠躬的态度和韩老六一模一样的，不过是他的身体肥胖些，肚子大一些，腰不能弯得那么深。往后，唐抓子上来，呈上一张纸条，上面写着：

民户韩凤岐，由贵工作队长拘押的有。想必韩家仇人官报私仇，糊弄长官。查该韩凤岐确是大大的良民，请长官开恩释放，民等保他听审不误。

此呈

萧工作队长　殿

下面是三十二个人的名字、手印或图章。

韩长脖也在这一群人里，趁着大伙乱哄哄地吵吵闹闹的时候，他凑近韩老六的身边，两人嘀咕了一阵。两人才说完，听到杜善人喘着气说道：

“请队长放他。”

“管保他听审不误。”唐抓子添了一句，叹了一口气。

在老娘们的哭闹中和男人们的包围里，萧队长镇静如常。他既不慌张，也不生气。他坐在桌子上，冷静地看着这些装扮成为各种各样的角色的男女，有时也微微地一笑，呈子递上来，他慢慢念着，看到“韩凤岐确是大大的良民”一句，他哈哈地大笑起来，问那站在头里的唐抓子：

“韩凤岐当过两年伪满的村长，他五哥是个大特务，他七弟是国民党胡子，他外号是韩大棒子，附近几个屯子，挨过他的揍的人没有数。好娘们他都想尽千方百计去糟蹋，好地土他要想方设法去霸占，你们说他是‘大大的良民’，他是哪一国的‘大大的良民’呀？倒要问问你们。”

一席话，说得这一群人都不能吱声。

韩老六看见萧队长这样熟悉他的历史和行径，连忙对杜善人招呼“亲家”，又对唐抓子笑道：“好兄弟，谢谢你们来保，萧队长是找我来唠唠，也没难为我，你们先回吧。”完了他又跟他家里人说道：“你们也回去，没关系，萧队长会放我回来的。”他又吩咐江秀英：“给我送一盒烟卷、一些酒菜来。”

韩家的人和保人都走了。不大一会，李青山送来一个描绘着青枝绿叶的搪瓷提盒和一棒子烧酒。酒菜摆在书桌上，韩老六邀萧队长同喝一杯，遭了拒绝后，又请刘胜同小王：

“来尝尝咱们关外的口味，同志，”韩老六说，“尝尝狍子肉，喝盅高粱酒。”

没有人答应他的邀请，韩老六慢慢地独酌。一直喝到他的颧骨发红，才放下酒盅，拼命抽烟卷，手支着头想。他的心思挺复杂：在旧中国，他开始发家，在“满洲国”，仗着日本子帮助，家业一天天兴旺，江北置一千垧地，宾县有二百来垧，本屯有百十来垧。为不引起别人的注目，他的家安在他地土顶少的屯子。山林组合[1]有他的股份，街里烧锅的股份，他有三股的一股。“不杀穷人不富”，是他的主意。他的手沾满了佃户劳金的鲜血。他知道他的仇家不老少。但他以为“满洲国”是万古千秋，铁桶似的，他依附在这铁桶的边沿，决不会摔下。意想不到“八一五”炮响，十天光景，这铁桶似的“满洲国”哗哗地垮了。日本子死的死，逃的逃，把他撂下来，像个没有爹妈的孽障。他心惊肉跳，自以为完了。蒋介石的“中央先遣军”刘作非收编了他的哥哥韩老五、弟弟韩老七，并且叫他当上元茂屯的维持会长。他拉起大排，又得意了。刘作非乍一来到这屯子，吆喝全屯的“在家理”的粮户，摆了三天三宿的迎风香堂，捐来的小户的银钱，水一样地花着，不到半拉月，八路军三五九旅三营来，枪炮加喀加喀地响着，“中央先遣军”又哗哗地完了。韩老六把枪插起来。如今，小小一个工作队，来到这屯子，好像是要把这屯子翻个过儿来，连那平常他全不看在眼里的赵光腚，竟敢带人来抓他来了，这真是祖祖辈辈没有见过的奇事。说是吃得太多做的噩梦吧？又实在不是。他明明白白地给软禁起来了。还不知道明儿该咋样，他感到一种奇怪的、自己也不能相信的害怕。

“不能长远的。”这个思想忽然闪进他脑瓜子里，使他快乐点。“穷棒子还能长远吗？”他这样告人，也这样自信。因此他的心机全部用在下边这个目的上，咋样对付这个短时期的“变乱”，等待他的好日子再来。

“那日子还会来吗？”他又犯疑了，他的大儿子韩世元蹽到“中央军”去了，一去无消息。看样子这工作队不会马上走，还得干一场！好吧，干就干吧，看谁硬实？他偷眼瞅瞅萧队长，心里冒火了。他想起了韩长脖和自己吩咐他的话：“这一回要等着瞅你的手脚了。”

---

① 日本人办的林业公司。

正当韩老六一手支着头，左思右想时，萧队长把小王叫到一边，要他带两个战士，到屯里的公路上巡查。警卫班战士，除留两个人在家看差以外，其余都出去找他们自己发现的积极分子，布置明儿的斗争会，鼓励他们准备会上的发言。人们一个一个迈步走出去。三星挺高了。屯子的南头和北头，到处起了狗咬声，好多洋草盖的低矮小屋的院子的跟前，有好多模糊的憧憧的人影。

萧队长自己也出去了。他把他的快慢机[①]别在前面裤腰上，一直往韩家大院的所在的北头走去。他要看看韩老六被扣以后那边的情况。他没有叫老万跟他，在关里的长久的游击生活使他胆量大。他在一个没有门窗的破小屋的背阴处，好像看见一个黑影子一闪，"谁呀?"他的喝问还没有落音，"当"的一声，一枪正朝他打来，弹着点扬起的泥土飞到了他的腿脚上，萧队长一下跳到旁边一棵大柳树后面，掏出匣枪来冲着枪响的方向，喀吧喀吧地一连打了一梭子子弹。

"谁打枪呀?没有打着吧?"小王手提匣枪，带领两个人奔跑过来问。

"没有。"萧队长回答，把匣枪又别在腰上。

"哪里打枪?"刘胜也气喘吁吁地奔跑过来了。

"去追去。"老万也来了，并且提议说。这时候，张班长也带一群人来了。大家都要到那小屋旁边去搜索，萧队长说：

"算了，不必去，这屯子的地形咱们还不太熟悉，群众没起来，不要吃这眼前亏。这是一个警号，往后都该处处加小心防备。"他又转向张班长，"下晚岗哨要多加小心。"

打黑枪的家伙，放一枪以后，转到小屋的后面，傍着柳树丛子，顺着"之"字路，一会歪西，一会偏东，飞也似的往北头跑去。奔跑半里路以后，细听背后没有脚步声，他才停下来。星光底

---

① 一种好匣枪，枪膛钢板，平滑如镜，故又叫大镜面。

下，他用衣袖擦擦长脖子上的汗珠子，把他那支“南洋快”[1]别在裤腰里。待到他慢慢走到家里时，东方冒红了。

八

这几天，元茂屯的男男女女，老老少少，都有一种奇怪的感觉。他们从玻璃窗户里，从破纸窗户里，从苞米高粱的密林里，从柳树丛子的背阴处，从瓜架下，从大车上，睁开惊奇的眼睛，瞅着工作队，等待他们到来以后屯子里新的事件的发生和发展，而且人人都根据自己的财产、身份和脾气，用各种不同的态度，接受新发生的事情，有人乐意，有人发愁，有人犯疑，也有的人心里发愁，却装着快乐。没有一个人的心里是平平静静的。

东方刚冒红，元茂屯的四百户人家做早饭的柴烟，刚才升起，谣言像是展开翅膀的黑老鸹，从屯子的北头到南头，到处飞鸣着。

“工作队长跟韩六爷一起喝酒了。”

“谁说的？”

“李振江亲眼看见的，工作队长说：‘咱们乍来，屯里事情不熟悉，六爷多帮忙。’韩六爷说：‘好说，好说，能做到的，哪有不帮忙的呢。’”

“昨儿下晚，哪里打枪呀？”

“当当地打十一响，我当又是胡子打街哩。”

“可不是？说是韩老七从大青顶子回来搭救他哥哥的。”

“我也听说：韩老七朝工作队打了一枪，说：‘快把六哥放出来。’里面不答理，韩老七又是一梭子，完了韩老六出来，向他摆手说：‘萧队长跟我说好了，彼此帮忙，家里没事了，你回去吧。’韩老七

[1] 一种日本造的连发短枪。

对萧队长道歉：‘误会，误会。’连夜骑马回山里去了。”

谣言越来越多，越出越奇。甚至于说：“萧队长跟韩老六磕头拜把，你兄我弟了。”“韩六爷欢迎工作队，又摆迎风香堂了。”

吃过早饭，老孙头又敲着铜锣，从屯子的北头到南头，一边敲一边叫道：

“到小学堂里去开会，斗争韩老六。”

赵玉林的肩上倒挂着大枪，早来到会场。他把大枪搁在课堂里。

刘胜要赵玉林跟几个警卫班战士布置开会的场子。在小学校的操场里，他们用六张桌子和十来多块木板子搭起一个临时的台子。台子靠后摆四五把椅子。台子旁边两棵白杨树干上，粘着两张白纸条，一张写着“元茂屯农民翻身大会”，另一张写着“斗争地主恶霸韩凤岐”。这是刘胜的手笔。

人们渐渐地来了。都戴着尖顶草帽，有的光着膀子。有一些人站在台子的跟前，瞅着刘胜在上面摆布桌椅。还有一堆人，在听一个人讲黑瞎子的故事。这人在说黑瞎子掰苞米的笑话：“他掰两个棒子，夹在腋下，完了伸手又去掰两个，胳膊一松，头里夹的两个掉下来，又夹两个新掰的。这么掰一宿，完了还是不多不少，夹着两个棒子走。”人们都笑着，这讲话的人是老孙头。

老田头也来了。他戴一顶破草帽，一个人蹲在墙根下，不跟谁说话。一群光腚的孩子，扒在课堂外边的窗台上，从玻璃窗户里瞅着里面的韩老六。

人们都不说起有关斗争韩老六的事情，但心里都焦急而又好奇地等待，希望快开会。

韩老六的家里人，他的五亲六眷、三老四少、磕头拜把的，全都到来了，散布在各个人中间，他们都不说话。人们都认识他们，害怕他们，在他们面前尽装着对这大会不感兴趣的样子。

李振江走到老田头跟前，傍着他坐下，跟他唠起庄稼上的事。

“豆子咋样？”李振江问。

“完蛋了，草比苗还高，垄沟里的坐堂水[1]老远不撤。”老田头丧气地说。

“苞米呢？”

“苞米也完了。”老田头一边说，一边还用手比量着，“苗有这么高，这叫老母猪不跷脚。”老田头说完，本来还要说“都是胡子闹瞎的”。他瞅李振江一眼，想起他是韩老六的心腹人，又是韩家管院子的李青山本家，这李青山是胡子的插签儿[2]的，这样，话到舌尖，他又缩回了，只是丧气地叹了一口气。

“没关系，老田头，”李振江四外望一眼，低低地说，“不要犯愁。六爷说，今年不要你租粮，现下你要是缺吃粮，往他家扛他三斗五斗的，也不算啥。”说完这话，他立起身来，挤到人堆里找别人唠嗑去了。

韩长脖到处在走动，有时跟人悄声唠一会，拍拍人的肩膀头，轻巧地笑笑。

刘胜跳上台，人们渐渐集拢在台下，眼睛都望着课堂的门口，赵玉林把韩老六带出来了。没有绑他，叫他上台去。萧队长跟着出来了。他看到了人们不关切、不热心的脸色。他在场子里到处走动，看见李振江神神鬼鬼地到处在乱窜，叫老万过去警告他：“他再乱跑，把他撵出去。”

韩长脖瞅见萧队长，慌忙挤进人堆里，不跟任何人说话。萧队长不认识他。人们明明知道他是韩老六的腿子，不敢告发。

韩老六一到台子上，睁眼看一看下面，他家里的人，亲戚和朋友，都在人群的中间，韩长脖和李振江也在。他的灰溜溜的脸上又现出了轻巧的笑容，从怀里掏出烟卷和火柴。他抽出一支烟卷给刘胜，刘胜不接，他就自己点着抽。他一边吸烟，一边故意无话找话

---

① 积水。

② 内线。

地跟刘胜谈着，刘胜为了歇歇脚，坐在椅子上，韩老六也坐到椅子上，嘴里吐出蓝色的烟圈，现出一点也不着忙的模样。

台下的人们低声议论着：

“看人家还不是跟工作队平起平坐？”

“昨儿萧队长请他喝酒，怕是真的。”

原来来了七八百人，现在又走散了一些。萧队长叫老万上台悄声告诉刘胜不要跟韩老六坐在一起，赶快开会，不要等人了。刘胜起身走到台前，对大伙说：“韩老六是大伙的仇人，工作队听到了屯子里人诉苦，都说韩老六压迫了大伙，剥削了大伙，昨儿下晚把他叫到工作队，今儿咱们要跟他说道理，算细账。”说得很短，结尾他说：“你们有仇的报仇，有冤的伸冤，大伙别怕。”

下面，李振江在人群里说道：

“对，大伙别怕。”

但没有人吱声。站在一边的小王，瞅瞅老赵，意思是说：“还是你来打头一炮吧。”

赵玉林用手分开人群，挤到台前。一见韩老六那满不在乎的样子，他早上火了。他解开草绿色军衣的扣子，一到要说话，他就冒汗了。他手指着台子上的韩老六说道：

“你这大汉奸，你压迫人比日本子还邪乎，伪满‘康德’七年，仗着日本子森田的势力，我劳工号没到，你摊我劳工，回来的时候，地扔了，丫头也死了，家里的带着小嘎，上外屯要饭。庄稼瞎了，你还要我缴租子，我说没有，你叫我跪碗碴子，跪得我血流一地，你还记得吗？”讲到这儿，他的脸转向大家，“这老汉奸，我要跟他算细账，大伙说，可以的不？”

“可以！”几十个人应和，里面有十来个年轻人的声音，他们站在台子的前面，看到了赵玉林的波棱盖上的伤疤，他们感动而且愤怒了。应和声里，也有老田头的嘶哑的嗓门。赵玉林又说：

“我的话就这些，谁有苦处，谁快说！”

人群里稍稍波动起来了。韩老六的家里人，亲戚朋友磕头的，净跟人们瞪眼睛，但谁也不理睬。刘胜在台上问道：

“还有谁说？”

两三个人诉苦以后，台子右边一个年轻人，头上戴一顶破烂的草帽，上身穿一件补丁摞补丁的坎肩，那上面，补着各种颜色各种式样的补丁，有红布、灰布、青布和格子布。因为连补太多了，不容易看出他的坎肩原来是用什么布做的，穿这花花绿绿的坎肩的年轻人，向前迈一步说道：

“韩老六，你仗着日本子的势力，把穷人凶打恶骂的，你真是比日本子还邪乎呀。伪满‘康德’八年，我为你扛一年大活，到年我要劳金钱，你不给，问你为啥？你说：‘就是不给。’第二天，你叫宫股长摊我劳工了。今儿你自己说，有这事没有？”

“打倒大地主，打倒大汉奸！”小王叫口号，好多人应和。人群里起了骚动了。有人叫“揍他”。但是韩老六站在台子上，台子又高，没有人上去。韩老六起始抽着烟，大腿压二腿地坐在台子上，他不动弹，脸色也不变，只是由于好久不抽大烟了，常打呵欠。待到赵玉林说话，小王叫口号，他的脸色渐渐起变化，变得灰白了。他不敢再坐，站起来，更是不安。

这时候，站在韩长脖身边那个白胡子，捋捋胳膊，挽挽袖子，用手分开众人，向前边走来，边走边说：

“我也要来诉诉苦。”

众人都让他，这白胡子就是前回扰乱会场的那家伙。他走到台子跟前，指着韩老六说道：

“在‘满洲国’，你净欺侮人。‘康德’八年，我给你拉套子①，我一匹青骒马②拴在你的马圈里，跟你一匹贼卵子儿马③干起仗来。

---

① 套车运物。

② 骒马即母马。

③ 贼卵子儿马：没有阉尽的牡马。

你跑出来，也不问为啥，抡起鞭子光打我的马，我说：‘是你那贼卵子马来找它来的，你打错了。’你说：‘你的马咋搁到我马圈里来了？我操你妈的。’我妈该你操的吗？为人谁不是父母生的？你操我妈，你也有妈呀，我要是骂你‘我操你妈的’行吗？”

“行。”韩老六答应，他妈死了十年了。大伙都笑。这么一来，两个对立的阵营的紧张的空气，起了大变化，好多人的斗争情绪缓和下来了。自从白胡子上前来说话，韩老六的脸色变好了一些，他又抽烟了。白胡子又说：

“我说，韩老六你得罪了众人，你该怎么的？”

“众人说该怎么的，就怎么的吧。”韩老六说，喷了一口烟。

“你自己说。”白胡子说，像生气似的。

“要我自己说：今儿屯邻们说的一些事，都不怨我，都是我兄弟老七他整的。我要是有过，我知过必改。”

“你们老七呢？”白胡子又问，打算把人们的注意力引到韩老七的身上去。

“蹽到大青顶子去了，诸位屯邻要是能把他整回来，给我家也除了大害，该打该崩，该蹲风眼[①]，该送县大狱，都随众人，韩老六我还感谢不尽呢。”

“你别光说你家老七的事，说你自己的。”赵玉林嚷道。

“我自己有啥？众人给我提提嘛，我要有过，我领罚。我就是多几垧黄土包子地，工作队还没有来，我早存心想献出来，给大伙匀匀。”

“能献多少？”白胡子问。

“我家祖祖辈辈起五更、爬半夜，置下一点地，通共七十垧，如今我自动献出五十垧。余下那二十来垧，屯邻们给我留下，我就留下。我家里有十来多口人，都是一个屯子里的人，我寻思：大伙

① 蹲风眼：蹲拘留所。

也不能眼瞅我一家子饿死。”

看到这原是威威势势的韩老六，自动地献地，大伙心软了。天气挺好，大伙又着忙铲地，韩家的人和偏袒韩家的人乘机大活动。人群中三三五五，发出各种各样的议论：

“人家就是地多嘛，别的也没啥。”跟韩老六磕头的人说。

“说是他当过伪村长吧，也是时候赶的，不能怨他。”另一个人说。

“人家说知过必改，就得了呗。”又有人说。

“拿出五十垧，给大伙均分，那行。他家牲口多，叫他再摊出几匹马来。”

站在台上的韩老六听到这话，连忙接着说：

“好吧，我再拿出五匹牲口。”

一个韩家的亲戚说：

“这不，牲口也自己拿出了？”

“大伙缺穿的，把你余富的衣裳拿出一些来，这就圆全了。”白胡子说。

“行，说啥都行，我还有一件青绸棉袄，一条青布夹裤，我家里的还有件蓝布大褂子，都献出来得了。”

“工作队长，”白胡子走到萧队长跟前，拱一拱手，“他献了地，又答应拿出牲口衣裳来，也算是难为他了。放他回去，交给咱们老百姓，要再有不是，再来整他，也不犯难，队长你说行不行？”

萧队长没有答应他，不问他也知道他是什么人。这时候，有一些穷人愤愤地走了。有一些穷人明明知道韩老六耍花招，不敢吱声。还有些心眼儿老实的人看着韩老六拿出些地、马和衣裳，原谅他了。老孙头走了，老田头还是坐在墙根下，低头不吱声，刘德山走到韩长脖跟前，满脸赔笑说：

“谁说不是时候赶的呢？谁不知道韩六爷在‘满洲国’也是挺干啥的呀。”

赵玉林走到小王跟前，张口就说：

“我真想揍他！”

“揍谁？”小王问他。

“那白胡子老家伙，他是韩老六的磕头的。”

赵玉林没有再说啥，他走得远远的，也坐在墙根地下，把枪抱在怀里。

眼瞅快到晌午了，萧队长叫老万告诉刘胜说：

“快散会，再慢慢合计。并且叫把韩老六放了。”

刘胜宣布散会。

韩老六从台子上下来，跟他大老婆子走出学校大门去，后边跟着他的小老婆子和他家里人。小王气得脖子涨粗了，走到萧队长跟前，怒气冲天地问道：

“你干啥把韩老六放走？”

“不放不好办。”萧队长说，本想多说几句话，看到小王气得那样子，他想再细细跟他谈一谈。这会儿，他正有事，看见老田头也正走出来，他连忙赶上去，跟老田头唠一会，最后他说：

“回头我找你唠唠。”

人都走散了。小学校的操场里空空荡荡的，光剩一个空台子。傍晚，韩家打发李青山把五匹马和三件衣裳送来了，并且说：

“地在南门外跟西门外，多咱[①]去分劈都行。”

第二天一早，萧队长去找老田头，光看见炕上一个瞎眼的老太太，老田头铲地去了。萧队长回来，看见刘胜跟赵玉林着忙在分劈韩家的马跟衣裳。他们花费好多的心机，按照赤贫人家的需要，把东西和牲口都分出去了。不大一会，各家都把东西又送回来。分给老孙头和他邻近三家的一匹青骒马，也送回来了。

“你咋不要？”萧队长问老孙头说，“不敢要吗？”

① 什么时候。

“咋不敢？”老孙头说假话了，“得去割青草，三更半夜还得起来喂，我上岁数了，腿脚老痛，怕侍候不上。”

衣裳马匹都存放在小学校里，有人主张留着，萧队长说：

“留他干啥？都送还韩老六家去。”

赵玉林走了，刘胜走到自己的床铺的跟前，把铺盖卷起，用一条黄呢子日本军毯包卷着，找了一根麻绳子。

“干啥？”萧队长问他。

“回去。”刘胜说，一面打背包，一面用手指伸到眼镜里擦擦眼窝，不知道是擦汗水呢，还是擦眼泪。

“回到哪儿去？”萧队长又问。

“回哈尔滨。一次又一次地发动不起来，把人急死了。我为什么要到这儿来憋气？我来做群众工作的呢，还是来憋气的？”

萧队长笑了：

“你回哈尔滨干啥？要是咱们乡下的工作没做好，哈尔滨还能保得住？要是哈尔滨保不住，你往哪儿走？”

“到关里，反正是总有后方的。”

“你倒想得挺轻巧。”萧队长说，本来还想说两句刺激他的话：“你倒会替自己打算。”怕刺激他太深，没说出口。他碰到过好些他这样的小资产阶级出身的革命的知识分子，他们常常有一颗好心，但容易冲动，也容易悲观，他们只能打胜仗，不能受挫折，受一丁点儿挫折，就要闹情绪，发生种种不好的倾向。他温和而又严正地对刘胜说道：

“不行，同志，你那样打算是不对的。你一个人到了安全的地方，把这里的人民和土地都交给美国帝国主义跟蒋介石匪帮，让他们来个‘二满洲’[①]不成？做群众工作，跟做旁的革命工作一样，要能坚持，要善于等待。群众并不是黄蒿，划一根火柴，就能

---

① 老百姓称解放前美蒋统治的东北为“二满洲”。

点起漫天的大火，没有这种容易的事情，至少在现在。我们来了几天呢？通起才四天四宿，而农民却被地主阶级剥削和欺骗了好几千年，好几千年呀，同志！”说到这儿，他没往下说，他有一个小毛病：容易为自己的动感情的言辞所煽动。这一回，他的声音又有一些哽咽了。他赶紧拐弯，变换了话题：

“好吧，你好好想想，实在要回哈尔滨，也不能留你。回到哈尔滨，不做工作便罢了，要做工作，也会碰到困难的。到处有工作，到处有困难，革命就是克服困难的连续不断的过程。”

刘胜没有再吱声，也没有固执自己的意见再去打背包。

这时候，萧祥发现小王也不在，他慌忙走出去找他。在他跟刘胜谈话以前，小王一个人信步迈出学校门，往东边一家人家的麦垛子边坐下来，背靠在麦垛子上。他还在生气，生众人的气，生那白胡子老汉的气，也生萧队长的气。

“他干啥要把韩老六放了？他不坚决执行党中央的《五四指示》，要跟地主阶级妥协吗？”他正在想着，瞅着萧队长从西边来了，装做没有看见似的，把头扭过去。

“你在这儿呀，叫我好找。”萧队长说着，在他旁边坐下来。

“队长，”小王称他做队长，不像平常一样，亲亲热热地叫他老萧或萧祥同志，“我想不通，我们干啥要把韩老六放了？”

“怕他嘛。”萧队长笑一笑说道。

“我们这样做，我看不光是怕他，简直是向他投降。”小王动火了，“你要这样干下去，我明儿就走。”

“你明儿走迟了，刘胜今儿就走，你们俩顶好一起走。”萧队长笑着说，但立即严肃地站起来说道，“不放他是容易的，赏他一颗匣枪子弹，也不犯难。问题是群众没起来，由我们包办，是不是合适？如果我们不耐心地好好把群众发动起来，由群众来把封建堡垒干净全部彻底地摧毁，封建势力决不会垮的，杀掉这个韩老六，还有别的韩老六。”

“你把他放了，不怕他跑吗？”小王仰起脸来问。

“我估计不会，他正得意，还盼我们跑呢。万一他跑了，早晚也能抓回来，只要我们真正发动了群众，撒开了群众的天罗地网，他就是《封神榜》上脚踏风火二轮的哪吒，也逃不了。”

小王高兴萧队长的那种明确的、对一切都有胜利信心的口气，他对他的满肚子的意见一下完全消除了。他站起来，同萧队长一起走上公路，在柳树丛子的旁边溜达着。萧队长问他：

“今儿有个说话的年轻人，穿一件补丁摞补丁的花坎肩的，你留心了吗？”

“赵玉林说他姓郭，名叫郭全海，原先也在韩老六家吃劳金，今年在韩老六的佃户李振江家里扛大活。”

“我看这人是个正装庄稼人，明儿你去找他唠一唠闲嗑。”

他们回到小学校里时，警卫班的人已经把晚饭做好了。

吃罢晚饭，工作队党的支部开了一个支部大会，小王和刘胜的思想情绪，受到了党内的严正的批评。

九

第二天，小王邀赵玉林一起去找郭全海，在李家的井边，碰到了他，他正在饮马。这个年轻的人咧着白牙齿含笑跟老赵招呼。他穿着那件补丁摞补丁的花坎肩，光着脚丫子，在井台上打水。小王上去帮他转动辘轳把，赵玉林介绍他俩见面以后说：

“你们唠唠吧，我还有点事。”说罢，走了。

郭全海把水筲里的水倒进石槽里以后，傍着马站着，一边摸着那匹兔灰儿马的剪得整整齐齐的鬃毛，一边跟小王唠嗑。

这时候，有一个人牵一匹青骒马在井边经过，兔灰儿马嘶叫着，挣脱了笼头，跑去追骒马。郭全海追赶上去，轻巧地跳上儿马的光背，两手紧抓着鬃毛，两腿夹紧马肚子，不老实的儿马蹦跳，叫唤，后腿尽踢着，郭全海稳稳地伏在马背上，待儿马把气力用完，只得顺从他的调度，服服帖帖回到井台上的石槽边喝水，郭全海从马上跳下地来，上好笼头，牵着往回走，他一边走一边说道：

“别看这家伙不老实，可口小①，活好。你看那四条腿子，直直溜溜的，像板凳一样，干活有劲呐，就是该骟了。”

他们品评着马匹，慢慢地走，不大一会，到了李家。这是一个木头障子围着的宽绰干净的院套。正面五间房，碾坊和仓房在右边，马圈和伙房在左边。把马拴在马圈里以后，郭全海引着小王走进左边的下屋。他的小土炕，没有铺炕席，乱杂杂地铺着一些靰鞡草，上面有两条破破烂烂的麻布袋，这就是郭全海的全部的家当。

“我搬过来，跟你一起住，好不好？”小王问他。

“那还不好？就怕你嫌乎这寒碜。”郭全海说。

小王回去随即把行李背来。从这天起，他住在郭全海的下屋里。见天除开他回小学堂里去吃饭的时间，两个人总是在一起。两人都年轻，脾气又相投，很快成了好朋友。白天，郭全海下地，小王也跟他下地，郭全海去侍弄园子，小王也跟他去侍弄园子。他也帮忙铡稗草，切豆饼，喂猪食，整楂子②。他们黑天白日在一起唠嗑，他了解了郭全海好多的事情。

郭全海今年才二十四岁，但是眼角已有皱纹了。他起小就是一个苦孩子，长到十二岁，没穿过裤子，八岁上，他娘就死了。十三岁，他爹郭振堂给韩老六扛活，带了他去当马倌。年底的一天下晚，韩老六家放宝局，推牌九。韩老六在上屋里的南炕上招呼郭振堂，笑嘻嘻地对他说：

“老郭头，来凑一把手，看个小牌。”

---

① 年齿轻。

② 把苞米碾成碎米，叫苞米楂子，简称楂子。

“咱不会。”老实巴交的郭振堂笑着摆摆手，要走。韩老六跳下地来，拖住他的手，把脸抹下来说：

“我不嫌乎你，你倒硌硬我来了？”

“不是那样说，真是不会。”老郭头畏怯地笑着。

“不用怕，管保输不了，越不会，手气越旺，来吧，老哥。”

郭振堂只得去陪赌。上半宿，还赢了一点。扛活的人，干了一天活，十分疲倦，到了下半夜，头沉沉的，眼皮垂下去。他说：“不行了。”想走。

“要走？”韩老六把眼一横说，“赢了就走吗？你真是会占便宜。告诉你，不行，非得亮天。”

郭全海的爹只得赌下去。人太困，眼睛实在睁不开来了。他昏昏迷迷，把他赢的钱，捎带也把爷俩辛苦一年挣的一百九十五块五毛劳金钱，都输得溜干二净。他回到下屋，又气又恼，又羞又愧，第二天就得了病。气喘，胸痛，吐痰，成天躺着哼哼的。韩老六在上屋里吩咐李青山：

“新年大月，别叫他在屋里哼呀哈的。”

不到半拉月，老郭头的病越来越加重。一天，暴烟雪把天都下黑。北风呼呼地刮着，把穷人的马架[①]刮得哗啦啦要倒。不是欢蹦乱跳的精壮小伙子，都不敢出门。人们都偎在炕头，或是靠在火墙边，窗户门都关得严严的，窗户的油纸上跟玻璃上结一层白霜。这是冻落鼻子的天气，是冻掉脚趾的四九的天气。

就在这一天，韩老六头戴着小水獭皮帽子，背靠火墙，脚踏铜炭炉，正在跟南头的粮户，他的亲家杜善人闲唠。李青山跑进来说道：

“郭振堂快咽气了。”

韩老六忙说：

---

① 只有一间房的小草屋。

“快往外抬，快往外抬，别叫他在屋里咽气。”

杜善人也插嘴说：

“在屋里咽气不好，把秽气都留在屋里，家口好闹病。”

“快去抬，抬到门外去，你们都是些死人。”韩老六叫唤。李青山慌忙赶出去，吆喝打头的老张去抬老郭头。韩老六蹲在炕头上的窗户跟前，嘴里呵口热气，呵去窗户玻璃上的冻结的白霜，从那白霜化了的小块玻璃上，瞅着当院，雪下得正紧，北风呼啦呼啦地刮着。

“干啥还没抬出来？”韩老六敲着窗户大声地叫唤。

在下屋里，郭全海伏在他爹的身上，给他揉胸口，他爹睁开眼睛说：

“我不济事了。”郭振堂还想说别的话，可是气接不上来。

“走开！”李青山喝叫，把小郭扯开，同老张把一扇门板搁在炕头上。

“大叔干啥呀？”郭全海问，眼睛里噙着泪水。

“你上炕去，托起他肩膀。”李青山不理郭全海，吩咐老张，两个人把老郭头搁到门板上，就往外抬。郭全海跟着跑，一边哭着。

“大叔，一到外边就冻死呐，求求你别抬出去，大叔。”

“你求六爷去。”李青山说，那口气像飘在脸上的雪似的冰冷。

他们把门板搁到大门外，雪落着，风刮着，不大一会，郭振堂就冻僵了。

“爹呀，”郭全海哭唤，摸着他爹的胸口，热泪掉在雪地上，把雪滴成两小坑。“你死得好苦，你把我撂下，叫我咋办呀？”

劳金们从下屋里、马圈里，一个一个走出来，站在僵了的老郭头的旁边。他们不吱声，有的用袖子擦自己的眼睛，有的去劝郭全海：“别哭了，别哭了！”也说不出别的话来。韩老六在上屋的窗户跟前吼叫着：

“把他撵出去，别叫他在这哭哭啼啼的！”

郭全海止住哭，趴在干雪上，给大伙磕了一个头。劳金们凑了一点钱，买了一个破旧的大柜，当作棺材，把郭振堂装殓了，抬到北门外，搁在冰雪盖满了的坟地里。这是伪满“康德”四年间的事。

郭全海的爹被韩老六整死的这年，才过正月节，他给撵出韩家大院去。往后这些年，他到外屯捡碗碴子，摘山葡萄叶子，卖零工夫，扛半拉子活，度着半饥半饱的生活。伪满“康德”十年，郭全海早扛大活了，他的肩膀长得宽宽的，挺能下力，老也不待着。韩老六来拉拢他了。

“郭全海真不错，起小我就看出来了，人看起小，马看蹄走。”韩老六笑嘻嘻地说。韩老六的脾气是，要人的时候笑嘻嘻，待到不用你了，把脸一抹，把眼一横，就不认人了。他的笑，他的老脾气，郭全海全是明白的，而且他还记得爹的死，可是，打算在唐抓子那里吃劳金，没有谈成，人要吃饭，不能待着。韩老六趁这机会叫他去：

“你来我这儿，小郭，熟人好说话。我家劳金多，活轻。你要多少，给你多少。”

“我要六百。”郭全海想他定不会答应。

“六百就六百，”韩老六突然大方地说道，“我姓韩的是能吃亏的。”

“一膀掀？”郭全海追问一句。

“再说吧。”韩老六不直接拒绝，狡猾地说。

就这么的，郭全海又在韩老六的家里吃劳金了，他不敢想起他的爹。不敢到他爹住的东头那间下屋去，甚至不敢站在他爹咽气的大门外。鸡不叫，他就下地，天黑才回来。这么的，起五更，爬半夜，风里雨里，车前马后，他劳累一年。到年，还没拿到一个钱，韩老六宰了一个大肥猪，把半边猪肉配给劳金们。他给郭全海五斤。

“你拿去吧，新年大月包两顿饺子吃吃。你看这肉，膘不大离吧？”韩老六说，“这比街里的强，到街里去约[1]，还兴约到老母猪肉哩。”

郭全海一想，黄皮子给小鸡子拜年，他还能安啥好肠子吗？他不要。

“你不要，就是看不起人。”韩老六说，一脸不高兴。

“好吧，就提了吧。”郭全海心想，把肉提到他的朋友老白家，包了两顿饺子吃。

第二年，郭全海还在老韩家吃劳金，他不甘愿，可是穷人能随自己心愿吗？不能的，嘴巴不能啃黄土包子，他的布衫子破得丝挂丝，缕挂缕的了，想置件新的。一天到上屋去，找韩老六要头年的劳金钱，韩老六横着眼瞅他一眼说：

“你还要啥劳金钱？”

“头年给你干一整年活，冲风冒雨，起早贪黑的。”郭全海说，气急眼了。

“你不是吃了肉吗，你还有啥钱？”

郭全海听了这话，一声不吱，就往外屋里奔，去拿菜刀。李管院正在门口，拦住他说：

“你往哪跑，你这红胡子。”在伪满，说人是红胡子就能叫人丢命的。韩老六早迈进里屋，借了日本宪兵队长森田的一支南洋快，喀吧喀吧的，上好顶门子，赶出来，用枪指着郭全海胸口，喝叫道：

“你敢动，你妈的那巴子！兔崽子！”

“马鹿[2]！”留一撮撮小胡子的森田，也踱出来，站在一边，瞪着眼睛，帮着韩老六斥骂郭全海。两手攥空拳，郭全海站在门边，气得嘴里冒青烟，半晌不动弹。

---

① 读如“腰”，称的意思。

② 日本话，读如“巴嘎”，混蛋的意思。

“还不走，等着挨揍吗？”李青山站在一边，这样说。就这么的，郭全海给韩老六扛一年零俩月的大活，到头吃了五斤肉。

第二天一早，村公所的宫股长叫郭全海往密山去当劳工，“八一五”才回。

说到这里，郭全海对小王说道：

“韩老六跟我们家是父子两代的血海深仇。”

“那天开会，你咋不敢斗？”小王问。

“韩老六的家里人，磕头的，五亲六眷，三老四少，都在场里吹胡子，瞪眼睛，大伙谁还敢说话？我个人说说顶啥用？光鼓槌子打不响。”

“你先联络人嘛，”小王说，“找那心眼儿实、不会里挑外撅的人[①]，找那跟韩老六结仇结怨的，你多联络些人，抱成团体，就会有力量。”

“要说心眼对劲，头一个就数南头老白家。”郭全海说，想起了他的朋友。

“走，走，上他家去。”小王催着他说，早从炕头跳下地，拖着郭全海的胳膊，去找白玉山。

住在屯子南头的白玉山，自己有一垧岗地，或者，用他自己的话来说：“ 垧兔子也不拉屎的[②]黄土包子地。”他在伪满时，交了出荷粮，家里不剩啥，缺吃又缺穿。白玉山却从不犯愁，从不着忙。他是一个心眼挺好、脾气随和，但是有些懒懒散散、黏黏糊糊、老睡不足的汉子。铲地的时候，天一下雨，人家都着忙，怕地侍弄不上，收成不好。白玉山却说：“下吧，下吧，下潦雨也好，正好睡一觉。”

“你想睡，不下雨也行，你是当家的，谁能管你？”有人说。老

---

① 捣乱的家伙。

② 不长庄稼和青草，兔子也不来，形容地硗薄。

白翘一翘下巴，指指他的屋里的。因为自己有个偷懒爱睡的小毛病，白玉山有点害怕他媳妇。因为他媳妇又勤俭，又能干，炕上剪子，地下镰刀，都是利落手。铲地收秋，差不离的男子照她还差呢。就因为这样，就因为自己有缺点，又找不出娘们的岔子，第一回干仗，他干输了。第二回，第三回，往后好多回，白玉山心怯，总干不过她，久后成了习惯了。有一天，大伙闲唠嗑，一个狗蹦子[①]说道：

“我说，咱们谁怕娘们呐？”

另一个人说：

“别不吱声装好人，谁怕谁应声。”

白玉山蹲在炕梢，正用废报纸卷烟卷，一声不吱。

“老白家，你不怕吧？大伙说，老白哥怕不怕娘们？”狗蹦子点他的名了。

“你别哗门吊嘴的[②]，”白玉山从炕上跳下来说道，“我怕谁？我谁也不怕。”

正在这时候，白大嫂子一手提着掏火耙[③]，找他来了。

“你在这儿呀，叫我好找，你倒自在，缸里没水，柈子没劈，你倒轻轻巧巧来串门子来了。”

白玉山嘴里嘀咕着，脚往外迈了。屋里的人，都哗哗地大笑起来。

白玉山搬到元茂屯来的那年，伪满“康德”五年，原是一个勤快的小伙子。他在元茂屯东面的草甸子里，开五垧大荒。那年雨水匀，年成好，一垧收十石苞米，他发家了。娶了媳妇。第二年，韩家的马放在他苞米地里，祸害一大片庄稼，为这事，他跟韩家管院子的李青山干一仗。姓李的跑到韩老六跟前，添醋添油告一状。韩

① 调皮的家伙。

② 油嘴滑舌的。

③ 往灶坑里掏火灰的家什。

老六火了，骑了他的那匹大青儿马，一阵风似的，跑到老白家，怒气冲冲，下马冲进他外屋，一阵大棒子，把他家的锅碗瓢盆，水缸酱缸，全打得稀碎。完了，一声不吱，迈出门外来，跨上青马一阵风似的往回跑了。老白跑到村公所告状，村上不理。又跑到县上，他上了呈子。韩老六听到这事，躺在大烟灯旁冷笑道：

“他去告我？正好，我躺在炕上跟他打官司，不用多费几张毛头纸，看他有多大家当。”

县官断案，白玉山输了，罪名是诬告好人，关在县大狱。白大嫂子卖了四垧地，把人赎回来。这四垧好地都落在韩老六手里，白家剩下一垧石头砬子地[1]。白玉山从县大狱出来，从此就懒了。他说：“不多不少，够吃就行。”见天，总是太阳一竿子高了，他还在炕上。他常盼下雨，好歇一天，在晴天，他仰着脸说道：“你看这天，一点点云影子也没有，老龙都给晒死了。”

在地里，他歇晌挺长。有一回，白大嫂子给他去送晌午饭，发现他睡在高粱地的垄沟里，又有一回，天落黑了，他没有回来。白大嫂子提着掏火耙，挨家挨户找，没有找着。问铲地的，问放猪的，问赶车的，都说没有见。白大嫂子有些着忙了，把掏火耙撂了，她请屯邻帮她找，她担心他碰到黑瞎子，又怕他掉在黄泥河子里，心里好焦。赶到月牙挂到他们小草房的屋角时，老赵家来告诉她，他在河沿的野蒿里睡着，正打鼾哩。白嫂子赶去，把他接回，她又气又喜，哭笑不得。那一夜，她也没有跟他算这一笔账。

白玉山就是这么一个使人哭笑不得的黏黏糊糊的小伙子。他屋里的，瘦骨棱棱的，一天愁到黑。愁米、愁柴又愁盐。遇到不该犯愁的事，她也皱着两撇黑得像黑老鸹的羽毛似的漂亮的眉毛。白玉山呢，可完全两样，他从来不愁，从来没把吃穿的事摆在他心上。“不多不少，够吃就行”，这是他常说的话。实在呢，他家常常不够

---

① 石头多的土地，砬，音“拉”。

吃。媳妇总跟他干仗，两口子真是针尖对麦芒：

“跟你算是倒霉一辈子。”

“跟别人你也不能富，你命里招穷。”

“你是个懒鬼，怨不得你穷一辈子。”

“你勤快，该发家了？你的小鸡子呢？不是瘟死了？你的壳郎[1]呢？”这最后一句一出口，白玉山就觉得不应该说了，提起壳郎，白大嫂子的眼泪，往外一涌，一对一双往下掉。她买一只小猪羔子，寻思到年喂成肥猪再卖掉，拿钱去置两件衣裳。她天天抱着小子扣子，一点一点儿整菜，和着糠皮，喂了那些天，费尽了力。到七月，小猪崽子长成壳郎了。一天，它钻进了韩老六的后园里，掀倒一棵洋粉莲[2]，韩老六看见，顺手提一棵洋炮，瞄准要打猪。碰巧白大嫂子抱着扣子找来了。她扳住洋炮，苦苦哀求，请他担待这一回。

“担待？担待你们的事情可多呐，要我不打猪也行，你赔我的洋粉莲。”说着，韩老六用洋炮把子一掀，把她掀倒，三岁的小扣子的头碰在一块尖石头上面，右边太阳穴扎一个大坑，鲜血往外涌。白大嫂子抱起孩子慌忙走到灶坑边，抓一把灰塞在扣子头上的血坑里，她抱紧孩子坐在地上，哭泣起来。正在这时，只听得当的一声，韩老六追到外面，用洋炮把壳郎打死了。

不到半拉月，白玉山的小子，三岁的小扣子，因流血太多，疮口溃烂，终于死了。掀倒韩家园一棵洋粉莲，白玉山家给整死了一个孩子和一只壳郎。左邻右舍都去看他们，孩子装在棺材里，白大嫂子哭得昏过去，又醒转来。老太太们劝慰她：“大嫂子，你得爱惜自己的身板，你们年纪轻轻的，还怕没有？”

这些话，跟别的好多话，都不能够去掉一个失去孩子的母亲的

---

① 尚未长膘的、半大的猪，南方叫架子猪。

② 草木花。开大红花或其他颜色花，花朵大，又开得久，略如绣球花。

心痛，她成天哭着。人们看见他家屋角的烟筒三天没冒烟。整整三天，女的在炕头哭泣，男的在炕梢发愣。从不犯愁的白玉山也瘦一些了。

在旧社会，在“满洲国”，穷人的悲苦，真是说不尽，而且是各式各样的。

一个月的悲伤的日子过去了，屯里的穷人，为了自己的不幸，渐渐忘了他俩的悲辛。但在他们自己，这伤疤还是照样疼。穷人养娇子，结实的小扣子，是他们的珍珠。每到半夜，她哭醒来，怨他没去打官司，为孩子报仇。

“打官司？”白玉山不以为然地说，“你忘了上回？又要我蹲县大狱去吗？”

这事他们不提起来，有日子了，悲伤也渐渐轻淡。今儿老白在气头上，一不留心，又提起壳郎，叫她想起一连串的痛心的旧事，想起她的小扣子，她又哭泣了。白玉山后悔来不及。他也不自在，便提一柄斧子，走到院子里，去劈明子[①]。他劈下够烧三个半月的一大堆明子，累得浑身都是汗，心里才舒坦一些。他用破青布衫子的衣襟，揩去了头上的汗水，走进东屋。他媳妇还在炕上抽动着身躯，伤心痛哭哩。

“老白在家吗？”窗户外面有人招呼他。

“在呀，老郭吗？”白玉山答应，并且迎出去。看见郭全海引来一个工作队同志，他连忙让路，“到屋吧，同志。”

他们走进屋，白大嫂子已经坐起来，脸对着窗户，正在抹眼泪。眼快的郭全海早瞅到了，他说：

“大嫂子你不自在，又跟大哥斗争了吗？”郭全海使唤工作队带来的新字眼。

“你狗追耗子，管啥闲事？”白玉山笑着说，让他们到炕上坐。

---

① 明子又叫松明，含有松节油的松木片。

他拿出一笸箩自种的黄烟，和几张废纸，卷了一支烟递给小王。白大嫂子忙下炕，从躺箱上取来一些新摘的李子，搁在炕桌上，又从炕琴底下取出一件破烂布衫子，低着头连补起来。

郭全海、白玉山和小王唠一会闲嗑，就扯到正题，小王说："咱穷哥们得抱个团体，斗争大肚子，就是韩老六，你敢来吗？你抹得开吗[1]？"

"咋抹不开呢？"白玉山说。他媳妇瞅他一眼，白玉山又说："你别跟我瞪眼歪脖的，娘们能管爷们的事吗？"

白大嫂子这时心里轻巧一些了，对郭全海说：

"看他能干的，天天太阳一竿子高了，还躺在炕上。自己的地都侍候不好，还抱团体呢，别指望他了。"

"大嫂子你别小看他。"郭全海说。

"白大哥，韩大棒子该斗不该斗？"小王问。

"你问问娘们。"白玉山说，背靠炕沿，抽着烟卷。

听说韩大棒子这名字，白大嫂子抬起头来说：

"咋不崩了他！要崩了他，可给我小扣子报仇了。"

"小扣子是谁？"小王问。

白大嫂子说，小扣子是她的小子，于是，又把小扣子惨死的事，一五一十含泪告诉了小王。

"咱们要斗他，你能对着众人跟他说理吗？"小王问。

白大嫂子擦擦眼睛，没有吭气，半晌才说：

"那可没干过，怕说不好。"

"你两口子不是常干仗的吗？"郭全海笑着说。

"那可不一样。"白大嫂子说。

"你说不出，叫老白替你说。"郭全海插嘴，"好吧，就这么的吧。"

---

① 能不顾情面吗？

小王和郭全海，从白玉山家里告辞出来，回到李家的下屋，两个人又唠到鸡叫。

十

元茂屯的庄稼人，在赵玉林家里成立了农工联合会。三十来个贫而又苦的小户，无地与少地的庄稼人和耍手艺的，是基本会员。大伙推举赵玉林当主任兼组织委员。郭全海当副主任兼分地委员。白玉山是武装委员兼锄奸委员。刘德山是生产委员。会员都编成小组，赶大车的老孙头孙永福和老田头田万顺，都是小组长。农会决定：小组长和基本会员再去联络人，去找那些劳而又苦，对心眼的穷哥们，分别介绍加入农工会，编进各小组。三天以后，都联络好些的人。年轻人联络一些年轻人。老头子联络一些老头子。赶大车的老孙头的那个小组，五个新会员，都是赶车的。

“鲤鱼找鲤鱼，鲫鱼找鲫鱼，一点也不假。”萧队长笑着说。老孙头来到工作队时，萧队长问他：

“老孙头，你尽找些赶车的，要你当会长，咱们农工会不是成了赶车会吗？”

“你不是说，要对心眼的吗？我就是跟穷赶车的对心眼。”老孙头说。

萧队长跟农会的委员开了个小会，把这情形研究了一下，改编了小组，换掉一些不相当的小组长。

郭全海和白玉山兼任小组长。这两个年轻的、精干的庄稼人，好像是两把明子，到处点火，把整个元茂屯都点起来了。

郭全海二十四岁，比白玉山小四岁，样子却比胖胖的白玉山显得老一些。自从他当选了农会副主任以后，小王搬回学校里。小王临走时告他：“还得多多联络人。”他又找到了杨福元，人们都叫他杨老疙疸[1]。这个人在韩老六家里干过半年打头的。现在是在做小买卖，倒腾破烂。他的年纪不算大，可是有两个大毛病，胆小怕事，好占便宜。

“八路军能待得长吗？”有一回杨老疙疸私下问小郭。

“谁说待不长？”郭全海反问。

“没有谁说，我顺便问问。”杨老疙疸不敢讲出这是韩长脖的话。

“老杨哥，咱们穷哥们翻身，要靠自己。赵主任告诉咱们说：‘土帮土成墙，穷帮穷成王。’咱们团体抱得紧，啥也不怕呀。八路军待长待不长，一样都不怕。”

“那是呀。”杨老疙疸嘴里答应着，心里还是打不定主意。

“你也去联络几个人吧。”郭全海对杨老疙疸说完这句话，就走了。近几天来，他都是脚不沾地，身不沾家的。他忙着对各种各样的人解释这样，说明那样。有不懂的，去问小王，或问萧队长。他向大家说明一些道理：天下两家人，穷人和富人，穷人要翻身，得打垮地主。这些话，如今都是挺普通的道理，但他说来，特别受听，穷哥们都信服他。

屯子里各种各样的人用各种各样的态度接待郭全海。

“大兄弟，”小户亲热地招呼他，问道，“你说八路军不走，咱屯子里的工作队也不走吗？”

“不走。”郭全海挺有把握地回答。

“吃劳金的当令，这才真算翻身哩，郭家兄弟，咱们拥护你。”吃劳金的都说。

“一人为大伙，大伙为一人。”郭全海用他从小王嘴里学来的这话，来回答他们，他快乐地笑笑。他得到了贫农和雇农的热烈的拥护，他也碰到了溜须、嫉妒、讽刺和恐吓。

“郭主任真行，我看比赵主任还有能耐。”溜须的人都叫他主

① 最小的儿子称老疙疸。

任，“上我家去串串门子吧。”

“人家当主任了，还看得起咱们民户，咱们搬梯子也够不上了。”嫉妒的人说。

“这才是拉拉蛄[①]穿大衫，硬称土绅士。”粮户讽刺他。

“别看他那熊样子，‘中央军’来了，管保他穿兔子鞋跑，也小赶趟。”藏在屯子里的干过“维持会”的坏根们背地里说。

郭全海的眼睛睁得亮亮的，他明白这一切的言语是什么人说的。他是这个屯子里的老户，他们爷俩在这屯子里住了两辈子，屯子里人谁好谁赖，他都摸底。谁是咋样发家的，谁是咋样穷下的，他都清楚。他把这些情况，告诉了萧队长。他也从萧队长那里，小王和刘胜那里，得了好多新知识，学了不少新字眼。因为他说话中听，工作队的王同志又和他一起住过，如今又当上农会的副主任，人们常常来找他。李家院子里，在下雨天，人来人往，川流不息。穿着露肉的衣服的老娘们，有的还抱着小孩，也都三三五五地来到李家的下屋，说是“找郭家兄弟，听听新闻”。

天一晴，人们都下地铲草，郭全海扛一把锄头，戴上草帽，也准备下地，才迈出大门，在柴火堆的旁边，碰着韩长脖，他扯扯郭全海的破衫子。郭全海问道：

“干啥？”

“这疙瘟有人，咱们到南园去唠唠。”韩长脖悄声地说。

“你有话就在这疙瘟说吧，我着忙下地哩。”郭全海说。

韩长脖神神鬼鬼悄声悄气说：

“今儿早晨六爷说，你为大伙办公事，挺辛苦的，也没个钱使。出去工作，回来赶不上饭，也不能吃啥，尽饿着还行？叫我捎这点钱给你零花，这不过是六爷的一点小意思。”他说着，把一卷票子塞在郭全海手里，扭转身要走。郭全海把他叫住，把那卷票子往他

---

① 蝼蛄。

长脖子上一扔。风正刮着，钱票随风飘起来。

“谁要你这个臭钱！”他举起锄头，韩长脖吓得脸灰白，双手捧着头，缩着他的长脖子，转身就走。韩长脖溜走以后，卖呆[①]的人们都笑着，喝彩和拍手。一个老头跷起大拇指夸奖郭全海：

“对，对，这才带劲。”

另外一个人说：

“咋不揍他？”

小孩们跑到道旁水濠里、柳树林子里去找那被风刮散的票子。

第二天，屯里又起谣言了：

“郭全海要给八路拔女兵。”

“要姑娘，也要年轻好媳妇。”

“要这些个妇道干啥呀？”

“谁知道？说是开到关里去，搁到配给店，谁要配给谁。”

“怪道郭全海老问，你家有几口人？够吃不够吃？娘们多大岁数呐？原来是黄皮子给小鸡子拜年。”

谣言起来以后的第二天，原先十分热闹的李家院子的下屋，冷冷落落的，没有人来了。就是下雨天，人们不下地，也不到这串门了。郭全海到人家串门，也都不欢迎他。人们老远看见他走来，就躲进门里。有的人家还放出话来，说是小孩出天花，不能见外人。也有人家把窗户关严，用布蒙上，在窗户前的房檐下，挂上一块红布条，放出风来，说是他家儿媳坐月子，忌生人。郭全海一个人没精打采地，晃晃悠悠地，走到工作队，坐在门边地板上，背靠在墙上，低着头，不吱声。

“怎么的，你？”萧队长来问他，小王也走过来，站在他跟前。

郭全海说：

“我不能在这疙疸干了，说啥也不干，要参加，往外参加去。”

---

① 看热闹。

萧队长望着小王问：

“到底是咋的？”

“谁知道呢？”小王说，心里也烦恼。

郭全海说：

“大伙都躲开我。”

萧队长吃了一惊：

“你说什么？”

“都不上我那儿去了，我去串门子，也都躲开我。”

萧祥皱起眉头，寻思一会，又细细地询问群众躲开他的前前后后的情形。他断定有坏人捣鬼，对郭全海说：

“你去跟赵主任合计，找你们挺对心眼的唠唠，再把情况告诉我。”说完，他又安慰郭全海，鼓励他说：“随便干啥，都不能一下就能干好的。不是一锹就挖出个井来，得慢慢地挖，不能心急。”

郭全海又鼓起勇气去找赵玉林。老赵也正苦恼着，因为人们也躲开他。他俩听信萧队长的话，又到一些相识的人家串门，从他们嘴里，明白了人们躲避他们的原因。

“你们别听反动派胡扯八溜，血口喷人。”郭全海说。

老田头应和着说：

“对，人家几千里地到咱关外来，为咱老百姓翻身，谁不知道是抱的好心，要为娘们，哈尔滨娘们老鼻子，还能摊上咱这靠山屯子吗？”

“你看萧队长人品多高。”赵玉林这话还没说完，老孙头就接着说道：

“对呀，萧队长，王同志，刘同志，都是百里挑一的人品，还能要你们娘们？小王同志是咱们关外人。那天接他来，我说：‘咱们关东州有你，算有光彩。’你说小王同志他说啥？他说：‘咱们关外有老孙头你，才是光荣呢，又会赶车，在革命路线上又能往前迈。’萧队长和咱们也算有交情。谁不知道工作队是搭我赶的车子来的，走在半道，萧队长说：‘老孙头，你赞不赞成翻身？’我说：‘咋不赞成？谁还乐意老趴在地上？’萧队长笑起来说：‘有咱们老孙头赞成，革命就有力量了。’我说：‘不瞒萧队长，老孙头我走南闯北，就是凭这胆量大。’”

“分劈牲口给你，都不敢要，这会你还卖嘴哩。”赵玉林含笑顶他这一句，大伙都哈哈大笑。

“那是，那是，”老孙头支支吾吾说，“你别打岔，我说萧队长为人挺好，老孙我就是好跟好人打交道，昨儿我还跟萧队长说：‘队长多咱上县里去溜达溜达，叫我套车吧，管保窝不住，还不颠。’”

大伙说说笑笑，热热乎乎，对赵、郭他俩，又信服了。谣言像烟筒口上的烟云似的，才吐出来，又飘散了。屯子里的男男女女，老老少少，又到赵玉林的草屋里跟郭全海的下屋里来走动，唠嗑，打听新闻。

郭全海的东家李振江，瞅他随了工作队，又当上了农会副主任，人都来找他，叫他副主任，心里不大愿意，嘴上却不说。有一天下晚，他悄悄地溜进韩家大院里，把这人来人往，来找郭全海的情形，通通告诉韩老六。

“他在你家，那不正好吗？你去打听打听，瞅他们尽嘀咕些啥？回头告诉我。”

李振江回来，嘴里含着一根短烟袋，脸上笑嘻嘻的，朝着两边下屋，慢慢走过去。下屋的窗户门都取下来了，屋里的人老远瞅他走过来，都不吱声了。李振江啥也听不见，窝火了，心里发狠道：

“等着瞧吧。”

有一天，郭全海到工作队去合计事情，天黑才回。李家门关了，再也叫不开。星光底下，他摸到障子外头的水濠边，跳过水濠，轻巧地翻过那一道柳树障子，脚才着地，一只原先用铁链锁着的大黄牙狗，从正屋的房檐下奔来，把他光脚脖子猛撕了一口，皮开肉裂，热血直淌。

郭全海被李家的狗咬了脚脖子的第二天，正在外屋吃早饭，小丫蛋打碎一个碗，李振江屋里的把筷子一撂，从炕桌那边伸过右手打她一巴掌。小姑娘哇哇地哭叫起来，那女人骂道：

“揍死你这小杂种，你再哭！成天活也不干，白吃白喝，咱们小门小户，翻土拉块的人家，能养活起你吗？见天吃得饱饱的，喝得足足的，去串门子，倒好不自在！”

郭全海听见话里有刺，把筷子放下，但还是按下心头的火，从容地说道：

“李大嫂子，别指鸡骂狗，倒是谁白吃白喝？你骂谁，嘴里得清楚一点。”

“谁认便骂谁。”女人怒气冲冲地大声叫唤道。听到了她的叫唤，和丫蛋的哭闹，邻居们都跑来卖呆，他们挤在外屋里，有些小孩还扒在外面窗台上，从窗纸的破洞里往里面瞅着。郭全海站了起来，气得嘴唇皮发抖。可是他用他那遭惯了罪的人所特具的坚强的意志，压抑了心里的冲天的怒火，他用上排的牙齿紧紧地咬着下面的嘴唇，停了半晌，才说：

“我怎么是白吃白喝？倒要问清楚。一年有三百来天，牲口似的往死里给你们干活，才撂下犁杖，又拿起锄头，才挂起锄头，又是放秋垄[①]，拿大草，割麦了，堆垛了，夹障了，脱坯，扒炕，墁墙[②]。往后又是收秋，又是拉大木，回到屋里，剥麻，铡草，挑水，拉磨，垫圈，劈柈子，整楂子，一年到头，有哪几天，活离了手的？你们家里租种的二十来垧地，哪一垧，哪一垄，没有掉下郭全海我这苦命人的汗珠子？还要说我是白吃白喝，你摸摸胸口，看你良心歪到哪边去了？”

“啊哟哟，左邻右舍听听他这嘴，才当上两天主任，咱们民户

① 犁秋田。

② 用泥糊墙。

就该给你上供，朝你磕头哩，是不是？你这死鬼，”女人说到这儿，一头撞在从里屋出来的李振江的怀里，扯着他的衣领摇晃着，“你待在一边，一声不吱，看着气死我呀，花钱雇这么个人到家来整我，你安的是啥肠子，你说！”

这时候，有人拉着郭全海，把他往外推，并且说道：

“你别跟老娘们一般见识，干你的去吧。”

郭全海迈步往大门外走去。李振江赶了出来，知道他是要往工作队去。

“全海，你上哪儿去？”李振江在背后一边追赶，一边唤道。郭全海没有吱声，也没有回头。

“你上工作队，可不能提起这件事。家里事，家里了，回头叫你大嫂子给你赔不是。”

郭全海憋着一肚子的气，走到工作队。他要把这一肚子心事，告诉萧队长，告诉小王，他们会安慰他，替他出主意，叫他搬出来，另外找个地方住。

萧队长接着他，谈了一会，开口问他道：

“北来是个什么人？”

“胡子头。”郭全海说，心里奇怪萧队长为啥冷丁问他这句话。

“你见过吗？”

“没有。”郭全海觉得话里有音，便说，“萧队长，我不懂你的意思。”

“正要找你去，给你这玩意儿看看。”萧队长笑着从衣兜里掏出一个小纸条，上面歪歪扭扭写着一行字，郭全海一字不识，萧队长念给他听：

“郭全海是大青山胡子北来的插签儿的。”

下面没有署名。

“萧队长，请你调查……”

萧队长说：

"早调查好了。"

郭全海说：

"萧队长你要信这个条子，把我送笆篱子吧。"

郭全海心里正没有好气，又加上这个天上飞来的委屈，他眼泪一喷，鼻子一酸，连忙低下头。

"要我相信这个条子，早关你笆篱子了，不用你说。"萧队长凑近来一点，亲切而温和地笑着说道。于是，他告诉他，三天以前，他就从这课堂里的一个窗台上，发现这一张纸条。他认识，字体是上次请客的帖子的同一个手笔。事情就明明白白的了。

"你好好地干吧，地主反动派想尽心思陷害你，该你报仇的时候了。"萧队长安慰而又鼓励地说道。

郭全海没有多说话，也没有提起李家娘们跟他干仗的事情。他辞别萧队长，走出学校门。刚下过雨，道上尽是泥。他不走道沿，在水里泥里，一直蹚去。

"要不遇到萧队长，给反动派早整完了。"郭全海一边走着，一边寻思，更恨地主反动派，斗争的决心更坚定。"我碎身八块也要跟共产党走。和反动派一直干到底。"他心里想着，不知不觉，顺着平常走惯的公路，到了李家的门前。他不愿意进去，回头往南走，来到他的朋友白玉山院里，他问道：

"大哥在屋吗？"

白大嫂子正在外屋锅台上刷碗，皱着她的漂亮的漆黑的眉毛，脸耷拉着，挺不乐和的样子。她听到有人在院里问话，抬起眼睛来，看见郭全海，才回答说：

"不在。"

"上哪儿去了？"

"谁知道呢？谁管得着他？"

郭全海看见又是不投机，连忙走了。他在屯子中心的公路上溜达，正没去处，迎面来了一个人，热乎乎地跟他打招呼：

“到我家去，正要找你合计一宗事，我说……怎么的，你？”那人瞅住他的犯愁的脸，心里奇怪，连忙问他。

郭全海说：

“我还没处住呢！李振江娘们把我撵出来了。”

“上我家去住。”那人说。

“到你家吃啥？”

“还有一斗多糙子，吃完再说。有我们吃的，反正饿不了你。”

这个人是赵玉林。他把郭全海邀去，在他里屋住。下晚，萧队长也寻过来了。看他没铺没盖，上身只有那件千补万衲的“花坎肩”。萧队长回去，叫老万送来一件半新不旧的白衬衫，一条日本黄呢子毯子。老万说：

“萧队长叫问问你们，知不知道白玉山上哪儿去了？”

郭全海说：“不知道。”

白玉山到底上哪去了呢？

十一

白玉山自从做了农会的武装委员以后，真是挺忙。见天，天不亮就出门去，半夜才回家。原先他是个懒汉，老是黏黏糊糊的，啥也不着忙。他老是说：“忙啥？歇歇再说，明儿狗咬不了日头呀。”现在可完全两样，他成天脚不沾地，身不沾家，心里老惦记着事情。明白他从前脾气的熟人，存心跟他闹着玩：“歇歇吧，白大哥，忙啥？明儿狗咬不了日头呀。”白玉山正正经经回答道：“不行，得赶快，要不就不赶趟了。”

白玉山这样一改变，可把他屋里的乐坏了。她有三只小鸡子下蛋。当家的回来太晚，赶不上饭，她给他煮鸡子儿吃。白天吃饭，菜里还搁上点豆油。她把苞米磨成面，摊煎饼给他吃。还上豆腐坊约过一斤干豆腐，给他做菜。这是往年下地收秋也盼望不到的好饭菜。下晚，白玉山要是没有回来，白大嫂子不是坐在外屋里，就是坐在炕头上，一直等到他回家。两口子的感情比新婚还好。她跟邻居们唠嗑，说是从打工作队来这屯子里，天也晴了，人也好了，赖的变好，懒的变勤了。“这真是老天爷睁开了龙眼，派个将星萧队长来搭救咱们呐。”

一天，白玉山出门去了，白大嫂子提个篮子上南园子摘豆角。摘满一篮嫩豆角，她心机一动，寻思工作队长这么好，该送些去给他尝一个新鲜。回到里屋，在镜子面前用梳子拢了拢头发，换了一件只有四五个补丁的蓝布小衫子，她提了这篮子豆角，里边还装了十个鸡蛋，往工作队走，半道遇见韩长脖。他站在道沿，笑嘻嘻地，恭敬而且亲热地问道：

“上哪儿去，大嫂子？”

韩长脖名声不好，是个屯溜子[①]，这点白嫂子知道。白玉山也对她说过，这人心眼坏。可是娘们生来脸皮薄，一看见人们的笑脸，一听见人们说上几句亲热话，就容易迷糊。她老老实实地答道：

“上工作队去。人家工作队来到咱们这屯子里，人生地不熟。我送点豆角子去给他们吃个新鲜。还有自己小鸡下的几个鸡子儿。人家是为咱们来的。可不能叫他们遭罪，菜也吃不上。”

“谁说他们是为咱们来的？”韩长脖问。

“咱当家的说的。”

“那也是不假。”韩长脖说，他打听了他们两口子的感情，近来比往常好些，从来不顶嘴。他退后一步，放松一把，可是又怕放得太松，跑得太远，他朝四外瞅了一眼，看见道上两头没人影，才悄声儿说：

“大嫂子，你听说那话了吗？”

---

① 二流子。

“啥话？”

“你还不知道？”韩长脖故作惊讶，而且再不往下说。

“啥话？你说，你说。”白大嫂子急得紧催他。

“听说萧队长看到白大哥……唉，还是不说吧，回头你该怪我了。”韩长脖故意吞吞吐吐说，转身要走。“你说吧，不能怪你，要不说呀，有事你可得沾包[1]。”白大嫂子说。

“我说，我说，萧队长看到白大哥肯往头里钻，人又年轻，挺看重他。白大哥说：‘就是我屋里的那个封建脑瓜子，可邪乎了！’你听听萧队长说啥：‘那没关系，你好好干，离这不远有个好姑娘，我给你保媒。’”

“给谁保媒？”白嫂子气得头昏了，迷迷糊糊地问道。

“给白大哥。”

“哦？”白大嫂子皱着眉头，她上火了，“我问你，是哪屯的姑娘？”

“这我可不能告你。”韩长脖见她信以为真，就更显出神神鬼鬼的样子。听到这儿，白大嫂子气得粗脖红脸的，转身往回走。韩长脖故意拦住她。

“大嫂子干啥往回走？你的鸡子儿豆角不是要给工作队长送去吗？你要不去，给我，我给你捎去。”

“送给他吃，不如扔到黄泥河子里，你快走你的。”她把韩长脖推开，提着篮子，一面往回走，一面咕咕噜噜骂着工作队，咒着白玉山。

半夜里，白玉山从小学校回来，遇上大雨，浇得一身湿。到家一看，屋里灯灭了，人也睡了。他把门推开，漆黑的外屋冷冷清清的，不像平常似的灶坑有火，锅里热了东西。他走进东屋，划根洋火，点起豆油灯，脱下湿衣，晾在炕头上，光着身子又走到外屋。

---

① 受连累。

马勺子[1]挂在炉子旁边，锅里空空的，碗架里面啥啥也没有。他把碗架子存心啪地一关，想惊醒她来，让她做点什么吃，可是她没有起来。

“我说，你鸡子儿搁在哪儿？”白玉山平平静静问，近来他俩过得好，长远不顶嘴，白玉山肚子饿得慌，也没有生气。

“还要吃鸡子儿？”白大嫂子爬起来说道，“你混天撩日的[2]，在外头干的好事，只当我不知道吗？”

“你快起来，做点东西吃，吃完好睡，明日一早还有事。”白玉山一面说，一面屋里屋外到处翻。一下子，他找着了一篮子豆角，里边还有十来个鸡子儿，他提起篮子，往外屋走。

白大嫂子跳下地来，跑去抢篮子，不让他提走。

“这鸡子儿不能给你吃。”白大嫂子说。

“我就要吃。”白玉山火了。

两口子你一句，我一句，干起仗来。两个人争抢篮子，把鸡子儿都摔在地下，蛋黄蛋白，溅到身上和地上。夜深人静，声音听得远，不大一会，惊动好多邻居都挤到老白家外屋，有的光卖呆，有的来劝解。

“好了，好了，别吵吵，两口子顶嘴也伤和气呀！”上年纪的人劝道。

“好了，谁少说一句，不就得了呗。”白玉山的亲戚说。

“得了，别吵了，各人少说一句，两口子有啥过不去的呢？”好心的人说。

“天上打雷雷对雷，夫妻干仗棰对棰，来吧。”趁热闹的人说。

“大伙说说理，看看有没有这个道理？他把家里活都推到我一人身上，自己混天撩日的，成天在外串门子，谁家的老爷们不干

---

① 有柄的炒勺。

② 胡闹。

活，光让老娘们去干？他一回家，就说要去工作哪，宣传哪，又说要打倒大肚子，为小扣子报仇哪，都是胡扯。还不是中了邪魔，想吃新鲜了。也不照照镜子，谁家姑娘还要你这拉拉蛄？”

“你尽放些啥屁？”白玉山这才知道他背了黑锅[①]，气得火星子直冒，奔到白大嫂子面前，“哪儿有这种娘们，深更半夜，放开嗓门吵。”他刚举起拳头，白大嫂子就扑到他的身上。“你打你打，你打死我吧。”一面说，一面大哭起来，边哭边数落，“我的小扣子，你娘命好苦呀，你咋撂下我走了？”事情越闹越大，这时来了一个大个子，他光着脊梁，走上来，把白玉山拉出院子去对他说：“到我家里去唠唠，你别跟老娘们一般见识嘛，干起仗来，叫外人笑话，不是丢了咱们穷伙计的脸吗？”

这大个子也是白玉山的一个挺对心眼儿的朋友，他姓李，名叫李常有。这名字是他自己起的。他啥也没有，起名李常有，说是“气气财神爷”。自从起了“李常有”这名字，灶坑常常不点火，烟筒常常不冒烟，身上常常穿不上衣裳，十冬腊月常常盖不上被子，一句话：常常没有，越发穷了。他是铁匠，年纪约摸三十岁，耍了十四年手艺，至今还是跑腿子。因为他的个子大，人们又叫他李大个子。人家问他：“李大个子，你混半辈子，怎么连个娘们也没混上呢？”

李大个子说：

“连大楂子也混不到嘴，还有娘们来陪我遭罪？”

伪满“康德”十一年，收秋后，下霜了。伪村公所劳工股的宫股长摊他的劳工。他满口答应：“行，行，替官家出力，还有不乐意的吗？”

宫股长说：

“你倒爽快，不说二话。”叫他回去收拾收拾，明儿再走。

---

① 受了冤屈。

当天下晚，李大个子在家里，一宿没有睡，只听见他的打铁场里丁零当啷响一宿。第二天，太阳一竿子高，他家的门还叫不开。大个子蹽了。铁砧、风箱、锤子、锅碗盆瓢，啥啥都窖在地下。屋里空空荡荡的，光剩一双破靰鞡，一个破碗架。

李大个子带一柄斧头，一把锄头，溜出南门，连夜跑了二十里，躲在一家人家的高粱码子的下边，脚露在外边，蒙了白白一层霜，像小雪似的，冻得直哆嗦。

往后，他到了南岭子，提着斧头，整了些木头，割了些洋草，又脱了些土坯，就在一座松木林子里，搭起一个小窝棚。白日，怕人来抓，躲在密密稠稠的树林子里，他瞅见人，人瞅不见他。下晚，回到小窝棚里避风雨。有一夜，他躺在木板子床上，听见有什么东西在他耳边啾啾地叫着，他用手一探，触着一段冰凉冰凉的长圆的东西，把他心都吓凉了。那家伙扭出窝棚去，钻进草里了，没有伤害他。那是一条大长虫。

秋天的山里，吃的不缺，果木上的野果子：山梨、山葡萄、山丁子、山里红[①]、榛子和蘑菇，都能塞肚子。有时候，还能跑到几里外去捡人家漏下的土豆和苞米。冬天药野鸡，整沙鸡。运气好，整到一只狍子，皮子能铺盖，肉能吃半拉月。春天，地里有各种各样的野菜。他对对付付过了快一年，当了快到一年的黑户，还开了一些荒地，种了苞米和土豆。“八一五”以后，他才搬回元茂屯。

成立农会的时候，白玉山找他，跟他谈一宿。他说：“让我寻思寻思。”他又寻思了整整的一宿。第三天一早，他来找白玉山说道：

“老弟，不是我不乐意参加。我是不乐意随河打淌[②]。我要在自己的脑瓜子里转一转，自己的心思得从自己的脑瓜子里钻出来，这才对劲。”

---

① 山丁子和山里红都是小圆野果，到秋色红，味酸甜。

② 随波逐流。

“如今你脑瓜子里钻出来的是啥心思呢？”白玉山笑着问他。

“我现在寻思，就是有人用刀子拉我的脖子，也要跟共产党跟到底。”

李常有成了农会的正式会员，并且当了小组长。

这天下晚，他把白玉山劝到自己的家里，问他两口子干仗的原因，白玉山道：

“说不上。”

李大个子笑起来说：

“看你这人，还是那样稀里糊涂的，跟屋里人干一下晚的仗，还不明白是为啥？看，天头发白，快亮天了，咱们来做点什么塞塞肚子，回头我去劝劝大嫂子，叫她消消气。”

说到这儿，李常有放低声音说：“兄弟，穷帮穷，富帮富，你如今是农会委员，是咱们穷哥们的头行人，快别吵吵，叫那些不在会的人瞅着笑话。来吧，你去园子里摘点黄瓜豆角，我来烧火做饭。”

吃罢早饭，白玉山在李常有家里待着。大个子急急忙忙赶到白玉山的院子里。白大嫂子正端着一瓢泔水倒在当院猪槽里，她在喂猪。她又喂了一只白花小壳郎。看见李大个子迈进院子，她装着没有看见似的低下头来，拿一块木片去搅动那掺了西蔓谷的泔水。早晨的黄灿灿的太阳，透过院子东边一排柳树的茂盛的枝叶，照着她微微有些蓬乱的黑黑的疙疸鬏儿[①]上的银首饰，闪闪地发亮。

“大嫂子！”李大个子走到她跟前，叫她一声。她仰起脸来，看他一眼，又低下头去。她的漂亮的漆黑的眉毛还是皱着在一起，她的气还没有消尽。

“这壳郎的骨架子好大，到年准能杀二百来斤。”李大个子先唠唠闲嗑。

“嗯哪。”白大嫂子淡淡地随便地答应，并不抬头。她还在生白

① 发髻。

玉山的气，捎带也不满意大个子。在她看来，李大个子不该管闲事，把白玉山拉走，没有给她出出气。搅完猪食，她噘着嘴，拿着瓢，转身就往屋里走。李大个子跟在她背后，想要劝解，又不知道从哪儿说起。走进东屋，看见炕席上晾着一件青布小衫子，想起白玉山正光着脊梁。他灵机一动，撒了一个谎：

"老白下晚挨了浇，又没穿衣，想是冻着了，脑瓜子痛得邪乎。"

"痛死他，痛死他！"白大嫂子坐到炕头上，拿起针线活，这样地说。李大个子坐在对面北炕上，想不出法子，他用唾沫粘着烟卷，寻思还是先唠些家常。他东一句，西一句，尽谈一些过日子的事情。忽然，他说：

"前年秋天，你不是也有一个壳郎吗？到年杀了多少斤？"他故意问。

"还到年哩。"白大嫂子说，"才到秋，叫韩老六搁洋炮打死了。"说到这，她记起了她的一连串的不幸，她的眼睛潮湿了。由于壳郎，她又想起她的小扣子。深深知道他们的家庭底细的大个子，趁着这机会说：

"你看我倒忘了，你的小扣子不是那年死的吗？"

"可不是，叫韩老六给整死的。"白大嫂子火了，狠狠地骂道，"那个老王八，该摊个炸子儿[①]。"

李大个子看见她的火气已经转换了方向，就跟她说起韩老六的种种的可恶，又说农工会的人，就是要叫大伙起来，打倒韩老六的，"也是替你小扣子报仇呀，大嫂子"。

"这我明白。"白大嫂子说，"我可不知道，见天下晚他去串门子，尽干些啥？"

"白天人家要下地，老白也有活，只好到下晚出去。"

白大嫂子低下头来，这回不是生气，而是不大好意思。听了韩

---

① 一种步枪子弹，打在人身上，弹头开裂，出口很大。

长脖的一句话，无缘无故闹起来，自己也觉得对不住当家的，捎带也对不起这个和事的大个子。

“谁跟你嚼舌头，说老白在外干啥的？”李大个子问。

白大嫂子说起这事的经过。李大个子说：

“谁叫你信那种人的话呢？”

“他不也是穷人吗？”白大嫂子明明知道上当了，还是说了这一句来给自己掩饰。

“你是外屯才搬来的吗？你还不明白他那个埋汰底子？”李大个子说。

“我寻思，人一穷下来，总该有点穷人的骨气。”白大嫂子说。

“他不是人，说的话也不是人话。白大哥的人品你还能犯疑？他一心一意为大伙，你不帮他，倒拖他后腿……”

“不用提了，都怨那该死的长脖子。他脑瓜还痛吗？”

“他是谁？你说老白？你不叨咕[1]他，他脑瓜子就不痛了。”李常有说，笑着抬起身子来，“我就去叫他回来。”他迈步出门。

“你别忙走，请把这衫子给他捎去。”

李大个子走了以后，白大嫂子对着镜子，拢拢头发，慌忙走到东院老于家，借十二个鸡蛋。老白回来，两口子见面，都不提起干仗的事情。往后，她煮了两只蛋给他吃。这一天，老白铲了一天地，赶落黑才回。放下晚饭的筷子，他要往工作队去。白大嫂子又到南园子里摘了一篮子嫩豆角黄瓜，里面还放着十个借来的鸡蛋，叫老白捎去，送给萧队长。根据工作队规矩，萧队长婉言拒绝了。

下晚，白玉山回得早点儿。月牙从窗口照射进来，因为太热，也因为爱惜衣裳，白玉山脱了他的青布小衫子。他敞着怀，露着一个大胸脯，躺在炕梢。他们这才唠起干仗的事。

“看你那一股醋劲，也不‘调查研究’的。”白玉山说，从工作

① 咒。

队里学了些个新话，“调查研究”也是里头的一个。

十二

八月初头，小麦黄了。看不到边儿的绿色的庄稼地，有了好些黄灿灿的小块，这是麦地。屯落东边的泡子[①]里，菱角开着小小的金黄的花朵，星星点点的，漂在水面上，夹在确青的蒲草的中间，老远看去，这些小小的花朵，连成了黄乎乎的一片。远远的南岭，像云烟似的，贴在蓝色的天边。燕子啾啾地叫着，在天空里飞来飞去，寻找吃的东西，完了又停在房檐下，用嘴壳刷洗它们的毛羽。雨水挺多，园子里种下的瓜菜，从来不浇水。天空没有完全干净的时候，总有一片或两片雪白的或是乌黑的浮云。在白天，太阳照射着，热毛子马[②]熬得气呼呼，狗吐出舌头。可是，到下晚，大风刮起来，高粱和苞米的叶子沙拉拉地发响。西北悬天起了乌黑的云朵，不大一会，瓢泼大雨到来了，夹着炸雷和闪电。因为三天两头地下雨，道上黑泥总是不干的，出门的人们都是光着脚丫子，顺着道沿走。

离开二次斗争会，有些日子了。赵玉林、郭全海、白玉山和李常有，黑白不停地在屯子里活动，已经团结了一帮子人。农会由三十多个人，扩大成为六十多个了。刘德山在下雨天不下地的时候，也去跟小户唠唠。他常常上工作队里去，把他做的事、联络的人，告诉萧队长。李常有笑他，说他是到萧队长跟前去卖功，不是实心眼地为工作。有一天，刘德山从工作队出来，在公路上走，韩长脖正迎面走来，他来不及躲开，就用笑脸迎上去。韩长脖冷笑两

① 大池塘。

② 一种病态的马，夏长毛，畏热，冬落毛，怕冷。

声问他道：

“做了官了。生产委员算几品？”

“老弟，是时候赶的，推也推不掉，你还不明白？”刘德山赔笑。

“听说又开斗争大会，该斗谁了？”韩长脖趁势追问他一句。

“说不上，咱生产委员专门管生产。”刘德山说。他也是痛恨韩家的，虽说不敢撕破脸，去得罪他们，也不愿跟长脖子说实在话。他早知道，又要斗争韩老六，但是他不说，支吾几句躲开了。

萧队长跟老田头谈过好多回，了解了他的三间房的故事，鼓动他跟韩老六斗争。

“怕是整不下。”老实巴交的老田头说道。

“你不要往后撤就行，大伙准给你撑腰。”赵玉林说。

“好吧。”老田头说，还是挺勉强。

萧队长召集工作队跟积极分子开了个小会，这个会议比较地秘密。大伙决定：以老田头的姑娘的事件为中心，来斗韩老六。大伙同意事先把韩老六扣押。这回没有押在工作队，关在一个小土屋子里，窗户上面安了铁丝网，工作队派两个战士，拿着大枪，白玉山派两个农会的会员，拿着扎枪①，轮流看差。

第二天，早饭以后，由农会的各个小组分别通知南头和北头的小户，到学校开会。赵玉林背着钢枪，亲自担任着警戒。他站在学校的门口挡住韩家的人和袒护韩家的人，不让进会场。白玉山扛着扎枪，在会场里巡查。郭全海从课堂里搬出一张桌子来，放在操场的中间，老孙头说：“这是咱们老百姓的‘龙书案’②。”

男子和女人，三个一伙，五个一群，哩哩啦啦地来了，站成一圈，围着“龙书案”，有的交头接耳地谈着，有的抬眼望着小学校的门口。在小学校的一根柱子上，一面墙上，贴了好些白纸条，上

---

① 红缨枪。

② 皇帝御案。

写“打倒韩凤岐”，“穷人要翻身”，“向地主讨还血债”，“分土地，分房子，倒租粮”，“清算恶霸地主韩凤岐”。

自卫队把韩老六押进来时，刘胜领头叫口号：“打倒恶霸地主韩老六！”当韩老六站到“龙书案”前时，人们纷纷地议论：

“这回该着[1]，蹲笆篱子呐。”

“绑起来了。”

“这回不能留吧？”

“那要看他干啥不干啥的了。”

也有些人，跟韩家既不沾亲挂拐，也没有磕头拜把，单是因为自己也有地，也沾着些伪满的边，害怕斗争完了韩老六，要轮到他们头上。另外一种人，知道韩老六的儿子韩世元蹽到“中央军”那边去了，怕他再回来。还有一些人，心里寻思着，韩老六是该斗争的，但何必自己张嘴抬手呢？“出头的椽子先烂”，“慢慢看势头”。这三种人，都不说话。

有一种人，是韩老六的腿子，只当人们不知道，在会场上，反倒挺积极，说话时，嗓门也挺大。

郭全海主持会场。小王和刘胜都站在桌子旁边。萧队长和平常一样，在人们稀少的地方，走来走去，照看着会场上一切进行的情形。

韩老六站在桌子旁边，头低到胸前。他的脸色比上一次显得灰白一些。光腚的小孩们挤到前面来瞅那绑他的绳子。有一个胆大一点的孩子，站到他跟前说道：

“韩六爷，咋不带大棒子了？”

郭全海走到桌子的前面，起始两手不知放在哪，撑在腰上，又放下来，一会儿又抄在胸前。今天有一千来人，他的脸上有一点儿发烧。他的眼前，只看见黑乎乎的一大片，都是人的脸。他好像听

---

① 活该倒霉。

到有人在笑他，这个局面，把他今儿准备一个早晨的演说稿，全部吓飞了，最后，他说：

“屯邻们，开会了。”

他停顿了一下。下面的句子，他都忘了，会场没有一个人说话，没有一个人走动，静悄悄地等他再开口。他只好临时编他的演说：

“大伙都摸底，我是个吃劳金的，起小放猪放马，扛活倒月[①]的，不会说话，只会干活。反正咱们农会抱的宗旨是民主，大伙都能说话的。今天斗争韩老六。他是咱们大伙的仇人，都该说话。有啥说啥：有冤的伸冤，有仇的报仇，不用害怕。我就说到这疙瘩。”

韩老六把头抬起来，今儿这一大群人里，没有他的家里人和亲戚朋友。杜善人、唐抓子也都没有在，他比上两次都慌张一些。往后，他瞅到韩长脖跟李振江躲在人群里，都不敢抬头，不敢走动和说话。他想，今儿只能软，不能硬。啥条件都满口答应，保住这身子再说。他走到桌子一边对郭全海说：

“郭主任，我有几句话，先说一说好吧？”

“不许他说！”人群里一个愤怒的声音说，这是李大个子。

又一个声音说：

“听他说说也好。”

第三个声音说：

“八路军讲民主，还能不让人说话？”说完，躲在人群里。

头一回主持大会的郭全海竟答应他道：

“你说你说。”

韩凤岐开口说：

“我韩老六是个坏蛋，是个封建脑瓜子。皆因起小死了娘，我爹娶了个后娘，我后娘三天两头地揍我……”

---

① 做月工。

有人骂他：

“你别胡嘞嘞[1]。”

又有人叫道：

“不准他瞎说。”

“我是说……”韩老六还是说下去，郭全海上前制止他，但制止不住，又不知道不准他说话，是不是能打，韩老六钻着这空子，又往下说：

“我后娘叫我在家不得安生，我蹽到外屯，走了歪道，十一岁就学会看牌。”

“你逛过道儿吗？”头两回救过韩老六的驾的白胡子问他。

韩老六立刻低着头说道：

“逛过，我有罪，有罪。”

这时候，斗争的情绪，又往下降。有人说：“你看他尽说自己的不济，他定能知过必改。”也有人说：“人家就是地多嘛，叫他献了地，别的就不用问了。”人们向四外移动，虽说还没有走的，可是已经松劲。郭全海着了忙，不管一切，自己指着韩老六的鼻尖，涨红着脸，大声对他说：

“别扯那些，你先说说拉大排队、办维持会的事。”

“我拉过大排，办过维持会，那是不假。”韩老六满脸挂笑，瞅着郭全海，他把他对郭全海的仇恨深深地埋在他的心里，不露在脸上，“那是为的保护地面，维持秩序。”

郭全海忙说：

“我问你：你叫大伙捐钱买二十六棵钢枪，你是寻思给谁看家呀？”

韩老六平静地，假装笑脸说：

“给大家伙看家呀。”

---

① 胡扯。

郭全海脸上涨得红乎乎，叫道：

“你把大排放在你的炮楼里，胡子来这屯子，你请他们在你院里吃饺子，喂牲口，这叫做保护地面？”

“郭主任，这个你可屈死我了，大伙调查调查，看有没有这事？”韩老六一边笑，一边说，心里却有点着慌。

这时候，人群里面，起了骚扰。李大个子挽起俩袖子，露出一双粗大的胳膊，推开众人。他拉着一个头发斑白的老头子，往前面挤去，高声嚷道：

“老郭！老郭！老田头有话要说。”

说着，他们已经挤到“龙书案”跟前。老田头取下他的破草帽，眼睛里混合着畏惧和仇恨的神情，瞅着韩老六。由于气愤，身子直哆嗦，他的太阳晒黑的，有垄沟似的皱纹的前额上，冒出好多细小的汗珠。

“同志，郭主任，我有话要说，有仇要报。”老田头的眼睛望着刘胜、小王和郭全海。

老田头往下说道：

“请同志做主……”

小王插嘴说：

“说给大伙听听，大伙做主。”

老田头向大伙转过身子来，然后又扭向韩老六说：

“‘康德’九年，我乍来这屯，租你五垧地，一家三口，租你间半房，又漏又破，一下雨，屋里就是水洼子，你还催我：‘我房子不够，你快搬。’我说：‘六爷叫我搬到哪儿去呀？’你骂道：‘你爱上哪儿上哪儿，我管你屁事。’‘六爷，我想自己立个窝，就是没地基。’你做好人了，说得怪好听：‘那倒不犯难，我这马圈旁边有一号地基，你瞅着相当，就在那上面盖房，不要你的租子。盖好三两间房子，你们一家子也有个落脚的地方。多咱不愿意住了，再说吧。’我领了你这话，回去跟我老伴说：‘真是天照应，碰上这么个好东家。’那年冬天，我顶风冒雪，赶着我一条老牛拉一挂破车，到山里拉一冬木头。那年雪大，那个冷呀，把人冻得鼻酸头疼，两脚就像两块冰，有一回拉一车松木下山来，走到一个石头砬子上，那上面盖一层冰，牲口脚一滑，连牛带车，哗啦啦滚到山沟沟里了，西北风呼啦呼啦地刮着，那个罪呀，可真是够呛。十来多个赶车的劳金来帮我，才把车扶起，老牛角也跌折了一只。”

人群里有人说道：

“老田头说短一点。”

“那是谁？”郭全海问，“老田头，不要管，你说你的。”

“那时候，你家老五是山林组合长，要给日本子送木头，我辛辛苦苦拉一冬天的木头，却叫他号去给日本子了。我那老伴气得哭一宿。第二年，又拉一冬木头，还割了洋草，脱了土坯，买了钉子，盖房子的啥玩意儿都准备好了。到第三年挂锄[①]时候，盖好三间小草房，就差没盘炕，没安门窗了，我一家三口搬进东屋，当天你叫李青山把你三匹马、一匹骡子牵进我西屋，你来对我说：‘牲口有病，不能住敞棚，借你房子搁一搁。’

“三年盖个屋，做你的牲口圈了。我老伴哭着，跪下来磕头哀求你，哀求你儿子，说这房子新盖起，牲口住下，就再不能住人，请你积点德，别叫牲口住。你儿子用脚踢我那老伴，张口骂道：‘看这老家伙，你忘了这地基是谁的吗？再哭，把你撵出去。’”

老田头说到这儿，停了一停，用他的干干巴巴的手指头，抹一抹眼睛，又说：

“三年立个窝，做了你韩家的马圈，牲口在屋里拉屎尿尿，臭气出不去。三间房都臭气扑鼻，招蝇子，也招蚊子，到下晚，蚊子像打锣似的叫，我家三个人咬得遍身红肿，没有一块好肉。把我新屋当个牲口圈，我只好认命，这也罢了。你还要祸害咱们丫头。一

---

① 铲草完毕，把锄挂起。

天你来看你那黄骟马，看见我们的丫头裙子，你就凑过来说疯话。我们丫头那时才十六，你四十三了。你叫她跟你，她不愿意，你把她拉到草垛子里，剥她的衣裳，她咬你一口，你窝火了，临走你说：‘你等着瞧吧。’不大一会，你气冲冲地，带领三个人来了，张口就要拆房子，要地基，要不就要人来抵，四个人走进屋，不由分说，把丫头架走……”

说到这儿，老田头痛哭起来。人堆里有人叫唤：“打倒大地主！”“打倒地主恶霸韩老六！”人们都凑上前来。老田头接着说道：

“四个人把她架到后沿，用靰鞡草绳子绑在黄烟架子[①]上，连绑三道。她叫唤，你们拿手绢塞到她嘴里，剥了她的衣裳，使柳条子抽她的光身子，抽得那血呵，像小河一道一道的，顺着身子流。往后，往后……”老田头说到这儿，他更大声地哭了。人们往前边挤去，纷纷叫打，有人从老远的什么地方投来一块小砖头，落在韩老六脚边。韩老六的脸都吓白了，腿脚抖动着，波棱盖直碰波棱盖。

有人呼唤着：

“剥掉他的衣裳！”

又有些人叫唤：

“打死他！”

正在这时候，有一个人挤到韩老六跟前，打韩老六一耳刮子，把鼻血打出来。下边有几个人叫道：

“打得好，再打。”

可是大多数的人，特别是妇女，一看见血，心就软了，都不吱声。打韩老六的是谁呢？韩老六睁眼瞅着，是李振江。他心里有数，可还是低下头，让鼻血一滴一滴地掉在地下，叫大伙看见。大伙看见打韩老六的是李振江，起始是发楞，往后明白了，但不知道

① 晒烟叶的木架子。

怎么办。老田头看见是李振江打韩老六，他起初奇怪，往后就退后了一点，郭全海还是叫老田头说：

“你说吧，老田头。”

“我的话完了，没啥说的了。”老实胆小，而又想不清楚这是怎么一回事的老田头退到了桌子的后边。白胡子迈步上来。李振江也挤上来占了老田头的位置，用手指指韩老六说：

“田万顺跟你算了账。我也种你地，咱们也该算一算细账。我打你一撇子，你服不服？”

“我服，我服。”韩老六说。人群中有说打得好的，也有说李振江带劲的，也有帮李振江骂韩老六的。可是大部分的人，连老田头在内，都不吱声，慢慢地，一个一个地，都走开了。李振江又说：

“你当村长的那年，日本子要碗碴子，你跟咱们民户要，我说我们家里没有摔破碗，没有碗碴子，你叫我们到外头去捡，不捡就罚钱，这事有没有？”

“有，老李哥。”韩老六说。他脸上的颜色变好了，说话也流利了。“我是一个大坏蛋，我的不济的事可真不老少，皆因我是一个‘满洲国’的旧脑瓜子，爱动压力派。如今民主政府行的是宽大政策，我要求你们姑息姑息，担待担待，留着我这条小命，我要是不知讨必改，不替农会办事，不跟萧队长和农会的各位委员，往革命的道上迈进一步，我摊一颗炸子。”

“你别扯那么老远了。你自己说，你做这么多坏事，该怎么的？你愿打，愿罚，愿分呢，还是愿蹲笆篱子？”李振江问。

“那还能由我？”韩老六说，极力忍住心里的快乐，“大伙儿说，该怎么的就怎么的吧，斗我三回了，说起来，我真是心屈命不屈，反正做错了，就得领呗。”

白胡子说：

“罚他十万。”

李振江说：

“把他留的二十垧地也拿出来。”

人们七嘴八舌说开了：有人说，把他撵出大院；也有人说，把他送到县里蹲大狱；又有人说，罚了分了，就不必押人。有些在发表不同的议论，也有的人一声不吱，在后沿松松散散地走动，而且想找机会，溜出会场去。刘德山打头走出去，走到学校大门口，赵玉林问他上哪儿去，他说：“昨儿下晚来了个亲戚，喝多了一点，脑瓜子有点发胀，得回去躺躺。”在他后面，又走了一些，多数是说闹病，少数是说有事情。

老孙头没有走，也没有说话。他蹲在后面一个墙角下。萧队长走来问他：

“你咋不说话？”

老孙头站起来说：

“大伙都说过了呗。”

“依你说，李振江打韩老六，安的是啥心眼儿？”

老孙头狡猾地笑着说：

“斗争恶霸，不打还行？”

“这是真打吗？”

“那哪能知道？他们一东一伙，都是看透《三国志》的人。要我说，那一耳刮子，也是周瑜打黄盖，一个愿打，一个愿挨的。”

萧队长走到前边，跟工作队的人合计了一下，又叫郭全海、白玉山、赵玉林几个人一起，商量了一会。郭全海走到桌子的旁边，对大伙说：

“会就开到这疙瘩。今儿天气好，大伙还着忙割小麦，拿大草，韩老六该怎么处置，大伙提意见。”

好多人同时唤道：

“押起来。”

有人说：

“叫他家里人把十万罚款送来，多咱交钱，多咱交保，短一个不行。”

郭全海又问：

“大伙的意见呢？”

有好些人回答：

“对，多咱交钱，多咱交保，就这么的吧。”都想早一些结束，快一点回家。

郭全海又道：

“老田头，你意见咋样？”

老田头低下头来，不吱一声，好半天，他才说话：

“我没意见，就这么的吧。”

十三

大会散了以后，韩老六押回笆篱子。不到晌午，李青山送来十万元罚款，杜善人、唐抓子送上一张保单，韩老六交了保了。

大伙回到家里，连积极分子也都懒懒散散的，干啥也不带劲。人们怀了一颗旧的疑心来开会，又抱了一个新的疑心回家了。回到家里，有的下地，有的放马，有的套车，有的铡草，有的侍弄园子地，有的到河里打鱼。为了生活的困难，为一点小事，他们摔东西，打牲口，跟老娘们干仗，有的干脆躺在炕梢，一声不吱，也不动弹，全都混天撩日地打发着日子。生活的海里起过小小的波浪，如今似乎又平静下去，一切跟平常一样，一切似乎都还是照旧。

老孙头孙永福却没有回去。出门时，他跟他的老伴说过，说这一回可真要把大汉奸治下。会开得这样，他不愿回去，怕老伴顶他。他跑到工作队里，萧队长正在主持一个总结经验教训的会议，老孙头不管这些，喘吁吁地跑到萧队长跟前，说道：

“萧队长，我不干这积极分子了，这小官儿可不是人当的，尽憋气。”

萧队长说：

“积极分子不是官，是老百姓当中敢作敢为的头行人。你要不干，不做这好人，不用来辞，不来就行了。”

“不是不来，我一开头，就随队长，还能半道妥协吗？我是想：咱们是孔夫子搬家，净是书[①]，心里真有点点干啥的。”

萧队长安慰他几句，叫他回去还是跟知心人唠嗑，跟老百姓聊天，说大地主好几千年树立起来的威势，不是一半天就能垮下的，不能心急。

刘胜心里不好受，但他不吱声，坐在窗户跟前的桌子上，在看小说。

小王觉得韩老六早该杀掉。他对萧队长说：

“你去问问赵玉林，看他主不主张整掉他。”

萧队长说：

“你不能单看几个先进的积极分子。发动群众，越广泛越好，打江山不怕人多。老百姓说：‘人多出韩信。’”

小王对于不杀韩老六，心里还是不服气，却又没有再说啥。

萧队长也怪不好受，因为他瞅着群众往回走的时候，都懒懒散散。他也和群众一样，感到不舒服。可是他不说。这是因为他是一个踏实的实际工作者。好多年来，对于实际的问题，他都是用全力来设法解决，不愿意用闲话、用空想来耽误时间，浪费精力。而且，他心里感到，谁都想从他嘴上寻找安慰和办法，而不是来听他的唉声叹气。他打发老孙头走后，继续总结这几天的经验。临了，他说：

“往后斗争会越加厉害，我们一面要多加小心，一面要加紧工作。张班长，你叫警卫班多加小心，老刘你暂时把书本放下，快去

---

① 书、输两字，音略相同。

看看李振江他们尽干些什么。小王你不要老是咕噜咕噜的，去看看赵玉林他们。我到老田头家里走走，他的话准没说完，好吧，就这么的，各干各的去。”

散会以后，萧队长就起身走了，万健跟着他。

老田头在院子里铡草，老远看见萧队长来了，连忙站起来，赶到门口迎接他。萧队长拉着他的手，一同走进屋。这屋还有七成新，西屋发出叫人恶心的马粪马尿的气味。萧队长和老万走到西屋的门口去看看。自从工作队到来，韩老六把骡马牵回去了。西屋成了马圈，墙被牲口磨掉了上面的泥块，露出了里头的草辫子。门框被牲口啃了好些个豁牙，地上堆了厚厚的一层马粪，蝇子一群一群地飞着。这屋要住人，得重新盖过。老田头带着萧队长离开西屋，走到东屋，炕上坐着一个五十来岁的老婆子，两眼瞎了，鬓发白了，穿着一件千补万衲的蓝布大衫子。她在摸索着劈花麻[①]，老田头告诉她：

“萧队长来了。”

“啊啊，萧队长。”她用眼睛尽力瞅着发出声音的地方，好像她能看见似的。她慌忙用自己的衣袖摸着揩擦炕沿和炕席。

“炕上坐，同志，你们真是老百姓的大恩人呀，你们一来，韩家就把牲口牵走了。”

说到这里，她凑近萧队长坐着的地方，悄声地说：“那人是个阎王爷，你们这可把他治下了！”瞎老婆子爬到炕梢，在炕琴上摸到一个烟笸箩。老田头到灶坑里点起一根麻秆，给萧队长点烟。萧祥一面抽烟，一面唠着，由韩老六唠到了她姑娘身上，老田头慌忙使眼色，叫萧队长不要往下讲。老婆子早哭起来了，说：

“提起我那姑娘她死得屈呀，同志。”这老太太话没落音，眼角上早涌出浑浊的泪水。青筋突出的枯干的手微微地颤动。老田头

① 不到时候的线麻。

骂道：

“看你，萧队长来瞧瞧我们，你又哭天抹泪的。”

“唉，”老田太太用手背擦她的眼睛，“我那丫头呀，真是个苦命孩子。萧队长，要你们早来就好了。”

“咱们走吧，到外头溜达溜达。她一哭，就没有个头。”

老田头一面说，一面陪萧队长出来。走出院子，他叹口气说：

“哭三年了，眼睛都哭瞎了。”

“哭瞎的吗？”萧队长问。

“可不是？老娘们总想不开，死就死了呗，又是个丫头。”他光顾说话，没有瞅着道，一脚踩到泥泞里，把鞋都陷了进去。他拔出鞋来，走近萧队长，悄声儿说，好像怕人听见似的：“也难怪我那老伴老是想不开，忧忧愁愁没个头，小崽伤了，留一个姑娘也好。”

“你姑娘怎么死的？”

老田头说：

“走，咱们先到北门外走走。”

他们才走出北门，老万把枪上好顶门子。老田头道：

“不用怕，这近旁拉胡子是没了，都蹽到大青顶子去了。去看看我们那裙子的坟茔，就在北门外。”

北门外，太阳从西边斜照在黄泥河子水面上，水波映出晃眼的光芒。河的两边，长着确青的蒲草。菱角花开了。燕子从水面掠过。长脖老等[1]从河沿飞起，向高空翔去，转一个圈又转回来，停在河沿。河的北面是宽广的田野。一穗二穗早熟的苞米冒出红缨了。向日葵黄灿灿的大花盘转向西方。河的这面，是荒草甸子。在野蒿的密丛里，有一个小小的长满青草的坟堆，这是老田头的姑娘裙子的坟茔。三个人坐在浅浅的野稗上，老田头又说起他裙子的故事。韩老六把她绑在黄烟架子上，剥了衣裳，打得皮开肉裂，要她

① 一种水鸟，脖长腿长。

供认她许配的新姑爷是通抗日联军的。她死也不说。

“你们的姑爷是不是通抗日联军呢？”萧队长问。

老田头朝四外望望，才低声地说：

“是呀，通是不假。裙子也知道，可是她咬定牙根不说，怕害了他。”

“你姑爷叫什么名字？你不要怕，咱们现在的民主联军，跟抗日联军是一样的。”萧队长说。

“他叫张殿元。我那姑娘死也不肯说，他们打了她半宿，才放开来，她吐血了。因为受惊，伤重，不到半拉月，她就死了。”

“张殿元呢？”萧队长关怀地问。

“当时我姑娘叫我连夜赶去告诉他，叫他快跑，他跑到关里去了。往后一直没音信。”

三个人都站了起来。萧队长恭恭敬敬地默默地站了一会，重新看了看青草蓬松的坟茔，然后一面往回走，一面对老田头说道：

“这真是个好姑娘！你该给她报仇呀，不用怕。”

“不怕。”老田头说着，他们进了北门。萧祥回到工作队的时候，家家屋角的烟筒里，冒出了烧晚饭的青烟。小王和赵玉林他们正在等着他。

下晌小王走到赵玉林家里，白玉山、郭全海、李常有和杨老疙瘩通通在那儿。他们坐在炕桌子旁，赵玉林抽着烟，白玉山、郭全海跟李常有正在谈论今儿大会的情形。看见小王来，他们都抬起身子，让他上炕坐。

“你们谈你们的，我坐在这儿。”小王坐在炕沿上。

“今儿会上有腿子。”郭全海说。

“你说是谁？”李大个子问。

“那还看不出？”郭全海说。

“你说的是李振江吧？”李大个子问。

“嗯哪，他那一耳光，救了韩老六。”

“还有那白胡子，他是谁？”

“是韩老六的磕头的，北头老胡家。”

“小王同志，你看怎么整法？”李大个子皱着眉毛问，“大伙总还不齐心。”

“咱们上工作队去，大伙开一个小会，好不好？”小王的这个提议，他们都同意，就都到了工作队。萧队长和他们合计到夜深，最后告诉他们主要的三点：一是扩大农会，多找贫雇农，分别地开秘密小会，随便唠嗑，鼓动大伙斗争韩老六。二是监视坏蛋腿子的活动。三是组织自卫队。又把农会委员调整了一下，选举了李大个子做锄奸委员，白玉山专任武装委员，取消兼职。撤消了刘德山的生产委员，暂且不补，现在还顾不上组织生产的事情。

白玉山说：

“大伙选我作武装，说要组织自卫队，人是有的，就是没有家伙。”

萧队长说：

“工作队警卫班能借一支套筒枪。你们自己再想法。”

赵玉林提议把韩老六交来的那十万罚款，交给李大个子去买铁，叫他连夜打扎枪头子。李大个子说：“今儿下晚回去就动手。”散会时，大圆月亮正挂在榆树的梢头。他们在月亮地里，各自回去。当天下晚，李大个子的火炉生起了通红的烈火，火星四冒，铁锤叮叮当当直响到鸡叫。那天以后，白天在背阴地里，在地头垄尾，在园子里，在黄泥河子的河沿，常常有三五个农民，小声唠嗑。下晚，屯子的南头跟北头，从好些个小草房的敞着的窗口看去，也看见有三三五五的人们在闲扯，有生人去，就停止说话。这是元茂屯的农会积极分子所领导的半秘密的唠嗑会。也就是基本群众的小会。在这些小小的适应初起的庄稼人的生活方式的会议上，穷人尽情吐苦水，诉冤屈，说道理，打通心，团结紧，酝酿着对韩老六的斗争。

领导和组织这些小会的农会积极分子每天向萧队长和赵主任汇报。萧队长日夜研究这一些材料，把里面的经验总结起来，并使交流于全屯。

这些小会里面的情形，韩老六都不知道。萧队长叫刘胜去看李振江的那天下晚，刘胜闯到韩老六摆香堂的公所[①]院子里，从玻璃窗户里看见屋里点着灯，韩长脖正在跟李振江说话，姓胡的白胡子也在。看见有人来，三个人都笑嘻嘻的，慌忙赶出来招呼。刘胜和他们敷衍了几句，就赶紧回来，把这情形告诉萧队长。大伙研究这件事情。李大个子说出这样一段话：

“韩老六办维持会时，这屯子里的‘满洲国’的‘协和会’[②]的会址，立起了国民党党部，韩长脖跟李振江常常往那儿走动。”

“白胡子呢？”

“白胡子没有，他在‘家理’，韩老六摆迎风香堂时，他去了。他叫胡大爷。”

“要好好提防他们。”萧队长说。

李大个子派人监视这三个人。白胡子、韩长脖和李振江都不容易活动了。韩老六失去了胳膊和耳目。他的站脚的地方的地皮裂开了，他和他的房子四角的炮楼快要崩垮了。他比任何时候都烦躁一些，下晚睡不着，抽着烟卷，在院子里走来走去，有时一直到亮天。

十四

八月末尾，铲趟[③]才完，正是东北农村挂锄的时候。三天两头下着雨。农民在屋里院外，干些零活，整些副业：抹墙扒炕，采山

① 青帮公所。

② 伪满的一种特务组织。

③ 用马拉犁压死垄沟里的草芽，叫做趟地。

丁子，割靰鞡草，修苞米楼子，准备秋收。农民不太忙，正好组织斗争。但因时局不稳定，坏根散布了一些谣言，人心又有一些摇晃，连唠嗑会也不能经常开了。

工作队接到了县委的通知："坚持工作，迅速分地。"工作队整天彻夜地开会，布置眼前紧急的工作。萧队长因为一个半月的劳累，脸又瘦又黄，胡须也长了，但精神健旺。他在工作队会议上说：

"分吧。分地，分房，分牲口，把韩老六、唐抓子、杜善发的地和牲口，全部没收。趁早分掉。多多给老百姓一些好处。越快越好。"

"青苗呢？"刘胜问他。

"青苗随地走。地给谁家，青苗归谁家。"萧队长说。

分地委员会开会的时候，大伙根据土地数量和人口数目，决定一人分半垧。有马户分远地，无马户分近地。分地委员会分五个小组在全屯工作。

郭全海领导的小组分得认真，大伙都到了地里，插了橛子[1]。开头，好多人都不愿意整橛子。

"整那干啥？都是本屯的人，谁不知道哪块地在哪？"一个老头子说，实际呢，他对分地没有多大的兴趣。

"得插橛子，要不插橛子，分青苗时怕会打唧唧[2]。"郭全海坚持着说。他和他的那个组，打地[3]，评等级，品好赖，劈青苗，东跑西颠，整整地忙了五天。一个吃劳金的老初不敢要地，郭全海撂下其他工作，跟他唠一宿，最后，老初才说：

"说实话，地是想要的，地是命根子，还能不要？就是怕……"

"怕啥？"郭全海紧追了一句。

"我老初从不说虚话，我怕工作队待不长远，'中央军'来抹

---

① 很窄的木牌。

② 吵嘴。

③ 量地。

脖子[1]。”

“你不用怕，工作队决不会走。要走了，你来找我吧。”郭全海响亮地说。

“找你，你不怕吗？”老初笑着问。

“你找我，我找别的穷人，一个找一个，一个顶一个，咱们团结得紧紧的，把农会办得像铁桶似的，还怕啥？赵主任说，‘穷帮穷成王’，咱们穷人就是关外的王，‘中央军’他敢来，来一个捉他一个，来两个抓他一对。萧队长说：‘关里八路军就是这样打垮日本子的。’”一席话，说得老初服了一半，还有不服的一半，郭全海也了解出来了。他针对着他的心理说：“八路军如今可多呀。”

“有多少？”老初慌忙问。

“听说：‘咱们毛主席给关里关外，派来两百多万兵。’”

老初听到这儿说：

“我信郭主任的话，我要地，我家六口人，你劈我三垧好地。”

“地准劈给你，可是没有好地了。”郭全海嘴里这样说，但他还是劈了三垧近地给老初。总结分地经验时，萧队长说：“郭副主任把分地工作跟宣传教育结合在一起，这是他成功的原因。”

杨老疙疸领导那个小组的劈地情形，完全不一样。他那一组的人都带了橛子来到杨老疙疸寄居的煎饼铺子的西屋，唠一回闲嗑，杨老疙疸开口道：

“工作队放地给大伙，一人半垧，谁要啥地，都说吧。”

没有一个人吱声。

“咋不说话？谁把你的牙拔了？”杨老疙疸站起来，气呼呼地说。说罢，他把嘴噘着。

半晌，一个老头站起来说道：

“工作队配给咱们地，又不叫咱们花钱，谁还去挑。配啥算啥，

① 杀头。

都没意见。”

“谁要背后有意见呢？”杨老疙瘩再问一句。

“管保都没有意见，地也不用去看，橛子也不用插了。”

“老疙瘩你分了就是，省咱们点工。”

“行，大伙信服我，就这么办。有马户，分远地。”杨老疙瘩说。

“说啥都行。”

“青苗随地转，不许打唧唧。”

“那哪能打唧唧？一个屯子里的人，啥不好商量？”

“就这么的，妥了。散会吧，回去还能干点零星活。”杨老疙瘩说。

“对了，杨委员才是明白人。”

三十来个人，都走散了。他们带来的三十多根杨木和榆木橛子都留在煎饼铺子里，做了柴火。当天下晚，杨老疙瘩请了煎饼铺子里的掌柜的张富英，点起一盏洋油灯，二人嘁嘁喳喳地合计，张富英提笔写半宿。第二天一早，杨老疙瘩跑到工作队，把一张写在白报章上的名单，交给萧队长。他说：

“地分完了。谁劈了啥地，都写在上面。”

“好快。”萧队长说，看了看杨老疙瘩的分头，又仔细地看着名单，他皱起两撇眉毛说道：

“你这是给我报账，哪像劈地？这单子是你自己写的吗？”

“跟煎饼铺里掌柜的张富英两人参考着写的。”杨老疙瘩说。

“你识字吗？”萧队长问。

“识半拉字。”杨老疙瘩说。

萧队长又看了看名单，从那上面挑出一条来：“张景祥，四口人，在早无地，无马，劈得粮户老韩家南门外平川地二垧。”

“去叫张景祥来。”萧队长对杨老疙瘩说。

“对。”杨老疙瘩应声走了。在半道，他一边走一边想：“这回完蛋了，出了事了。”却不敢不去叫张景祥。见了张景祥，他说：

“小兄弟，到萧队长跟前，可要好好谢谢工作队给咱们放地，别说没插橛子呀。”

“老杨哥放心，一定谢谢工作队。”年轻的张景祥说着，跑去见了萧队长。他行一个礼，真照老杨的话说了，因为老杨是他老屯邻，又是分地委员，他信服他。

“谢谢工作队长放地，咱家里祖祖辈辈没有一垄地。这回可好了，有二垧地了。”

“你地好不好？”

“没比，九条垄一垧的好地[①]，又平又近，在早没马的小户，租也租不到手，慢说放呢。”

“你地在哪儿？离屯子多远？”萧队长问。

“不远遐，动身就到。”张景祥说。

“到底在哪儿呢？是谁家的地？”萧队长又追问一句。

“在北门外黄泥河子河沿，是老杜家的地。”

萧队长使劲忍住笑，从衣兜里拿出一张白报纸条子，高声念道：

“张景祥，劈得粮户老韩家南门外平川地二垧。”

屋里的人都哗哗地大笑起来，张景祥心里慌了，但一看到萧队长也笑，并不怪他，他放心了，连忙说道：

“这不能怨我，都是老杨哥干的。他说：‘张家兄弟，到萧队长面前，可要好好谢谢工作队长给咱们放地，别说没插橛子呀。’老杨哥，老杨哥。”他叫唤着。

“他早不在了。”老万回答他。

“好老杨哥，你要脱靴走干道，也没关系，萧队长，你处理我吧，罚我啥罪我都领。”

“你回去吧，没有你的事。你们这一组的地得重新分过。老万

① 垄越少，地越好，又便于耕种。

你去把这情形告诉赵主任，叫他自己经管经管这个组。”萧队长说完，把单子放下，问一个刚进来的花白头发的老头子说道：

“你老人家有啥事？”

“都说工作队快要走了，我来瞧瞧队长的。”老头子说。

“你听谁说的？”

“屯子里人都说。”

“老大爷，你告诉大伙，工作队不会走，八路军也不会蹽。工作队要把这屯子的反动派整垮了再走，大伙安心吧。”老头子走了。这时候，赵玉林来了，他对萧队长说：

“杨老疙疸的那组没插橛子，是假分地。农会开了会，不叫他当分地委员，他哭了。他说他知过必改，这事咋整？”

萧队长问：

“大伙意见怎么样？”

大伙说：

“老杨也是个庄稼底子，饶他这一回，看他往后能不能改过。”

“就这么的吧，你要教育教育他。你自己哩？要地没有？”萧队长问。

“我？我不要，人家还敢要？”

萧队长笑着问他：

“不怕‘中央军’来拉你的脖子？”

“还不知道谁拉谁的脖子呢！”赵玉林把枪把在地板上轻轻顿一下，“有这玩意儿，慢说他‘种殃军’，他洋爸爸美国鬼子来，也叫他有来无回。”

萧队长问：

“你还有事吗？”

赵玉林说：

“没有。”

“咱们到外头溜达溜达，”萧队长说，“老万你留在家里吧。”

他们走出学校门，在道旁的树底下走着，太阳透过榆树的密密层层的叶子，把阳光的圆影照射在地上。夏末秋初的南风刮来了新的麦子的香气和蒿草的气息。北满的夏末秋初是漂亮的季节，这是全年最好的日子。天气不凉，也不顶热，地里还有些青色，人也不太忙。赵玉林肩上挂着枪，跟萧队长肩并肩地慢慢走。一会他走近道旁，钻进矮树丛子里，摘了几颗深红颜色的小野果，噙一颗在嘴，他说：

“山里红，割地的时候正好吃。”

萧队长也吃了一颗，这玩意儿微微有点酸。他一面走，一面听赵玉林闲唠：

“山葡萄比这还酸呢，在伪满，那玩意儿也得交出荷。”

一群白鹅和灰鹅在道旁水濠边待着，看见他们来，伸着脖子，嘎嘎地叫嚷，大摇大摆的，并不惊走，一片湿漉漉的青柳叶，沾在一只雄鹅的通红的嘴壳上，它甩也甩不掉它。井台上有人在饮马。那饮马的人招呼老赵说：“出来溜达呀，赵主任？”一而说，一面转动井上的辘轳把。赵玉林笑着点头回答他：

“嗯哪。”

他们往前走，家雀在柳树梢上，脚爪踏得柔软的枝条，轻微地摇摆，白杨树后的青空里，飘起了晌午饭的灰色的烟云。屯子的各处，雄鸡在叫。一挂三马车，嘎啦嘎啦地朝他们驶来，车上装满了老稗草和西蔓谷，还有几个装得鼓鼓的麻袋。

“尝尝青苞米[①]。”车上戴草帽的青年庄稼人喝住了马，向他俩招呼，他解开麻袋，拿出十来多穗青苞米，送给他们。趁着车停时，车后跟着的马驹子，连忙赶上来，把嘴伸到老骒马的肚子下面，用嘴巴使劲顶奶。

他们往前走，车道两旁，家家的园子里好多黄灿灿的向日葵，

① 新摘的，外皮还带青色的苞米。

夹杂在绿色的豆角架子的中间，他俩走进一家人家的园子里，并排坐在柴火堆子上。赵玉林卷着烟卷。在这里，萧队长最初跟他说起了入党的事情，谈了好半天。

赵玉林回去以后，一夜没有合上眼，心里说不出的快乐。他感觉他是共产党员了。他在炕上翻来覆去睡不着，他屋里的醒来问道：

“你寻思啥呀？老睡不着？”

他不吱声，第二天，天还没有亮，星星满天，露水满地的时候，赵玉林跳下地来，背起钢枪，上工作队去了。就在这一个早晨，赵玉林写了入党申请书。不久，他又填了表。赵玉林，一个穷困的庄稼人，成了中国共产党的光荣的候补党员了。候补期是三个月，在“介绍人的意见”一栏里，萧祥写着下边三句话：

> 贫农成分，诚实干练，为工农解放事业抱有牺牲一切的决心。

郭全海、李常有和白玉山也都先后分别填了入党表。

十五

时局稳定了。人民军队遵照毛主席的战略，把蒋匪的美械军队打得大败了，打得他们在东北抬不起头来。胜利的消息传到了乡村，群众运动轰开了。

谣言消散了，地主恶霸跟他们的狗腿子们的脑瓜子又缩进了他们的阴暗狭窄的甲壳里，顶多只能用他们贼溜溜的眼睛，在背地里仇视穷哥们的活动，想用中伤、谣言、挑拨、黑枪、暗箭来陷害这些人们。工作队和农工会，黑天白日，川流不息地有人来看望。唠嗑会也都恢复了。斗争韩老六时，悄悄溜号[1]的刘德山也从山边的小窝棚里，回到家来了。老孙赶着老杜家的大车，常对人们说：“工作队长是我接来的。”

杨老疙疸也积极起来了，把地分好，又去领导一个唠嗑会。萧队长、小王和刘胜，经常出席唠嗑会，给人们报告时事，用启发方式说明穷人翻身的道理。用故事形式说起毛主席、共产党、八路军和抗日联军的历史和功绩。刘胜教给他们好些个新歌，人们唱着毛主席，唱着八路军，唱着《白毛女》，唱着《没有共产党就没有新中国》。大伙说：“这下思想化开了，心里就像开两扇窗户似的，亮堂堂的了。”

赵、郭、李、白也照样地忙着。

有一天半夜，大白月亮没有落，郭全海和李常有从唠嗑会出来，从韩家大院的门口经过。院里似乎有灯光，他们好奇地站住，在墙外待着。不大一会，院子里有脚步声音，接着有人在说话。

“小猪倌这家伙是一个祸根。”分明是韩老六的声音。

“是呀，得赶快把他送走。”另一个人说，是韩长脖的声音。

“这会不方便。”韩老六又说，“姓杨的那面你去张罗，得机灵一点。”两个人嘁嘁喳喳谈了一会，一点也听不清楚。

“就这么的吧，”最后，韩老六说，“你要不能来，叫你小嘎来好了。”大门上的小门响动了，郭全海和李常有赶紧闪进树阴里，转入岔道。走在半道，郭全海说：

“小猪倌不是吴家富吗？”

“可不是？他娘给韩老六霸占，往后又给卖到双城的窑子里，这事你忘了？”李大个子说。

“又是一笔债，咱们倒忘了。回头找他来参加唠嗑会。”

郭全海说：“他们说的姓杨的是谁，杨老疙疸吗？”

---

① 开小差。

他俩心里有事，都不回家，先到工作队。白玉山和赵玉林也在。李大个子把所见所闻，详细告诉萧队长。萧队长问：

“你们说老杨的人品咋样？”

李大个子说：“人是个穷人，卖过破烂，就是好贪些小利。”

萧队长又问：

“他跟韩家有什么来往吗？”

李大个子说：

“那倒还没有。”

郭全海添了一句：

“韩老六还打过他一棒子。”

赵玉林说：

“日本鬼子要亚麻，韩老六亲自提着大棒子，上各家去催，谁不拔亚麻，睡早了，就得挨他揍。”

白玉山说：

“挨过他揍的可老了。”

“你怕不止挨一回。”郭全海笑着说，记起了他以前的好睡的毛病。

“嗯哪，有两三回。”知道郭全海在取笑他以前好睡的毛病，把他挨揍的回数少说了一些。

郭全海说：

“听大嫂子说，顶少有七八回。”

“听她瞎扯！”白玉山说。

人们在闲唠的时候，萧队长在想杨老疙疸的问题，想了好久，才说：

“杨老疙疸是庄稼底子，觉悟不高，应该教育，大伙选了他当分地委员，现在又要随便撤消他，怕不太好，你们多跟他谈谈，往后再说。”

当晚都散了。

杨老疙瘩好贪小利的性格，还是没有改。遇事他又好“独裁”，不跟赵玉林和郭全海合计。他识半拉字，赵、郭不识字，他瞧不起他们，常说：

“小郭那小子，算啥玩意儿呀？”

他当了分地委员以后，屯子里的一些坏根都溜他的须，请他吃馅饼、饺子，叫他办点事，他满口答应。

“老杨哥，我有一件事，你能办吗？”

杨老疙瘩说：

“大小事我都能办，大事办小，小事办了。”

“老杨哥，我有一件事，求你上工作队说说。”

“行，萧队长听我的话。”但他不大去找萧队长，因为他怕他。

有一天下晚，他从唠嗑会回到煎饼铺。掌柜的告诉他说，韩长脖的小孩来找他，要他到他们家里走走。杨老疙瘩知道韩长脖是个什么人，但是他寻思，不去一下，抹不开情面。到了那里，韩长脖说：“六爷请你去吃饭。”杨老疙瘩想：去呢，犯了农会的章程，不去吧，又抹不开。他左思右想，琢磨了一阵，还是去了。

听到狗咬，身穿夹衣，满脸笑容的韩老六迎出外屋，请杨老疙瘩上东屋。顶棚上挂着一盏大吊灯，屋里通亮，宽大的炕上铺着凉席。炕梢的炕琴上摞着好几床被子，有深红团花绸面的，有水红小花绸面的，还有三镶被。覆被毡子上，绣着五彩松鹤和梅花，也绣着“松鹤延年”“梅开五福”的字样。南炕的对面是描着金凤的红漆躺箱，是高大的玻璃柜，还有一面大穿衣镜，这一切都擦得亮亮堂堂的。

韩老六请老杨坐。老杨不敢坐炕沿，他直着腰，坐在一条朱漆凳子上。韩老六从炕桌上拿起一盒烟卷来，请老杨吸烟。

在唠嗑会上，杨老疙瘩随帮唱影[①]，也说了一些韩老六的罪

① 附和别人的话。

恶，那时也真有点怀恨他，现在都忘了。他看到早先威威势势的韩老六，现在和他平起平坐了，觉得这也就够了。坏人也能变好的。韩老六开口，竟不叫杨老疙疸，叫他主任了：

“杨主任，今个打了个狍子……”

杨老疙疸忙说：

“我不是主任，六爷别这样叫我。”

“哦，你还不是主任？”韩老六故作惊讶地说，又叹一口气，“我寻思你准是主任了，你哪一点不比他们强！”说到这儿，他不往下说，高声地冲伙房叫唤：“菜好了没有？”

大司务进来，把炕桌摆在南炕上，又一起一起地把酱碟、醋瓶、酒樽、勺子和筷子，安放在炕桌上，又搬来四个冷菜的瓷盘。

“请吧，没啥好菜，酒得多喝一樽。好在杨主任不是外人。请吧。”

韩老六邀杨老疙疸入席，举起酒樽，故意再叫一声主任。两个人坐在炕桌边，一面喝着，一面唠嗑。大司务一碗一碗把菜送上来，空碗空碟收拾去。过了一会又送上一盘子馅饼，还有蘑菇、鹅蛋、鲫瓜子和狍子肉。韩老六殷勤地劝酒，嚷得热乎乎，三二樽高粱，就把杨老疙疸灌得手脚飘飘，不知铁锹有几个齿了。

“要我是工作队长，早叫你当上主任了，小郭那小子，比你可差金子银子的成色呀，你俩都是这门楼里出去的，我还不知道？”

杨老疙疸不吱声，把头低下来，又喝了一樽。韩老六不再说下去，只是劝他喝酒和吃菜。

“尝尝这狍子肉。”韩老六用筷子点点盛狍子肉的瓷盘子说。“我知道主任口重[①]，叫他们多放了点盐。贞儿，”他对里屋叫唤，“你出来一下。”

通里屋的门上的白布门帘掀开了，韩老六的姑娘韩爱贞走了出

① 爱吃咸的。

来。她穿一件轻飘飘的白地红花绸衫子，白净绸裤子。领扣没有扣，露出那紧紧地裹着她的胖胖的身子的红里衣，更显得漂亮。她瞟杨老疙疸一眼，就坐在炕沿，提起酒壶来斟酒。从她的衣袖里、头发上，冒出一股香气来，冲着杨老疙疸的鼻子。他的两手不知放在哪。他慌慌张张地，端起酒樽来，酒洒出来，洒在炕桌上、凉席上和他的衣襟上。

“老杨哥，多喝一樽，我到西屋有一点小事，就来。”韩老六说着，起身往西屋去了。

韩老六的大老婆子迎着韩老六大声地说：

“看你把贞儿糟蹋成啥样？”

“别吱声，你知道啥？”

在东屋，韩爱贞又给老杨斟樽酒。杨老疙疸不敢看她脸。眼睛光在她手上转动，她的手胖，两手背都有五个梅花坑。

“杨主任，再喝一樽，这酒是我爹喝的好酒。”

“老杨你在这呀，叫我好找！”玻璃窗户的外面，出现一个人的脸。这是杨老疙疸领导的唠嗑会里的张景祥。他站在屋里透射出去的灯光里，望着里面，正看见韩爱贞敬老杨的酒，把他气坏了，就在外面放开嗓门说：“你倒挺自在，在喝酒哩。喝吧，喝吧，我去告诉他们去。”说着，他从窗户跟前走开了。

杨老疙疸放下酒樽，跳下地来，往外跑去。他又急又气，赶上张景祥，跟他干仗了。

杨老疙疸怒气冲冲问：

“谁说我在这？”

“大伙都来了，等你开会，左等不来，右等不来。有人叫我上煎饼铺去找。我到那里，掌柜的说，你上韩长脖家去了。又找到那，韩长脖说，你上这来了。你好快乐，还啐[1]我呢，回头告诉大

---

① 斥骂。

伙，说你跟韩老六姑娘喝酒干啥的。”张景祥一边走，一边说。

老杨和软地说：

“好兄弟，别说吧，我个人去抠个人的根，我这回错了。”

张景祥看他认了错，又是农会的委员，没有再提这件事，也没有告诉大伙。杨老疙疸当天下晚说他自己脑瓜痛，不能开会，叫大伙散了。也在那一天下晚，他上工作队，说在“满洲国”，张景祥在外屯给日本子扛活，心眼向着日本子，是个汉奸。“农工会能要这样会员吗？”末尾，他问。

萧队长说：

“这事得调查一下。”

第二天，老杨又说：

“‘八一五’日本子跑时，张景祥去捡洋落，捡了一棵九九枪，插起来了。”

这事情，谁也不敢说有，不能说无，大伙只好同意杨老疙疸的意见，暂时停止张景祥的农会的会籍。

韩老六二次请杨老疙疸赴席，是在头回请客以后三天的一个下晚。

韩老六陪他喝酒，闲唠，一直到半夜。杨老疙疸酒上了脸，眼睛老是望着里屋门，韩老六知道他的心事，只是不吱声。

“六爷，都睡了么？”杨老疙疸问。

“谁？”韩老六存心装不懂。

杨老疙疸也说假话：

“太太。”

一个装糊涂，一个说假话，彼此都明白，彼此都不笑。

“她么？身板不好，怕也睡了。”韩老六的话里捎带一个“也”字。

杨老疙疸起身告辞。

“杨主任，别忙走，还有点事。”韩老六说着，走进里屋，一会走出来，对杨老疙疸说：

“头回杨主任在这，贞儿看见你穿的小衫裤子都破了，不像样子，她想给你做一套新衣，给你量一量尺寸。她说：‘翻身，翻身，翻了一身破衫裤，这像啥话？’她又说：‘赵玉林、郭全海那一帮子人都是些啥玩意儿呀？杨主任他也跟他们混在一堆，珍珠掺着绿豆卖，一样价钱也抱屈，慢说还压在他们底下。要我是，哼……’我骂她：‘你说的是一派小孩子话。’”

杨老疙疸还是不吱声。

韩老六邀他：

“到里屋坐吧。”

杨老疙疸跟着韩老六，掀开白布门帘子，走进里屋。大吊灯下，他头一眼看见的，不是摆在炕桌上的酒菜，不是屋里的五光十色的家具，不是挂在糊着花纸的墙壁上的字画，不是遮盖玻璃窗户的粉红绸子的窗帘，不是炕上的围屏，不是门上的仰脸[①]，而是坐在炕桌子边的一个人。在灯光里，她穿着一件蝉翼一般单薄的白绸衫，下面穿一条青绸裤子。杨老疙疸正在那里出神，韩老六含笑邀他炕上坐，自己又借故走了。

韩爱贞敬了杨老疙疸一樽酒，自己也喝着。酒过三巡，韩爱贞醉了，连声叫道：

“哎呀，可热死我了。”

说着，她扭身伸手到窗台，拿起一柄折扇，递给老杨；自己绕过炕桌来，坐到老杨的身旁，要求他道：

“给我扇扇。”

杨老疙疸慌里慌张打开扇子，给她扇风，用力过猛，哗啦一下把扇骨折断了两根。韩爱贞哈哈大笑，手撑着腰，叫道：“哎呀，妈呀，笑死我了。”老杨冷丁地丢了扇子，用一个猛然的、粗鲁的

---

① 斜挂在门楣上的大镜子，人要仰着脸，才能照着，故名。

动作，去靠近她。她轻巧地闪开，停住笑，脸耷拉下来：

“干啥？你疯了，还是咋的？”

杨老疙疸不顾她叫唤，拉住她胳膊。她尖声叫道：

“妈呀，快救命，杀人了。”

她一面叫唤，一面号啕大哭了。这时候，哗啦一声，门给冲开了，首先冲进来的是韩老六的大老婆子和小老婆子。

大老婆子问：

“怎么了？”

小老婆子嚷：

“什么事？”

杨老疙疸慌忙放开手，韩爱贞仰脸摔倒了。她的肥厚的脊梁压着炕桌的一头。炕桌压翻了。桌子上的盆盆碗碗、杯杯碟碟、汤汤水水、酒壶酒樽、清酱大酱、辣酱面酱、葱丝姜丝、饺子面片、醋熘白菜、糖醋鲫鱼、红烧狍肉，稀里哗啦的，全打翻了，流满一炕，泼满一地，两个人的脸上、手上、腿上和衣上，都沾满了菜汤酒醋、大酱辣酱，真是又咸又热，又甜又酸，又香又辣，味儿是十分复杂的。韩老六的两个老婆子也分沾了一些。

这时候，里屋外屋，黑鸦鸦地，站满了人。韩家大院的男男女女，老老少少，都进来了。在稀里哗啦的骚扰中，韩爱贞爬了起来，翻身下地，扑到她娘的怀里，撒娇撒赖地哭唤，但没有眼泪，她没有来得及穿鞋，两只光脚丫子在地板上擂鼓似的尽蹬着。

“妈呀！”她叫了一声，又哭起来。

杨老疙疸跳下炕来，愣住了一会，转身往外跑，门口堵住了，他逃不出去。

“往哪儿跑？”韩老六的大老婆子把她姑娘扶到小老婆子怀里，自己扑到杨老疙疸身上，扯他的头发，抓他的脸庞，撕他的衣裳。她一面撕扯，一面骂道：

“你把人家的姑娘糟蹋了！你深更半夜，闯进人家，强奸人家的黄花幼女，你长着个人样子，肚子里安的是狗下水。她才十九岁，一朵花才开，叫你糟蹋得嫁不出去了。”她替她姑娘瞒了五岁。

“你这摊枪子死的。”

“啊啊，喔喔，妈呀。”在撕和扑和骂的纷乱当中，韩爱贞干哭着，叫着她娘。

“你这挨刀的。”小老婆子也骂着。

三个女人正在闹得不可开交的时候，门里门外，人们纷纷地闪向两旁。韩老六来了，后面跟着李青山。他女儿立即扑到他身上，缠着他叫：“爹呀！”她又哭起来。

“你这摊枪子死的。”大老婆子唤着，用右手指头戳着杨老疙疸的左脸。

小老婆子叫着，用左手指头戳着杨老疙疸的右脸，骂道：

“你这挨刀的。”

“啊啊，喔喔，爹呀，我的脸往哪儿搁呀？”韩爱贞抽抽搭搭地哭着，却没有眼泪。

韩老六故作惊讶地唤一声：“哦！”好像愣住了似的。

四个人就像胡琴、笛子、喇叭、箫似的，吹吹打打，配合得绝妙。闹了一会，韩老六才慢慢地向杨老疙疸说道：

“我把你当人，请你到家来吃饭，你人面兽心，强奸民女。你犯了国法，知道吗？”说到这儿，他把眼睛一横，叫道：

“李青山！”

“有。”李青山答应着，从他背后转出来。

“把他绑起来，送到工作队，工作队不收，往街里送，街里不收，往县里送。这还了得，翻了天了。”韩老六说罢，到外屋去了。

李青山和大司务两人，七手八脚地，用麻绳把杨老疙疸捆绑起来，把他从人堆里推到外屋。韩老六端端正正地坐在南炕的炕沿，这就是他两次陪杨老疙疸喝酒的那一铺南炕，现在杨老疙疸站在炕沿边受审：

“你个人说，强奸民女，该怎么处理？”韩老六举起他在伪满用惯了的大棒子，在杨老疙疸的眼前晃一晃。

杨老疙疸不吱声。

李青山在背后催他：

“说呀，谁把你嘴锁住了？”

“是我错了。”杨老疙疸说，“我喝多了一点。”说到这儿，韩老六打断他的话，对他家里人说道：

“你们都去睡，”他又对他的两个老婆子说道：“你们也走。”然后，他对韩爱贞说：“你也去歇歇，天不早了，不必伤心，爹给你出气。好，你先走吧。”

人都出去了，韩老六对李青山说：

“去拿纸笔，把他自己说的话，全记下来。”

李青山从里屋拿出纸笔墨砚。他磨好墨。韩老六伏在炕桌上写着。

“写好了，念给他听。”韩老六一边说一边写，写好后念道：

“我杨福元，半夜闯进民户韩凤岐家中，遇见民女韩爱贞，实行威迫强奸，女方不愿，我即将其压迫在炕上亲嘴，是实。”

杨老疙疸辩解道：

“我没有亲嘴，没有……”

“你敢说没有？”韩大棒子说，他抡起棒子，杨老疙疸就不否认了。

韩老六又问：

“你愿文了呢，还是武了？”

杨老疙疸反问道：

“文了咋办？武了咋样？”

“要文了，在这文书上捺个手印。”

杨老疙疸说：

“文了。”他在纸上按了一个手印。韩老六叠起这张纸，揣进衣兜里，对李青山说：

“放开他，好。你们睡去。”李青山和大司务走了。韩家大院的屋里院外，都静悄悄的，光听见人的鼾息和马嚼草料的声音，此外是一两声鹅叫。

韩老六抽着烟卷，慢慢地说：

“咱们是一条船上的人了。”说着，他停了一下，看看杨老疙疸的脸色，“听到风声了吗？”

杨老疙疸说：

“没听见啥。”

“哈尔滨的八路军，一车一车往东开，说是到国境去呀，我早说过‘长不了的’，如今应了我的话了吧？‘中央军’头八月节不来，过节准来。”

杨老疙疸说：

“‘中央军’怕不能来了。”

“谁说的？你别听他们胡说。我们少的来信说……”韩老六明知蒋介石败了，只好这么说一句。

杨老疙疸问：

“来信说啥？”

韩老六威胁道：

“来信说：‘谁要分了咱们房子地，就要谁的脑瓜子。’”韩老六又看他一眼，看着杨老疙疸腿脚有一些哆嗦。他又添上一句：“你不必怕，咱们一东一伙，这么些年头，还能不照顾？往后别跟工作队胡混，别看他们那个熊样子，我看他姓萧的算是手里捧着个刺猬，撂也撂不下，扔也扔不掉。他斗我，看他能斗下，这不是斗了三茬[1]了？再来三茬，我姓韩的日子也比你们过得强，不信，你瞧吧。”听见鸡叫了，韩老六又改变态度，凑近一些，悄声地说：“你

---

① 遍。

帮我做一些个事，将来我可帮你的忙。他们这些天，下晚尽开会，谁谁都说一些什么，你都告诉我，你有啥困难，上我这儿来。待一些天，贞儿给你做一套新衣，要青大布的吗？我这有现成的布料。我家贞儿不是长养在家里当姑娘的，总得许人，现在她不乐意你，往后慢慢说开她的脑瓜子，就能妥了。”

“六爷这么照顾我，”杨老疙疸说，想起了韩老六的女儿的胖手，“往后叫我爬高山，过大河，我都乐意。”

韩老六说：“好吧，你先回去，快亮天了。往后有事，你跟韩长脖说说就行。”

十六

用威迫、利诱、酸甜苦辣的种种办法，韩老六收了卖破烂、留分头的杨老疙疸做他的腿子，想通过他，来打听农会跟工作队内部的消息。但是他没有成功，杨老疙疸二进韩家大院去，跟韩老六的姑娘喝酒和干仗，韩老六一口一个主任的事，农会也都知道了。农会开了一个会，撤消了杨老疙疸的分地委员，会员也不要他当了。在这同时，农会查明了张景祥确实没有枪，是杨老疙疸造谣诬陷，大伙同意恢复张景祥的会籍，并叫他去领导杨老疙疸所领导的唠嗑会。

工作队同意农会的决定，但又认为张景祥看见杨老疙疸头回上韩家大院去喝酒，不向农会汇报的这点，应该批评。

大伙纷纷议论着杨老疙疸。赵玉林说：“吃里爬外的家伙，光是从农会开除，真便宜他了。”郭全海说：“瞅着他都叫人恶心。”李常有说：“真是没骨气的埋汰货。”白玉山说：“倒腾破烂，倒腾起破鞋来了。”大伙都笑了。

老孙头在半道遇见杨老疙疸时，就满脸带笑地说道：“杨主任上哪儿去呀？”一转过身，老孙头就指指杨老疙疸的背，悄悄地说：“瞅瞅那腿子主任。”

两面光刘德山也说：

“老杨真是，想喝日本子森田大郎的洗脚水，要我真不干。”

杨老疙疸在元茂屯站不住脚，蹽到外屯收买猫皮去了。人们不久忘了他，就像他死了似的。

韩老六十分苦恼。白胡子、韩长脖和李振江早不顶事。费尽心机收买的杨老疙疸，又完蛋了。屯子里老是开会，这些小会都讨论些啥呢？还在算计他吗？他不摸底。下晚他老睡不着，常常起来，靠着窗户，瞅着空空荡荡的大院套，听着牲口嚼草的声音。

“中央军”是过不来的了。他翻来覆去，寻思这件事，第二次叫家里人把细软埋藏了一些。到下晚，韩家大院的围墙脚下，柴火堆边，常常发出镐头碰击石头的声响。

韩家的马，蹄子上包了棉花和破布，驮着东西，由李青山和别的人赶到外屯去。但是这事也被农会发觉了。往后，白玉山派了两个自卫队，拿着新打的扎枪，白天和下晚，在韩家大院的周围放流动哨。韩老六家的马匹和浮物，再也不能倒腾出去了。

韩老六想，家里的事，农会咋能知道呢？他想不透。他不明白，农会已经成了广大的群众性的团体，他和他的腿子都给群众监视了。

他家里的猪倌吴家富，只有十三岁。不久以前，郭全海和李常有听到韩长脖和韩老六悄悄谈起过这个小猪倌。一天，吴家富手里拿着一条比他长一倍的鞭子，赶着一群猪，从南门外回来，迎头碰到郭全海，两人就谈唠起来，郭全海要他下晚参加唠嗑会。

当天下晚，韩家大院的人都睡了的时候，吴家富悄悄从炕上起来，走出下屋，打开大门上的那一扇小门，到郭全海的小组上去参加唠嗑会去了。在会上，小猪倌倒着苦水，说起大伙也都知道的他的家史。他爹死后，娘被韩老六霸占，不到一年，被卖到双城的一家窑子。他呢，给韩老六放了四年大猪，还是走不出韩家的大门。头年他要走，韩老六对他说道："你不能走，你爹的棺材钱还没还清哩。父债子还，再放五年猪，不大离了。"

说到这儿，小猪倌两眼掉泪，摇晃郭全海的胳膊说：

"郭大哥，救救我……"

郭全海说：

"放心吧，往后大伙不能再看你受苦了。"

从此，小猪倌天天下晚溜出来开会。杨老疙疸到韩家喝酒，韩家埋藏和倒腾浮物，小猪倌都瞅在眼里，下晚报告了大伙。自从参加唠嗑会，小猪倌的瘦脸上也露出了笑容。

在韩家四年，小猪倌是从不知道快乐的。因为生活苦，十三岁看去好像十岁的样子，瘦得不成孩子样了。白天他一个人放二十个大猪，还有好些猪羔子。下晚回来，吃冷饭剩菜，天天如此，年年一样。他和别的劳金住在西下屋。那是一间放草料的杂屋，隔壁是猪圈，粪的臭气，尿的臊气，实在难闻，又招蚊子，常常咬得通夜睡不着。十冬腊月没盖的，冻得整宿直哆嗦，韩家的人除了骂他，就没有人跟他说过话，李青山也常常揍他。他到唠嗑会里倒苦水，一边说，一边哭，引得好些小孩妇女，也陪他掉泪。

屯子里兴起唠嗑会的十来多天以后一天的下晚，半夜过后，韩老六心里不安，睡不着觉，爬了起来，到院子里走动。三星晌午[①]了，远处有狗咬，接着又有好多脚步声。韩家的狗也咬起来，有人走近了。韩老六赶紧站在西下屋的房檐下，望着门口，大门上的那扇小门开开了，进来一个人，回身把小门插上。星光底下，清清楚楚地看见这是猪倌吴家富。韩老六从房檐下跳出，一把抓住小猪倌的胳膊，叫唤道：

"李青山，李青山，有贼了！"

① 半夜过后。

李青山从东下屋出来，手里提一根棒子。他们把小猪倌拉到东屋里，韩老六坐在炕上，气喘吁吁地问道：

“你上哪儿去了？”

“你管不着。”吴家富脱口说出，自己也奇怪完全不怕了。

“哦，你也抖起来了。”李青山说。这个平常挨他的揍也不敢吱声的小猪倌，现在，在韩老六跟前，竟敢牙硬嘴强地说管不着他了。他抡起棒子来骂道：“六爷管不着你，这棒子可能管你！”说着，棒子就落下来，打在低头躲闪的小猪倌的脊梁上。

“先别打，”韩老六使劲忍住心里的火气，叫道，“叫他说，他们开会尽唠些啥嗑？说了就没事。”

小猪倌仰起脸来说：

“我不说，打死也不说！”

韩老六气得脸红脖粗地嚷道：

“好哇，你翻身翻到我跟前来了。我教你翻身。李青山，剥下他衣裳，我去拿马鞭子来。”

吴家富被按在地上的时候，尖声高叫道：

“救命呀，韩老六杀人了。”

李青山慌忙拿起炕桌上的一块抹布，塞在他嘴里。正是将近亮天的时候，屋里院外，静悄悄的，小猪倌的喊声，从窗户透过院墙，传到了自卫队的两个流动哨兵的耳朵里。他们中间的一个吹起口溜子[①]，在公路上，一边跑，一边叫嚷：“韩家大院杀人呐。”另一个径向韩家大院的大门口奔来。

小猪倌吴家富趴在地板上，衣裳剥掉了。韩老六用脚踩着他，心里寻思：“鞋湿了，蹚吧。”他抡起马鞭子来说：

“咱们一不做，二不休，揍死你也不怕啥。”

马鞭子抽在吴家富的脊梁上、光腚上，拉出一条一条的血沟。

① 口哨。

李青山也用木棒子在他头上、身上和脚上乱打，血花飞溅在韩老六的白绸裤子上。不大一会，吴家富没有声息了，昏迷过去了，韩老六咬着牙说道：

“李青山，快到马圈挖个坑，他翻身，叫他翻个脸挨地，永世爬不起。”

李青山跑到院子里去了。外边有人在捶门，越捶越紧，人声也越来越多，越来越近了。狗在当院咬。东边院墙上，有人爬上来了。李青山冲上屋叫道：

“六爷，快跑！”自己就一溜烟往后院跑去，又忙回头，从东边屋角拖过一张梯子来，架在后墙上。他爬上墙头，连跌带滚，跳进院墙外面水濠里，又忙爬起来，穿过榆树丛子，钻进一家菜园子里，踏着瓜蔓和豆苗，从柳树障子的空隙里，跑往韩长脖家里去了。

整个屯子，都轰动了。啼明鸡叫着。东南天上露出了一片火烧似的红云。大伙从草屋里，从公路上，从园子里，从柴火堆后面，从麦垛子旁边，从四面八方，朝着韩家大院奔来。他们有的拿着镐头，有的提着斧子，有的抡起掏火棒，有的空着手出来，在人家的柴火堆子上，临时抽出根榆木棒子、椴树条子，提在手里。光脊梁的男子，光腚的小嘎，光脚丫子的老娘们，穿着露肉的大布衫子的老太太，从各个角落，各条道上，呼啦呼啦地涌到公路上，汇成一股汹涌的人群的巨流，太阳从背后照去，照映着一些灰黑色的破毡帽，和剃得溜光的头顶，好像是大河里的汹涌的波浪似的往前边涌去。

跑在头里的，是赵玉林和白玉山。他们带领新成立的自卫队，手里拿着新打的扎枪。大伙冲到韩家大门口，黑色大门擂不开，就都跑到大院东边的墙外。他们仰望着二丈来高的砖墙，没有法子爬上去。赵玉林把手里的钢枪递给白玉山，跟一个自卫队员，到跟前人家去找梯子去了。

不大一会，他们从一家院里扛来一根大松木，靠在墙头上。赵玉林从松木上爬上墙头，飞身跳进院子里，四只大狗咬着冲他奔过来。他背靠着墙，蹲在地上，顺手拾起一块尖石头，看准一只甩出去，打在狗的脑瓜上。它痛得汪汪地叫着跑开了。其余三只也都不敢再上前。赵玉林从墙头跳下来时，腿脚碰伤了。他一跛一跛地跑到大门口，抽开门杠，敞开大门。外边的人，连萧队长、小王、刘胜和警卫班在内，潮水似的闯进大院来。

赵玉林从白玉山手里，收回大枪，上好刺刀。他端着枪，朝上屋冲去，后面跟着郭全海、白玉山和自卫队。雪亮的刺刀和扎枪的红缨，在早晨的太阳光里，闪着晃眼的光亮。白玉山带着自卫队，把韩老六的上屋团团围住了。赵玉林和郭全海冲进东屋的外屋，炕沿背阴处的地上躺着一个人，差点把他们绊倒。这是猪倌吴家富。赵玉林蹲下身子，用手去扶他，触到了鲜红的热乎乎的人血，使他吃一惊。从小猪倌的背上、腚上流出的鲜血，淌在地上。他连忙伸手摸摸他的胸口说道："还活着，来，来，把他先扶到炕上，老白，快去绑担架。"

郭全海和赵玉林，把小猪倌抬上南炕，两人的手都沾满了血。红血变乌了。屋外的人纷纷跑进来，一看这情形，都愣住了。萧队长挤到人堆里，叫喊道：

"快抓凶手去，别叫他跑了。"

一句话提醒了赵玉林和郭全海，他们连忙挤出去，带领几个自卫队，冲进里屋，韩家娘们跟小孩，都坐在炕上，有的站在玻璃柜子的旁边。男女大小，都用愤恨的眼睛瞅着他们走进来。

"韩老六呢？"赵玉林问。

"不在屋。"韩老六的大老婆子简短地回答。

"带了绑人绳子吗？"赵玉林忙问。

"没有。"自卫队回答。

"快找去，把他们一个个都捆起来。"赵玉林说完，同郭全海搜索里屋一切能够藏人的角落，打开躺箱、柜子和灯匣子[①]。躺箱里装满布匹衣裳，他们也无心细看，急着要找人。角角落落找遍了，看不见韩老六的影子。

“你待在这儿。”赵玉林告诉郭全海，“叫她们说，韩老六上哪儿去了？不说只管揍，整出事来我承当。我上西屋去找去。”说完他走了。

自卫队找来了绳子，郭全海上去拴韩老六的枣核似的大婆子。她干哭着说：“郭家兄弟，姑息姑息咱们吧。”

郭全海说：

“这会子你会装了！”

随即，他叫一个自卫队上前，帮他绑好大枣核，又来绑那小婆子，这女人冷丁地昏迷过去，倒在地板上，韩家大小都叫嚷起来：

“哎呀，出了人命了。”

韩爱贞也哭起来，但没有眼泪。自卫队一时都慌了手脚，郭全海也着了忙了。这时候，老孙头来了，看了这情形，骂道：“你装蒜！还不起来？揍你，揍死你，少一个坏蛋，来，大伙都闪开，棒子抡上了。”

老孙头手里的榆木棒子，其实还没有举起，小老婆子慌忙睁开眼睛，站立起来，跪着告饶道：

“别揍呀，我起来了。”

“快说，耍的啥花招？”老孙头问。

“闹病呀，有啥花招呢？”大老婆子说。

“真是闹病，是妇道病。”韩爱贞代替她说道。

“揍死你。”老孙头这回真的抡起棒子，大叫一声。

“哎呀，哎呀，快别打我，我说，我说，大叔。”小老婆子说。

她一面叫唤，一面用手遮住头。

---

① 床前放灯的矮小方桌子。

“谁是你大叔？做你大叔该倒霉了，快说。”老孙头一面催她，一面把棒子扔了。

“我吃了点麻药，吃多了一点。”小老婆子说。

“一下就猜透你了，我老孙今年平五十，过年五十一，走南闯北的，你当我还猜不透你们坏蛋的花招？”老孙头哈哈大笑说。

“韩老六上哪儿去了？快说！”郭全海问道。

“那我真是说不上。”小老婆子故意装作可怜地说道。

外屋里，人越来越多。萧队长打发小王去找药去了，还没有回来。小猪倌伏在炕席上，他的身上被鞭子抽得红一条紫一条，脊梁上，脸颊上，好像是被人用刀子横拉竖割了似的，找不出一块好肉。血还在流。老田头来了，挤到前面，看了这冒血的伤口，他掉泪了。他想起了自己的屈死的姑娘。她也是叫韩老六这样整死的。现在躺在眼前的，好像是他自己的骨肉一样。他脱下破布衫子，拿去盖着小猪倌的淌血的身子。

萧队长说：“别着忙，老田头，给大伙瞅瞅。”

小王拿来药膏和药布，两个人动手给他细心地包扎。这时候，赵玉林气呼呼地挤进来，告诉萧队长：

“跑了，韩老六跑了。”

“跑了？”萧队长跳了起来，起始有一些吃惊，一会镇定了。他说：“跑不远的，快分头找去。”他走到当院，把自卫队和警卫班和农会的人们，分成五组，分头到东下屋、西下屋、碾房、粉房、豆腐房、杂屋、马圈、猪圈、柴火堆子里、苞米架子里，到处去搜寻。仔仔细细搜了一遍，仅仅在西边屋角上发现一架梯子，搭在墙头上。大伙断定，韩老六是从这儿逃走的。萧队长慌忙跑出大门去，赶到西边的院墙外边。水濠旁边黑泥里，有两种鞋子的脚印，一种是胶底皮鞋的印子，一种是布底鞋子的印子。到了水濠的东边，皮鞋往北，布鞋奔南。萧队长站住，想了一下，就邀着赵玉林，跟他往北头走去，他一面走，一面回头吩咐万健道：

"老万，快到院子里牵三匹马来。"转脸又问赵玉林：

"老赵，你能骑光背马吗？"

"能骑。"赵玉林说。

"那好，老万，不用备鞍子，快去快来。"萧队长对老万说完这一句，又对后边白玉山说道：

"你带一些人，往南边追去，叫郭全海带一些人，出东门，李常有带一些人，出西门，都骑马去，务必追回，不能跑远。叫警卫班的人分头跟你们去，说是我的命令。"讲到这儿，他从衣兜里掏出一个小本子，撕下一张纸，用铅笔匆匆忙忙写下几个字：

张班长：派战士跟郭、白、李分头出东、南、西门，追捕逃犯韩凤岐。你自己带战士两名，配合自卫队员张景祥等人，留在本屯，警戒和搜索。萧祥，即日。

写完，萧队长笑着向赵玉林说：

"走吧，走吧，老赵，今儿要试试你的枪法了，你练过枪吗？"

"练过，打二十七环。"赵玉林一边走，一边说。

"那行，找到他，他要再跑，你就开枪。"萧队长一面说，一面回头看见老万骑一匹马，还牵着两匹，跑出来了，忙对他叫道：

"快跑，快跑，老万，踩死蚂蚁不要你偿命啊。"

在车道上，老万脚跟叩着马肚，催着马，旋风似的奔跑着。道旁鹅群吓得嘎嘎乱叫，张着它们的巨大的雪白的翅膀，扑扑地飞走。猪羊吓得直往菜园的障子里钻。马的蹄子好像没沾地似的，起起落落，往前飞跑。但是萧队长还在叫着："快跑，快跑。"

老万赶上了他们，萧队长和赵玉林翻身上了马，手扯着鬃毛，三匹马，一匹跟一匹，都飞奔起来。萧队长头也不回地喊道：

"老万，掏出匣枪，注意道上的脚印，顺着脚印走。"

他们一直跑出了北门，跑到黄泥河子的河沿上，在半干半湿的道路上，在车辙的旁边，一路都清楚地看见那胶底鞋子的印子。过了小桥，鞋印拐个弯，就看不见了。

“没有脚印了。”萧队长说。

“河沿风大，道刮干了，脚印不显。”赵玉林一面说，一面看着河沿的小道。

萧队长抬眼瞅着黄泥河子跟河的两岸。太阳燥热。柳树有些发黄了。河边的蒲草有的焦黄了，有的还是确青的。苞米的红缨一半干巴了。高粱穗子变成了深红。到老秋了。萧队长寻思：“要是藏在地里呢？倒是要提防。”

“老赵，老万，多加小心，留心地里。”

他们顺着河沿跑，前边不远，分两股道，一股往北，通往延寿一个大屯落，那里也有工作队。一股往西，顺着河沿。韩老六是往哪里逃的呢？看不见脚印，使得他们没有主意了。萧队长勒住马匹，寻思一小会。他想：“韩老六是决不会奔往那个也有工作队的屯子里去的。”他们腿脚一夹，催着马，一直顺着河沿跑。人马的倒影，在清澄的河水里，疾速地漂走。前面河沿上，有个木架子，挂着一副网，一个人衔着烟袋，正在架子的跳板上扳网。那人看见他们跑过来，笑着问道：

“赵主任，上哪儿去呀？”

赵玉林一看，这是农会的会员老初，就跳下马来，连忙问道：

“呃，老初，你看见韩老六没有？”

“没有看见呀。”老初一面答应着，一面从容地招手，“你来看看，赵主任，今儿捕了一条大狗鱼。”

赵玉林把马交老万牵着，走上跳板，老初在他耳边悄声地说道：“快上鱼窝棚去，在洋草底下。”

赵玉林跳下跳板，手提着枪，一溜烟似的奔进离岸不远的一个小小的洋草盖的鱼窝棚。他弯着腰跑进去，用枪尖挑开地下的洋草。一个秃鬓角的大脑瓜，从淡黄色的潮湿的洋草里露出来了。这脑瓜还尽力往洋草里钻。赵玉林一看到这个几乎跑了的元茂屯的老百姓的大仇家，火就冒上心头了。他用枪托朝他胳膊上就是一下，骂道：

“你妈的，还蹽呢，看你飞上天。”

萧队长和老万都弓着腰，走进鱼窝棚。

在角落里，人们找到老初一根草绳子，把韩老六绑上个五花大绑，把他横搭在老万骑的那匹青骒马背上，慢慢地都往回走了。

老初说：

“我也得走。”他从浸在水里的大篓里，取出他的鱼，收起他的网，放在担子里。他挑在肩上，赶上他们了。

“你看这狗鱼大不大呀？”老初笑着说，“可要加小心，狗鱼最会咬人的。你们看看，这是啥玩意儿？”他说着，从衣兜里掏出一块袁头银币，给萧队长和赵玉林看。他一面走一面还说：“韩老六满头大汗地跑来，要求藏在窝棚里，给我这一块银洋，叫我不告诉别人。”

萧队长笑着问他道：

“那你为啥告诉我们呢？”

老初说：

“农会会员还能窝藏地主恶霸吗？他往河沿跑，真是该着。”

赵玉林说：

“往哪边跑，也跑不了。”

正说着话，前面来了一群人。扎枪的缨子，红成一片。他们浩浩荡荡地奔来，前头两个人是小王和刘胜。他们担心萧队长碰到了胡子，特来接应的。老百姓自动地拿着武器跟他们来了。

看见抓着韩老六，人们都围上来了，有人抡起棒子来要打，有人举起扎枪来要扎。赵玉林说：

“别着忙，回去过他的大堂[①]，叫全屯子人来报仇解恨。”

---

① 过大堂：审问。

但是暴怒的群众，挡也挡不住，人们包围着，马不能前进。

赵玉林跟萧队长和小王跟刘胜，合计一小会，大伙的意见还是回去整，赵玉林翻身骑在一匹沙栗[①]儿马上，大声叫道：

“大伙闪开路，回去开大会，这儿人还没到齐，韩老六是元茂屯大伙的仇人，得叫全屯子的人来斗他，咱们要解恨，别人要报仇，咱们要剥他的皮，别人要割他的肉，还是回去开大会的好。”

人堆里有一个问道：

“再跑了咋办？”

赵玉林说：

“再跑？看他跑得了！”

群众这才闪开路，让那驮着韩老六的青骒马再往前面走，人堆里常常有人伸出棒子来，偷偷地揍韩老六几下。

郭全海、白玉山和李常有带领去的人马，太阳快落了才回。他们都垂头丧气，因为没有找到韩老六。听说韩老六已经抓回来，都乐坏了。大伙跑到操场上，一下拥上去，动手要揍他，一面骂道：

“叫人好找，揍死你这老王八操的。”

萧队长拦住大伙，叫他们不要动手。

人们又把韩老六押起来了。白日和下晚，押着韩老六的笆篱子四围，有二十来个人自动地放哨。

萧队长回小学校以后，第一句话是问小猪倌怎么样了？小王说：

“送到县里的医院去了。”

萧队长同意农会的意见，把韩家的人都画地为牢[②]，同时把院里屋里所有的牲口浮物，都叫自卫队看守起来，箱箱柜柜都贴上农会的封条。往后，小猪倌说出了韩老六埋藏财物的地点。围墙脚下和柴火堆边的地窖，都挖出来了。运往外屯的浮物也找到了线索。

---

① 栗色。

② 软禁。

在事情的顺畅的进行中，只有一个漏洞：白胡子、韩长脖和李青山钻空子跑了。不几天，人们发现：韩老六的顽固帮凶，“家理”头子姓胡的白胡子，跑到松花江南去了。韩长脖和李青山双双上了大青顶子。

十七

韩老六跑了又被抓回的消息，震动了全屯。半个月以来，经过各组唠嗑会的酝酿，人们化开了脑瓜，消除了顾虑，提起了斗争的勇气。不断增加的积极分子们，像明子一样，到处去点火。由于这样，韩老六鞭打小猪倌，不过是他的千百宗罪恶里头的小小的一宗，却把群众的报仇的大火，燃点起来了。

报仇的火焰燃烧起来了，烧得冲天似的高，烧毁几千年来阻碍中国进步的封建，新的社会将从这火里产生，农民们成年溜辈的冤屈，是这场大火的柴火。

韩老六被抓回来的当天下晚，工作队和农会召集了积极分子会议。会议是在赵玉林的园子里的葫芦架子跟前举行的。漂白漂白的小朵葫芦花，星星点点的，在架子上的绿叶丛子里，在下晌的火热的太阳光里，显得挺漂亮。萧队长用启发的方式，叫积极分子们用他们自己脑瓜子里钻出来的新主意，来布置斗争。

大伙你一句、我一句地唠起来了。有时候，好几个人，甚至于好几堆人争着说话，嗡嗡地嚷成一片。

主持会议的赵玉林叫道：“别一起吵，别一起吵呀，一个说完，一个再说。”

“韩老六得绑结实点，”白玉山说，“一松绑，老百姓寻思又是干啥了。”

赵玉林对老孙头说：

“这回你说吧。”

老孙头说：

“把韩老六家的那些卖大炕的臭娘们，也绑起来，叫妇道去斗她们，分两起斗。”

“不行，分两起斗，人都分散了，就乱套了。”张景祥反对老孙头的话，“大伙先斗韩老六，砍倒大树，还怕枝叶不死？”

“老白，多派几个哨，可不是闹着玩的。”郭全海说，“斗起来不能叫乱套，叫那些受了韩老六冤屈的，一个个上来，说道理，算细账，吐苦水，在韩老六跟前，让开一条道，好叫说理的人一个个上来。”

李大个子说：

“说理简单些，不要唠起来又没个头。韩老六的事，半拉月也讲不完的。”

白玉山说：

“大个子，你个人的工作，可得带点劲，不能再让狗腿子进来。”

老初说：

“大个子，明儿会上再有狗腿子，当场捆起来，你一个人捆不了，大伙来帮你。”

停了一会，白玉山问道：

“兴打不兴打？”

赵玉林反问一句：

“韩大棒子没打过你吗？”

“咋没有呢？”白玉山辩解。

“那你不能跟他学学吗？”赵玉林笑着说道。

白玉山冲着大伙说：

“明儿大伙一人带一根大棒子，用大棒子来审韩大棒子，这叫一报还一报。”

赵玉林跟萧队长合计一下，就宣布道：

“咱们这会，开到这疙疸，明儿开公审大会，大伙早点吃饭，早些到会，不要拉后。”

张景祥问道：

“干啥要到明儿呢，今个不行吗？”

“今儿回去，再开唠嗑会，大伙再好好酝酿酝酿，明儿一定得把韩老六斗倒。萧队长还有啥话说？”赵玉林说完，回头去问萧队长。

萧队长说：

“大伙意见都挺好，今儿回去，再寻思寻思：要不要选个主席团？别的我没啥意见。”

会议散了。人们回去，着忙举行唠嗑会，这些基本群众的小会，有的赶到落黑就完了。人们都去整棒子。有的直开到半夜。经过酝酿，有了组织，有了骨头①，有了准备和布置，穷哥们都不害怕了。转变最大的是老孙头，他也领导一个唠嗑会，不再说他不干积极分子了。他也不单联络上年纪的赶车的，也联络年轻的穷哥们。他还是从前那样的多话，今儿的唠嗑会上，他就说了一篇包含很多新名词的演说。下边就是他的话的片断：

“咱们都是积极分子。积极分子就是勇敢分子，遇事都得往前钻，不能往后撤。要不还能带领上千的老百姓往前迈？大伙说，这话对不对？”

大伙齐声回答他：

“对！”

老孙头又说：

“咱们走的是不是革命路线？要是革命路线，眼瞅革命快要成功了，咱们还前怕狼后怕虎的，这叫什么思想呢？”

在他的影响下面，他那一组人，准备在四斗韩老六时，都上前

---

① 骨干。

说话。

第二天，是八月末尾的一个明朗的晴天，天空是清水一般地澄清。风把地面刮干了。风把田野刮成了斑斓的颜色。风把高粱穗子刮黄了。荞麦的红梗上，开着小小的漂白的花朵，像一层小雪，像一片白霜，落在深红色的秆子上。苞米棒子的红缨都干巴了，只有这里，那里，一疙疸一疙疸没有成熟的“大瞎”[①] 的缨子，还是通红的。稠密的大豆的叶子，老远看去，一片焦黄。屯子里，家家户户的窗户跟前，房檐底下，挂着一串一串的红辣椒，一嘟噜一嘟噜的山丁子，一挂一挂的红菇娘[②]，一穗一穗煮熟了留到冬天吃的嫩苞米秆子。人们的房檐下，也跟大原野里一样，十分漂亮。

大伙怀着欢蹦乱跳的心情，迎接果实成熟的季节的到来，等待收秋，等待斗垮穷人的仇敌韩老六。

天一蒙蒙亮，大伙带着棒子，三五成群，走向韩家大院去。天大亮的时候，韩家大院里真是里三层，外三层，挤得满满的。院墙上爬上好些的人，门楼屋脊上，苞米架子上，上屋窗台上，下屋房顶上，都站着好多的人。

妇女小孩都用秧歌调唱起他们新编的歌来。

千年恨，万年仇，
共产党来了才出头。
韩老六，韩老六，
老百姓要割你的肉。

起始是小孩妇女唱，往后年轻的人们跟着唱，不大一会，唱的人更多，连老孙头也唱起来了。院外锣鼓声响了，老初打着大鼓，

---

① 颗粒没有长全的苞米棒子。

② 一种外面包着薄膜似的包皮的小圆野果，有红黄两种。

还有好几个唱唱的人打着钹，敲着锣。

“来了，来了。”人们嚷着，眼朝门外望，脚往外边移，但是走不动。

韩老六被四个自卫队员押着，一直走来。从笆篱子一直到韩家大院，自卫队五步一岗，十步一哨，韩家大院的四个炮楼子的枪眼里，都有人瞭望。这种威势，使最镇定的韩老六也不免心惊肉跳。光腚的小孩们，跟在韩老六后边跑，有几个抢先跑到韩家大院，给大家报信：

“来了，来了。”

白玉山的肩上倒挂一枝套筒枪，在道上巡查。他告诉炮楼上瞭望的人们要注意屯子外边庄稼地里的动静，蹽了的韩长脖和李青山，备不住会去搬韩老七那帮胡子来救援的。

白玉山近来因为工作忙，操心多，原是胖乎乎的身板消瘦了好些，他的黏黏糊糊的脾气，也改好了，老是黑白不着家。昨夜他回去，已经快亮天，上炕躺下，白大嫂子醒来了，揉揉眼睛问他道：

“饽饽在锅里，吃不吃？”

“不吃了。明儿公审韩老六，你也去参加。”白玉山说完，闭上眼睛。

“老娘们去干啥呀？”白大嫂子说。

“你不要给小扣子报仇吗？”白玉山说，不久就打起鼾来了。

“开大会我可不敢，说了头句接不上二句的。”白大嫂子说。

白玉山早已睡熟了。白大嫂子又伤心地想起小扣子。日头一出，她叫醒白玉山，到会场去了。随后，她自己也去了，她想去看看热闹也好。来到会场，瞅见一帮妇女都站在院墙底下，赵玉林的屋里的和老田头的瞎老婆子都在。白大嫂子就和她们唠扯起来。韩老六一到院子当间的“龙书案”跟前，四方八面，人声就喧嚷起来。赵玉林吹吹口溜子，叫道：

“别吵吵呀，不许开小会，大伙都站好。咱们今儿斗争地主汉奸韩凤岐，今儿是咱穷人报仇说话的时候。现在一个一个上来跟他说理，跟他算账。”

从西边的人堆里，走出一个年轻人，一手拿扎枪，一手拿棒子，跑到韩老六跟前，瞪大眼睛狠狠看韩老六一眼，又转向大伙。他是张景祥，他说：

“韩老六是我的生死仇人，‘康德’十一年，我在他家吃劳金，到年去要钱，他不给，还抓我去当劳工，我跑了，就拴我妈蹲大狱，我妈死在风眼里。今天我要给我妈报仇，揍他可以的不的？”

“可以。”

“揍死他！”

从四方八面，角角落落，喊声像春天打雷似的轰轰地响。大家都举起手里的大枪和大棒子，人们潮水似的往前边直涌，自卫队横着扎枪去挡，也挡不住。韩老六看到这情形，在张景祥的棒子才抡起的时候，就倒在地下。赵玉林瞅得真切，叫唤道：

“装什么蒜呀，棒子没挨着身，就往下倒。”

无数的棒子举起来，像树林子似的。人们乱套了。有的棒子竟落在旁边的人的头上和身上。老孙头的破旧的灰色毡帽也给打飞了，落在人家脚底下。他弯下腰伸手去拾，胳膊上又挨一棒子。

一个老太太腿上也挨一棒子，她也不叫唤。大伙痛恨韩老六，错挨了痛恨韩老六的人的棒子，谁也不埋怨。赵玉林说：

“拉他起来，再跟他说理。”

韩老六的秃鬓角才从地上抬起来，一个穿一件千补万衲的蓝布大衫的中年妇女，走到韩老六跟前。她举起棒子说：

“你，你杀了我的儿子。”

榆木棒子落在韩老六的肩膀上，待要再打，她的手没有力量了。她撂下棒子，扑到韩老六身上，用牙齿去咬他的肩膀和胳膊，她不知道用什么法子才解恨。她一提起她的儿子，就掉眼泪。好些妇女，特别是上了年纪的老婆子都陪她掉眼泪，她们认识她是北门里的张寡妇。“康德”九年，她给她的独子张清元娶了媳妇，才一个月，韩老六看见新媳妇长得漂亮，天天过来串门子。张清元气急眼了，有一天，拿把菜刀要跟他豁出命来干。韩老六跑了，出门时他说：“好小子，等着瞧。”当天下晚，张清元摊了劳工。到延寿，韩老六派人给日本子说好，把他用绑靰鞡的麻绳勒死了。这以后，韩老六霸占了张清元媳妇，玩够以后又把她卖了。

张寡妇悲哀而且上火了，叫唤道：

“还我的儿子！”

张寡妇奔上前去，男男女女都挤了上去。妇女都问韩老六要儿子，要丈夫。男的问他要父亲，要兄弟。痛哭声，叫打声，混成一片。小王用手背擦着眼睛。萧队长一回又一回地对刘胜说道：

“记下来，又是一条人命。”

这样一个挨一个地诉苦。到晚边，刘胜在他的小本子上统计，连郭全海的被冻死的老爹，赵玉林的被饿死的小丫，白玉山的被摔死的小扣子，老田头的被打死的裙子，都计算在内，韩老六亲手整死的人命，共十七条。全屯被韩老六和他儿子韩世元强奸、霸占、玩够了又扔掉或卖掉的妇女，有四十三名。这个统计宣布以后，挡也挡不住的暴怒的群众，高举着棒子，纷纷往前挤。乱棒子纷纷落下来。

“打死他！”“打死他！”分不清是谁的呼唤。

“不能留呀！”又一个暴怒的声音。

“杀人偿命呀！”

“非把他横拉竖割，不能解恨呀。”老田太太颤颤巍巍说。

白大嫂子扶着老田太太，想挤进去，也去打他一棒子，但没有成功，她俩反倒被人撞倒了。白大嫂子赶紧爬起来，把老田太太扶走。

工作队叫人继续诉说韩老六的罪恶。韩老六这恶霸、汉奸兼封建地主，明杀的人现在查出的有十七个，被他暗暗整死的人，还不知多少。他家派官工，家家都摊到。他家租粮重，租他地种的人家，除了李振江这样的腿子，到年，没有不是落个倾家荡产的，赔上人工、马料、籽种，还得把马押给他，去抵租粮。他家雇劳金，从来不给钱。有人在他家里吃一年劳金，到年提三五斤肉回去，这还是好的。不合他的心眼的，他告诉住在他家的日本宪兵队长森田大郎，摊上劳工，能回来的人没有几个。他家大门外的井，是大伙挖的，但除了肯给他卖工夫的人家，谁也不能去挑水。他家的菜园，要是有谁家的猪钻进去，掀坏了他一草一苗，放猪的人家，不是蹲笆篱子，就是送县大狱。而他家的一千来垧地，除了一百多垧是他祖先占的开荒户的地以外，其余都是他自己抢来占来剥削得来的。但是，这些诉苦，老百姓都不听了。他们说："不听咱们也知道：好事找不到他，坏事离不了他。"人们大声地喊道："不整死他，今儿大伙都不散，都不回去吃饭。"

萧队长跑去打电话，问县委的意见。在这当中，刘胜又给大伙说了一条材料：

韩凤岐，伪满"康德"五年在小山子[①]，杀死了抗日联军九个干部。"八·一五"以后，他当了国民党"中央先遣军"胡子北来部的参谋长，又是国民党元茂区的书记长和维持会长，拉起大排抵抗八路军，又打死了人民军队的一个战士。

"又是十条人命。"老田头说，"好家伙，通起二十七条人命。"

"消灭'中央'胡子，打倒蒋介石匪帮！"小王扬起右胳膊，叫着口号。院里院外，一千多人都跟他叫唤。

萧队长回来，站在"龙书案"跟前，告诉大伙说，县同意大伙的意见："杀人的偿命。"

"拥护民主政府！"人堆里，一个叫做花永喜的山东跑腿子这样地叫唤，"拥护共产党工作队。"千百个声音跟着他叫唤，掌声像雷

---

① 地名。

似的响动。

赵玉林和白玉山挂着钢枪，推着韩老六，走在前头，往东门走去。后面是郭全海和李常有，再后面是一千多个人。男男女女，叫着口号，唱着歌，打着锣鼓，吹着喇叭。白大嫂子扶着双目失明的老田太太。瞎老婆子一面颠颠簸簸靠着白大嫂子走，一面说道：

"我哭了三年，盼了三年了，也有今天呀，裙子，共产党毛主席做主，今儿算是给你报仇了。"

十八

砍倒了韩家这棵大树以后，屯子里出现了大批的积极分子。农会扩大了。人们纷纷去找工作队，请求入农会。萧队长告诉他们去找赵主任。人们问道：

"找他能行吗？"

萧队长说：

"咋不行呢？"

赵玉林家里从早到黑不断人，老赵忙得饭都顾不上吃了。

"老赵，我加入行吗？"花永喜问。

"去找两个介绍人吧。"赵玉林说。

"赵主任提拔提拔，给我也写上个名。"煎饼铺的掌柜的张富英对赵主任说。

"你也来参加来了？"赵主任看看他的脸说道。

"赵主任，我早就对革命有印象了。"张富英满脸带笑说。

"要不你就和杨老疙疸合计假分地了吗？"赵玉林顶上他一句。看见赵主任冷冷的脸色，张富英只好没趣地往外走，可是他又回转身来说：

"赵主任，我知过必改。日后能不能参加？"

“日后？那要看你干啥不干啥的了。”赵玉林看也没看他一眼，说完这话，办理别的一宗事去了。张富英回到家里以后，对他伙计说：

“哼！赵玉林可是掌上了印，那劲头比‘满洲国’的警察还邪乎！”嘴里这样说，心里还是暗暗打主意，设法找人介绍入农会。

刘德山也找赵主任来了。赵玉林取笑他说：

“你也要加入？不怕韩老六抹脖子了？”

“主任挺好说玩话，谁还去怕死人呢？”刘德山含笑着说。

“要入农会，风里雨里，站岗出差，怕不怕辛苦呀？”

“站岗？我们家少的能站。”

“你呢？”

“我起小长了大骨节，腿脚不好使。再说，也到岁数了。”刘德山说，解说他的不能站岗的原因。

“那你干啥要入农会呢？”赵玉林问。

刘德山回答不出来，支支吾吾，赶紧走了。

佃富农李振江托人来说，他有八匹马，愿意“自动”献出四匹来，托人送上农会，并且请求准许他入会。

“叫他入会，决不能行。”赵玉林坚决地说，“他的马，也不要‘自动’，该斗该分，要问大伙。告诉他，如今大伙说了算，不是姓赵的我说了算。”

那人回去，把这话告诉李振江。李家从此更恨赵玉林和农工会。他一家七口，见天三顿饭，尽吃好的。处理韩老六的当天下晚，月亮还没有上来，星星被云雾遮了，院里漆黑，屋里也吹灭了灯。李振江带着他儿子，拿一块麻布，一条靰鞡草绳子，走到猪圈边，放出一只白色大肥猪，李振江上去，用麻布袋子蒙住猪的嘴，不让它叫唤，他的大儿子用绳子套住四只脚，把猪放翻，爷俩抬进西下屋。李振江叫他小姑娘在大门外放哨。他屋里的和儿媳妇、二儿子和三儿子都来到下屋，七手八脚的，点起豆油灯，用麻布袋子把窗户蒙住，拿起钦刀[①]，没有一点点声音，不留一星星血迹地把一口猪杀了。当夜煮了一大锅，全家大小拼命吃，吃到后来，胀得小姑娘的肚子像倭瓜似的。肉吃多了，十分口渴，大家半夜里起来，一瓢一瓢地咕嘟咕嘟喝凉水。第二天，男女大小都闹肚子了，一天一宿，女的尽往屋角跑，男的都往后园奔。

他们一家子，从此也都变懒了。太阳一竿子高了，李振江还躺在炕上。他们不给马喂料，下晚也不起来添草。八匹肥马都瘦成骨架，一只小马驹没有奶吃，竟瘦死了。

赵玉林黑白不着家，照顾不到家里的事了。有一天下晚，他回来早些，他屋里的说：

"柴火没有了。"

第二天，赵玉林叫郭全海去办会上的事情，天蒙蒙亮，他走出北门，走过黄泥河子桥，在荒甸子里，砍了一整天梢条，码在河沿上。他把镰刀夹在胳膊下，走了回来。一路盘算，第二天再腾出半天的时间，借一挂大车，把柴火拉回。走在半道，碰到李振江的大儿子。

"打柴火去了，老叔？"李家大儿子问道，脸上挂着笑。

"嗯哪，好些天没有烧的了，老是东借西凑，屋里的早嘀嘀咕咕的了。"赵玉林一边走，一边说，漫不经意地就走回来了。当天下晚，半夜刮风，有人嚷道：

"北门失火了。"

赵玉林慌忙爬起来，挎上钢枪，往北门跑去。北门外面已经站一大堆人，漆黑的夜里，远远地，火焰冲天，照得黄泥河子里的流水，闪闪地发亮。萧队长怕是胡子放的火，连忙叫张班长带领半班人骑着马飞跑去看。赵玉林和郭全海也跟着去了。河沿上不见一个人影子，点起来的是赵玉林割下的梢条，风助火势，不大一会，一

---

① 杀猪的尖刀。

码柴火全都烧光了。赵玉林因为太忙，没有法子再去整柴火。赵大嫂子可是经历了不少的困难。

工作队也忙。几天以来，川流不息有人来找萧队长，大小粮户都来了，献地献房，说是脑瓜化开了。来得顶早的，要算外号叫做杜善人的杜善发。

“萧队长，”杜善人说，“我早有这心，想找您了。”萧队长瞅着这个胖乎乎的红脸关公似的人的脸。因为胖，一对眼睛挤得好像两条线。

“我明白，”细眼睛恭恭敬敬坐在萧队长对面一条板凳上，这样说，“共产党是惜老怜贫的，我姓杜的情愿把几垧毛地，献给农会，这不过是明明我的心，请队长介绍介绍。”

“你找赵主任郭主任去办。”萧队长说。

“他俩不识字，能办吗？”杜善人带着轻蔑口气说。

“咋不能办？识文断字，能说会唠的‘满洲国’脑瓜子，农工会还不要他呢。”

杜善人的脸红了，因为他识字，而且是十足的“满洲国”派头。他连忙哈腰，赔笑说道：

“对，对，我就去找他们去。”

杜善人从工作队出来，朝韩家大院走。他不到赵玉林家去，心里寻思：“赵玉林那家伙邪乎，不好说话。”他到韩家大院去找郭全海，他想：“郭全海年轻，备不住好商量一些。”他早听到郭全海、白玉山跟李常有都在韩家大院分东西。他走在道上，瞅见那些穿得破破烂烂、千补万衲的男男女女，正向韩家大院走去。

人们三三五五，谈谈笑笑，没有注意在道沿低头走着的杜善发。他走到大院，看见农会的人都在分东西。屋里院外，人来人往，匆匆忙忙。有人在分劈东西，有人在挑选杂物，有的围作一堆，帮人“参考”，议论着从没见过的布匹的质料。

杜善人走了进去，注意每个分东西和拿东西的人。往后走到郭全海跟前，他说：

“郭主任，借借光，有一件事，工作队长叫我来找你。”

“啥事？”郭全海抬起眼来，见是杜善人，想起了韩老六的家小，是他接去住在他家的，问道：

“你又来干啥？”

杜善人吞吞吐吐地说：

“我来献地的。”

“我们这儿不办这事。”郭全海说，还是在清理衣裳。杜善人脸上挂着笑，慢慢走开了。他心里想：“农会的人都邪乎，瞧吧，看你们能抖擞几天？”他连忙回去，和他老婆子合计，藏起来的东西，埋得是不是妥当？在没有星光，没有月亮的下晚，他把浮物运到外屯去，寄放在穷苦的远亲和穷苦的三老四少的家里。他又想到，寄在人家的马匹和窖在地下的粮食，是不是会给人发觉？他把农会头批干部的名字写在白纸上，再从箱子里拿出地照来，分成两起，用油纸层层叠叠地包好，一起埋在南园里的一棵小李子树下，树干上剥了一块皮，作为记号，一起收藏在家里炕席的下边。

白天，见了农会的干部，杜善人总是带笑哈腰，说他要献地，他说：“我冲日头说，我这完全是出于一片诚心。”

有天下晚，豆油灯下，他还向郭全海表示要参加农会的心思。他说：

“献了地，我一心一意加入农工会，和穷哥们一起，往革命的路线上迈。”

在韩家大院，郭全海、白玉山和李大个子带领二十来个农会小组长和积极分子，日日夜夜地工作，已经三天了。分东西是按三等九级来摊配。赤贫是一等一级，中农是三等三级。从韩老六的地窖里起出的二百六十石粮食：苞米、高粱、粳米和小麦；外加三百块豆饼，都分给缺吃缺料的人家。取出的粮食有些发霉了，有些苞米沤烂了。张景祥看到这情形，想起了今年春上，他家里缺吃，跟韩老六借粮，韩老六说：

“自己还不够吃呢。”

现在，张景祥抓一把霉烂的苞米，搁鼻子底下嗅一嗅，完了对大伙说道：

“看地主这心有多狠，宁可叫粮食霉掉烂掉，也不借给穷人吃。”

到第三天，分劈杂物、衣裳和牲口。男男女女、老老少少都来了，都说说笑笑，像过年过节一样。

衣裳被子和家常用具，花花绿绿，五光十色，堆一院子，真像哈尔滨的极乐寺里五月庙会的小市，工作队的萧队长、小王和刘胜也来看热闹。他们一进门，就看见一大堆人围着老孙头，热热闹闹地不知在说些什么。

“老孙头，又在说黑瞎子吗？”萧队长问。

“啊，队长来了。我们在‘参考’这块貂皮呢。都说这貂皮是咱们关外的一宝，我说不如靰鞡草。靰鞡草人人能整，人人能用，貂皮能有几个穿得起呀？你来看，这就是貂皮。”老孙头说着，把手里的貂皮递给萧队长看，“这有啥好？我看和狗皮猫皮差不究竟。庄稼人穿上去拉套子，到山里拉木头，嘎吱嘎吱，一天就破了。”

“要是分给你，你要不要？”萧队长问。

“分给我？要还是要，我拿去卖给城里人，买一匹马回来。”老孙头说着，陪萧队长观光这些看不尽的衣裳，和奇奇怪怪的应有尽有的东西。

“看看这衣裳有多少件？”老孙头自己发问，又自己答道，“韩老六全家三十多口人，一人一天换三套，三年也换不完呀！看这件小狐皮袄子，小嘎也穿狐皮呀。这件小羊羔子皮，准是西洋货。”

“西口货[①]。”后边一个人笑着，改正老孙头的话。

“这是啥料子？”萧队长绕过皮衣堆，走到布匹堆跟前，拿起一

① 长城西段诸口的皮货。

板黑色呢质的衣料，问老孙头。老孙头眯着眼睛，看了老半天，反问道：

“你猜呢？”

“识不透？”后面一个年轻人说。

“这是华达呢。”另一个人说。

“这叫哗啦呢，”老孙头说，“穿着上山赶套子，碰到树杈，哗啦一声撕破了，不叫哗啦呢叫啥？”

他们一边走，一边谈，从一堆一堆、一列一列的衣裳杂物中间走过去。

“这是啥？”萧队长提起一件蓝呢面子、青呢镶边的帐篷似的东西，问老孙头。

“这是车围，”老孙头说，“围在车上的，财主家都有四季的车围。这蓝呢子的，是秋天用的，冬天是青色的，还带棉絮。风里雪里，小轿车围得严严的，一点不透风，在半道也像在家似的。”

好些人都围了拢来，争看这结实的蓝呢子车围。

“这是翠蓝哈达呢，清朝的东西。”老孙头说。

“这家伙多硬实。”一个戴草帽的说。

“这才是正装货呐。”一个戴着帽边耷拉下来的毡帽的人说。

“做裤面多好。”一个光头说。

“做啥都行，不知谁摊到。”戴草帽的说。

分劈衣物的人还在往这车围上添些零碎的东西，老孙头说：

“不要往这上放了。这家伙硬实，不用再添，添到别的堆上去。看那一堆，光一件娘们穿的花绸衫子，庄稼人要那干啥？庄稼人就是要穿个结实。花花绿绿的绸衫子啥的，瞅着好看，一穿就破。快添一件大布衫子上去，都得分得匀匀的。打垮大地主，都出了力呗。”

他们走到了鞋子堆的旁边。

“咱们走进鞋铺子里来了。”老孙头瞅着鞋堆说。三百多双靴子和鞋子，堆在一起，有男鞋、女鞋、皮鞋、胶皮鞋、太阳牌的长统胶皮靴、皮里子的长统大毡靴；大鞋铺里也还没有这样多现货。

“怨我成年光着脚丫子呢，鞋子原来都给大地主窖起来了。”老孙头说，“这鞋子咋分？”

管鞋子的老初说：

“谁要，谁来领，一双双作价，不是论堆。”

“衣裳不是配得一堆堆的吗？”老孙头问。

“衣裳是谁家都要，一家一堆，鞋子啥的，也有要的，也有不要的，谁要谁来领。”

“那咋算呀？”老孙头问。

“比如你是一等一级，该劈五万，衣裳布匹一堆作价作四万，你还能领一万元的东西，领鞋子，领线，领锅碗瓢盆，领铧，领锄，缺啥领啥。”老初说。

“这是谁兴的主意？”老孙头问。

“郭主任。”老初说。

“他脑瓜子真灵。领马行吗？”老孙头问老初。

“咋不行呢？领马就不能领衣。”

“走吧，咱们找郭主任去。”老孙头说着，邀着萧队长、小王和刘胜，走到郭全海跟前。郭全海、白玉山和李大个子三天没有回家，三宿没有合眼了。赵玉林办完了农会的组织上的事情，也来帮着分东西。他们黑天白日都忙着，带领三四十个新积极分子，品等级，配衣布，标价钱，忙得没有头。但是他们都欢天喜地，像办喜事的人家的当家人似的。看见老孙头过来，大伙又笑闹起来。

“老孙头，你要领啥？”郭全海迎面问他。

“配啥算啥呗。”老孙头满脸笑着，嘴里这么说，眼睛却骨骨碌碌地老瞅着马圈。

“给你这两个洋枕，老两口子一人睡一个，软软乎乎的。”郭全海从乱布堆里翻出一对绣花漂白洋布枕头来，伸给老孙头。这赶车的接在手里，眯着一只眼，瞅着上面的绣花，他说：“有红花，有月亮，还有松木。呵，瞅瞅，这儿，还有字哩。刘同志你识文断字，帮我念念。”说着，他把枕头伸到刘胜的眼前。

“祝君快乐。”刘胜念着一个枕头上的朱红丝线绣的四个字。

“哈哈。”老孙头大笑起来，“这倒是一句应景的话，光腚的人家劈了衣裳，缺吃的人家分了粮食，还不快乐？不用你祝，也都快乐了。再念念这一句是啥？”

“花好月圆。”刘胜念着。

“听不准。”老孙头说，眯一眯左眼。

“花好是一对花才开，月圆是一轮月亮挂天头，分给你正好。”刘胜解释完了，笑着添一句。

老孙头说：

“一对花才开，送给我？我老孙头今年平五十，老伴四十九，说是一对花才开，这花算是啥花呀？老花眼镜的花吧？”

周围的人都哈哈大笑，连萧队长也笑弯了腰。小王笑得连忙擦泪水。刘胜笑得连连晃脑瓜，差点把眼镜子晃落。赵玉林笑得嘴里尽骂着：“看你这个老家伙。”郭全海笑得捧着小肚子，连声说道：“这可把人乐坏了。”李大个子一边笑，一边拍拍郭全海的肩膀头说：

“祝君快乐，祝君快乐。”

老孙头早就不笑了，他是这样：人家笑，他就不笑，人家越笑，他越装鬼脸，眯眼睛，逗得人越笑。

“这俩洋枕，我决不能要。”他说。

“那你要啥？”郭全海止住笑问他。

“我要那四条腿子的家伙。”老孙头说，眯着眼睛又瞅瞅马圈里的嚼草料的马匹。

“这事好办，没有比这再好办的了。四条腿子的有的是，给你这炕桌，你数数腿子，直直溜溜的腿子，整整四条，一条也不缺。”郭全海说。

“我要这炕桌干啥？我要那四条腿子的吃草嚼料的，我赶了半辈子外加半辈子的大车了，还没养活过牲口。”老孙头说。

“你要牲口吗？”郭全海不闹着玩了，认真地说，“咱们回头合计合计，再告诉你。”

到下晚，衣裳分完了。三大缸豆油，一大缸荤油，三百多斤咸盐，也都分完了。三百多户精穷的小人家，都得到了东西，三十六匹马和骡子，分给了一百四十四户无马的小户，四户分一匹，一家一条腿。老孙头分了一匹黄骟马的一条腿。韩家大院的上屋给农会做办公室。郭全海没有房子住，搬到了农会的里屋。老田头的三间草房被韩老六的牲口整坏了，就把韩家大院的东头的三间下屋赔给他。在这同时，又查出了韩老六五十垧黑地，分给缺地的人家。韩老六家的八只白鹅和二十只大猪都没有分劈。白鹅谁也不愿意要。

“有钱莫买长脖子货。”老孙头说。

“不要钱，送你。”郭全海说。

“送我也不要，那玩意儿吃的不老少，缺吃小户哪能喂得起？”老孙头说。

二十只大猪不好分，有人提议都杀了，办一顿酒席，全屯小户都来欢天喜地吃顿翻身饭。赵玉林反对，说：

“咱们翻身要翻个长远，大吃二喝，也不是咱们穷伙计的宗旨。猪搁在农会，到时候卖了，再去买马，现在咱们小户一户一条腿，到年备不住能多分一条，过年一家能分一匹囫囵个儿马，那不好吗？”

“同意你这个意见。”郭全海首先响应说。

“我也同意。”老孙头说。

“大家同意，就这么的吧。”赵玉林这样一说，有些想要猪肉的人不好意思吱声了。

事情办完了，郭全海当夜就搬进了韩家大院。老田头第二天才搬。

全屯三百来户小户都分到了东西。缺穿的，分到了衣裳。缺铺缺盖的，分到了被褥。缺吃的，背回了粮食。几辈子没有养活牲口的人家，有了一条马大腿了。成年溜辈菜里连油珠子也没见过的人家，现在，马勺子里吱呀吱呀的，用豆油煎着干粮，外屋喷出油香了。

家家户户，老老少少，都欢天喜地。有好些个人，白天乐得咽不下饭，下晚喜得睡不着觉。

“这才叫翻身。”老大娘都说。

“这才算民主。”老头们也说。

“伸了冤，报了仇，又吃干粮了。”中年人说。

“过好日子，可不能忘本，喝水不能忘了掘井人。”干部们说。

“嗯哪，共产党、民主联军是咱们的大恩人。”积极分子说，“咱们不能忘情忘义呐。”

屯子里是一片新鲜的气象，革命的气象。人们快快乐乐的，不知咋办好。张景祥分到一双太阳牌的长统胶皮靴，满心欢喜。他回想起来，伪满“康德”十二年，韩老六在一个下雨天，就是穿着这双胶皮靴，为了他在韩家井里担了一挑水，用靴尖狠狠地踢他三脚。如今，这靴子穿到他的脚上了，他快活，他高兴，嘴里不住地唱着关里的歌曲。天不下雨，他也穿着胶皮靴，在公路上溜溜达达，不走干道，尽挑泥洼子去踩，泥水飞在旁边一个人身上，他用袖子去替人揩泥。他的近邻，跑腿子的花永喜，分了一件妇女穿的皮大氅。他的左邻右舍去贺喜，大伙围着看大氅，七嘴八舌都议论起来。

“正装西口货。”贺喜的人们中的一个说。

“这可赶趟了[①]。”贺喜的人当中的另一个人又说。

“那可不？”张景祥说，“你看，多好，多热乎，雪落不到身上，就化了。”

---

① 时间上正合适。

“可惜是妇道穿的。”

“娶一个呗。”一个人向花永喜提议。

“找一个搭伙的①也行。”一个姓吴的提议，他老伴是搭伙来的，还带来一个能扛半拉子活的小子，他自己觉得是占了相应②，别人都笑他，他想找花永喜做一个同伴。

“拉帮套③也好。”有人有心说笑话。

“找你娘们行不行？”老花也还他一句。

唠到半夜都散了。劝老花娶亲的话，大伙是闹着玩的，回去都忘了。老花自己却在炕上，翻来覆去，半宿没合眼，他寻思自己岁数也不太小了，快到四十岁，翻身也翻了过来。没有屋里的，总不能安家。但要娶媳妇，钱从哪来？他前思后想，左盘右算，准备把大氅卖掉，卖出一笔钱。钱有着落了，可是人呢？这屯子里年轻姑娘没有相当的。想来想去，他想起了斗争韩老六的张寡妇，岁数相当：三十六七，人品也还不大离。“好吧，就这么的吧。”好像只要他乐意，对方毫不成问题，准能嫁给他似的。当天下晚，三星晌午时，他昏昏迷迷地睡了。一会儿，天蒙蒙亮，他翻身起来，不吃早饭，就往张寡妇家跑去，才到大门口，他冷丁想起：“要她问我来干啥的呢？”他脸上发烧，心里乱跳，藏头缩尾，想退回去，张寡妇早瞅见他了。

“花大哥，到屋吧。”张寡妇把头伸到敞开的窗口，招呼他进去，并且问他，“吃了吗？”

“吃过了。”老花撒谎了。

“你家的饭真早，这大早晨，上哪儿去呀？”张寡妇一面缝被子，一面问他，瞅着他笑笑。

---

① 非明媒正娶的配偶。

② 读 xiāng ying，便宜。

③ 过去北满农村妇女少，贫苦农民养不起老婆，常常是两个男子共同养活一个女人，那个丈夫之外的男子叫做拉帮套。

“我想上农会去，跟赵主任合计点事情。”花大哥又说假话了。

“你们真忙。”张寡妇说，抬头看了他一眼。

“嗯哪，这两天忙一点，赵主任老问我意见，我说，你办了就是……”他说到这儿，觉得说不下去了。因为没有话说，脸又发烧了。

“你家炕扒了没有？”半晌，他脑子里钻出这么一句话。

“没有呀，没人扒呗。”张寡妇说，一面低头缝被子。

“我给你扒。”老花好像得了救星似的连忙担负这差使。

“好，那真是好，正叫不到工夫匠，多咱能来？”

“多咱来都行。”花永喜说完，辞了出来，欢天喜地往回去。赶到扒炕那天，他俩已经谈到为了冬天节省烧柈子，两个烟筒不如并成一个烟筒的问题了。张寡妇的被子，也是分的。这是一床新的三镶被，漂白洋布的被里，红绸子的被面，当间镶着一道青绸子，张寡妇怕盖埋汰了，外面用一块旧布包着。那天老花看见她缝的，就是这被子。老花给她扒完炕，两个烟筒并成一个烟筒，以便节省柈子的时候，张寡妇把这分到的三镶被的包在外边的破布拆下了，露出了深红绸子的被面。但这是后话。

老花跟张寡妇相好的消息，不久传遍了全屯。首先知道这事的，是住在张寡妇的西屋的老初家，老初把这消息悄悄告诉他的好朋友，并且嘱咐他：“你可不能告诉别人呀。”那位好朋友又悄悄地告诉自己的一个好朋友，也嘱咐他：“你可不能告诉别人呀。”但是他又告诉别的一个人。就这么的，一个传十个，十个传一百，全屯男女通通知道了，但是最后传开这个消息的人，还是嘱咐听他这个消息的好朋友说：

“你可不能告诉别人呀。”

这件新鲜事，老初是怎么发现的呢？一天下晚，他起来喂马，听见东屋还有男人的声音，不大一会，老花走出来，事情明明白白了。这个老初，也是穷户，打鱼的季节，住在黄泥河子河沿上的鱼窝棚里头，捞点鱼虾，平常也种地，从来没有养活过牲口。这次他和另外三家分了一匹小沙栗儿马，六岁口，正好干活的岁数。四家合计：把马养在老初家。马牵回家的那天，老初两口子喜得一宿没有合上眼。老初问娘们：

“没睡着吗？”

“你呢？”娘们反问他，“听，听，不嚼草了，备不住草又吃完了，快去添。”

老初起来，披上一条麻布袋，娘们也跟着起来，用一条麻袋，裹住她的胸前一对大咂咂[①]。两口子黑间都舍不得穿那分得的新衣裳。他俩点起明子，走到马槽边。真没有草了，老初添了一筐铡碎的还是确青的稗草，老娘们又走到西屋，盛了一瓢稗子倒进马槽里。两口子站在马圈边，瞅着马嚼草。

“这马原先是老顾家的。”老初说，“‘康德’十一年，老顾租了韩老六家五垧地，庄稼潦[②]了，租粮一颗不能少，老顾把马赔进去。这回分马，赵主任说是要把这儿马还他，‘物归原主’，他不要。”

“咋不要？”娘们问他。

“人家迷信：好马不吃回头草。”老初说。

“看你这二乎[③]，人家不要的，你们捡回来。真是寿星老的脑袋，宝贝疙瘩。”

“你才二乎哩，人家迷信好马不吃回头草，我怕啥呢？这马哪儿去找？口又小，活又好，你瞅这四条腿子直直溜溜的，像板凳子一样，可有劲呐。”

“四条腿子，你也只有一条，你乐啥？”娘们嘴里这么说，心里还是挺快乐，两口子的感情都比平日好一些。他俩睡在炕头上，听见马嚼草料的声音，老初娘们好像听见了音乐一样的入神，常常摇

---

① 乳房。

② 遭水淹了。

③ 傻里傻气。

醒老初来，她说：

“你听，你听，嚼得匀匀的。”

屯子里还有睡不着觉的老两口，就是老田头夫妇。他俩搬进韩家大院东下屋，又分了韩老六的一垧半黑地，地在北门外他们姑娘的坟茔的附近。插橛子的那一天下晌，瞎老婆子定要看看自己的地去，老田头扶着她，走出北门，走到黄泥河子河沿的他们的地里，老田头停住。

“这就到了？”瞎老婆子问。

“嗯哪。”老田头回答她。她蹲下来，用手去摸摸垄台，又摸摸苞米棵子，抓一把有沙土的黑土在手里搓着，搓得松松散散的，又慢慢地让土从手指缝里落下。她的脸上露出笑容，这是他们的地了，这是祖祖辈辈没有的事情，早能这样，她的裙子也不会死了。

“今年这庄稼归谁？”瞎老婆子问。

“青苗随地转。”老田头回答。

这时候，日头偏西了，风刮着高粱和苞米棵子，刮得沙啦啦地发响。高粱的穗头，由淡黄变成深红，秫秸也带红斑了。苞米棵子也有些焦黄。天快黑了，她还坐在地头上，不想动身。

“回去吧，快落黑了。”老田头催她。

“你先回去吧，我还要到裙子坟茔地里去看看，那时咱们要有地，就不会受韩家的气，裙子也不会伤了。”老田太太说着，举起衣袖擦眼睛。

“快走，快走，西北起了乌云。早看东南，晚看西北。快下大雨。要不快走，得挨浇了。”老田头骗她回去，因为怕她又上裙子的坟茔，哭得没有头。

两口子慢慢往回走。才进北门，碰到老孙头赶着一挂车，正从东头往两走。

“老田头，上哪儿去来？”老孙头笑着招呼老两口。

“到地里去来。”老田头回答。

“快上来，坐坐咱们的车。”他忙停下车来，让老田头两口子上车，于是一面赶着马飞跑，一面说：

“看那黄骟马，跑得好不好？”

“不大离，”老田头说，“几岁口了？”

“八岁口，我分一条腿。李大个子也分一条腿。我说：‘你是打铁的，不下庄稼地，要一条马腿干啥？全屯的马掌归你钉，还忙不过来，哪能顾上喂马呢？你把那条腿子让给我，好吧？你是委员，该起模范呗。’李大个子说：‘你这老家伙，你要你就拿去得了呗。’我告诉他：‘你真是好委员，我拥护你到底，回头我的马掌一定归你钉，不找别家。’老田头，咱有两条马腿了。瞅这家伙，跑得多好，蹄子好像不沾地似的。远看一张皮，近看四个蹄，这话不假。”

“你上哪儿去？”老田头问。

“上北大院，如今不叫韩家大院，叫北大院了。”老孙头说，“郭主任分粮，忘了给他自己留一份，如今缺吃的，我给他送点小楂子去，吁吁。”老孙头赶着牲口，绕过泥洼，走上平道，又回过头来，对老田头说：“你听说吗，小猪倌伤养好了，回来了，公家大夫给他涂了金疮药。咱八路军的大夫，可真是赛过华佗，小猪倌揍得那样，也整好了。”

“那小嘎，没爹没娘的，住在哪儿呀？”老田头瞎婆子连忙问。老孙头又唠起来了：“郭主任说：‘跟我一起住。’赵主任不赞成他：‘那哪能呢？你一个跑腿子的，还能领上个小嘎？烧水烧饭，连连补补多不便。我领去，有我吃的，管保也饿不着他。’吁吁。”老孙头忙把马喝住。到了原来的韩家，现在农会的黑大门楼的门口，老孙头跳下车子，把车上的一麻袋楂子背到小郭住着的西上屋。他出来时，老田头的老伴瞎老婆子托他捎一篮子土豆子送给小猪倌。小猪倌被韩老六差一点打死，引起瞎老婆子想到她姑娘。对于地主恶霸的冤仇，使得他们觉得彼此像亲人。她的关心小猪倌，就像关心她自己的小孩一样。老孙头把土豆子放在车上，赶着车子，一溜烟往赵玉林家跑去，半道碰到白玉山。老白左眼角上现出一块通红的伤疤。

“咋的？挂彩了？”老孙头慌忙喝住马问他。

“还不是落后分子整的。”白玉山站在车前，从根到梢说起白大嫂子跟他干仗的事情。白玉山分一垧近地，有人背后嘀嘀咕咕了：

“翻身翻个半拉架，光干部翻身。”

李大个子听到了这话，连忙告诉白玉山，老白随即把自己分到的近地，跟一个老跑腿子掉换一块远地，背后没人嘀咕了。他寻思这事处理得妥当，下晚回去，欢欢喜喜告诉他媳妇。白大嫂子正在给他做鞋底，听到这话，扬起她的漂亮的漆黑的眉毛，骂开来了：

“看你这二乎吧唧稀里糊涂的家伙，拿一块到手的肥肉，去换人家手里的骨头，跟你倒半辈子的霉，还得受半辈子的罪。”

“干部该做模范呗。”白玉山说。

“模范不模范，总得吃饱饭。你换上一垧兔子不拉屎的石头砬子地，那么老远，又没分马，看你咋整？”

“饿不着你的，放心吧。”白玉山说，有点上火了。

“我到农会去把原先那地要回来。”白大嫂子真要从炕上下地，白玉山一把拖着她胳膊，不让她走，两人扭作一堆了，白玉山的左边眼角上挨了一鞋底。看见他眼角出血，白大嫂子愣住了。她有一些害怕，也有些后悔，但又不肯低头去给他擦血，她坐在炕沿，不吱声了。老白没还手，就出来了，走到门口，才骂一句：“落后分子。”

把这事情根根梢梢告诉老孙头以后，这老赶车的一面晃动鞭子，赶着大车走，一面笑着说：

“老娘们嘛，脑瓜子哪能一下就化开来了？还得提拔提拔她，往后，别跟她吵吵，别叫资本家笑话咱们穷伙计。”老孙头从工作队和农工会学了好些个新话，“提拔”和“资本家”，都是。当时他嘴里这么说着，心里却想：“要我分一垧近地，也不肯换呀。”

不知不觉，车已来到了赵玉林家里。老孙头把土豆子篮子提进去，说明是老田太太送给小猪倌的。赵家三口跟小猪倌正吃下晌饭。

“来，吃点吧。”赵玉林的屋里的说，“锁住去拿碗筷来。”

“吃过了。”老孙头说，“锁住你不用去拿了。”老孙头看那炕桌上摆了一碟子大酱，几片生白菜，两个生的青辣椒。饭是糙子粥。

“当主任的人，元茂屯是你说了算，还喝着稀的，咋不整点馍馍、饼子啥的吃吃呀？”老孙头说，眼瞅着炕桌。

“听到啥反应？”赵玉林没有理会老孙头关于吃喝的话，问着一连串的问题，“老百姓满意不满意？劈的衣服都能对付过冬吧？”

“啥也没问题。老百姓只有一点不满意，说赵主任自己分得少。他们都问：‘赵主任不是穷棒子底子吗？咋能不分东西呢？’我说：在‘满洲国’，咱们哥俩是一样，都是马勺子吊起来当锣打，穷得丁零当啷响。那时候，赵主任也不叫赵主任，叫赵——啥的，说出来砢碜[1]。现下咱们穷人‘光复’了，赵主任当令，为大伙办公，为大伙是该屈己待人的，可是啥也不要，叫锁住跟锁住他妈还是穷得丁零当啷响，也不像话，回头别叫资本家看笑话，说咱们这四百人家的大屯子，连一个农会主任也养活不起。”老孙头说得屋里的人都笑了。

“你这老家伙，没看见咱们一家子都穿上了吗？”赵玉林说着，一面拿起一片白菜叶子伸到碟子里头蘸大酱。老孙头再唠了一会闲嗑，告辞出来，赶车走了。

锁住和锁住的娘，都穿了一件半新不旧的白洋布衫子。赵玉林把自己列在三等三级里，分了一些破旧的东西，他屋里的看着人家背回一板一板的新布，拿回一包一包的新衣，着忙了。下晚，她软和地对赵玉林道：

“人家说：咱们算一等一级，该多分一点，光分这几件破旧衣

---

① 难听。

裳，咋过冬呀？”

“能对付穿上，不露肉就行。‘满洲国’光腚，也能过呀。”赵玉林回答她。锁住他妈，是一个温和驯顺的娘们，多少年来，她一声不吱，跟赵玉林受尽百般的苦楚。在“满洲国”，常常光着腚下地，这是全屯知道的事情。因为恋着他，她心甘情愿，毫无怨言。如今他当上主任，人家说，锁住他妈出头了。主任是啥？她不摸底，光知道赵玉林当上主任以后，天天起五更，爬半夜，忙的净是会上的事情，家事倒顾不上了。水没工夫挑，梢条也没工夫整，头回整一天，搁在河沿，坏根给烧了。她的日子还是过得不轻巧，但是她也心甘情愿，毫无怨言。她恋着精明强干而又心眼诚实的老赵，他是她的天，她的命，她的一切，她的生活里的主宰。赵玉林说：“不露肉就行。”她也想：“不露肉就行，要多干啥？”可是今儿赵玉林因为农会事情办得挺顺利，心里很舒坦，而且觉得他的女人真是一个金子不换的娘们，他怕她心眼不乐，抚慰她道：

“你别着忙，老百姓都有了，咱们就会有的。”

他又觉得近来自己太不顾及家里事情了，头回整的梢条被人点火烧掉以后，没有再去割，天天东借西凑，叫她犯难。他决心第二天再去割梢条，借一挂车，割完往家里拉，免得再出啥岔子。

十九

打过柴火以后的第二天清早，赵玉林牵着三匹马，到井台去饮。刘德山迎面跑来，气喘吁吁对他说：

“你还饮马哩！”

“咋的？”

“起胡子了。韩老六兄弟韩老七带一百多人，尽炮手，到了三甲屯。胡子都白盔白甲，说是给韩老六戴孝，要给他报仇。你倒挺自在，还饮马哩，屯里人都乱营了。”刘德山说完，就匆匆走了。赵玉林听到这话，慌忙翻身骑上一匹儿马子，牵着那两匹，一溜烟地跑回家里，拴好马匹，拿起钢枪，跑到工作队。萧队长正在一面摇动电话机，一面吩咐张班长，立即派两个能干的战士，到那通三甲的大道上去侦察。

“来得正好，”萧队长把耳机子放在耳边，一面招呼赵玉林，“快到屯子里去，叫大伙都不要惊慌，不许乱动。咱们屯子里不乱，来一千个胡子也攻打不下。电话咋不通？”萧队长说着，放下耳机，又摇机子。

赵玉林从工作队出来，从屯子的南头跑到北头，西头走到东头。他瞅见好些人家在套车，好些人抱着行李卷，在公路上乱跑。

“大伙不要乱跑，别怕，胡子打不过来的，怕啥？萧队长打电话上县里去了，八路军马溜[①]开来了。”他一面走，一面叫唤，人们看见赵主任不光是不跑，还来安民心，便都安下心来了，有的回去了。

“你们回去，快快拿起扎枪、洋炮，跟工作队去打胡子。”赵玉林叫着。

电话打不通，萧队长把耳机子使劲摔在桌子上，说道：“电话线被切断了。”他从桌边站起来，皱着眉头，在屋里来回地走着。他小声地自言自语道：“只有这么办。”往后又大声叫道：

“张班长，快借一匹马，上县里去，叫他们快派兵来，来回一百里，要在八个钟头里，赶到三甲的附近。”

他从衣兜里掏出小本子，撕下一页，从刘胜上衣兜里抽出一支自来水钢笔，用连笔字写道：

县委，十万火急，三甲起了胡子，约五十来个，枪马

---

① 快。

俱全，即派一连人增援。此致布礼。萧祥。九月三日。

张班长拿着信走了。人们三三五五都到工作队来了，有的来打听消息，有的来询问主意。白玉山走了进来，在门边坐下，枪抱在怀里。

“起了胡子，你知道吗？”萧队长问他。

“早准备好了。”白玉山回答。

“准备好啥？”萧队长问他。

“水来土掩，匪来枪挡。咱们把钢枪、扎枪、洋炮跟老母猪炮①，都准备好了。”

“要是挡不住呢？”

“跑呗。”

“跑不了呢？”

“跟他豁上。他长一对眼睛，我长两只，谁还怕谁呀？”白玉山说着，站起来了。

“对，对，你带领自卫队的一半，留在屯子里。再给你们一枝大枪，副队长是张景祥吧？这枪给他。这屯子好守，有土墙，有三营在这筑好的工事，把老母猪炮搁在南门外的水濠这一边，你拿一枝大枪作掩护。东西北门都关上，派人拿洋炮把守。张景祥带两个人到屯子里巡查。万一要撤，退到韩家大院去，叫老百姓都蹲在院里、屋里。带枪的人都到炮楼上守望。这么的，别说三五天，一个月也管保能守。记着：万一要退守韩家大院，人人得带一星期粮食。”

“萧队长你呢？”白玉山问，“你撤走吗？”

“萧队长，你要撤走，我给你赶车。”胆小的老孙头连忙说道，“这屯子交给老白家得了。”大伙笑着。萧队长没有顾上回答老孙头

---

① 一种土炮。

的话，放低声音，忙对李大个子说：

“你加点小心，留心是不是有坏人活动。好好瞅着粮户和他们的腿子，还有那些不愿献出‘海底’[①] 的‘家理’头子，都给他们画地为牢。他们要动，开枪打死不偿命。”

白玉山、李常有和张景祥以及其他留在屯子里的人们，都布置去了。萧队长自己把匣枪别在前面，迈出学校门，大踏步地往南门走去。他的背后是老万、小王和刘胜，他们的匣枪，有的提在手里，有的别在腰上。再后面是警卫班，子弹上了膛，刺刀插在枪尖尖上。擦得雪亮的刺刀，在黄灿灿的太阳里，一闪一闪晃眼睛。警卫班后面，赵玉林和郭全海带领一大帮子人。这些人的手里，拿着各式各样的武器：洋炮、扎枪、斧子、锄头和棒子。有一个人背着一面红绸子旗子，上面写着：“元茂屯农工联合会”。这是分果实时，赵玉林留下的一块红绸子，他叫他屋里的用白布缝了上面八个字。萧队长回头看见这旗子，连忙叫道：

“旗子留在家里，不要跟去。”

旗子留下，插在南门旁边的土围子上头。通红的柔软的旗子，在东南风里不停地飘动。常常露出漂白的洋布制成的大字：“元茂屯农工联合会”。

萧队长带领大伙出了南门，走过水濠上面的木桥，人们三五个一排，顺着公路走。道旁是高粱和苞米棵子，人走进去，露不出头来。萧队长派两个战士提着大枪，从道旁的庄稼地里，搜索前进。

“快走，”萧队长挥动胳膊，向后面的人招呼，“咱们要赶到那两个小山跟前，去抢一个高地。”

萧队长的话还没落音，“当当”两下，前面枪响了。往后，时稀时密，或慢或紧的，各种步枪都响起来了。萧队长侧着耳朵听一会，说道：

---

① 青帮的证件。

“还远，离这有一里多地。那一声是三八，这一声是连珠[①]。”

有些从没参加过战斗的人，吓得趴在庄稼地里了。萧队长招呼他们道：

“别怕，别怕，都跟我来。”

“啪”的一枪，从近边苞米地里，打了出来，子弹声音嘶嘶的，低而且沉。

“赶快散开来。”萧队长叫道，“卧倒。”他光顾指挥人家卧倒，自己却站在道旁，一颗子弹从他右手背上擦过去，擦破一块皮。

“挂花了？”小王、刘胜同时跑上来问他，小王忙从自己衬衣上，撕下一块布条，给他裹伤。

“要紧不要紧？”赵玉林和郭全海也赶上来问道。

“不要紧，飘花。”萧队长忙说，“你们快卧倒，快快。”还不及说完，一颗子弹正射击在赵玉林的枪托上，瞅着萧队长挂了彩，自己枪上又中了一弹，老赵上火了，他也不卧倒，端着枪，直着腰杆，嘴里不停地怒骂，一面开枪，一面朝敌人放枪的方向跑过去。后面的人瞅着他奔上一块比较高的苞米地，两手一摊，仰脸倒下了。倒在地上，他的右手还紧紧地握住大枪，他的脊梁压倒了两棵苞米，脖子坎在垄台上，草帽脱落了，头耷拉下来。他才分到手的一件半新不旧的青布对襟小褂子的衣襟上浸满了通红的血。

“打在哪儿？”萧队长跑来，蹲在他面前。他的右手包扎了，用布条挂在胸口，他只能用左手扶起赵玉林耷拉的头，搁在垄台上，又忙叫老万检查他的伤口，替他包扎，要是伤重，立即送县。萧队长说完，自己站起来，用左手掏出匣枪来，朝南放了一梭子，趁着对方枪声暂时咽住的时候，他带领着警卫班，猛冲过去了。郭全海上来，屈着右腿，跪在赵玉林跟前。

“赵主任！”郭全海叫着，望着他的变了颜色的脸面，他喉咙里

---

① 三八是日造步枪。连珠也是一种步枪，不知哪国造。

好像塞住了什么，一时说不出话来，赵玉林睁开他的眼睛，瞅着郭全海跪在他跟前，他说：

“快去撵胡子，不用管我，拿我的枪去。”才说完，又无力地把眼睛闭上。

枪声越来越紧密，子弹带着喔喔嘶嘶的声音，横雨似的落在他们的前后左右，弹着点打起的泥土，喷在赵玉林的头上、脸上和身上。老万说：

“你们都走吧，留一人帮我就行。”

郭全海眼窝噙着泪水，叫老初留下帮助老万，自己抚一抚赵玉林的胳膊，捡起他的枪，正要走时，老万叫住他道：

“老郭，子弹。”郭全海从赵玉林上身，脱下子弹带，褪了颜色的草绿色的子弹带子上，一块一块，一点一点的，染着赵玉林的血。

郭全海撵上大伙，跟萧队长猛冲上去了。元茂屯上千的老百姓，呼啦呼啦地，也冲上去了。听到人的呼叫声、苞米棵子的响动声去得远了的时候，赵玉林才松开咬紧的牙关，大声哼起来：

“哎哟。”

老万解开他的布衫的扣子。一颗炸子，从他肚子右边打进去，沾着血的肠子，从酒樽大的伤口，可怕地淌了出来。

“我不行了。”赵玉林痛得满头大汗，说。

“你会好的。”老万眼窝里噙着泪水，一面用手堵住正在流淌出来的肠子，把它塞进去。他打发老初回去整车子，盘算尽快把他送到县城医院去。

“我不行了，你们快去撵胡子，甭管我了。”

“你能治好的，咱们送你上医院。”

枪声少些了。胡子的威势给压下去了。萧队长占领了一个岗地。他们已经能够看见密密的苞米和高粱棵子里的胡子，疏疏落落的，伏在洼地的垄沟里。

双方对敌着，枪声或稠或稀的，有时候了。萧队长叫自卫队寻找些石头砖块，在岗地上垒起一个小小的“城堡”，又叫人用锄头，用扎枪头子挖出一条一条的小小的壕沟，叫大伙伏在壕沟里准备进行持久的战斗。

胡子冲锋了，呼叫一大阵，人才露出头。他们刚冲到岗地的脚下，萧队长一声号令，大枪小枪对准前头七八个人射击，有两个人打翻了，抛了大枪，仰天躺在地头上。其余的就都退走了。

歇了一会，胡子举行第二次冲锋。这一回，他们改变了战法，不是一大帮子人呼啦呼啦地从正面直线冲过来，而是从那密密稠稠的青稞子丛里，一个一个，哩哩啦啦地，从左翼迂回地前进。眼瞅接近萧队长的“城堡”了。

“老弟，你歇一歇吧。”花永喜对他旁边一个右手挂了彩的年轻战士说。花永喜把手里的洋炮撂下，跑到前面一块石头边，捡起胡子扔下的一棵九九枪，从打死了的胡子的身上解下子弹带。正在这时，胡子一颗子弹把他草帽打飞了。他光着脑瓜子，卧倒在地上，把枪搁在一块石头上，眯着左眼，又回过头去，朝着大伙摆手，小声地叫道：

“别着忙，别着忙。”他又细眯着左眼，右脸挨近枪，却不扣枪机。这时候，胡子趁着这边没动静，凶猛地推进，有些还直着腰杆。眼瞅扑上土岗了，老花还是不打枪。

“王八犊子，咋不打枪，你是奸细吗？”负了伤的小战士不顾伤痛，用左手扳动枪机，枪不响：没有子弹了。抬头看见花永喜还不放枪，他急了，奔扑过来，一面骂，一面要用枪托来打他。

“别着忙呗，瞅我这一枪！”老花把枪机一扣，打中一个跑在头里的胡子的脑瓜子。再一枪，又整倒一个。打第三枪的时候，头里的几个胡子慌慌张张撤走了，后面一大群胡子起始动摇观望，终于也都撤走了。

“你贵姓？”小战士上来问老花，用左手抓住他的右手。

“他姓花，外号叫花炮。”后面有人代替花永喜回答，“咱们快喝他的喜酒了。”

“你听他瞎扯。”花炮提着枪，带笑否认快吃喜酒的事情。

萧队长叫大伙检查大枪子弹。小战士不剩一颗，其他的人都剩不多了，有的只剩二三颗，有的还有十来颗。萧队长吩咐把所有子弹全收集拢来，六五口径的，集中在郭全海手里，他拿了赵玉林的那支三八枪。七九口径的，集中在花炮手里，他捡了胡子一棵九九枪。花炮伏在头里，瞄准胡子的方向。其余的人都上好刺刀，准备在子弹完了，救兵不到的时候，跟胡子肉搏。萧队长布置了这边以后，忙叫郭全海过来，他俩小声唠一会。郭全海提着大枪，跟一个警卫班战士老金，从垄沟里，爬到右边高粱地，就不见了。

不大一会，在老远的前头，在胡子的左翼，发生了枪声。胡子乱套了。他们的长短枪，齐向枪声发生的方向，当当地射击。那边，是县里援兵的来路，也是容易切断胡子归路的地方。胡子怕自己的归路被切断，又怕县上援兵来，用最大部分的火力，对付那边。只用稀疏的几枪，牵制这面。

“他们的主力转移了。”萧队长笑着说，侧卧在地上，放下枪来，从衣兜里掏出一张纸，又掏出一个小小鹿皮袋，里头盛满了黄烟，他一面卷着烟卷，一面跟老花唠嗑。

“凭着这些子弹，能支持到黑吗？”萧队长问。

“咋不能呢？”花永喜说。

“枪法怎么学来的？”

“起小打围，使惯了洋炮，要是子弹足，这一帮胡子全都能收拾。”花永喜说着，又瞄准对面，却不扣火。

“花大哥冬天打狍子，一枪能整俩。”后面有人说。

“狍子容易整，就是鹿难整，那玩意儿机灵，跑得又快，一听到脚步声音，早蹽了，枪子儿也撵它不上。”

“黑瞎子也不容易打吧？”萧队长一面抽烟卷，一面问他。

“说不容易也不难，得摸到它的脾气。一枪整不翻它，得赶快躲到一边去，它会照那发枪的方向直扑过去，你要站在原地方，就完蛋了，打黑瞎子要用智力，也要胆大，那玩意儿黑乎乎的，瞅着也吓人，慢说打它。”

快到黄昏，胡子的枪又向这边射击了。他们似乎发觉那边是牵制。这回打得猛，子弹像下雨似的，喔喔嘶嘶的，十分热闹。有一颗子弹，把萧队长的军帽打穿了，并且剃去了他一溜头发，出血却不多。花炮只是不答理，胡子中间的一个，才从高粱地里伸出头来，老花一枪打中了，回头跟萧队长说：

“胡子要冲锋了。”

“给他一个反冲锋，来呀，大伙跟我来。”萧队长朝后面招呼，立即和花炮一起，一个纵步，蹦出“城堡”，往下冲去。

“杀呀，”老花叫唤着，“不要怕，革命不能怕死呀，打死韩老七，大伙都安逸。”他一面呼唤，一面开枪，萧队长也放了一梭子子弹，胡子队里，又有两个人倒下。后面的人都冲下岗地，那些手里只有扎枪的，从打死的胡子的身边，捡起了大枪，又从他们身上解下子弹带。在这次反冲锋当中，他们捡了四棵大枪，好多弹药。花炮不用节省子弹了，他不停地射击着。他不照着胡子的脑瓜子打，他知道脑瓜子面积小，不容易打中。他瞄准胡子的身体打，身子面积大，容易中弹。他在追击当中，十枪顶少也有五枪打中的。

“韩长脖！”有一个人叫唤着，他发现打死的胡子尸体当中有韩长脖，快乐地叫唤起来。韩长脖的逃走，在元茂屯的小户的心上添了一块石头，如今这块石头移下了。元茂屯的老百姓的仇人，又少一个了。后面的人们都围拢来看，纷纷地议论，忘了这儿是枪弹稠密的阵地。

“该着。”

“这算是恶贯满盈了。”

“死了，脖子更长了。”

“你皱着眉毛干啥？不乐意？咱们是不能叫你乐意的，要你乐意，元茂屯的老百姓，都该死光了。快跑，快跑，还能撵上韩老六，在阴司地府，还能当上他的好腿子。”有人竟在韩长脖的尸首跟前，长篇大论讲谈起来了，好像他还能够听见似的。

这时候，胡子的后阵大乱了。稠密的步枪声里，夹杂了机关枪的声音。萧队长细听，听出有一挺轻机枪和一挺重机枪。

“胡子没有机枪，准是咱们的援兵到了，冲呀，老乡们，同志们，杀呀！”小王兴奋地蹦跳起来，他冒着弹雨，端起匣子，不停地射击。

“冲呀！”刘胜也用匣子枪射击。他冒汗了，汗气蒙住了他的眼镜，他把匣枪夹在右腋下，左手去擦眼镜上的水蒸气，完了他又一面叫唤：“冲呀！”一面也冲上去了。萧队长和花永喜一样，眼睛打红了，他不管人家，人家也不要他指挥了。大伙有个同样的心思，同样的目的：全部干净消灭地主胡子们。这个同样的心意和目的，使得元茂屯的剿匪军民死也不怕了。

正当人们横冲直撞，唤杀连天的时候，在老远的地方，在深红色的高粱穗子的下边，在确青的苞米棵子的中间，露出了佩着民主联军的臂章的草绿色的军装。其中一个提着匣枪在岗地上摆手，向这边呼唤：

“同志们，老乡们，不要打枪了，不要浪费子弹了，咱们早把胡子团团围住了，咱们要捉活的，不要死的呀。”

“能捉活的吗？”老花放开嗓门问。

“能捉，管保能捉，咱们民主联军打胡子，都兴捉活的，这几个一个不能跑。跑了一个，你们找我。”提着匣枪的穿草绿色军装的人说。

元茂屯的军民的枪声停下了。残匪被逼进一个小泥洼子里，一个一个地，双手把枪举在头顶上，跪在泥水里，哀求饶命。唤捉活的那人带领一群人，从高粱地里跑出来。元茂屯的老百姓把手里的扎枪抱在怀里，鼓起掌来了。有一个人登上高处，用手遮着照射在眼睛上的太阳的红光，望着那些穿草绿色的军装的人们，叫道：

“啊唷，怕有上千呀。”

“哪有上千呢？顶多一连人，你说上千了。”另一个人反驳他的话。

胡子都下了枪，都用靰鞡草绳子给绑起来了。他们从大青顶子下来是五十一个，活捉三十七，其余大概都死了。指挥队伍包围胡子的，是县上驻军马连长，他生得身材粗壮，长方的脸蛋，浓黑的眉毛。萧队长上去跟他握手。他俩原来是熟人，招呼以后，就随便唠了。马连长说：

“晌午得到信，张班长说，先到元茂屯，怕胡子早已打进去了，我说不一定，咱们先赶到三甲，再往北兜剿，也不为迟，这回我猜中了吧？我知道你定能顶住。”

萧队长笑着问道：

“这些家伙押到咱们屯子里去吗？”

“不，咱们带到县里去，还要送几个给一面坡，让他们也看看活胡子。”

“韩老七得留下，给这边老百姓解恨。其余的，你们带走吧。谁去把韩老七挑出来，咱们带上。”萧队长这话还没说完，早就有好些个人到胡子群里去清查韩老七去了，他们一个一个地清查，最后有人大声地叫唤：

“韩老七没了，韩老七蹽了。”

“蹽了？”好些的人同声惊问。

“这才是，唉，跑了一条大鱼，捞了一网虾。”花永喜说。

“这叫放虎归山，给元茂屯留下个祸根。”一个戴草帽的人说道。言语之间，隐隐含着责怪马连长的意思。

“说是要捉活的，我寻思，能抓活的吗？不能吧？地面这么宽，人家一钻进庄稼棵子里，千军万马也找他不到呀。”

“嗯哪，韩老七可狡猾哩，两条腿的数野鸡，四条腿的数狐狸，除开狐狸和野鸡，就数他了。”第三个人说。

“这家伙邪乎，”花永喜插嘴，“五月胡子打进元茂屯，他挎着他的那棵大镜面，后面跟两个，背着大枪，拿着棒子，白天放哨，下晚挨家挨户扎古丁，翻箱倒柜，啥啥都拿，把娘们的衣裳裤子都剥了，娘们光着腚，坐在炕头，羞得抬不起头来，韩老七还嬉皮笑脸叫她们站起来，给他瞅瞅。”

“真是，谁家没遭他的害？光是牵走的牲口，就有百十来匹呀。”戴草帽的人说。

“还点[①]了三十来间房。”第二个人添上说。

“老顾家的儿媳妇抢走了，后来才寻回来的。”第三个人说。

“他们打的啥番号？”萧队长问。

“‘中央先遣军’第三军第几团，记不清楚了。”花永喜说。

“真是，这家伙要是抓着了，老百姓把他横拉竖割，也不解恨呀。”戴草帽的人说，他的一匹黄骒马，也被胡子抢走了。

这时候，马连长十分不安，但是他又想，他是紧紧密密地包围住了的，哪能跑掉呢？他冷丁想起，兴许打死了。

“这胡子头兴许打死了吧？”他对萧队长说，“我去问问那些家伙，你们去尸首里找一找看。”他走去拷问胡子们。他们有的说逃跑了，有的说打死了，也有的吓得直哆嗦，不敢吱声。萧队长打发花永喜和戴草帽的人带领一些人去找尸首。高粱地里，苞米地里，草甸子的蒿草里，这儿那儿，躺着十来多个胡子的尸首，枪和子弹都被拿走了。在这些胡子的尸首中，找到了韩长脖，也找到了李青山。就是不见韩老七。

“在这儿！找着了！”老花在叫唤。

“老花，在哪儿呀？”三四个人同声地问。

“这儿。”在一大片高粱的红穗子尽头的榛子树丛里，树枝和树

---

① 烧。

叶沙沙啦啦地响动，老花的声音是从那儿发出的。人们都欢天喜地朝那边奔来，猛然，“当”的一声，榛子树丛里响了一枪，老花开火了。

“老花，干啥还打枪？没有死吗？”戴草帽子的跑在头里，慌忙问他。

“死了，”老花说，还是待在榛子树丛里，“我怕他跑了，添了一枪。”

“死了，咋能跑呢？”一个人说，后面的人哈哈大笑，都钻进了榛子树丛子，看见韩老七仰天躺在蒿草丛里，手脚摊开。大伙才放下心来，又来取笑老花的“死了，怕他跑了”的那话了。

“活着还跑不掉，死了还会飞？”一个人说。

“死了还会跑，那不是土行孙[①]了？”又一个说。

“我恨得不行，就怕他死得不透。”老花又加了一条添枪的理由。

人越来越多，把榛子矮树践倒了一片。经过一场恶战以后，又听到匪首通通击毙了，大伙抱着打了胜仗以后的轻松快乐的心情，有的去找山丁子，有的噙着山里红，还有好多人跑到苞米地里折甜秆，这是苞米瞎子的棵子，水多，又甜，像甘蔗似的。但大部分的人都围在韩老七的尸体跟前，都要亲眼瞅瞅这条坏根是不是真给掘出来了。

“你就是韩七爷吗？”有人笑问他，“你还扎不扎古丁？”

“问他还剥不剥老娘们的裤子？”

“还抢马不抢？”

“还点房子不点呀？”

“整死好多人啊，光是头五月节那趟，就整了三天，害得人家破人亡。”

“快去撵你六哥去，他走不远遐，还没过奈何桥哩。”有一个人

① 《封神榜》上的人物，有土遁的本领。

轻松地说着。

人们慢慢地走出榛子树丛子，走出高粱地，瞅见萧队长和马连长坐在地头野稗草上头，抽着烟卷，正在唠嗑。他们和连上的文书正在清查这一次胜仗的胜利品：三十六棵大枪，一支南洋快，一棵大镜面。这匣枪是韩老七使的，归了马连长。元茂屯的自卫队留下十二棵大枪，保护地面，其余都归马连长带走。

老花和元茂屯的别的人们，都觉得马连长为他们累了，而且在韩老七的尸首没有找着时，大伙差一点要怪上他了，这会大伙都觉得对他不住。

“马连长，请到咱们屯里待两天。”有一个人上前说。

“马同志，带领连上同志都上咱们那儿去，没啥好吃的，青苞米有的是。”

“不，谢谢大伙，我们今儿还要赶回县，从这到县近，只有三十多里地，不上元茂了，谢谢大伙的好意。”

“那哪能呢？给咱们打败了胡子，连水也不喝一口，就走？不行！不行！”一个上岁数的人拖住马连长的胳膊。

“他要不上元茂，就是瞧不起咱们屯里老百姓。”又一个人说。

所有的人，把民主联军的战士团团围住了，有的拖住马连长，有的去拖着文书，有的拉着战士，往元茂走。闹到后来，经过萧队长、小王和刘胜分头解释，说明军队有军队的任务，不能为了答应大伙的邀请，耽误了要紧的军务。

这么一说，大伙才放开了手，并且让开一条路。

“咱们拔点青苞米，打点山丁子、榛子啥的，送给他们，大伙说，行不行呀？”老花提高嗓子问。

“同意。”几百个声音回答。

“这地是谁的？”老花问。

“管他谁的，往后赔他就是。”一个声音说。

大家动手了。有的劈苞米，有的到小树丛子里去摘山丁子、山梨子、山里红和榛子。不大一会，劈了三百多穗青苞米，和好多的山果子。马连长和他的连队已经走远了，他们追上去，把这些东西塞在他们的怀里。

工作队和农工会，留下二十个人掩埋胡子的尸体，就和其余的老百姓往回走了。日头要落了，西南的天上，云彩像烈火似的通红。车道上，在确青的苞米叶子和深红的高粱穗子的中间，雪亮的扎枪头子在斜照着的太阳里闪着光亮。大伙唠着嗑，谈起了新得的大枪，打掉的胡子以及其他的事情。后面有一个人唱着：

没有共产党就没有新中国。

萧队长走在头里，回过头来，在人堆里，没有看见郭全海和警卫班老金。

“你们看见郭全海他们吗？”萧队长问。

“没有呀，”花永喜回答，他也向后边问道，“郭主任在吗？萧队长叫他。”

后边的人都说没有看见郭全海。大伙着忙了。赵主任挂了花，这回郭主任又不在了，都愣住了，站在半道，不知咋办。萧队长忙问：

“谁去找他去？”

“我去。”小王回答。

“我也去。”刘胜答应。

“我也去。”花永喜说。

三个人带五个战士，转身又往三甲走。他们跑到跟胡子对阵的地方，天已渐渐黑下来，车道上，阴影加多了。地头地尾，人们在掩埋尸体。小王叫大伙分散在车道两边，仔细寻找，他自己走到郭全海去牵制敌人的方向，在一片稗子地里，他忽然听见干枯的稗子秆子嘁嘁喳喳地响动，他连忙抽出匣枪，喝问道：

“有人吗?”

“有呀，是王同志吗?”这分明是跟郭全海一同出来的老金的声音。小王跑进了稗子地里，一面大声地呼唤：

“找着了，在这儿呀，快过来，快。”

大伙都跑过来了。他们发现郭全海和警卫班的老金，都挂了彩。郭全海的胸脯和大腿各中一弹，老金左腿中一弹。都是腿上挂了彩，不能走道。两个人正在往近边的水洼子里爬去。他们离水洼子还有半里来地呢，都渴得嘴里冒青烟，见了小王，也不问胡子打完没有，就同声叫道：

“水，水!”

小王知道挂了彩的人，口里挺渴，但又最忌喝凉水，而且这附近的水，又都是臭水。他坚决不给他们打水。但是他们都忍受不住了。郭全海软和地要求：

“王同志！积点德吧，我只喝一口。”

老金却暴烈地骂开来了：

“王同志，你是革命同志吗?你不给咱们水喝，安的是啥心?咱们是反革命吗?”

小王宁可挨骂，也不给水。他认为这水喝了，一定是对他们不好的，他婉言解释，但他们不听。正在这时，大道上就有一挂车，喀啦喀啦赶来了。

“找着了吗?”是白玉山的声音。

大家把伤员扶上车子，拔了好多的稗子，给他们垫得软软乎乎的，车子向元茂屯赶去。赶到南门的时候，元茂屯的男男女女，老老少少，正在围着工作队询问、欢呼、歌唱、跳着秧歌，小嘎们唱着“二月里来刮春风”，女人们唱着《兄妹开荒》。张景祥带着几个好乐的人，打起锣鼓，在唱二人转①，老孙头走到工作队跟前，当

① 东北秧歌戏。

着大伙说：

“我早料到，胡子非败不可，扎古丁的棒子手[①]，还能打过咱们萧队长？”

“老远听见枪响，吓得尽冒汗的，是谁呀？”白玉山笑着顶他。

“那是我身板不力，”老孙头说，“老了呀，老弟，要是在你这样青枝绿叶的年纪，别说这五十个胡子，就是五百、五千，也挡得住。”

电话线也修好了，萧队长把今儿打胡子的结果，一一报告了县委，得到了县委书记口头的奖励。县委在电话里又告诉他，送来的彩号赵玉林，正送往医院，不过肠子出来了，流血又太多，要等大夫瞧过了，才能知道有没有危险。萧队长说：

“还有两个彩号，今儿下晚就要送到县里去，希望县里医院好好给他们医治。”

萧队长放了电话机，就要白玉山派两棵大枪，整一挂大车，护送郭全海和老金马上到县里去养伤。

二十

第二天，屯子里还像过年过节一样的热闹。大田还没有开镰[②]，人们都待在家里打杂：抹墙扒炕，修补屋顶，打鱼摸虾。分了马的，忙着编笼头，整马槽。这都是些随时可以撒手的零活。屯子的北头，锣鼓又响了，喇叭吹着《将军令》[③]，光脊梁的小嘎，噙烟袋的妇女，都跑去闲看。往后，干零活的人们也都出来卖呆了。

在小学校的操场里，大伙围成个大圈，张景祥扭着秧歌步，嘴

① 强盗。

② 大田：种苞米高粱的田地。开镰：开始收割。

③ 喜庆的调子。

里唱着。看见人多了，他停下歌舞，说道：

“各位屯邻，各位同志，砍倒大树，打败胡子，咱们农工联合会铁桶似的了。大伙都说：‘闹个秧歌玩。’该唱啥呀？”

“唱《卖线》[①]。”老孙头说，他站在人堆后面的一挂大车上，手里拿着长鞭。他赶着车子原是要出南门去割稗子的，打学校过身，听见唱唱的，就改变计划，把车赶进来，先听听再说。张景祥扯起嘶哑的嗓门，一手摇着呱嗒板[②]，唱着《卖线》，唱到阮宝同的妹子骂燕青这句：

你妈生你大河沿，养活你这么个二不隆冬傻相公。

他用手指着高高站在车子上的老孙头，大伙哗啦哗啦笑开了。出来看热闹的萧队长、小王和刘胜，这时也都瞅着老孙头笑。

“瞅这小子，养活他这么大，会唱唱了，倒骂起他亲爹来了。”老孙头说着，自己也止不住笑了。

“《卖线》太长，来个短的。”人群里有一个人提议。

“唱个《摔西瓜》。”又有人说。

张景祥手里摇动呱嗒板，唱着《摔西瓜》：

姐儿房中绣绒花，忽然想起哥哥他，瞧他没有什么拿，上街买瓶擦官粉，离了河的螃蟹外了河的虾，怀抱着大西瓜，嗳呀，嗳呀。天上下雨地下滑，赤裸裸地闹个仰八叉，撒了哟那官粉，却了花，哎呀，蹦了一对螃蟹跑了一对虾，摔坏大西瓜，哎呀，哎呀。今年发下来年狠，买

---

① 《卖线》是一出东北“二人转”，演的是梁山泊燕青的故事。燕青下山来打听军情，装成货郎，到了阮宝同家，阮的妹子看上了他，跟他调情，被他拒绝。

② 手摇的打拍子的两块小板子。

对甲鱼瞧瞧他，无福的小冤家。

大伙有的笑着拍手，有的叫唤起来：

“不要旧秧歌，来个新的，大伙同意不同意？”

“同意，唱个新的。”有人响应。

“好吧。”张景祥停止唱唱，眼睛瞅着人堆里的刘胜，说道：

“我唱一个八路军的歌。”

人们都鼓掌。听厌旧秧歌的小嘎们，散在人堆外边空地里，有的玩着木做的匣枪，有的在说着顺口溜：“地南头，地北头，小牤子下个小乳牛。”听见鼓掌的声音，他们都跑过来，从人群的腿脚的中间钻进去。张景祥唱道：

二月里来刮春风，湖南上来个毛泽东，毛泽东那势力重，他坐上飞机，在呀么在空中，后带百万兵。

喇叭吹着《将军令》。张景祥的歌才完，老孙头就说：

“咱们请刘同志给我们唱《白毛女》，大伙说好不好呀？”

“好。”前后左右，都附和这话，有人去推刘胜了。刘胜也不太推辞，往前迈一步，开始唱着《白毛女》里的一段：

北风那个吹，雪花那个飘……

才唱到这，人堆外面，有人在走动，有一个人怀疑地说道：

“你瞎扯！”

另一个人又说：

“那哪能呢？”

“骗你干啥？”头一个人说，“不大一会，就能知道了，棺材过杨家店了。”

人们都无心听唱，纷纷上来打听这消息，而且一传十，十传百的，一下传遍整个的操场，锣鼓声和喇叭声也都咽住了，刘胜早已不唱歌，挤到人堆的外头，忙问小王道：

“怎么回事？”

“说是赵玉林，”小王哽咽着，差一点说不出下面这两个字：“完了。”

“哦！”刘胜惊讶地唤了一声，眼泪涌上，没有再说别的话。

不知谁领头，大伙都向西门走去了，那里是往县里的方向。才到西门，在确青的苞米棵子和深红的高粱穗头的中间，八个人抬着一口白木棺材回来了。大伙迎上去，又含悲忍泪地随着棺材，慢慢地走进屯子，走过横贯屯子的公路，走到小学校的操场里。灵柩停在操场的当间。有人在棺材前头突出的底板上，点起一碗豆油灯。再前面一点，两张炕桌叠起来，作为供桌。上面供着一碟西红柿和一碟沙果，旁边搁着一大叠黄纸。人们一堆一堆地，围着棺材站立着，都摘下草帽毡帽，或是折下一些柳枝榆叶，垫在地面上，坐下来了，有些人默不吱声，有些人在悄声说话：

“赵大嫂子还不知道呢。”

“老孙头去告诉她去了。”

“那不是她来了吗？”

赵大嫂子走进学校的大门，身子摇晃着。她的背后跟着两个妇女：一是张寡妇，一是白大嫂子。两人扶住她，怕她晃倒。她的焦黄的瘦脸发黑了，但是没有哭。想不到的悲哀的袭击使她麻木了，她的背后还跟着俩小孩，一是小猪倌，一是锁住，他们一出现，大伙都不知不觉地站起来了。

赵大嫂子才走到灵前，就扑倒在地上，放声大哭了。小猪倌和小锁住也都跪下哭泣着。所有在场的人，有的想着赵玉林的死，是为了大伙，有的念着他的心眼好，也有的人，看了他一家三口，在“满洲国”受尽苦难，穿不上，吃不上的，苦了半辈子，才翻过身来，又为大伙牺牲了，都掉着眼泪。

“我的天呀！你一个人去了。”赵大嫂子痛哭地叫道。

“爹呀，你醒醒吧！”小锁住一面哭，一面叫爹。

萧队长用全力压制自己的悲哀，他走来走去，想起了赵玉林的勇敢，也想起他入党的时候的情形，他的心涌起一阵阵的酸楚，他的眼睛湿润了，不敢抬起来瞅人。他走到一棵榆树底下坐下来，用手指来挖泥土，几下挖出一个小坑来。这个无意识的动作，好像是解救了他一样，他恢复了意志力，又站起来，走到吹鼓手旁边，平常他是不太注意音乐的，这时候，他好像觉得只有吹唱，只有这喇叭，才能减少自己的悲感，才能解除悲哀的压力，使人能够重新生活和斗争。

“咋不吹呀？吹吧，老大哥。”萧队长温和地请求吹鼓手。

两个吹鼓手吹起《雁落沙滩》[①]的调子，锣鼓也响了。哀乐对于萧队长，对于所有的在场的悲痛的人，都好像好一些似的。

萧队长忍住伤痛，召集小王和刘胜，在白杨树荫下，开了一个支干会，讨论了追认赵玉林同志为中共正式党员的问题，大伙同意他转正。萧队长随即走进工作队的办公室，跟县委通了电话，县委批准了赵玉林转正。

萧队长回到操场时，赵大嫂子正在悲伤地痛哭：

“我的天呀，你可把我坑死了，你撂下我，一个人去了，叫我咋办呀？”她不停地哭诉，好像没有听见喇叭和锣鼓似的。白大嫂子和张寡妇跪在她旁边，替她扣好她在悲痛中不知不觉解开的旧青布衫子，并且劝慰她：

“别哭了，别哭了吧。”她们再也说不出别的话来，因为劝人家不哭的她俩自己也在掉泪哩。

人们烧着纸。冥纸的黑灰在小风里飘起，绕着棺材。人们都围

---

① 悲调。

成个半圆站着，喇叭和锣鼓都停了。刘胜主持追悼的仪式，在场的人，连小孩在内，都静穆地、恭敬地行了三鞠躬礼。

行礼完了，老孙头迈步到灵前，对几个站在旁边的人说：

“来来，大伙把棺材盖磨开，叫赵大嫂子再瞅瞅大哥。”

几个小伙子帮着老孙头把棺材盖磨开，赵大嫂子傍着棺材站起来。老孙头忙说：

“眼睛擦干，别把眼泪掉在里面。”

“影子也不能照在棺材里呀。”老田头说。他也上来了。

“这对身板不好。”老孙头添了一句。

但是赵大嫂子没有留心他们的劝告，没有擦眼睛，也没有留心日头照出的身影是不是落在棺材里。她扒在棺材边上，瞅着棺材里的赵玉林的有连鬓胡子的苍白的面容，又痛哭起来，眼泪像断线的珍珠似的连连地掉下。

老孙头怕她眼泪掉在棺材里，和其他两个小伙子一起，连忙把棺材盖磨正，赵大嫂子悲哭着：

“你好命苦呵，我的天，你苦一辈子，才穿上衣裳，如今又走了。”

大伙一个一个到灵前讲演，赞颂死者的功劳。人们又讨论纪念他的种种办法。老孙头也站起来说：

“老赵哥真是咱们老百姓的好干部，他跑在头里，起五更，爬半夜，尽忙着会上的事情。他为穷人，赤胆忠心，尽往前钻，自己是遭罪在前，享福在后，他真是咱们的好主任。”

老孙头说到这儿，白玉山叫道：

“学习赵主任，为人民尽忠！”

大伙也跟着他叫口号。口号声停息以后，老孙头又说：

“你比如说，头回分东西，赵大哥是一等一级的穷户，说啥也不要一等一级的东西，拿了三等三级的东西，三件小布衫，三条旧裤子，他对大嫂子说：‘不露肉就行了。’”老孙头说到这里，赵大嫂子又哭了。老孙头扭转头去对她说：“大嫂子你别哭了，你哭得我心一乱，一着忙，把话都忘了。”他又转脸对着大伙说：“如今他死了，他死是为大伙，咱们该补助他，大伙说，帮助死的呢，还是帮助活的呀？”

“活的。”四方八面都叫唤着。

“赵主任为大家伙牺牲了，他的革命成功了。”张景祥从人群里站起来说道，“他家挺为难，咱们帮补他们，没有吃的不叫饿着，没有穿的不叫冻着。大伙同意不同意？”在场的一千多人都叫着“同意”。

“要是同意，各组推举个代表，合计合计，看怎么帮助。”

大伙正在合计补助赵家的时候，在旁边一棵白杨树下边，小王、刘胜和其他一些年轻的人们正在围着老万和老初，听他们谈起赵玉林咽气前后的情形。一颗炸子从他肚子右边打进去，肠子流出来。他们给他把肠子塞进肚子里去。他痛得咬着牙根，还要人快去撵胡子。

送到医院，还没进门，他的嘴里涌出血沫来，车停在门口，老万走上去，拿着他手。

“不行了。”他说。问他还有什么话，他摇摇头，停了一会，才又慢慢说：

“没有啥话。死就死了，干革命还能怕死吗？”才说出这话，就咽气了。县里送他一口白棺材、一套新衣裳。

这时候，在灵前，在人们围起来的半圆圈子里，白玉山正在说什么，小王和刘胜都走过来听。白玉山眼圈红了，他说得挺少，才起头，又收梢了，他说：

“咱们都是干庄稼活的，咱们个个都明白，庄稼是一籽下地，万籽归仓。赵主任被蒋介石国民党整死了，咱们穷伙计们都要起来，拥护农工联合会，加入农工联合会，大伙都一路心思，打垮地主，扫灭蒋匪，打倒蒋介石。为赵主任报仇！”

人们都跟着他叫口号。李大个子敞开衣襟，迈到棺材跟前说：

“赵主任是地主富农的对头，坏蛋最恨他，大伙都知道，前些日子，他整的柴火也给地主腿子烧光了。他是国民党胡子打死的，咱们要给他报仇，要挖尽坏根，要消灭胡子。”

大伙喊口号的时候，萧队长沉重地迈到大伙的跟前，这个意志力坚强的人极力控制自己的悼念战友的悲伤，慢慢地说道：

“赵玉林同志是咱元茂屯的好头行人，咱们要学习他大公无私、勇敢牺牲的精神，他为大伙打胡子，光荣牺牲了。为了纪念他，没入农会的小户，赶紧入农会。为了纪念他，咱们要加强革命的组织，要把咱们的联合会办得像铁桶似的，谁都打不翻。还要通知大家一宗事，赵玉林同志，是中国共产党的候补党员，还有两个月的候补期。现在他为人民牺牲了。刚才，中共元茂屯工作队支委会开了一个会，决定追认赵玉林同志为中国共产党的正式党员。这个决定，得到中共珠河县委会的批准，我代表党，现在在这儿公开宣布。”

一阵打雷似的掌声以后，喇叭吹着庆祝的《将军令》。张景祥领着另外二个人，打着锣鼓。不知道是谁，早把农会的红绸旗子支起来，在翠蓝的天空底下，在白杨和榆树的翠绿的叶子里，红色旗子迎风飘展着。小孩和妇女们都唱着《没有共产党就没有新中国》的歌曲。白玉山带领花永喜和自卫队的三个队员，端起打胡子的时候缴来的五棵崭新的九九式钢枪，冲着南方的天空，放射一排枪。正坐在地上跟人们唠嗑的老孙头吓得蹦跳起来，咕咕噜噜地骂道：

“放礼炮，咋不早说一声呀？我当是胡子又来打街了。”

除开韩家和韩家的亲戚朋友和腿子，全屯的男女老少，都去送殡了。喇叭吹起《天鹅》调①，红绸旗子在头里飘动，人们都高叫口号：“学习赵玉林，为老百姓尽忠。”“我们要消灭蒋介石匪帮，为赵玉林报仇。”灵柩出北门，到了黄泥河子旁边的草甸子里，李

① 悲调。

大个子带领好多年轻小伙子，拿着铁锹和洋镐，在老田头的姑娘田裙子的坟茔的附近，掘一个深深的土坑，棺材抬进土坑了。赵大嫂子又扑到灵前，一面烧纸一面哭诉，嗓门已经哭哑了。大伙用铁锹掀着湿土，夹着确青的草叶，去掩埋那白色的棺材。不大一会，新坟垒起了。在满眼通红的下晌的太阳里，在高粱的深红的穗头上，在静静地流着的黄泥河子流水边，喇叭吹着《哭长城》[①]，锣鼓敲打着。哀乐淹没了大伙的哀哭。

这以后几天，代理农会主任白玉山接受了百十来户小户加入农会的要求。好多的人去找萧队长，坚决要求参加中国共产党，应了白玉山这话：

“一籽下地，万籽归仓。”

二十一

郭全海和老金治好枪伤，从县里回来以后不几天，萧队长接到县委会的电话，要他上县里开会，总结这个时期的群众运动。在电话里，县委要他留干部，留工作。看这情形，似乎他要调动了。他连夜跟郭全海、白玉山和李常有开会，合计这个屯子的往后的部署。工作队开了一个小会，决定刘胜留这儿。

决定要走的头天的下晚，萧队长走到农会。郭全海腿脚还没有全好，躺在炕上。萧队长坐在炕沿，抽着烟卷，跟他唠嗑。

“刘胜同志留在这，张班长也留下了，你们有事多开会。”萧队长说。

“我怕整不好。”郭全海说。

“别怕。遇事多找小户来合计，人多出韩信。”

---

① 悲调。

“往后农会干啥呢？”郭全海问。

萧队长皱着眉头，寻思一会，就问道：

“姓杜的怎样？他家里有多少地？”

“你是说杜善发吧，本屯他有八十来垧地，外屯说不上。”郭全海说。

“大伙要不要斗他？”萧队长问。

“斗他怕是不齐心。他外号叫杜善人，顶会糊弄穷人呐。有人还不知道他坏在哪儿呢。”郭全海说。

“封建大地主都是靠剥削起家，还有不坏的？”萧队长问。

“我明白地主都坏，”郭全海说，“可是大伙脑瓜子还没化开。”

“叫大伙跟他算算细账嘛。”萧队长说，“我问你，他家雇几个劳金？”

“往年十来多个。”

“一个劳金能种多少地？”

“约摸五垧。”

“能打多少粮？”

“好年成，五垧能打四十石。”

“好年成，劳金能拿回三十石粮吗？”萧队长问。

“那哪能呢？顶多能拿七八石。”郭全海回答。

“那就是了。你看地主一年赚你们多少？你就这么算细账，挖糊涂，叫大伙明白，地主没一个不喝咱们穷人的血。斗争地主，是要回咱们自己的东西。道理在咱们这面。今儿不能详细说。你记住一句：破封建，斗地主，只管放手，整出啥事，有我撑腰。好吧，今儿就说到这疙瘩。我们走了，你有事可常去找刘同志。明儿农会能给派个车吗？我就走了，你别下来，别下来。往后再来看你们。”

郭全海恋恋不舍，虽然没下炕，却从玻璃窗户瞅着院子里，一直看到萧队长走进老田头下屋，他才回头再躺下。

不大一会，萧队长从老田头家里辞别出来，又去看了赵大嫂子、白玉山和李常有。他回到小学校里的时候，三星已经晌午了，别人早睡了。他叫醒刘胜，跟他小声地谈着，直到鸡叫。

“老赵屋里的，愁得不行，多多照顾她一些。记着明年得帮助锁住上学。”萧队长说着，自己也蒙眬睡了。

“锁住？你是说，老赵的小嘎？”刘胜不困，又细问他，而且想再谈一会。

“嗯哪，锁住。”萧队长困了，只迷糊地回答这一句，又合上眼了。五十来天，他很少能够整整睡一宿，他瘦了。三十才出一点头，他的稠密的黑头发里，已经有些银丝了。

第二天清早，太阳挺好，露水也大，这是一个特别清新的初秋的清早。工作队的人因为工作的胜利，感到自己也跟清早一样的清新。小王说：“要走的人是挺快乐的，老在一个屯子里待着，待腻烦了。”刘胜说：“留下的人是挺快乐的，在一个屯子里待熟了，总不想离开。”各人说着各人的岗位是最好的岗位。

一挂四马拉的四轱辘车赶进了操场。马都膘肥腿直的。车子一停下，牲口嘶叫着，伸着脖子，前蹄挖着地上的沙土。老孙头拿着大鞭，满脸带笑，跳下车来。

“又是你赶车呀，你这老家伙。”小王一面搬行李上车，一面招呼老孙头。

“不是我，还能是谁？元茂屯还能找出第二个赶好车的人送工作队？”老孙头的皱纹很多的脸上还是带着笑。

“快上车。”萧队长催促警卫班的战士们，“快走，老孙头，回头老百姓又来送行了。”

车子往西门跑去。屯子里的老百姓还是赶来了。从各个小屋里，各条道上，男男女女，都出来了。他们都赶出西门，把他们送给萧队长的青苞米、山丁子、山里红和黄菇蔫尽往车上塞。

“你们再搁，马拉不动。”老孙头说，连忙挥动大鞭子，赶着马飞跑。萧队长回头望着元茂屯的西门外，黑鸦鸦的一大群人还停在那儿，瞅着他们的越走越快的大车。

车子走下了一个斜坡，在平道上走着。东方的天上，火红的云彩正在泛开和扩大，时时掉换着颜色。地里，苞米、高粱熟透了。榆树、柳树的叶子也有些发黄。

“不几天就要下霜了。”老孙头说，“经了霜，庄稼不长了，就得抢收。三春不赶一秋忙，道理在这。”

“要不抢收呢？”萧队长问。

“不抢收，等天凉了，早晨结冰，那时下地，才不好受呀。”

车子走到一个干巴了的泥洼子里。

“在这儿，韩家的车子，把泥浆溅在你的脸上身上，还记得吗？”萧队长问老孙头。

“忘不了。”老孙头说，“那会韩老六多威势呀，老百姓谁敢吱声？元茂屯一带，他一个人说了算，他要你死，你就得死呀。这下才算晴天了，萧队长，你不来，咱们元茂屯的老百姓，哪能有今日？”

“看这老家伙，又溜须了。”小王笑着说。

“不是溜须，”老孙头辩解着说，“这是实话。”

“是老百姓用自己的力量整的。”萧队长说，“光咱们顶个啥用？”

“萧队长，我先问你，如今是不是民主的世界？是不是咱们老百姓说了算？”老孙头狡猾地笑笑。

“是呀，谁说不是？”萧队长说。

“要是老百姓说了算，咱们老百姓都说：萧队长有功，你就有功了。上头要不信，咱们去说，如今不是老百姓说了算吗？元茂屯的老百姓说萧队长有功，你咋不信？上头一定会信咱们的话，会奖励你的。萧队长，你要得了奖，可不能忘了老孙头我呀。”

“快赶吧。”萧队长带笑催他，“晌午得赶到县里。”

“行，管保能赶到。”老孙头说着，甩动鞭子，车子在公路上呼啦啦地飞奔，四匹肥马踢起的道上的灰土，像是一条灰色大尾巴，拖在车子的后边。不到晌午，前面显出黑糊糊的一片房屋和树木，那就是县城。

一九四七年十月。哈尔滨。

第二部

一

“完了，我就说到这疙瘟。萧队长要是信不着，请您自己调查调查。”

“你完了？我还是刚开头呢。别走，别走。我问你，元茂屯的地主真的斗垮了？地都分好了？”

“地是头年萧队长您自己在这儿分的。地主呢，可真是倒了。”

这个和萧队长说话的人是元茂屯的新的农会主任张富英。说他是新的，也不算太新。他干好几个月了。不过他和萧队长见面，这是头一回。八仙桌前，豆油灯下，萧队长仔仔细细上上下下打量他。他穿一套青呢裤袄，扎一双青呢绑腿；站在豆油灯光照不着的地方的两只脚，好像是穿的一双日本军用皮鞋，不是靰鞡；火狐皮帽的耳扇往两边翘起，露出半截耳丫子[①]。沿脑盖子[②]上，汗珠一股劲地往外蹿。他取下帽子，露出溜光的分头。一径瞅着他的萧队长，冷丁好像记起什么来似的，笑着问他道：

① 耳朵。

② 额。

“你不是煎饼铺的掌柜的吗？”

“嗯哪。”张富英连忙答应，哈一哈腰。

“头年杨老疙疸假分地的单子，你代他写的，是不是？”

张富英支支吾吾地回答：

“那可不能怨我，杨老疙疸叫写，不敢不写呀。”

萧队长从容地笑着说道：

“你就是张富英？张主任就是你呀？早就闻你大名了，真是闻名不如见面。”

他停一下又问：

“煎饼铺的生意好不好？”

“煎饼铺子早歇了。头年分了地，就下地了。我寻思七十二行，庄稼为强，还是地里活实在。”

萧队长耳听他说话，眼瞅他的青呢子裤袄，心想顶他：“你这是庄稼人打扮？”这话没有说出口，就打发他走了。

张富英迈出农会上屋的门，走到院子里，松了一口气。皮鞋踏在干雪上，嘎嚓嘎嚓地，从院子里一路响到大门外的公路上。萧队长叫他走以后，打个呵欠。警卫员老万正在把他的铺盖卷打开，摊在南炕炕毡上。萧队长问道：

“你瞅他像个庄稼人不像？”

老万晃着脑瓜说：

“那是什么庄稼人？咱没见过。”

“都躺下了吗？”

“嗯哪，听他们打呼噜的那股劲，真像一辈子没睡过觉似的。”

萧队长听听西屋的鼾声，呼噜呼噜的。他这回带来的这班新工作队员，都是从各区各屯挑选的青年干部。萧队长本来还要找他们谈谈，看他们睡了，也就作罢，回头又对老万说：

“你也睡吧。”

人都睡了。窗户外头，北风呼呼地刮着，刮得窗户门嘎啦啦山响。风声里，屯子里的狗紧一阵松一阵地咬着，还夹着远处一两声瘆人的狼嗥。萧队长坐在八仙桌子边，把豆油灯捻往外拨一下，亮大一点，抽出金星笔来记日记：

> 元茂屯是开辟工作中的一个工作较比还好的屯落。一年多来，干部调走过多，领导因此减弱。领导的强弱往往决定工作的好坏。开辟工作和砍挖运动①像一阵风似的刮过去了，群众的阶级觉悟没有真正普遍地提高，屯子里存在着回生②的情况。农会主任张富英的人品、成分和来历，还得详细地深入地了解。他是怎么钻进农会，当上主任的呢？还有郭全海的问题……

还要写下去，却累得不行了。脑盖上有点发烧。他知道是脑子太累的征候。白天县委开一整天会，赶落黑前，他带领新的工作队，坐着大车，冲风冒雪赶了五十里。才下车，就找张富英谈了话。现在，他掏出怀表来一瞅，十二点过了。他脱了靰鞡，解开棉袄，正要上炕，右手碰着衣兜里的文件，他掏出来放到桌子上，这是《中国土地法大纲》。躺下时他想："非把这张富英的面目搞清楚不行。"想着想着，也就睡熟了。

这是一九四七年的十月末尾，一个刮风的下晚的事情。十月中，省里正开县委书记联席会议的时候，《东北日报》发表了中共中央颁布的《中国土地法大纲》，他们仔仔细细讨论了，研究了。回到县里，萧祥又召集一个扩大的区委书记联席会议，传达了县委书记联席会议的报告和决议，商议了好多事情。他们根据《中国土地法大纲》，决定在本县各区展开一个新的群众运动，彻底消灭农

---

① 砍大树、挖财宝的运动，简称"砍挖运动"，即斗恶霸地主、起浮财的运动。

② 工作初步做好了的地方，后来因干部调走过多，坏人混进农会，又倒退了，叫做"回生"。

村里的封建势力。全县分成二十个点，三百多个干部编为二十个队。就在十月末尾的这个刮风的日子里，落黑以前，二十个队，分乘一百多辆大车，从县城的西门出发。可街的马蹄声，车轱辘的铁皮子碰着道上的石头的声响，外加男男女女的快乐的歌声，足足乱一点来钟，才平静下来。

萧队长仔细地调查了元茂屯的情况以后，决计自己带领一个队，到元茂屯来做重点试验。

原来的县委书记调往南满后，萧队长升任县委书记。城区的老百姓都管他叫萧政委，元茂屯的老百姓还是叫他萧队长。现在，他在农会里屋南炕的炕头上也呼呼地睡了。我们搁下他不管，去看看张富英回家以后的情形吧。

张富英迈出农会，回到家来，心里分外发愁。萧祥他又来了，这人是有一两下子的。他寻思：明儿一早得换上破旧的穿戴。但又往回想：来不及了。他原是住在农会里的，萧队长他们一来，他就把行李搬到分给他的新屋里。这是南门里的坐北朝南的三间房，东屋租给一个老跑腿子侯长腿住着，如今他把他撵到西屋，自己住在侯长腿生着火炉、烧着炕的暖暖和和的屋里，侯长腿睡的是秋天没扒的烧不热的凉炕。

脱下他的日本军用黄皮鞋，张富英灭了油灯，躺在炕上，翻来覆去，老也睡不着。他睁大眼睛，瞅着窗户，窗户玻璃挂满白霜了，给外头的星光照得亮亮的。他越想越埋怨民兵：

“这帮窝囊废，也不送个信，把人坑死了。”

张富英当上农会主任后，尽干一些不能见人的事，怕区里和县上来人，花钱雇五个民兵，给他站岗，瞭哨，看门，查夜，捎带着做饭，一人一月两万五。平日，西门外通县城的公路，有民兵瞭哨，瞅着县上区里有人来，民兵就溜回报信。昨儿下晚，刮着老北风，民兵溜号回家了。萧队长的车子开进了屯子，张富英还蒙在鼓里。想起那时狼狼狈狈的样子，他怨一通民兵，又怨自己，他昏昏沉沉，迷迷瞪瞪睁着眼睛说：

“这事怎整呀？”

张富英，外号张二坏，原先家有二十来垧地，爹妈去世后，他又喝大酒，又逛道儿，家当都踢蹬光了。完了他找三老四少、五亲六眷，拉扯些饥荒，开个煎饼铺。仗着他能说会唠，能写会算，结交的又都是一些打鱼摸虾的人物，在屯子里倒也自成一派。头年劈地的时候，杜善人找上他的门，送他五万块钱，两棒子烧酒，请他帮忙。他满口答应，往后就和杨老疙疸泡在一块堆，合计假分地。后来叫萧队长识破。从打那回起，张二坏对萧队长又是怕，又是恨，又奈何不得。到煮夹生饭[①]的时候，萧队长走了，张富英慢慢儿露脸，关了煎饼铺，参加斗争会。他能打能骂，敢作敢为。屯子里就有人说：“张二坏如今也不算坏了。”往后因为他斗争积极，当了主任，人们也就不提他先前的事了。东门老崔家，是个二地主[②]，跟他家有仇，砍挖运动时，他斗老崔家，立了一功。他从他家起出两个金镏子[③]，六个包拢[④]，里头尽衣裳。有两个包拢是他爬上烟筒，从烟筒口里提溜出来的。跳下地时，他的胳膊上、脸庞上和衣裳上，尽是黑煤烟。这以后，大伙选他当了小组长，白玉山调党校学习，他补他的缺，当上武装委员。区委书记刘胜调南满，新的区长兼区委书记张忠，正用全力注意区里几个靠山的夹生屯子，不常到元茂屯来。张富英正积极，就当上农会的副主任。这样一来，他呼朋唤友，把他一班三老四少、打鱼摸虾的老朋友们，都提拔做小组长了。大伙勾搭连环地，跟张富英站在一块堆，拧成一根绳，反对郭全海。

李大个子出担架以后，农会主任郭全海的帮手，又少一个。郭

---

① 对不成熟的地方加强工作叫做煮夹生饭。

② 包租了大地主的地又转租给农民的地主叫二地主。

③ 金戒指。

④ 包裹。

全海干活是好手，但人老实，跟人翻了脸，到急眼的时候，光红脸粗脖，说不出有分量的话来。好老百姓有的给蒙在鼓里，有的明白郭全海有理，张富英心歪，可是，看到向着张富英的人多，也不敢随便多嘴。屯里党员少，组织生活不健全，像花永喜这样的党员，又光忙着自己地里的活。张富英提拔的小组长一看到郭全海生气，就吵吵嚷嚷："看他脸红脖子粗的，吓唬谁呀？""他动压力派呐？""这不是'满洲国'了，谁还怕谁？"有一回，老孙头喝了一棒子烧酒，壮了一壮胆子，到农会里来说了两句向着郭主任的话。这帮子人一齐冲他七嘴八舌，连吓带骂："用你废话？你算是啥玩意呀？""老混蛋，你吃的河水，倒管得宽，这是你说话的地方？也不脱下鞋底，照照模样。""他再胡嘞嘞，就开会斗他。"老孙头害怕挨斗，就说："对，对，咱说了不算，当风刮走了。"说完，迈出农会，又去赶车喝酒，见人也不说翻身的事了，光唠着黑瞎子，把下边这话，常挂在嘴上："黑瞎子那玩意，黑咕隆咚的，尽一个心眼。"

郭全海在农会里，光一个鼓槌打不响，心里越着急，越好上火，他跟一个小组长干了一仗。下晚，张富英召集农会小组长开会，大伙叽叽哇哇地都数郭全海的不是。有的竟说："这号主任，不如不要。"

有人不客气地提出：

"拥护张主任，请郭主任脱袍退位。"

有人更不客气地说：

"叫他回家抱孩子。"

有人笑着说：

"他还没娶媳妇，哪来的孩子？"

有人气势汹汹说：

"谁管他这呀，叫他快搬出农会得了。"

有人假惺惺劝他：

“郭主任，你回家歇歇也好。”

这事闹到了区里，张忠正在清理旁的几个大屯子，闹不清楚他们的首尾，又不调查，简单地答复他们：

“老百姓说了算，你们回去问问老百姓。”

张富英和他的小组长在屯子里联络一帮人，有一些是张富英亲友，有一些是顺竿爬的，只当这天下就是张富英的了，还有李振江的侄儿李桂荣，新从外头跑回来，暗中帮助张富英，替他联络不少人。布排好了，赶到屯里开大会那大，张富英一呼百应，轻轻巧巧地把个郭全海撵出了农会。往后会里尽是张富英那一大号子人了。

老田头背地里悄悄跟老孙头说道：

“这才是一朝天子一朝臣。”

老孙头叹口气说：

“唉，别提了，官家的事，咱们还能管得着？咱们老百姓，反正是谁当皇上，给谁纳粮呗。”

郭全海到区上找张忠谈了一次，没有结果。回到屯子里，他只得从农会搬回分给他的西门里的破马架，正逢下雨，屋顶上漏，可炕没有一块干地方。天一放晴，郭全海就借一挂小车，一把镰刀，整一天洋草，再一天工夫，把屋顶补好。他又扒炕，抹墙，掏掉烟筒里的黑烟，三五天工夫，把一个破马架子，修成一个新房子。乍一回来，连锅也没有，他到老孙头家去借锅。这老赶车的知道他啥也没有，忙到一些对心眼的人家一说，锅碗瓢盆，啥都送来了。原来是空荡荡的马架里，一眨眼工夫，啥也不缺了。赵玉林媳妇赵大嫂子，送来一领炕席，小猪倌吴家富拿来一块三角形的玻璃，替他用报纸糊在窗户上。人们都上他家来串门，还叫他主任。这事被张富英雇用的一个民兵听见了，就吓唬着说：

“谁再叫他主任，叫谁去蹲笆篱子。”

人们明的不叫了，背地里，还是叫着。郭全海见天去卖零工夫，吃穿不用愁，小日子倒过得舒坦。下晚，他躺下来，点起他留做纪念的赵玉林生前使唤的小蓝玉嘴烟袋，透过窗户上的三角玻璃片，瞅着窗外的星光，想起他在农会时，累不行了，就伏在桌子上打盹，哪能这样躺在炕席上，舒舒坦坦，抽一锅烟呀？“无事一身轻，也好。”他寻思着，合上眼皮，就睡着了。往后，郭全海没有再到区上去反映。

郭全海一下台，张富英就当上了主任。他走马上任，头一桩事是花钱雇五个亲信的民兵，给他瞭哨。又叫人推举他的磕头兄弟唐士元做元茂屯的屯长。这人是唐抓子没出五服的本家，伪满的国兵下士。李振江的侄儿李桂荣当了农会的文书。萧队长在这屯子的时候，这人不在。他在“满洲国”干过防空员，职务是监视天空，看有没有苏联的飞机。“八一五”后，他老也没在屯子里待过，成年在外，东跑西颠，也不知干啥。萧队长走后，他回到本屯，参加斗争会，敢打敢骂，一下就当了积极分子。张、唐、李三人，拧成一股绳，掌握会上的大权。斗争地主，三人领头，和他们对心眼的小组长跟上，后尾哩哩啦啦跟上一些老百姓。富农和中农，也整乱套了。富农李振江，光斗了政治，没有接收他的多余的财产。中农刘德山的牲口倒给牵走了。斗了以后，人散就算完，也不分果实。张富英、李桂荣和唐士元三人，都住在农会，叫民兵在大门外放哨，三个人在里头喝酒，唱戏，开戏匣子，嗑葵瓜子。他们把斗争果实都卖了，卖出的钱，在公路边开个合作社，尽贩娘们的袜子、香水和香皂。他们也给老百姓放过两回钱，头一回，一人五十元，第二回是一百元。老百姓说：“不顶两个工夫钱。”

李桂荣个子不大，长挂脸，心眼多，平日不出头露面，招出事来就往张富英身上一推。他知道张富英和东门里的老杨家女人，十分相好。这女人外号小糜子，是元茂屯的有名人物。张富英当上农会主任，她常到农会里走动，嘻嘻哈哈，半夜不走。元茂屯成立妇女会，李桂荣要讨张富英的好，叫人推小糜子当妇女会的会长。妇女会在农会的东屋。农会大门外，挂一块“元茂屯妇女会”的木牌子，比“元茂屯农会”的木牌子，还长一尺。屯子里好样的人家，看到小糜子当了妇女会长，都不让自己的媳妇姑娘再上农会来。赵大嫂子和白大嫂子，也都不来了。小糜子却联络了十来多个人，“鲤鱼找鲤鱼，鲫鱼找鲫鱼”，她找的尽是她那一号子人。

小糜子带领这十来多个人，到各家串门，说要“改变妇女旧习惯”，强迫人家剪头发，有不愿意剪的，她们从衣兜子里掏出剪子来，伸到头顶或脑后硬铰。这些在旗的妇女，盘在头顶的疙疸鬏儿给铰了，气得直哭。妇女会又下命令：全屯中年以下的妇女，都得穿白鞋。底儿薄的贫农家妇女，夏秋两季，都是光着脚丫子，命令一下，说要穿白鞋，都没白布，又没工夫做鞋帮，也有逼得淌眼掉泪的。

今年铲地时，全屯男女都下到地里，铲地薅草。张富英跟小糜子像地主查边[①]似的，在地头地脑，转了几转，就走进榛子树丛里去了。好久才出来。

小糜子跟张富英胡闹的风声刮到了她掌柜的耳朵里。他跑到农会来吵嚷，给李桂荣揪住，一股劲打了二里地，旁人都看不下去。

李桂荣在农会的房门口，贴一张字条，上面写着“闲人免进”，要是还有人进来，李桂荣就说：“丢了东西找你。”这么一来，人们除了起路条，都不上农会。

李桂荣在农会上屋的门框上，又贴上一张字条，上面写着：“主任训话处”。十天半月，强迫老百姓集合到农会的院子里，听张主任“训话”。有一回，老孙头也给拖去了。张富英“训”完问道：

“我说的话，都听懂没有？”

大家伙怕找麻烦，耽误下地，随口答应道：

“听懂了。”

张富英走到老孙头跟前，问道：

① 农民在地里干活，地主到地边来查看，叫做“查边”。

“你知道我说的啥？”

老孙头仰起脸来说：

“谁知道你说的啥呀？”

大家都哗哗地大笑起来，张富英气得瞪眼粗脖的，使劲往老孙头身上踢一皮鞋。

萧队长这回又回来了。张富英一宿没有合上眼。第二天，小鸡子才叫，他翻身下炕，跑去找人。他说：

“工作队来，要吃要烧，得大家伙供给，可不敢叫他们在这儿待长。大伙加小心，不能乱说，招出是非，不是好玩的。咱们农会平日就是有些不是，一个屯子里人，有话好说。屯不露是好屯，家不露是好家。他们要问啥，啥也别说呀。”

张富英串完门子，回家来时，经过公路，只见屯子里的男女从四面八方，三三五五，说说笑笑，往农会走去。张富英的心蹦跳着，两脚飘飘了。天正下着清雪，雪落在他的脑盖子上，随即化成水，像汗珠子似的，顺着他的发烧的脸庞，一径往下淌。

二

屯子里人听说萧队长来了，早起纷纷都上农会来。东方才放亮，看人还不真，农会的院子里，黑鸦鸦的一大片，尽是来看萧队长的人。老孙头和一个精壮小伙子走到前头，迈进里屋，这小伙子是参军去了的张景祥的兄弟张景瑞。他才十八岁，个儿长得高，力气大，干活一个顶个半人。他家是军属，却不要屯子里老百姓优待，自己把地侍弄得好好的，今年的苞米数他家最好，粒儿鼓鼓的，棒子一尺左右长。他戴一顶狗皮帽，打头迈进里屋来。萧队长还躺在炕上。张景瑞笑着说道：

“还没起来呀？可真是睡过站了。”

张景瑞一面说，一面走近炕沿，要去叫醒萧队长。老孙头慌忙阻挡他说道：

“别忙，叫他再躺一会。黎明的觉，半道的妻，羊肉饺子清炖鸡。”

“什么妻呀鸡的？”萧队长翻身起来，一面说，一面把棉袄披上，腿脚还是笼在被子里。这时候，人越来越多，里屋外屋，炕沿地下，挤得满满当当的。萧队长穿好棉袄，转过身来穿他那条延安带来的毛裤的时候，他抬眼望望，都是熟人，不用和谁特别打招呼。他坐在炕沿，两脚蹬在凳上穿靰鞡，冲老孙头笑道：

“你这老家伙，还没有死？”

“要是我死了，我老伴早哭到你那儿去了。”老孙头说，还是那样地笑眯着左眼。

萧队长一面绑靰鞡绕子[①]，一面跟老孙头闲唠。赵大嫂子也站在头里，她笑笑说：

“一听到萧队长来，咱们小猪倌心都亮了半截了。”

男男女女都七嘴八舌地说出他们的惦记和盼念：

“吃青[②]的时候，就盼你来呀。”

“盼星星，盼月亮，也盼不来你。咱们寻思，萧队长才进了城，就忘了咱们元茂屯的老百姓了。”

萧队长笑着说道：

“那哪能呢？多咱也忘不了呀。”

靰鞡穿好了，他从角落里提溜出一个脸盆正要上外屋舀水，在门口碰到白大嫂子。她站在门槛上，倚着左边的门框，疙疸鬏儿剪掉了，像黑老鸹的羽毛似的两撇漆黑的眉毛的下边，一双乌溜溜的眼睛瞅着萧队长，露出想要问啥的样子，萧队长却先张口了：

---

① 一头垫在靰鞡里，一头绕在脚踝周围的白布。

② 吃青苞米。

“大嫂子你好，白大哥调双城公安局工作去了。他老惦念你呀。”

白大嫂子噘着嘴巴子说道：

“他才不会呢，他老是一迈出门，就把人忘了。”

萧队长笑着，正要往下说，听见院子里车轱辘响动，他随着众人，走到外屋的敞开的门口，往外望去，老田头赶一挂铁轱辘大车，拉一车木柈子来了。他喝住马，往正屋走来，把手里鞭子搁在房檐下，跟萧队长招呼，一面进屋，一面说道：

“怕你乍一来，缺柈子烧，给你拉一车来。你先烧着，烧完再去拉。咱们这靠山屯子，没啥好玩意，柈子有的是。”

屋里出来好几十个人，拥到车旁，动手卸柈子。他们把这干榆木柈子码在房檐下，像一列墙似的。雪下着，一会在柈子上盖上菲薄一层鹅的绒毛似的白花花的雪。

人们就用老田头送来的干柈子，生起火墙来。屋里暖暖和和的。人们都不走，也忘了吃饭。火墙旁的桌子边，炕沿上，到处坐着人。他们有的在试穿萧队长的大氅，有的在摆弄他的手枪。老孙头也挤在里头，瞅着萧队长的漆黑崭新的枪牌撸子，发表评论道：

“撸子这玩意也是按天书造的。”

张景瑞接口说道：

“你还是这迷信脑瓜，有啥天书？还不都是人琢磨出来的。”

“你说没天书？我问问你，诸葛借风，是不是从天书上学来？”老孙头坐在八仙桌子的旁边，歪着头说道，“还有薛丁山的媳妇樊梨花，能移山倒海，可不也是找着了天书？”

张景瑞说他不过，不再答理他，低下头来翻看桌上的书报，翻到《中国土地法大纲》。萧祥从旁边插嘴，指着《中国土地法大纲》笑着说道：

“这比天书还灵验，这叫地书，是毛主席批下来的平分土地的书，凭着这书，大伙日子管保都能过得好。”接着萧队长和他们解说《中国土地法大纲》，并且声明：

“咱们这一回，坚决按照土地法来做，彻底把封建打垮。封建斗彻底，翻身就能翻好。你们翻身都翻好了吗？”

听他这一问，大伙都稀里哗啦地吵嚷着，有的诉苦，有的光笑，有的尽骂。谁说了啥，也分不清楚，闹了一会，靠在火墙边的老田头说道：

“咱们屯子闹翻身，翻肥了流氓。早先，咱们穷人扛把锄头，给地主拉套，如今换棵扎枪，给流氓拉套。”

老孙头插嘴：

“咱们算是打个兔子喂鹰了。”

张景瑞也说：

“翻身，头年翻了一身棉裤袄，上山打柴火，早挂破了。今年下雪了，连咱们军属的棉裤袄，也不知在哪？地主是长袍短褂，跟早先一样。”

萧队长问：

“他们还吃租子吗？”

老田头说：“可不吃咋的！他们献几垧坏地，留大片好地。还是租出去，自己是锹镐不动，锄镰不入手。”

白大嫂子也挤上来说道：

“你说的还是他们留的地呢。要是萧队长还不来呀，分劈了的房子地，他们也要往回收。”

“可不是咋的！”这回答话的，是双目失明的老田太太。听说萧队长来了，她拄一根拐杖，摸进农会。这会子她说：“八月前，韩老六的小点子[①]江秀英来这大院，站在当院，威威势势叫我们老头好好给她看院子，别弄埋汰了。又说：她家屋顶上，开朵红花，大门外，榆树开白花。世道又兴变，他们还能往回搬。”

张景瑞说道：

① 小老婆。

"听她瞎造模[①]！哪有屋顶开红花，榆树开白花的道理？"

"榆树开白花，我没见着，"老孙头说，"屋顶开红花，倒是亲眼瞅着了，通红通红，像洋粉莲似的。也真是怪事。光绪二十年，老唐家屋顶，也开过红花。"

萧队长寻思一会，解释道：

"也并不怪，风把花籽刮上草屋顶，长出苗来，到时候，就开花了。"

萧祥说到这，望着瞎老太太，问道："你怎么搬出去了，老田太太？"

老孙头代她回答道：

"撵大院了。"

"谁敢撵他们？"

"屯子里说了算的人。"

萧队长不往下问，他知道他们说的是谁了。他问杜善人唐抓子如今在哪里？他们的地都分完了没有？回答不一样，有说分利索了的，也有说没有分完的。老田头坐在炕沿上，跷起右脚，在破靰鞡头上敲一敲他的烟袋锅子，叹一口气说道：

"唉，咱们这位主任一上台，屯子就变了样了。他是心向着地主，背冲着穷哥。斗地主他不上劲，罚个百儿八十的，就挡了灾。斗小闷头[②]，他就起劲。刘德山是中农，本人出担架去了，家里给踢蹬光了。"

萧队长问道：

"你们这位张主任，算是什么农？"

"什么农也不是，是个二八月庄稼人[③]。"

"他连二八月庄稼人也够不上。"

---

① 造谣。

② 小家伙，指中农。

③ 二月八月农村较闲，二八月庄稼人是半二流子。

萧队长说：

“那你们为啥选他呢？”

老田头说：

“斗争东门老崔家，他立了点功。”

萧队长问：

“立了啥功？”

“起出两个金镏子，六个包拢。”

“你这么说，开初他还是个积极分子，往后怎么坏了呢？”

大伙回答这问题，是各式各样的，有的说，他开首露一两手，是糊弄大伙的；有的说，李桂荣把他引上了歪道；也有的说，他家原来是一个破落地主，这人原来就坏，他的外号叫张二坏。老孙头半晌没张嘴，这会子他说：

“我早知道他不是一个好玩意，不早对你们说过：决不能选他当小组长，你们不听我的话。”

张景瑞问他：

“你多咱说他不是好玩意？他赏你一皮鞋，你也没敢吱声呀。”

张富英的那一皮鞋脚，老孙头认为是可耻的事，他不愿提起，还瞒着他的老伴，张景瑞如今说出来，这不是有心刁难他是啥？对于这种有意的刁难，老孙头照例是不给回答的，他还是接着他前面的话说道：

“都说，他改了，不逛道儿了，能做咱们头行了，我说：‘不行，改不了的。你们要不信，走着瞧吧。’老言古语没错提：‘兔子多咱也驾不了辕’。”

张景瑞说：

“啥老言古语？尽你自己瞎编的。”

“说他是兔子，是我瞎编？依我说：他不光是兔子，还是耗子呢。”

萧祥笑着，插进来问他：

“你说他是耗子，窟窿在哪？”

老孙头见问，眯着左眼说：

“咱们屯子里人，各干各的，都不一个心，这不算窟窿？”

萧队长点头，据他了解，也正是这样。他望着人堆里问道：

“郭全海呢？”

老孙头接嘴：

“你还记得他？他可倒霉了，给人撵出了农会，卖零工夫去了。”

老田头说：

“昨儿上山帮人拉套子去了。”

又唠了一会，吃头晌饭的时候早过了，人们都回家吃饭。萧队长来了，有人撑腰，往后也不怕张富英、李桂荣再折磨人了，人们心都敞亮了。

三

吃完头晌饭，萧队长召集工作队员们在农会西屋开一个小会。

这回萧队长带的工作队，除老万外，都是新人。老解放区干部多半都调往南满做开辟工作，小王、刘胜也都调走了。这十六个年轻人，都是这一年多土地改革当中各区各屯涌现出来的新积极分子。五股中有四股不识字，或才学字，可是他们都积极能干，勇敢负责。在一年多的土地改革运动中，他们掌握了阶级斗争的本领。从质量上来说，这个工作队是并不弱的。在县里，他们开了五天会，萧队长和其他两个县委干部从头到尾参加了。实际上，那就是讨论和学习《中国土地法大纲》的一个短期训练班。今天的会是讨论工作的方式和对老百姓的态度，萧队长也参加了，并且讲了话。讲完话以后，他叫他们自己讨论，他先退会。他要到屯子里的熟人家里去串串门子，去了解他们的生活和心情，也想从他们嘴上真切地了解屯子里的情形。他回到东屋，喝一口水，再走出来，听到西屋他们在讨论。一个声音问：“恨铁不成钢，算不算包办代替呀？”许多声音说：“咋不算呢？”他没细听，就走出院子，迈出大门，顺着公路走。清雪还飘着，天又起了风，他把跳猫皮帽的耳扇放下，紧紧扣住。他想先到烈属赵大嫂子家里去瞧瞧。他记得她住南门里，就往南走。半道问人，才知道她早搬到北门，就又折回往北走。赵大嫂子住在一家大院子里，和另外一家姓李的寡妇伙住在东屋。她住北炕，李家住南炕。他迈进门，锁住就从炕上跳下来，抱住萧队长的腿脚欢叫道：

“大叔，大叔。”

一面叫着，一面吊住萧队长的胳膊，把自己的身子悬空吊起来，两个乌黑的光脚丫子蹬在萧队长的腿上和身上，一股劲地往上爬。赵大嫂子忙喝道：

“锁住，我看你是少揍了。把叔叔裤袄都蹬埋汰了。还不快下来，看我揍你了。”

锁住并没有下来。他知道他妈舍不得打他。他紧紧地缠住萧队长的脖子。赵大嫂子也真没有揍他。萧队长搂住锁住，亲亲他脸蛋，把他放在炕头上，自己就坐在炕沿。赵大嫂子正在用秫秸皮子编炕席，这是她们的副业生产。

萧队长特意来瞧瞧，她感到欢喜，好像是见到亲人似的，忙下地来，跟南炕借了个烟袋，借些黄烟，又用麻秆到外屋灶坑对了个火，给萧队长抽烟。萧祥点起烟来，一面抽着，一面唠家常，看到她的炕琴上的破被子，他动问道：

“大嫂子，有啥困难吗？”

赵大嫂子说：

“有啥困难呀？在‘满洲国’，穷得锅盖直往锅上粘，也过来了。这会子还有啥困难？有点小困难，小嘎短一点零花，编这席子，倒腾点儿，也能解决了。”

“他们帮助你们吗？”

“你说谁？”赵大嫂子一面编席子，一面问，“你说农会？他们都不管我们。”

“过年过节，也不来慰劳？”

赵大嫂子笑一笑，只是不说。她总是想起赵玉林的屈己待人的脾性，遇事宁肯自己吃点亏，不叫亏了人。在人背后，也不轻易说人家坏话，南炕李寡妇却忍不住，代她诉说了。

“慰劳？都把东西慰劳妇女会长小糜子去了。他们早忘了慰劳烈属军属这回事。”

“有人挑水吗？”

李寡妇又代她回答：

“郭主任要在屯子里，见天来帮大嫂子挑水、劈柴。郭主任要是走了，咱们两家抬水喝，十冬腊月，没有帽子，出外抬水，别的还好，就这耳丫子冻得够呛。”

萧队长问道：

“小猪倌不是还在这儿吗，咋不叫他去挑水？”

南炕李寡妇笑着又代她回说：

“这都是大嫂子诚心忠厚，老念着人家是没爹没妈没人心疼的孩子，粗活都不叫他干，怕他累了。还送他上小学校念书。萧队长你还没有看到大嫂子这份好心呀，这真是遍天下少有。自己亲生孩子锁住还是光脚丫子呢，小猪倌早穿上鞋了。”

赵大嫂子低头不吱声。她在编炕席。萧队长望着她的头顶，她的头发有些焦黄了，这是营养不够的生活的标记，但是她有劳动人民的好性格，纵令自己也在困难里，也还是照顾别人，体贴别人，宁肯自己心疼的独生孩子光着脚丫子，先做鞋子给那寄养在她家的穷孩子穿上。这炕席，还有围粮食囤子的茓子[1]，都是元茂屯的穷

---

① 用高粱秆皮子或是芦苇编制的围成粮食囤的粗席。

妇女，打街里兜揽回来的活计。张富英和小糜子没有来领导她们、组织她们。这屯子的妇女的副业生产，带自发的性质。

萧队长没有久坐，他怕坐久了、唠多了，一不小心，提到赵玉林，引起她伤感。他辞了出来。在大门外，遇到一个小学生，夹着书包，满脸含笑跑进来。他穿一件青斜纹布的对襟棉袄，一条直贡呢棉裤，萧队长跟他打招呼，眼睛瞅着他脚上，他穿一双青绒鞋面的棉鞋，又结实又好看。这是猪倌吴家富。

萧队长瞅着小猪倌的棉鞋，想起锁住蹬在他身上的一双小小的乌黑的光脚丫子，心里想着："百里挑一的妇女，屈己待人，跟赵玉林同志一模一样。"他问小猪倌："念的啥书？老师好不好？"临了又鼓励几句，才走出来。小猪倌跑了回去，在萧队长背后，风把赵家嚷嚷的声音，刮了过来，那里头有锁住的欢叫大嚷的声音。

萧队长拐一个弯，往东走去。他要去瞧瞧白玉山媳妇。白玉山托他捎回的家信，早晨人多，乱乱嘈嘈，忘了给她。他记得他们住在东门里，就往东门走。

白大嫂子也在编炕席。她是细活[1]的能手。往年，要是卖给大肚子的席子，她顶多使出六分本领来编织。这一批席子和茓子，打听到是公家收买，她使出十分本领来编织。席子和茓子编得结实又光趟。从打白玉山成了公家人以后，白大嫂子对官差都分外卖力，公家定做的什么，落到她手，她做得分外精致。为什么呢？为了那是八路的，她掌柜的不也是八路军吗？

在屯子里，一家子有人出门在外，家里人就常记挂着。白大嫂子也是这样子。她编炕席的时候，也在寻思。妇女低头干细活，是不能不想自己外头的人的。白大嫂子却是这样子的妇女，心里想得发痛了，嘴头上也不承应。要是有人问她道：

"白大嫂子，记不记挂你家掌柜的呀？"

---

① 做鞋、裁衣、编炕席等，都称细活。地里活称粗活。

她就仰起脸来说：

“记挂他干啥？我才不呢。”

但是一面编席，一面寻思：可知他的工作多不多，忙不忙呀？衣裳挂破了，有人给他连补吗？谁给他补衣？是老大娘呢，还是年轻的媳妇、漂亮的姑娘？白大嫂子寻思到这儿，心里一阵酸溜溜的劲。她粗暴地编着席子，使劲揣一根秫秸皮子，右手中指刮破了，血流出来，滴到编好半拉的炕席上。她扔下活，到炕琴上找一块白布条子，把中指扎好。血浸出来，染红了包扎的白布。她还是低头编席，可是悄声地用粗话骂开来了：

“这瘟死的，也不捎个信，迈出大门，就把人忘了。”

正在这时候，院子里狗咬。萧队长来了。她扔下手里的秫秸皮子，跳下地来，到外屋迎接。萧队长推开关得溜严[①]的外屋的门，一阵寒风跟着刮进来，白大嫂子给吹得打了个寒战，说道：

“萧队长来了。哎呀，好冷，快进屋吧。”

雪下着，风越刮越大。过了晌午，天越发冷了。屋里院外的气温，差一个季节。院外是冬天，屋里是秋天。萧队长冻屈的手指，现在也能伸开来，接白大嫂子递过来的烟袋。两人闲唠着。萧队长问起屯子里的情形，白大嫂子转弯抹角地问双城的情况，双城离这儿多远？捎信得几天才到？所有这些，她都仔仔细细问，就是不提白玉山的名。萧队长笑道：

“白大哥捎信来了。”

他从衣兜里取出信来交给她。她不识字，请他念道：

淑英妻如见：

我在呼兰党训班毕业后，调双城公安局工作。身板挺好。前些日子闹眼睛，公家大夫给扎古好了。再过两个

---

① 很严，溜为语助词。

月，旧历年前，兴许能请假回来瞧瞧你。家里打完场了吗？公粮都交上没有？你要在家好好儿生产。斗争别落后。千万别跟人干仗，遇事好好商量，别要态度，为要。

此致

革命的敬礼

白玉山字

一九四七年十月初九日

白大嫂子把信接过来。她知道这信是别人帮他写的，可都是他自己的意思。她把信压在炕琴上的麻花被底下。萧队长起身走后，她怕把信藏在那里不妥当，又取出来，收在灯匣子里，又怕不妥，临了藏在躺箱里，这才安下心，坐在炕上重新编席子。

萧队长离开白家，正往回走，半道遇见花永喜，这是头年打胡子的花炮。他正在井台上饮牛。时令才初冬，井水才倒进水槽，就结冰碴了。牛在冰碴里饮水。因为是熟人，萧队长老远地跟他招呼。老花也招手，但不像从前亲热。两人站在井台上的辘轳旁，闲唠一会，花永喜说：

“这儿风大，走，上我家去。”

两人肩并肩走着。老花牵着黑乳牛，慢慢地走。萧队长跟他唠这扯那，不知咋的，谈起了牲口，萧队长记得头年分牲口，花永喜是分的一腿马。问起他来，才知道不久张寡妇拿出她的小份子钱来，买了一个囫囵马。萧队长问他：

“你怎么又换个乳牛？马不是跑起来快当，翻地拉车，都挺好吗？”

花炮说：

“牛好，省喂，下黑也不用起来侍候，我这是乳牛，一年就能下个崽，一个变俩，死了还有一张皮。”萧队长知道农民养活牛，不养活马，总是由于怕出官车，老花说出的这些理由，只是能说出口来的表面的理由。他笑着问道：

“你不养活马，是不乐意出官车吧？”

“那哪能呢？”老花光说了这句，也没说多的。

老花打算远，学会要尖头[①]，都是为了张寡妇。从打跟张寡妇搭伙以后，他不迈步了。张寡妇叫他干啥，他就干啥，张寡妇不叫他干的，谁也不能叫他干。屯子里人都知道：他们家里是张寡妇说了算。砍挖运动时，张寡妇就叫他不再往前站，凡事得先想家里。为了这个，两口子还干过一仗。着急的时候，张寡妇脸红脖粗地吵道：

“你再上农会，我带上我的东西走，咱们就算拉倒。”

老花坐炕沿，半晌不吱声。他是四十开外的人了，要说不老，也不年轻了。跑腿子过了多半辈子，下地干活，家里连个做饭的帮手也没有，贪黑回来，累不行了，还得做饭。自己不做，就吃不上。他想起这一些苦楚，低着头，不敢违犯张寡妇，怕她走了。从这以后，他一切都听屋里的，他不干民兵队长，也不再上农会了。张寡妇说：“家里有马，要出官车，不如换个牛。”老花第二天就把马牵去跟李振江换了这个黑乳牛。遇到屯子里派官车，老花就说：“我养活的是牛，走得慢。又不能跟马搁在一起套车，牛套马，累死俩。”他摆脱了好几次官车。张寡妇常常和李振江媳妇在一块唠嗑。张富英跟李桂荣上台，把郭全海挤走，老花明明知道是冤屈，是极不应该的，但也没出头说啥。

现在，萧队长走进院子里，张寡妇正在喂猪。见着萧队长，点一点头，也不叫进屋，老花倒不好意思，请萧队长到屋。看见这势头，萧队长也不进屋，略站一会，就出来了。离开花家的榆树障子时，萧队长对着送他出来的花永喜说道：

“老花，不能忘本呵。”

老花还是答应那句话：

---

① 取巧占便宜。

“那哪能呢？”

萧队长回到农会，坐在八仙桌子边，从文件包里掏出一卷“入党表”，里头有花永喜的一张。上面写着“介绍人萧祥”，候补期是六个月，已经过了，还没有转正。看着这表，他想起头年花永喜打胡子的劲头。那时候，介绍他入党是没有错的。现在他连官车也不乐意出了。这是蜕化。在党的小组会上，讨论老花的转党问题时，他要提出延长他的候补期的意见。但又想着，开辟工作时，老花是有功劳的，如今光是不迈步，兴许是张寡妇扯腿，不能全怪他。还得多多收集他的材料，并把这问题请示上级。

四

整顿思想作风的小会开完以后，工作队员分配到外屯工作。他们十五个都是二十上下的年轻人，干啥都有劲。他们不吃晌，也不坐车，各人背个小小铺盖卷，冲风冒雪，奔赴四外的屯子。

萧队长带着老万，留在元茂屯。他日夜盼郭全海回来，亲自到那小马架跟前去转过两趟，两回都是门上吊把锁，人还没有回。萧队长告诉郭家的紧邻，叫郭主任回来就上农会去找新的工作队。萧祥回到农会里屋，这儿又是满满堂堂一屋子的人。张景瑞把门上的“闲人免进”的红纸条子撕下了。老孙头学样，连忙走到外屋的门边，恨恨地把“主任训话处”的徽子撕下，把它扯碎，扔在院子里。他说：“姓张的这狗腿子主任，我们扔定了。”

人们的劲头又来了，又好像头年。萧队长找着一百二十多个贫雇农男女，愿意重打锣鼓另开戏。他出席他们的大会和小会，跟他们讲解《中国土地法大纲》，教会他们算剥削细账。他一面调查，一面学习，同时又把外区外县的经验转告给他们。这样的，农会上人来人往，一连闹了一星期。一天，头年帮萧队长抓韩老六的老初在会上叫道：

“现在是急眼的时候，不是唠嗑的时候，说干就干，别再耽误了。”

大伙都随声应和：

“对，对，咱们就动手，先去清查合作社。”

老孙头也说：

“先抓张富英这王八犊子。”

张景瑞笑着说道：

“吃那一皮鞋，要算账了。”

萧队长站在炕沿上叫唤道：

“别吵吵。干是要干的，可别性急。干啥都得有头行，有骨干，依我说：要彻底打垮封建、翻身翻透，咱们贫雇农还得紧紧地抱住团体，还要坚决地团结中农。咱们成立一个贫雇农团好不好？”

像打雷似的，大伙答应“好呀”。正在这时候，站在外屋的人叫道：

“郭主任回来了。”

炕上地下，所有的人都掉转头去往外望。郭全海出现在外屋的门口。他头上戴一顶挂破了的跳猫皮帽，瘦削的脸蛋，叫冷风吹得通红。脚似乎是踩在门槛上，他比人们高出一个头。他笑着，越过人们的头顶，瞅着萧队长。萧队长招呼他道：

“快进来吧。”

老孙头弯起胳膊肘子，推开大伙，一面叫唤道：

“闪开，闪开一条道，叫郭主任进来。”

人们闪开道。萧队长这才看清他全身，他的一套半新的青斜纹布裤袄，上山拉套子，给树杈挂破好几十处了。处处露出白棉花，他的身子，老远看去，好像满肩满身满胸满背遍开着白花花的花朵似的。萧队长笑说：

“郭全海，你这棉袄，才漂亮呢。”

郭全海说：

"在庄稼院，这叫开花棉袄。"

站在炕沿边的白大嫂子说：

"郭全海，今儿下晚你脱下来，我给你连补，我那儿还有些青布。"

郭全海含笑瞅着她说：

"不行，熬一宿也补不起来。"

站在白大嫂子身后的一个扎两条辫子的姑娘笑着说道：

"我去帮白大嫂子，咱俩管保一宿能补好。"

郭全海瞅她一眼，认识这是小老杜家的还没上头[①]的童养媳，名叫刘桂兰。他没吱声。炕沿边的人闪开道，几个声音对郭全海说道：

"上炕暖和暖和吧，郭主任。"

郭全海上炕，在人堆的背后，他和萧队长肩并肩坐着，脊梁靠在窗户旁边墙壁上，两个人细细地唠着。

贫雇农大会还是在进行。他们盟了誓，决心彻底斗封建。大伙推举了主席团，推举郭全海做贫雇农团长。

三更左右，大会散了，人都走了。萧队长叫老万把郭全海脱下的破棉裤袄拿到白大嫂子家，请她们连补。白大嫂子和刘桂兰两人，盘腿坐在点着一盏豆油灯的炕桌子旁边，补着裤袄，唠着家常，直到小鸡叫。

正在两个妇女给他缝补衣裳的时候，郭全海光着身子躺在萧队长匀给他的一条黄色军用毯子里，跟萧队长唠着。这个年轻庄稼人，最了解屯子里的情况，记性又好，心又不偏。八仙桌上的豆油灯里的灯油快干了，灯捻发出毕毕剥剥的响声，萧队长起来添了一盏油，把灯捻拨亮一点，回头又躺下，头搁在炕沿，脸冲着小郭，

① 没结婚。

问道：

“你看这屯子的坏根斗得怎么样？”

“根还没有抠出，根还有须呢。”

“杜善人、唐抓子都斗垮了吗？”

“斗没少斗，离垮还远。”

“砍挖运动时，外屯外县起出好多枪来，你们这屯子呢？”

“韩老六的枪，外屯起出了不少，本屯没起出一棵。”

“韩家还能有枪吗？”

“能算出来。韩老六拉大排的时候，连捡洋落，带收买，有三十六棵钢枪、一棵匣枪。他兄弟韩老七上大青顶子，带走二十来棵，韩长脖、李青山上山，又带走几棵，韩老六的大镜面匣子也给带走了，加上外屯起出的几棵，我看韩家插的枪，没露面的，有也不多了。”

“唐抓子有吗？”

“他是抱元宝跳井，舍命不舍财的老财阀，不能养活枪。他胆儿又小，瞅着明晃晃的刺刀，还哆嗦呢……”

“杜善人呢？”

“‘满洲国’乍一成立，杜善人当过这屯子的自卫团长，兴许插过枪，听老人说：杜善人在老‘中华民国’藏过洋炮，也有钢枪，可一直没露面。”

萧队长笑着，对于这连根带梢、清清楚楚的说法，他最喜欢。他寻思一会又说：

“元茂屯不能没有枪。枪起不尽，地主威风垮不了。不过，这玩意还没露头，现在要起也起不出来。要是起不出，群众要松劲。先别提这个，先干群众能摸着看着、马到成功的事，斗经济，挖财宝。”说到这儿，萧队长想起他听到的工作队员的讨论，就说：“恨铁不成钢，是不行的。”

郭全海说：

“那还用说！”

萧队长又问：

“张富英这人怎样？”

“是个破落地主。他当令，尽找三老四少、能说会唠的那帮人。他们说了算。有几句嗑的，都能上农会。李桂荣这人也是个坏蛋，溜须捧胜，干啥自己不出头，老百姓光知道张富英坏，不知道这家伙也是一样。张富英坏在外头，李桂荣坏在心里。张富英相好的破鞋烂袜，天天上农会，李桂荣相好的是半开门子，从不上农会。屯子里有的老百姓还说：‘李文书这点还好，不逛破鞋。’”

萧队长问道：

“李桂荣和谁相好？”

“韩老六的小点子。”

“这人头年我没有见过。”

“谁？李桂荣？头年他不在屯子里，今年才回来。”

“打哪儿回来？”

“谁知道呢？有人说他从南岭子胡子北来队回来，又有人说，打长春回来。”

听到这话，萧队长抬起半截身子来，用左胳膊撑着，问道：

“谁说的？”

“东门里老王太太说，李桂荣上她家串门，自己说的。”

萧队长连忙起来，披着大氅，又添上点灯油，坐在八仙桌子边，从棉袄兜里取出日记本，用金星笔记下郭全海的后头几句话。萧队长记性原也不坏，但遇到当紧的事，就用笔记下，心记不如墨记，他信服老百姓的这一句老话。写完他又上炕来，好像提醒郭全海似的说道：

“你说这屯子里有没有卧底[1]的坏根？”

---

① 隐藏。

萧队长挑灯写字的时候，郭全海因为太困，闭上眼皮，迷迷糊糊了，没有听准他的话，反问一句：

“你说啥呀？”

“这屯子有没有暗胡子？”

这回他听准了，警觉地睁开眼皮说：

“怕也不能没有吧？”

他的困劲过去了，睁开眼睛，听着萧队长讲述关里日特和国特打黑枪、放毒药、挑拨造谣的故事。临了，萧队长问道：

“这屯子还有谣言吗？”

“说‘中央军’到了哪儿这种谣言是没有了。可头几天，屯子里老爷子老太太都说：‘韩老六家的屋顶上开红花，院子里榆树开白花，世道又兴变。’这话远近传遍了。”

“谁传出来的？”

“听说是韩老六的小点子。”

“她不是李桂荣的相好吗？”

“可不是咋的！”

“信这谣言的人多不多？”

“连老孙头也信了。”

“这个我知道，我是说，除开上年纪的人，年轻人也有信的吗？有？这事得好好调查一下。我早听说，李大个子上前方，出担架以后，元茂屯就没有锄奸委员，那还能行？咱们一面斗地主，一面还得整特务。地主是明的，特务这玩意儿是暗的，可不好整。”

“可不是咋的！明枪好挡，暗箭难防。”

“咱们整特务，也得靠群众，你把群众发动好，群众的阶级觉悟普遍提高了，暗胡子就钻不了空子。不过话又说回来，你看这屯子里，谁能代替李大个子的职务？”

郭全海寻思一会，说道：

“张景祥兄弟，张景瑞，我看能行。”

“赶明儿引他来谈谈。”

这时候，小鸡子叫了。灯油又尽，萧队长没有再添油，灯捻毕毕剥剥响一阵，就熄灭了。挂着白霜的窗户玻璃，由灰暗慢慢变得溜明，窗外房檐下，家雀子嘈嘈地叫了。萧队长刚闭上眼皮，又睁开来，他又想起一件要紧的事，忙问郭全海：

“睡着了吗？”

“没有呢。”

“明儿一早，把五个民兵的钢枪都收回来。你挑几个年轻的人当民兵，老初能当队长吗？”

“叫他试试看。”

两个人都没再吱声，一会发出了鼾声。天放亮时，老万上白大嫂子那儿拿回了补好的衣裳，他们还没有醒来。

雪停风住，天放晴了。日头慢慢照到窗户玻璃上。老万坐在农会西屋南炕上，在明亮的窗台边，一面用红绸子擦着匣枪，一面低声哼歌子。一个长挂脸的小个子男子在外屋的门外探头探脑。老万问是谁，长挂脸赔笑进来回答道：

“我要见见萧队长，我叫李桂荣。”

老万仔细打量他。他穿一套破裤袄，戴一顶套头帽子。老万问他：

“你是头茬[①]农会的李文书吗？萧队长还没有起来。”

李桂荣退出，老万也没有送他，仍旧低头哼他的歌子，仔细擦匣枪的零件。一会老孙头来了，老万笑着招呼他：

“上炕，上炕暖和暖和。”

老孙头上炕，盘腿坐在炕桌子旁边，笑着说道：

“李桂荣来干啥的？”

老万逗乐子，随口编一句：

---

① 上届。

“他来告你的。”

老孙头笑眯左眼说：

“他来告我老孙头？我才不怕呢，我又没有溜张富英的须。张富英办农会，他当文书。张富英跟小糜子相好，他穿针引线。他当我不知道。老孙头我走南闯北，啥事不明白？他们当令，尽找些头头脑脑，杜善人、唐抓子，也能上农会，穷人说话不好使，你反正是人越老实，越吃不开。张富英腰里别个小腰别[1]，穿双大皮鞋，走道挎嚓挎嚓的，活像个‘满洲国’警察。”

“张富英打过你吗？”

老孙头认为叫人打过，是丢人的事，他不承认，说：

“他敢。”

老万知道这件事，笑着顶他道：

“他们说，他踢过你一皮鞋脚。”

老孙头忙说：

“你听他们瞎造谣，谁敢踢我？要是叫他踢过，我早坦白了。这又不丢人，坦白了倒是光荣。”

老孙头把“坦白”“光荣”这些新字眼，乱用一通，说得老万笑起来，把东屋萧队长笑醒了。

“谁呀？你们笑啥？”

老万回答道：

“老孙头来了。”

“请他过来。”

老孙头过来，坐在八仙桌子旁，瞅着炕上，萧队长和郭全海都起来了。郭全海穿好衣裳，饭也没吃，出去收缴头茬农会的民兵的枪去了。萧队长一面穿衣洗脸，一面跟老孙头闲唠：

“日子过得好不好？”

---

① 别在腰上的尖刀。

“你反正是干的捞不着，稀的有得喝。”

“还是给人家赶车？”

“不赶车咋整？人待得住，嘴待不住呀。”

萧队长想知道屯子里人对头年分地的印象，满不满意。

“老孙头你两口子分的地好不好？”

“挺好，种啥长啥。”

说得拿着脸盆舀水进来的老万又笑起来。老孙头自己不笑，他心里老记挂告状的事，又凑近炕沿说道：

“他们来说我什么？我正要告发他们。他们尽糊弄官家，头年萧队长走后，区上来人调查夹生饭，要找老百姓。张富英说，都下地了，屯子里光剩老爷子老大娘。区上的人说：‘找他们来也行。’张富英找俩老人来，老太太耳朵有点背，老爷子眼睛有点看不清。区上的人问：‘你们这屯有夹生饭没有？’老太太没有听准，回答道：‘我们这儿都吃小米子，没有大碴子饭。’区上的人又问：‘你们这儿有破鞋吗？’老太太这回听准了，叹了一口气，又回答道：‘哎呀，咱们几辈子尽穿破鞋，哪能穿好鞋？’区上的人又好笑又窝火，骂道：‘扯淡。’老爷子忙说：‘她耳朵有点背。同志，有啥问题，你问我吧。’这时候，张富英进去拉区里的人到西屋，那儿炕桌上，摆好了酒菜，张富英、李桂荣，外加唐屯长，陪着区上的人吃着喝着，把酒盅都捏扁了。他还要来告我呢，他自己有啥好样，尽糊弄人。”

这时候，老田头来邀萧队长去吃早饭，顺便邀老孙头作陪。吃的是面条。老孙头一面吃，一面笑着说：

“这顿面条，请得应景。送行的饺子接风的面。”

老田头说：

“卖梓子整了点白面。我老伴说：咱们要请萧队长。他这一来，大伙心里有仰仗，坏蛋都十指露缝了。”

五

晌午，开完贫雇农大会，人们从农会里涌出，一路向东，去搜查张富英的合作社，一路奔西，去抓张富英本人。

向东的一路，拥进“合作社”，把货架子都翻腾了。那上面摆着好些妇女用的化妆品：香皂、香水和口红。老孙头拿一颗口红，伸到鼻子底下闻一闻，说道：

“庄稼院整这些干啥？”

老初说：

“快拿回去，给你老伴嘴上擦一擦。”

老孙头光顾说他的：

“不卖笼头，不贩绳套，光整这些小玩意，这叫啥合作社呀？”

人群里有一个人说：

“这叫破鞋合作社。”

大伙就在合作社开起会来。屋里院外，一片声音叫嚷道：

“咱们要跟他们算算细账。”

郭全海坐在柜台上，嘴里噙着小蓝玉嘴烟袋，没有说话，留心着别人说话。合作社里一片嘈杂，老初的大嗓门压倒所有的声音，他说：

“这算什么合作社？这些家伙，布袋里买猫，尽抓咱们老百姓的迷糊。”

几个声音同时说：

“咱们要跟他们算账。”

“亏咱们的，叫他们包赔。”

有个老太太，挨近柜台，拿起一束香，就往怀里揣，老初看见，粗声叫道：

“别动，不准乱拿。大伙动手，把这些玩意都搬进柜里。”

“谁带了封条？把箱箱柜柜都封起来。”

人们七手八脚把货物都收拾停当。封条贴上了。老孙头站在酒篓旁边，揭开盖子，使提篓往外舀酒，笑眯左眼说：“我尝尝这酒，看掺水没掺？”说着，把酒倒在一个青花大碗里，喝了一口，又尝一口，喝完一碗，又倒一碗，喝得两眼通红，酒里掺水没掺，他没有提了。

这时候，萧队长走到柜台边跟郭全海合计，推举几个清算委员，找一个会归除[1]的人，去和张富英算账。也正在这时候，张景瑞带领新成立的民兵队的几个民兵，把张富英、李桂荣和唐士元三人五花大绑，押着进来。老孙头喝得多了，推开众人，挤到张富英跟前，也不吱声，提起他的靰鞡，就要踢他。郭全海忙说：

“不准打，萧队长说过不兴打人。”

“地主坏根，也不兴打吗？”

萧队长在一旁回答：

“都不打。”

接着，萧队长和大家伙解释咱们的宽大政策，说除开首恶，无论是准，过去做了坏事，说出来不打。他又叫人把绑张富英三人的绳子都松了，叫他们回去，洗心革面，坦白完了，好好务庄稼。人堆里有人说道：

“太宽大了。”

“便宜他们了。”

妇女中有两个人悄悄地议论：

“张富英这小子，不会跑吧？”

“他敢。”

“得画地为牢，要不价，跟头年韩长脖似的，蹽大青顶子，也是麻烦。”

---

① 珠算用语。

萧队长听到这话，瞅着站在一边的张景瑞笑笑，意思好像说："你听听，得加小心呵，这是你的事。"张景瑞也笑一笑，没有吱声。萧队长对张富英说：

"你们好好地坦白，把做过的坏事，都说出来，给老百姓赔礼。"

张富英黑丧着脸说：

"我干过啥呢？大伙选我当主任，我一个粗步也不敢迈呀，老是小小心心，照规矩办事。"

老孙头冲着他脸说：

"谁推你当主任的？你们几个狐朋狗友，耗子爬秤钩，自己称自己。你们三几个朋友，喝大酒，吃白面饼，吃得油淌淌，放个屁，把裤子都油了，这使的是谁的钱呀？"

妇女队里出来一个十六七岁的双辫子姑娘，就是小老杜家的童养媳刘桂兰。她脸颊通红，说话挺快，指着张富英问道：

"对军属烈属，你们啥也不拥护，光有光，没有荣，你们这是哪来的章程？"

张富英脸庞煞白，没有回答，老初挤上来，举起拳头在他鼻子底下晃一晃，扯起大嗓门说道：

"七月前，咱们都在地里铲地，你和小糜子跑到榛子树丛里，半天不出来。"他笑着又说："你们在那儿干啥？"

人堆里发出笑声和骂声，有叫绑起来的，也有叫打的。萧队长忙出来拦阻，叫大伙放他们回去，好好反省。他扭头又对张富英说道：

"好吧，你们回去，回头好好儿坦白，把自己的臭根都抠出来，跟老百姓告饶。"萧队长瞅着李桂荣正低着头，装出可怜的模样。

"你也得坦白。"

李桂荣连连哈腰，满脸堆笑回答道：

"对，对，那还用说？萧队长您多咱有工夫，咱个人要找您唠唠。"

“往后再说吧。”

“就这么的吧，咱们往回走了。”

李桂荣退着往外走，皮鞋脚踩在老孙头的草鞋脚上，老孙头大嚷起来。李桂荣连忙赔罪：

“对不起，对不起，老大爷。”

老孙头推他一把说：

“滚出去，你犯了事，还踩我一脚。快滚，这里不准你站了，这合作社这回归咱们老百姓了。”

张富英、李桂荣和唐士元三人才走出门，萧队长在张景瑞耳边小声地说了一句：

“你多注意李桂荣。”

大伙推举郭全海、老孙头和老初做清算委员，清理“合作社”和张富英的假农会的财产。他们聘请屯子里的栽花先生[①]做文书，他能写字，又会归除。

六

妇女也参加了贫雇农大会。小糜子整起来的“破鞋”妇女会，无形解散了。小糜子不敢再出头露脸，成天待在家里，劈柴、锄草、补衣裳、做棉鞋，装得老实巴交的，又把她的真正老实巴交的掌柜的糊弄住了。这实心人逢人便说，他屋里的转变了。

农会的西屋，里外屋的隔壁打通了，里外并一屋。贫雇农见天到这儿集会，大伙商量一些事。萧队长跟他们讲了几回话，给他们详细讲解对中农的政策。见天，屯子里贫雇农男女，除开回家去吃饭，总在这儿，炕上坐得满满堂堂的，屋子当间，用干柈子笼起一

---

① 种痘的。

堆火。横梁上吊一个大豆油灯，到下晚，四个灯捻点起来，屋子里面，亮亮堂堂。人们坐在火旁边，抽烟，咳嗽和争吵。黄烟气味，灌满一屋。开会开到第五天，老初耐不住，使劲叫道：

“不用再唠啦，大地主还有啥好种？咱们庄稼院的人，都是说一不二的。说干就干吧。”

人们纷纷应和他。主席团合计一下，决定下晚就动手，向封建发动总攻，妇女、儿童也都来参加。

“中农不参加？”有人问道。

大家伙嗡嗡地议论起来。郭全海站在炕上，大声叫道：

“大伙别吵吵，听我一句话，中农叫‘自愿’，咱们不强迫。”

怕走漏消息，郭全海说马溜动手。老初的大嗓子叫道：

“报告团长，跟前有坏蛋听声，好抓不好抓？”

郭全海说：

“有真凭实据的能抓。”

老初跟张景瑞推开人们，挤到外屋灯光照不到的角落里，抓住一个人。这人穿一身千补万衲的裤袄，腰里扎根草绳子，这是杜善人姑表，地主张忠财。老初大手提溜着他棉袄的领子，像提溜小鸡子似的提到亮处，一面骂道：

“你混进来听声，王八兔崽子。”

发觉了地主听声，人都窝火了。到这步田地，地主还敢混进农会来，大伙围上去，指手画脚，叽叽嘈嘈，推的推，问的问：

“听咱们的会，想对付咱们？”

“你想翻把？”

“准叫你来的？”

“他自己就是地主。”

“大地主没一个好货。”

“我看他短揍！”

“他不吱声，装迷糊。”

人们越发上火了。萧队长说过，不能打人。大伙手都痒痒的，真想揍他，可又不能揍，萧队长站在炕上，灯光下面，两眼睁得溜圆，不叫人抬手，人们急得叫口号：

“翻身要翻透，一个地主也不漏。”

“翻身要翻好，封建都斗倒。”

“彻底打垮封建势力。”

“斗经济，斗政治，起枪支。”

南炕和北炕，替换着叫，这边才落音，那边又轰起，外头房檐下的小家雀，叫屋里的雷轰似的声音惊动了，飞出窝来，把那挂在房檐上的冰溜子[①]撞断一根，落在窗台上，像玻璃碴子似的发出丁当一声响，郭全海听到，对大伙说：

“听，外头还有人。”

一听到这话，站在外屋的人们就都往外拥。人们跑出去，院里院外、屋前屋后，仔细搜一遍，不见人影子，才慢慢地都转回屋里，接着开会，萧队长笑着说道：

“警惕性是提高了，这没有害处。”

人们把这混进农会来听声的地主张忠财撵出了农会。

郭全海跟张景瑞、老初、老孙头一块堆，在八仙桌子边，编联小组。他们合计全团积极分子编成二十个小组，作为骨干，带动全屯，清查和接收地主的底产。编完小组以后，窗外小鸡子叫过三遍，日头冒花了。

白大嫂子和刘桂兰从农会东屋的大红躺箱里，起出一面红绸子旗子。这是头年农会的旗子。张富英上台以后，扔在躺箱里，没有用过。白大嫂子用一根小木棒子做旗杆，叫人挂在农会上屋房檐上。干雪盖着屋顶、地面、草垛和苞米楼子，四外是白蒙蒙的一片。红绸旗子高高挂在房檐上，远远地瞧着，好像是这晃眼的银花

---

① 屋檐水冻成的冰柱子。

世界里的一个晃动的火苗。

大会散了。编了小组的人们顾不上吃饭，领着人们奔向指定他们接收的地主的大院。各组的人们向四外走去，靰鞡踏在干雪上，嘎嚓嘎嚓的，响遍全屯。

郭全海和老初合计，叫他派民兵拿着钢枪和扎枪，到全屯警戒。郭全海自己带领一组人，去清查和接收杜善人财产。他这一组有二十个人，里头有两位妇女，一个小孩。小孩就是猪倌吴家富。他穿着赵大嫂子给他做的新棉鞋，手里拿个铁探子[①]，在郭全海的后头走着。两个妇女，一个是白大嫂子，一个就是刘桂兰。她的男人才十岁，她十七了，个儿长得高高的，脸蛋泛红，好像一个熟透的苹果。她是贫农刘义林的姑娘，妈早死了。刘义林拉下小老杜家的饥荒，临死以前还不起，死逼无奈，就把自己心疼的独生的姑娘送给了杜家。张富英当令，包庇地主，小老杜家仗着杜善人的腰眼子，杜善人靠张富英维持，又都威威势势，胡作非为了。没上头的童养媳，下晚是跟男人隔开来睡的。她跟婆婆睡北炕，她的男人，那个十岁娃娃跟她公公睡南炕。一天下晚，刘桂兰的婆婆叫醒她来，要她给公公捶腰，刘桂兰不肯，婆婆不吱声。第二天，杜婆子说刘桂兰偷鸡子儿吃了，她气得直哭，跑到妇女会哭诉。小糜子偏袒小老杜家，骂了她一顿，把她撵出来。就在这当天下晚，外头下着雨，屋里灭了灯，炕上黑漆寥光的，伸手不见掌。有个什么人爬到她炕上，把她惊醒。她叫唤起来。睡在南炕的她的男人，那个十岁的小嘎，从梦中惊醒，不知道是怎么一回事，可炕地摸，他爹不见了，吓得他跳到地下，迷迷瞪瞪，只当是来了胡子，或是哪里失火了。他光着两个脚丫子，跑到桌子边上摸火柴。他妈也跳下地来，跑到她儿子跟前，打他一撇子。他扑倒在南炕的炕沿上，呜呜地哭了。刘桂兰趁着这空子，光着脚丫子，逃到院子里去了。

---

① 探物的细铁条。

雨下着，院里湿漉漉的。她顶雨站在院子的当间，脚踩着地面，泞泥盖没脚骨拐[①]。她听见屯外野地里的一声声瘆人的狼嗥，又冷又怕，心里直哆嗦。她寻思着："往哪儿去呀？"爹妈死了，早没有家了，妇女会是小糜子当令，她无处投奔。她爬上苞米楼子，伏在苞米堆子上，幽幽凄凄地哭一个整宿。雨哗哗地落着，她的哭声没有人听见。

天麻花亮，她从苞米楼子上跳下，光着脚丫子，跑出大门。跑不远遐，碰到白大嫂子在井台上打水。看见她两眼红肿，两脚光着，白大嫂子吃惊地问道：

"刘桂兰，你怎么的呐？"

刘桂兰光顾着哭，说不出话来。白大嫂子挑着水筲子，邀她往她家里去歇歇。回到家里，白大嫂子给她换掉湿衣裳，洗净泥巴脚，叫她上炕。她一面烧火做饭，一面跟她唠着嗑。刘桂兰把苦水都倒出来，说到伤心处，哭得没有头。白大嫂子说：

"别哭了，往后就待在我家。看谁敢来整你？"

从那以后，刘桂兰躲在白家。白大嫂子叫她做些针线活，整天不出门，免得叫她婆家的人看见。过了一个月，小老杜家打听出来了，想要人，自己又不敢来要。他们知道，白大嫂子是不好招惹的。小老杜家告到妇女会。小糜子派人来劝白大嫂子，把人交出来。白大嫂子说：

"你叫小糜子来，咱们评评理。"

小糜子害怕白大嫂子把自己不能见人的事，也给捅[②]出来，不敢上门。小老杜家又告到张富英那儿。张富英放出一个话，说要派民兵来抓。白大嫂子听到这话，站在公路上，扬起她的黑老鸹的羽毛似的黑眉毛，大声吵嚷道：

"刘桂兰是我收留了，谁敢来抓，叫他来，咱跟他豁上。你们

---

① 脚踝。

② 音"周"，义如掏或翻。

山高皇帝远，干的好事，只当我姓白的不知道?”

张富英气急眼了，真要来抓人。李桂荣估量白家是干属，怕把事情闹大了，区上县里派人来调查，惹火烧身，反倒不美。他劝张富英：

“咱们不要管这些闲事，白家屋里的是个惹不起的母夜叉，你还不知道?”

小老杜家又到杜善人跟前诉说。杜善人架着眼镜，正在看报纸。他是常常悄悄找些《东北日报》来看的，从那上面研究我们的政策，估量战争的形势。这会正看着人民解放军冬季攻势胜利的消息，蒋匪一师一师被咱们歼灭。小老杜家来求他帮忙抢回刘桂兰，杜善人叹一口气说：

“唉，往后瞧瞧再说吧。”

刘桂兰就仗着这位“母夜叉”护住，待在白家。她的男人，那十岁小嘎，来哭过两次，要她回去。他的身子又瘦又小，又干瘪；说话嘟嘟哝哝，听不清楚。刘桂兰跟他站在一块堆，要看他，得低下头来。

过门的时候，屯子里人都说不行。老孙头也说：“这媳妇过不长，终究要干啥。”刘桂兰身板壮实，胳膊溜圆，干活没有一个妇女撵上她，炕上的剪子，地下的镰刀，都是利落手。薅草拔苗，扬场推碾，顶上一个男子汉。这会看着这个十岁的小嘎，她的挂名男人，站在她的跟前掉眼泪，她的心软了。但是一想起她公公的胡子巴碴的臭嘴巴子，她觉着恶心，不想回去。她打发他走了。就这么的，她待在白大嫂子家里。萧队长回来以后，白大嫂子带领她参加了贫雇农大会。现在，她们编入郭全海小组，上杜善人家去。

老孙头也在郭全海小组。他赶一张二马爬犁[①]，跟在大伙的后

① 一种雪地的马拉的交通工具。没有车轮，用马拉着两根木头，像犁一样地在雪上顺着滑走，木头上搁着木板，板上坐人和放物，叫做爬犁。二马拉的，叫二马爬犁。

面，准备把没收的谷物和家具拉到农会去。

杜家大门，关得溜严。老孙头喝住马匹，跑到门口，用马鞭子杆敲着门扇。里头一个女人的声音问：

“谁呀？”

“走亲戚的来了，快开门吧。”老孙头笑笑，装个假嗓子回答，歪着脖子悄声对郭全海说道：

“这是杜善人媳妇。”

老孙头在杜善人家吃过劳金，知道他家有两条大狗。听见里头门闩响，他退下来，站在大伙的背后，他害怕狗。门开了，两只牙狗从一个中年女人的身后，叫着跳出来，一只奔向郭全海，一只绕到人们的背后，冲老孙头扑来，老孙头脸吓得煞白，一面甩鞭子，一面瞪着眼珠子，威胁地叫道：

“你敢来，你敢来！”

狗不睬他的威胁，还是扑过来。老孙头胆怯地往后退两步，狗逼近两步，老孙头大胆地朝前进两步，狗又退两步。正在进不得，跑不了，下不来台的时候，他情急智生，往地下一蹲，装出捡石头的模样，狗远远地跑到小猪倌跟前，去和他打交道去了。老孙头直起腰来，用手背擦擦沿脑盖子上的汗珠子，脸上还没有转红，嘴上嘀咕着：

“我知道你是不敢来的。”

狗冷丁地扑到小猪倌的腿上，咬了一口，棉裤扯个小窟窿，腿脚挂破一块皮，流出血来了。大伙直冒火，提着扎枪，木棒，捡些石头，撵着两只狗。狗汪汪地叫着，可院子乱跑，但跑不出去，大门后门、上下屋的门，都关上了，没有逃路。二十个人，围一个小圈，终于把两只牙狗堵在一个角落里，用麻绳套住了脖子。这时候，老孙头叫唤的声音最高：

“打死它，别叫它跑了。”

小猪倌也说：

"打死地主狗，咱们儿童团查夜，再也不怕了。"

大家一致同意把两只狗吊死。男子们七手八脚，把狗吊在马圈的吊马桩子上。拴在马圈子里的三匹马都吃惊了，不敢吃草料，仰着头，想挣脱笼头。狗的腿脚在空中乱踹，汪汪地号叫，声音越变越小，一会儿连小声音也没有了，舌头吐出来。白大嫂子和刘桂兰两人都低着头，先到上屋里去了。老孙头到马槽跟前，望着两只狗的鼓鼓的眼睛，问道：

"还咬不咬？都不吱声了？你这黑家伙，'康德'十二年腊月前叫你咬破脚脖子，三天三宿，下不来炕。如今呢？你要还能咬，算你有本事。"

郭全海打完了狗，去上屋的灶坑，对了一个火。这时候，他嘴上叼着蓝玉嘴烟袋，站在房檐下，冲马圈叫唤：

"谁剥，肉归谁，皮归农会。"

小鸡子都圈起来了，拍着翅膀。马嚼着草料。院子里再没有别的响动。白大嫂子和刘桂兰叫杜家的女人小孩待在东屋里屋的炕上，不叫往外走。女人们盘着腿，坐在炕头上，瞪眼瞅着进进出出的人们，但当人们瞅着她们时，她们低下头，或是装出笑脸来。这时候，卖呆的人越来越多了，黑鸦鸦地满屋子的人。杜善人的小孙子看见人多，吓得哭了，杜善人的瘦得像猴儿似的女人抱起他来说：

"别哭了，哭顶啥？哭了脑瓜子痛。"

这时候，小猪倌在外屋叫道：

"闪开，快闪开道，咱们财神爷来了。"

大家回过头去看杜善人。他穿一件补丁摞补丁的旧青布棉袍，戴一顶猪肝色的破毡帽，上身鼓鼓囊囊的。猪倌吴家富揭开他的破棉袍，里头露出一件青绸子面的狐皮袄子来。他低着头，猪肝色的破毡帽压在他的浓黑眉毛上。小猪倌把手里的扎枪在杜善人的眼前晃一晃，催道：

"快说，你把好玩意都搁在哪儿？"

杜善人抬起头来，他的脸庞还是那样胖，眼睛挤成两条缝。但是两边鬓角有些白头发，他皮笑肉不笑地说：

“咱家啥也没有了。”

这时候，老孙头挤到杜善人跟前，指着他鼻子说道：

“你本县外县、本屯外屯，有千来垧好地，一年收的租子也能打个金菩萨。你家的金子一点也没露面，就说没有了？”

“没有，确实没有了，我要是有，早拿出来了。我把东西拿出来，献给基本群众，这不光荣吗？我留下金子顶啥用？在这八路国家，民主的眼睛都瞅着我，留下啥也使不出来呀。”

杜善人说着，哭丧着脸，一对细眼睛里噙着两颗亮闪闪的泪瓣。妇女都给打动了，她们眼睛落在杜善人的亮闪闪的泪瓣上和鬓角上的花白头发上。她们不想往下问，腿脚往外移动了。这时候，郭全海来了，看见杜善人装做可怜相，有一些人，特别是妇女，给他糊弄了，正在走散。他慌忙把他噙在嘴边的小蓝玉嘴烟袋取下，别在裤腰带子上，跳上炕沿，大声说道：

“大地主的话，可别信了。他这会子装孙子，哭天抹泪，在早，他们整得咱们穷人眼泪流成河。我爹死那天，天刮暴烟雪，还没咽气，韩老六就叫抬出去。那时候杜善人也在，他从旁边插嘴：‘快抬出去，搁屋里咽气，秽气都留在家里，家口好闹病。’他们就把我爹抬出去，活活冻死在大门外头。”

刘桂兰起先瞅着郭全海，听到这儿，她眼睛里现出了泪花，忙用手背去擦干。白大嫂子瞪杜善人一眼，轻轻地骂道：“你们那会子邪乎，这会子倒装孙子了。”老田头接过话来说：“老郭头给抬在门外，活活冻死的，那是不假。要不抬出去，还兴活着。咱们得替郭主任报仇。”

郭全海又说：

“倒不光是替我一家报仇，大地主跟谁都结了冤仇，他们转个磨磨，就想折磨你。”

站在门边的老孙头也插嘴说道：

"大地主是咱们大伙的仇人，'康德'十二年，我在杜家吃劳金，上山拉套，成天成宿干，有一天下晚，回来刚睡觉，杜善人闯进来叫道：'起来，起来，你看你这个睡，这个懒劲，还不快去饮马去，牲口干坏了。'"

白大嫂子接口道：

"我听老白说，"白大嫂子学着公家人，不叫掌柜的，管她男人叫老白，"这老杜家装个菩萨面，心眼跟韩老六家一般坏。老白去贷钱，杜善人说：'没有，没有，别说五分利，八分利也不能借给你。'走到灶屋，他二儿媳像破鞋招野男人似的招呼道：'白玉山，白玉山，给我搂搂柴火，我贷钱给你。'贷她的小份子钱，要六分利，不使不行，十冬腊月，老北风刮得呀，把心都冷透，棉衣也没有穿上身，不使地主钱，把人冻僵了。"

这时候，男男女女都记起从前，想到往日，有的诉苦，有的咒骂，有的要动手打了。

"大地主的罪恶，不用提了。"

"大地主没有一个好玩意。"

"萧队长说，外屯地主藏东西，搁不着的地方，都搁了。"

有人挤到杜善人跟前，把他的猪肝色的毡帽取下来，戴在自己的头上。杜善人的秃头冒出汗珠子，人多势众，他害怕了。郭全海说道：

"杜善人，不用怕，咱们不打你也不唔的[①]，不过你的好玩意搁在哪儿，得痛快说出来。"

一个民兵说：

"大地主都是贱皮子，非得往出打不解。"

郭全海慌忙跳下地来，挤到杜善人跟前，用胳膊拦住民兵举起

---

① 唔的：怎么的或什么的。

的巴掌，说道：

“打是不能打，共产党的政策是不打人的。杜善人，你可是也要自动，快说！金子搁哪儿？”

萧队长早就来了，站在门口，从人们的肩和肩的缝里，观察杜善人的大脸。他注意到进行的一切。他看到有一些人被杜善人的一滴泪水糊弄了，仗着郭全海的一席话，又提起了大伙的冤屈和仇恨。他也看到大伙上火了，要揍杜善人，郭全海掌握住了。他想这组不会出岔子，站了一会，放心地挤出屋子，上别的小组去察看去了。

屋里，杜善人听郭全海说，不叫打他，只当是向着他了，连忙亲亲热热叫声“郭主任”。

老孙头说：

“他不是主任，是咱们贫雇农团长。”

杜善人随即改变称呼，但说的也还是那些老话：

“郭团长，我的家当，箱箱柜柜，都在这儿，确实没有啥了。我要是有啥，都拿出来，这不光荣吗？”

郭全海在靰鞡头上敲敲烟袋锅子，笑笑说：

“一千来垧地，就没有啥了，你糊弄谁？”

杜善人抬眼说道：

“不是献过两回吗？”

老孙头接口道：

“你献过啥？头回拿出三副皮笼头、一个破马。不抠，你还不肯往外拿。二回张富英当令，他向着你，叫你拿出两床尿骚被，就挡了灾。你们家的金子元宝，都没露面。你有啥，咱们都摸底，你寻思民主眼睛干啥的？”

郭全海慢慢地说：

“你要不说呀，哼，咱们打是不打，抓你蹲笆篱子，还是能行的。”

群众听到这句话，都托了底，都敢说话了。老孙头说：

“把他绑起来，送笆篱子关几天再说。”

民兵从自己的裤腰带上，解下捕绳，儿童团长小猪倌推着杜善人的肥胖的脊梁：

“这老家伙真坏，你不说，快滚进笆篱子去吧。”

这时候，南炕上杜家的女人和小嘎都哭起来，吵嚷和哭喊，闹成一片。杜善人脸上冒油汗，手联手，放在小腹边，冲南炕说：

“你们别哭了，你们一哭，我心就慌。”

小猪倌推着他走，一面说道：

“快走，别啰嗦了，你欠咱们穷人八辈子血债。这会子装啥？”

民兵说：

“‘满洲国’大地主，杀人不见血，咱们干活流的汗，有几缸呐。那时候，你心不慌，这会子，嚷心慌了。”

老孙头插嘴：

“‘满洲国’，在你家里吃劳金，鸡叫为明，点灯为黑，地里回来，还得铡草、喂马，还得给你儿媳挑水搂柴火，还得给你娘们端灰倒尿盆，累躺倒了，讨一口米汤，也捞不着，你们还骂：‘他害病是他活该。’这会子你心慌，也是你活该。”

小猪倌着急地说：

“叫他快滚。”

杜善人抬手擦擦眉毛上的汗，慌慌乱乱说：

“你们别推我，我说，我说呀。”

郭全海挥手叫大伙别动，民兵齐声说：

“大伙消停点，听他说吧。”

里里外外，人们都不吱声了，屋子里没有一丁点儿声响，光听见窗户外头，小家雀子叽叽喳喳地叫着。杜善人喘一口气，眼睛往外瞅瞅，往南炕走，人们闪开道，他迈到南炕跟前，坐在炕沿上，缓过气来以后，慢条斯理地说道：

“叫我说啥呢？真是啥也没有了。”

这一下，群众心里的火苗再也压不住，男女纷纷往前拥，小猪倌推杜善人道：

“起来，不准你坐。”

大伙推着挤着，又把杜善人拥到门边。老孙头说：

“我的拳头捏出水来了。”

民兵晃一晃手里的钢枪，叫道：

“大肚子没一宗好货，非得揍不解。”

南炕上，杜善人娘们哇地又哭起来，她小孙子也哭。

郭全海这回也冒火了，冲南炕说：

“又没有揍他，你们哭啥？”

老孙头说道：

“哭也得把欠咱们的还清。”

民兵说：

“他这是糊弄人的，别中他的计。”

杜善人两手抬到胸前拱一拱：

“屯邻们，不看鱼情看水情，不看金面看佛面。”他说着，眼睛望望朱红柜子上的那一尊铜佛。这佛像有二尺来高，金光闪闪，满脸堆笑，双手合十，瞅着人间。老孙头一经提醒，瞅瞅那笑脸，他上火了。他记起了伪满“康德”十二年，在杜家吃劳金，赶大车。一个骒马在马圈里下个马驹子。正是四九天，又刮暴烟雪，老北风呼呼地叫着，小马驹子还来不及抱进屋里，就冻死了。杜善人把老孙头叫进里屋，逼他跪在铜佛跟前说：

“整死小牲口，得罪了佛爷，你说该怎么的吧？”

老孙头跪了一气道：

“你说该怎么的，就怎么的吧。”

“你自己说！”

“给佛爷买一炷香，叩一个头。”

“那你跪着吧。”

又跪了一气，快吃头晌饭，杜善人又踱过来，背抄着手，低下头来问：

“怎么样？”

老孙头波棱盖都跪麻木了，说道：

“说啥都依你。”

“一言为定，你在这上打一个手印。”

老孙头在杜善人递过来的一个薄本子上，使右手拇指按上一个手印，那上头写明，老孙头害死马驹，得罪神佛，为给佛爷披红，扣除三个月的劳金钱。

老孙头记起这些事，气得抡起一根榆木棒子，往铜佛的脑盖上，狠狠地就是一下，旁的人学样，七手八脚，把这尊摆在朱红漆柜上的金光闪闪的铜佛，叮叮当当，揍得歪歪扁扁，不成菩萨样儿了。

“大肚子的神神鬼鬼，尽是糊弄咱们老庄的。”老孙头作一个结论。

大伙正在围攻铜佛的时候，郭全海招呼几个积极分子到外屋的角落里悄声地合计一会。回到屋里，他对大伙说：“消停点，别再打了。杜善人老也不坦白，咱们怎么办？”

老孙头打完佛爷，得意地眯着左眼说：

“大肚子的脑瓜子都是干榆木疙疸，干榆湿柳[1]，搁斧子也劈不开的，送走他算了。”

民兵说：

“先揍一顿，再带走。”

郭全海在吵嚷中，走到灶坑边，点起小烟袋，回来就说：

“揍是不能揍，咱们跟他算一算细账，小猪倌快去叫栽花先

---

① 干榆湿柳都难劈。

生来。”

小猪倌提着小扎枪，使劲往外挤。才刚走到院子里，听见郭全海在里屋叫道：

“叫他带算盘子来。”

小猪倌去了不一会，带了戴眼镜的黑瘦的栽花先生来。郭全海说：

“来，大伙闪开，先客让后客，咱们跟财神爷算算剥削账。”

这时候，一个积极分子说：

“杜善人，痛快说出来，金子搁在哪？要不回头算起来，欠咱们多少，要你还，一个不能少。”

“我没有呀，算也没有，不算也没有。”

栽花先生把眼镜架在鼻梁上，把算盘子伸到杜善人跟前，手拨拉着算盘子，拨得劈里啪啦响。郭全海说道：

“撇开你收下的租子不说，光算你剥削咱们扛活的钱。本屯外屯里青外冒烟的[①]还在外，你一年起码雇三十个扛活的。一个扛活的能种五垧地。大伙说能不能种？”

好多声音回答说：

“能种。”

老孙头添一句道：

“有马能种上。”

郭全海又说：

“一个扛活的，连吃喝，带拿劳金钱，花你一垧地出息。马工花一垧地出息。”

老孙头说：

“要不了那么多。”

“就多算点，大租花销，算一垧地出息，共是三垧，你净赚二

① 在地主家帮青，即做长工，回自己家吃饭的雇农，叫里青外冒烟。

垧，黑大叔，你算算吧。”郭全海管栽花先生叫黑大叔，因为他脸和手脚都是漆黑的，这位黑大叔戴着眼镜子，一面用指头拨动算盘珠子，一面报告大伙说：

“一垧地出五石粮，他一年从一个扛活的身上剥削十石粮食，年雇三十个劳金，三得三，他一年剥削咱们三百石粮食。”

郭全海又说：

“他在我们屯子当了三十年地主，每年雇三十个扛活的，有多无少。黑大叔，你算算，这些年来，他一总欠咱们多少？在早，咱们穷人向他贷钱，他要咱们五分利、六分利，咱们不向他要那么多，只要三分利。黑大叔，你都算算，连息带本，共是多少？”

屋子里没有人吱声。栽花先生拨动着算盘珠子，这是老算盘，拨动起来，毕毕剥剥地响着。杜善人也是会归除的人，这一细算，他心才着慌。他的脸上灰一阵，白一阵，汗珠滴滴答答往下掉。栽花先牛说：

“三十年，不算利息，光血本，他欠穷人九千石粮食。”

大伙听到这数字，一窝蜂似的吵嚷起来了。都冲着南炕和杜善人挤来。杜善人的老伴抱着小孙子说道：

“别哭，小崽子，奶奶在这儿。”

杜善人被人推挤着，待在地当中，一声不吱。大伙吵嚷着说：

“说呀，你成哑巴了？”

“你瞅他，像捆秫秸似的。”

“叫他还粮，不带利息，先还九千石，咱们正缺粮。”

“欠账还钱，这是你们自己定的律条儿。”

“在‘满洲国’，大财阀心眼多狠。扛一年活，到年跟前，回到家里，啥啥也没有，连炕席也没有一领，米还没有的淘。地主院套，可院子的猪肉香，鸡肉味，几把刀在菜墩上剁饺子馅子，剁得可街都听着。白面饺子白花花地漂满一大锅，都是吃的咱们穷人的呀。可是你去贷点黄米吧，管院子的腿子，连啐带撵地喝道：‘去，去，年跟前，黄米哪有往外匀的呀？’那时候，咱们光知道哭鼻子，怨自己的命苦，再没存想他们倒欠咱们的血账。”

男女老少，你一言，我一语，把屋子里闹得热烘烘，也听不出来哪一句话是谁说出来的。郭全海扯大嗓门叫唤道：

“大伙消停点，消停点。咱们挖地主财宝是要咱们的血汗账，是财宝还家。咱们穷人的劳动力造出了房子、粮食，外加金子、银子，都得要回来。”

屋里屋外，四方八面，男男女女的声音，混合在一块，像雷轰似的答应着：

“对，都得要回来。”

郭全海用他的叫哑了的嗓门冲栽花先生说道：

“你算一算，他的家当够不够还咱们的账？”

“不用算，差老鼻子呐。”

郭全海对大伙说道：

“杜善人的家当不够还咱们，这房子也是咱们的呐。自己的房子，咱们能清查一下，别乱套，加小心，别摔坏镜子，这都是咱们自己的了，别忙动手，咱们先说怎么处理他？”

有一个人说：

“叫他去见韩老六。”

郭全海连连晃脑袋：

“那不行，他不是恶霸地主。”

又有人说：

“叫他净身出户，行不行？”

“叫他先挪到下屋。”

民兵催着杜善人和他家眷搬到下屋去。旁的男女都动手清查。

有的贴封条，有的落账，有的翻腾着东西。箱箱柜柜都给掀开。花纸天棚给扎枪头子捅几个窟窿，有人站在朱红漆柜上，头伸进天棚顶上，尘土都抖落下来。炕席炕毡，也都翻个过儿，尽是一些破破烂烂，扔半道也没人捡的东西，摔满一地和一炕。郭全海说：

“叫杜善人过来，大伙再好好问他。白大嫂子你跟‘她’一起，到西屋去问娘们。”

白大嫂子临走，冲郭全海低声逗笑说：

“你说的‘她’是谁呀？”

经这一问，郭全海满脸发烧，好像做了见不得人的事似的。他没有答话，连忙挤进人堆里，找着小猪倌，跟他一块堆，拿着铁探子，到角角落落，屋里屋外，去搜查去了。白大嫂子拉拉刘桂兰的手，跟她逗乐子，笑说道：“来来，郭团长的‘她’，咱们快上西屋去。”说得刘桂兰也满脸通红。

杜善人来到东屋，人们围住他，民兵说道：

“快把金子拿出来。”

老孙头说：

“我在你家吃过劳金，你有没有，我们都知道。你不拿出来，就没有头。”

杜善人说：

“我箱箱柜柜，都叫你们翻腾了，还有啥呢？”

老孙头挤到他跟前：

“黄闪闪的玩意，白花花的玩意，快说，都搁在哪儿？”

“哪有那些玩意呀？你瞅这破烂，”杜善人用手指指破棉絮，破衣裳，说道，“这像是有金子的人家？家有黄金，外有戥子呀。”

老孙头接过嘴来说：

“你娘们平日戴的金镏子，你二儿媳过门戴的金钳子[①]，你小儿媳的一副四两重的金镯子，还有你老伴的金屁股簪儿、金牌子、金表、金砖，趁早献出来，要不价，咱们没有头。”

说得这样清楚，杜善人低下头来，但一转念，又抬眼说道：

---

① 金耳环。

“都踢蹬光了，‘康德’十年起，‘满洲国’花销一年一年沉，咱家败下来了，一年到头，除开家口的吃粮，家里就像大水漫过的二荒地[1]似的。”

民兵冒火了，说道：

“听他胡扯，大地主都是花舌子，带他走得了。”

大伙也都愤慨起来，挤着推着，杜善人一边走，一边回过头来说：

“你听我说呀。”

老孙头瞪他一眼说：

“听你说，这一帮人又不是你孙子，老孙头我今年五十一，过年五十二，还听你说呢。”

说得大伙都笑着。西屋，白大嫂子跟刘桂兰领着妇女追问杜家的娘们，也没问出啥。

这时候，郭全海走进东屋，招呼杜善人：

“你来，跟我来吧。”

郭全海带着杜善人，里屋外屋到处转。小组的人和卖呆的人跟在后边。郭全海支使杜善人干这干那，叫他把箱子搬到院子里去，又叫搬灯匣子，还叫他挪动这个，挪动那个，杜善人搬得满头油汗，胖脸涨得通红的。郭全海手里拿着铁探子笑道：

“你欠咱们粮，不把财宝往外拿，叫你还工。早先咱们尽叫你支使，如今你也尝尝这个味儿吧。”

郭全海嘴里这样说，眼睛瞅着杜善人的手脚和脸庞、动作和神情。不叫他舍财，光要他搬搬箱柜，杜善人心里乐了，累得一头汗，也使劲干。可是，叫他上外屋去挪泔水缸时，他脸上露出为难的样子说道：

“埋汰呀，臭乎乎的玩意，挪它干啥？”

---

① 种过的地又荒了，叫二荒地。

郭全海催他：

“快，叫你干啥，你得干啥。”

杜善人搂搂胳膊，装模作样，却不使劲，缸推不动，郭全海知道有蹊跷。他和两个民兵把泔水缸抬开，露出缸底泔水浇湿的一块颜色较新的泥土，郭全海用靰鞡头拨拨那土。土冻结了，拨拉不动。杜善人苦笑着说：

“别费劲呀，这地方还能有啥？”

郭全海回过头来瞅瞅他的脸。那胖大脸庞正由红转白。郭全海笑笑问道：

“真没啥了？”

杜善人笑着，觉着这关要过了，说道：

“我要有啥，不献出来，天打五雷轰。”

这时候，民兵使根木棒子往泔水缸里搅动一下，浑臭的水里，渣子饭屑翻腾着。木棒碰到了什么，丁当响一下。他挽起袖子，往缸里去捞，捞出一个铜洗脸盆来。大伙把缸往外抬，泔水泼在院子里，再没倒出啥。杜善人乐蒙了头，满脸春风地笑道：

“你们不信，咱们家里真像大水漫过的二荒地似的。这铜盆咱也不要了，献给农会。”

郭全海站在一边，两撇眉毛打着结。他转来转去，又走到灶屋里放泔水缸的那块地方，用铁探子使劲戳着，土冻硬了，戳不下去。他到下屋找来一把铁锹，使劲刨开缸底那块土。刨一尺深，铁锹碰到了一块洋铁片子，发出清脆的丁当的声响，老孙头是人堆里头一个挤过来的人。他大声嚷道：

“找到金子了。”

人们都挤拥过来。看管杜家的人们也扔下他们，跑过来了。人们左三层，右三层，围住郭全海，瞧着他挥动铁锹，土疙疸和冰碴子蹦跳起来，打着人们的脸庞和手背，也都不觉痛。

刨开三尺见方、一尺多深的一个坑，民兵跳下去，揭开洋铁片子，底下是木头板子，再把木板子揭开，露出一个黑鸦鸦的大窟窿，凉飕飕的一股风从里往外刮。小猪倌点着一根明子，伸到窟窿边，叫风刮灭了。他添一把明子点着，这才照着里头满满堂堂的，尽是箱子和麻袋。老孙头跳了下去，在下面叫道："箱子老鼻子呐，再来一个人。"声音嗡嗡地响着，像在水缸里似的。一个民兵跳下去，两个人起出木箱和麻袋三十来件。在地面上，打开来看，一丈一丈的绸子，一包一包的缎子，还有哔叽、大绒、华达呢、貉子皮、狐狸皮、水獭帽，都成箱成袋。

另外还有一千来尺的士林布。老孙头和那民兵小伙子，沾一身土，爬出窟窿。老孙头拿块麻布片拍拍身上的尘土说道：

"尽好玩意。"他扭转头去，看见杜善人，就问：

"你这是大水漫过的二荒地呀？"

杜善人一声不吱。他走到东屋，坐在南炕沿，两手蒙着脸。他的老伴拄根木棒，跌跌撞撞地走到外屋，一面哭鼻子，一面叫唤道：

"这算啥？也得给人留下一点呀。"

老孙头说：

"拿出九千石粮来，咱们啥啥也不动你的。"

郭全海忙说：

"老孙头，别泡蘑菇了，快套爬犁，一张不够使，吆喝两家中农，套两张。"

别的小组也起出了包拢。从晌午大歪到掌灯时候，横贯屯子的漫着冰雪的公路上，来来往往，尽是两马和三马爬犁，拉着箱箱柜柜、包拢麻袋、酱缸水缸、苞米谷子。还有大块的猪肉，那是从地主的窗户下、井台边、马圈后的冰块雪堆里挖出来的。地主家家都把肥猪和壳郎杀了，退了毛，切成大块，埋在雪堆里，准备过年包一两个月的冻饺子。

老孙头的爬犁拉着木箱子跟麻布袋，上头横放着那只吊死的黑牙狗。东西堆得多，人不能坐上。他在爬犁的近边，大步流星地走着，响着鞭子，“喔喔，驾驾”地吆喝着牲口。半道，有人问包拢是哪家起出来的？他笑眯左眼回答道：

“从大水漫过的二荒地里起出来的。”

人家不懂，他也不解释，又添上说：

“大地主心眼坏透了，花招可老了。要不叫郭团长跟咱老孙头使个巧计，大伙都白搭工夫，啥也起不出。如今眼瞅革命成功了，得给大伙干个样看看，粗粉细粉得给人露两手才行。喔喔，驾驾。”他甩动鞭子，赶着牲口。

七

在杜善人家发现地窨的新闻，传遍了全屯。其他各组跟着学样，都背着铁锹铁铲，到屋里院外，把地土翻起。下晚，老初那一组在唐抓子家的后园的雪堆下，也挖出个地窨，起出二十多个箱笼。各组妇女，起先都没有劲头，大伙瞅着地主的穷相，只当真的没啥了。待到起出这两个地窨，她们又窝火又乐，都动起手来，从天黑起，扒开火墙，爬上天棚，脸庞和鼻尖，尽是黑灰。院子里的寒风呜呜地刮着。她们手执松明，跑到外头，钻进猪圈和马圈，用铲子掀着猪粪和马粪，也不嫌埋汰。小鸡叫三遍，她们回去睡，老也睡不着，困劲都跑了。全屯的大地主的院套里，松明灯火的光亮，连夜通宵闪耀着。

发动大搜检的第二天，日头冒花时，老万告诉郭全海，说是萧队长接到七甲工作队的来信，他们从地主娘们的脚上，起出一副金镏子。刁娘们把金镏子套在小脚趾头上。老万临了说：

“政委要我告诉你，搜搜妇道们身上。”老万管萧队长叫政委。

郭全海笑着招呼白大嫂子道：

“你过来，有个好差使。”

白大嫂子笑着招呼刘桂兰，叫她也过去，可是她不来，白大嫂子拉着她的手说道：

“来，害什么臊呀？”

老万站一边瞅着，不知这是怎么一回事，问道：

“她是咋的？”

郭全海移开噙在嘴里的烟袋说：

“没啥，白大嫂子逗乐子。”

老万没有往下问，就挤出去通知别的小组去了。屋里郭全海说道：

“有一件事，咱们是不能干的，得你们动手。”说着，就把萧队长的通知告诉了她们。白大嫂子冲大伙叫道：

“老爷们都上外屋去，光妇女留着。”

刘桂兰早挤到外屋，把杜善人家的妇女都带进来，杜善人的小孙子也跟进来了。男人和小嘎都到外屋里去了，炕上地下，光留着白大嫂子和刘桂兰，外加一些卖呆的娘们。白大嫂子说：

“自己说吧，金子搁在哪？”

杜善人的女人坐在炕沿上说道：

“哪有金子呢？家有黄金，外有戥子，像我们这庄稼院的人，哪里来的金子呀？”

刘桂兰接口说道：

“你没有金砖金条，也有金镏子。”

“哪有那玩意？”

白大嫂子扭过头去，瞅着杜家那位瘦成麻秆似的低着头的二儿媳，含笑说道：

“你说吧，你婆婆的金子搁在哪？她的金子都是留给她小儿子的，你也捞不着，干脆说出来，免得沾包。”瘦麻秆子连连摇头说：

“她没有呀，叫我说啥呢？咱们家有钱都置了地，底根儿没有过金子。”

白大嫂子又回转头来，冲着杜善人的小儿媳，叫她说出她婆婆的金子来。这个妇女，才十九岁，胖得溜圆，长一副白瓜瓢脸庞。这时候，她笑着说道：

“她金子搁在哪儿，咱哪能知道？”

她婆婆瞪她一眼，瘦麻秆子也冲她做出威胁的气色，白瓜瓢脸慌忙改口道：

“她没有金子，咱们家底根儿没有过金子。每年余富的钱，都置了地。”

这和她妯娌说的一样，只是句子倒了一下。白大嫂子和刘桂兰和别的妇女都笑起来，外屋老孙头问道：

“笑啥呀？抠出啥来了？”

白大嫂子笑着说：

“可不能告诉你。”完了又对杜老婆子说：“要是不说，咱们动手了。刘桂兰，叫她们把鞋子脱下，上炕。”

杜家娘们都脱下棉鞋，爬上南炕。小孙子一个人剩在地下，哭叫起来，杜老婆子说：

“上来，别哭，哭了脑瓜痛。”

鞋子和脚上都搜遍了，不见金子的影子。白大嫂子跟刘桂兰到一个角落里合计一小会。刘桂兰过来，冲着瘦麻秆子说：

“把衣裳脱下。”

瘦麻秆子装做没听准似的，问道：

“你说啥呀？”

“衣裳，快脱下。”

瘦麻秆子笑笑，却不脱衣，说道：

“你看你，还没上头，还是姑娘家，叫人脱衣裳，你能抹得开？”

“别啰嗦了，刁娘们，快脱吧。”

白大嫂子也说：

“自家不脱，咱们动手了。”说着，白大嫂子当真带领几个妇女上炕来解瘦麻秆子的衣裳。她慌得瘦脸煞煞白，用双手护住裤腰带，一面叫道：

“别解我的裤子呀，我身上来了。”

外屋，小猪倌仰脸问老孙头说：

“啥叫身上来了呀？”

“一月一趟。”老孙头说了这一句，不再往下说。

小猪倌笑着问道：

“一月一趟啥？一月赶一趟车进城？”

车老板子骂起来：

“扯你鸡巴蛋，滚开！”

里屋，刘桂兰脚跟跺得地板响，催那女人说：

“快脱吧，别啰嗦了。”

这时候，杜善人女人光脚丫子跳下地，扑通跪在地板上，冲着刘桂兰磕头：

“姑娘，积德饶了她，她身上来了，叫她脱衣裳，冲犯了佛爷，家口闹病呀。”

白大嫂子说：

“上炕不脱鞋，必是袜子破。不脱衣裳，就有毛病。”说着，她和刘桂兰二人亲自动手，抄她下身。裤腰带扎得绷紧，解不开来。瘦麻秆子哭着，老婆子叫着：

“没有啥呀，姑娘，嫂子，别叫冲犯神明呀。”

刘桂兰说：

“八路军不信这一套，啥神神鬼鬼，都是没有的。”

她们解开了那女人的下衣，解开那并没有来啥的，没有一点血污的骑马带子[①]，豆油灯光里，两个黄灿灿的玩意丁咚掉到地板上。刘桂兰欢天喜地，撇开那女人，也不管她穿好了衣裳没有，手

---

① 月经带。

拿着镏子叫道：

“大伙瞧瞧，这是啥呀？”

女人躲到漆黑的角落里，穿好裤子。门开了，人们拥进来，围住刘桂兰，老孙头问：

“打哪儿起出来的？”

刘桂兰没有回答，白大嫂子笑着说：

“你问那干啥？反正是抠出了金子就得了。”

老孙头抢过镏子来，伸得很远，笑眯左眼说：

“这不像金子，是黄铜吧。金子是甜的，黄铜是苦的，让我搁舌子尝尝。”说完，他把金子搁到嘴边去。刘桂兰一面叫唤道：

“哎呀，快别搁嘴上。”一面从人堆里扑了过去，从老孙头的手里夺下金镏子，“把人吓坏了。埋汰呀，你都不知道？”

老孙头给弄迷糊了：

“金子有啥埋汰呢？”

白大嫂子连忙接口说：

“金子搁在大肚子家里，就是埋汰。”

听到从杜家女人身上起出了金子，全屯男女黑天白日地搜找。有些地主把金镯子扔在灶坑里；有的坏蛋把金镏子套在秫秸障子的秫秸秆子上；有的老财把金钳子胶在窗户玻璃上的白霜里；有的娘们把金镏子缝在裤裆里，嵌在鞋底中，套在脚趾上。这一切都白费心机，都瞒不了群众这尊千眼佛的眼。金子越起越多了。五天以内，光元茂屯一个屯子，起出了三斤多金子。金镯子和金镏子都用线串好，一嘟噜一嘟噜地放在农会一个躺箱里，用锁锁住。

两马爬犁还不停不歇拉来粮食、豆饼、布匹、衣裳和农具。宽敞的韩家大院堆得满满当当的。东下屋做了衣库，堆着成千件衣裳、成万尺布匹。西下屋做了粮仓，装不完的粮食，堆在院心用茓子围三个大囤，囤尖跟房檐一般高，金光闪闪的小米和苞米上面，蒙一层白花花的干雪。有些地主，地窖里起出的粮食，因为窖起来的年代久，都沤成了石头似的大大小小的疙疸。

萧队长在农会里屋，接待着刚从哈尔滨来的《东北日报》记者。他陪他看了起出的浮物。替郭全海他们照了一个相。回到里屋，两个人唠着，萧队长告诉记者：

“起出来的金子，老百姓要卖了买马，打下生产的底子。咱们同意这个意见，土地改革的目的就是发展生产嘛。”

第二天，《东北日报》的记者走了以后，萧队长也决定离开元茂屯。这屯子的群众这回是在广泛的基础上发动起来了。郭全海变得更老练，不会出什么岔子。萧祥想带着老万，往三甲去。那是一个靠山的夹生屯子。郭全海和其他一些积极分子，伴送出南门，临别时，萧队长叮咛郭全海：

“你还是得搬进农会，多加小心，提防坏根烧果实。”说完，他坐上爬犁，在风雪里，一点钟奔跑二十里，驰往三甲。

八

依照萧队长的话，郭全海搬回了农会，住在萧队长住过的，原先他也住过的东屋的里屋。

元茂屯的男男女女，黑价白日地忙着，七八宿不睡，也不觉累。第八天下晚，原是在老初那组的老田头跑到农会里来告诉郭全海：

“旧中华民国，杜善人在苇子河山里当过把头，挣不少元宝。”

郭全海说：

“我也知道他能有。要他自己说，可真不容易。”

老田头说：

“找他大小子问问。他是杜善人头一房媳妇生的，后娘嫌乎他，起小折磨他。到长大了，他对外人说：‘咱死也不死在家里。’如今他在东门里，另立灶火门，你找他唠唠，兴许能露出点头。”

郭全海听了这话，又打听杜家大小子好喝烧酒。他上合作社，从酒篓里舀两棒子酒，又买一斤豆腐，自己动手炒一个豆腐，还炒一碟豆子，完了把那家伙叫来，请他喝酒。在农会的里屋，两个人边喝边唠。郭全海喝得很少，噙着烟袋，盘腿坐在炕桌边，瞅他喝完一樽，又倒一樽。喝得多，话也多了。两棒子酒完了，郭全海又去舀一棒子来。这事叫儿童团听到，告诉妇女会的刘桂兰和白大嫂子。白大嫂子说：“由他去，咱们犯不着去管他们爷们的闲事。”刘桂兰却说：“这可了不得！萧队长才走不几天，他又腐化了，走，咱们找他说理去。”

刘桂兰从杜家大院跑到农会来，后尾跟着十来多个和她一样年纪的姑娘，此外还有小猪倌带领的七八个放猪放马的小嘎，他们呼啦呼啦地拥进农会的里屋。刘桂兰领头，跑到炕沿边。杜大小子吓一跳。他有些醉意，人们跑进了院子，也没听见，人们冷丁拥进屋，儿童团手里都执着扎枪，只当是来抓他的来了。他心里哆嗦，端在手里的一樽白干，都洒在炕桌上和炕席上。刘桂兰脸颊绯红地说道：

“郭团长，咱们请你上那屋去，有话问问你。”

郭全海看见他们的样子和气色，早猜着九分。他笑一笑，跳下地来，跟着他们到西屋，刘桂兰气得胸脯一起一落，站在郭全海跟前，仰起脸来，噘着嘴巴子，半晌说不出话来。小猪倌站在她身后，脸上也不大好看。还是刘桂兰首先开口：

“郭团长，你们这算啥？大伙起早贪黑，抱着辛苦斗封建，你好不自在，跟大地主的浑小子喝酒。你学张富英的样，半道妥协哪？”

郭全海笑着，小声地跟刘桂兰唠了一会。她这才明白，气也消了，点一点头，跟小猪倌合计一下，就说：

“走，咱们别管爷们的闲事，反正他自己要负责任。”

说完就带领儿童和妇女走了。

杜大小子的脸吓得煞白，躲在里屋，不敢出来。郭全海回来，还是陪着他喝酒，也不知道他又喝了几樽。那小子喝得多了，就哭鼻子，这是他的老毛病。他捏着酒樽哭诉他的后娘压迫他，支使他干这干那，叫他喝稀的，穿破的。他说："'满洲国'垮台的那年冬天，我没鞋子穿，外头下大雪，她叫我出去喂猪，小脚指头也叫冻掉了。我那小兄弟舒舒坦坦躺在炕头上，还没醒来，我进屋去切豆饼喂马，老母猪出来骂我：'你安的啥心？他刚睡着，非把他吵醒，消停点不行？'我媳妇死了，他们不给我续弦。我早料着，那份家当没有我的份。使劲斗吧，把他们斗得溜干二净，我也不心痛。"

这时候，郭全海插嘴问道：

"你后娘有小份子钱吗？"

"那还能少？咱们家的干货都是她的小份子钱。"

郭全海又故意问道：

"她这份钱，日后打算给谁呀？"

"还不是给我兄弟。"

郭全海噙着烟袋，从容地又追问一句：

"你真没有份吗？"

"咱还能有份？"

郭全海凑近他身边，小声问他道：

"你可知道你们家的金银搁哪儿？"

"你说啥呀？"杜大小子端着的酒樽里的酒直往外淌。郭全海说：

"金子银子搁哪儿？"

"金子可不知道。"

郭全海紧接着问道：

"银子呢？"

"听老母猪说过：'去到地里山丁子树下去瞅瞅，别叫野猪啥的给扒开来了。'"

"哪儿的山丁子树？"

“那可不知道。”

看他喝完第三棒子酒，郭全海打发他走了。他吆喝小组上的人，到农会开了一个小组会。小组派定郭全海和老孙头，去问杜善人。又派白大嫂子和刘桂兰去问杜家的女人。杜善人还是那些话：“你们看我还有啥呢？再也没有了，啥都拿出来了。”问得急眼的时候，杜善人盟誓：“我要再有啥不往外拿，天打五雷轰。”

老孙头笑着说道：

“不说也不行呀。人家早替你说了。你大小子上郭团长那儿坦白了。”

低着头的杜善人听到这儿，冷丁吃一惊，抬头纹[①]上，漫着汗珠子。过一会儿，他又平静了。郭全海跟老孙头说一阵小话，老孙头就说：

“山丁子树下埋的啥？只当咱们不知道？”

杜善人睁着细长的眼睛，但还是反问一句：

“你说啥？”

老孙头笑眯左眼说：

“我说山丁子树下，你埋的啥？”

杜善人瞅一瞅老孙头，完了又瞅一瞅郭全海，看他们到底知道不知道。郭全海笑笑说道：

“带我们去起，还能明明你的心。要不趁早说，咱们起出来，你过就大了。好吧，老孙头，他要是不说，咱们也不必勉强，你带他走，叫他大小子来吧。”

杜善人走到门边，又回转头来问道：

“他瞎编些啥？”

老孙头反问：

“谁？”

---

① 额上皱纹。

杜善人说：

“我那傻儿巴唧的小子。”

老孙头眯着左眼说：

“他说呀……咳……”才说这一句，看到郭全海冲他使眼色，连忙改口，影影绰绰地说道：

“他么？可也没说啥。只说：在山丁子树……”

老孙头话没说完，郭全海故意让杜善人觉察似的对老孙头使了一个眼色，并且连忙插嘴说：

“啥也没说。”

老孙头会意，也笑眯左眼说道：

“嗯哪，真没说，你放宽心。”

这么一来，杜善人倒不宽心了。郭全海的眼色，车老板子的影影绰绰、吞吞吐吐的言语，山丁子树，叫他蒙头了。他迟疑一会，走到门边，又停顿了。脚往门边迈两步。又说：

“好，咱们去吧。今儿咱累不行了。明儿去。”

郭全海怕他再变卦，连忙说道：

“要去今儿去。”

杜善人退了回来，坐在炕沿，脑瓜耷拉着，慢慢儿说道：

“实在累不行，走不动了，明儿去吧。”

老孙头接嘴：

“走不动好办。咱去套爬犁。”

老孙头去不一小会，赶着一张三马爬犁进院子。坐在爬犁上，他冲上屋窗户叫唤道：

“财神爷，请上爬犁。”

杜善人走了出来，勉强地坐上爬犁。郭全海和民兵拿着铁锹和铁铲，听杜善人指点，往南门奔去。天刮暴烟雪，干雪籽籽打着人的脸和手。风刮得鼻子酸痛。出了南门，是一马平川。雪越下越紧，铺天盖地，一片茫茫。车道、道沟和庄稼地里，都盖着一层厚厚的雪被，分不清楚哪是道路，哪是沟洼。马跑得快，腿脚陷进积雪填满的沟里，爬犁往左右倾斜，上面的人，都跌撞下来，但也不要紧，爬犁腿短，裱板离地面不高，雪又松软，摔不坏人。跌下的人，翻身起来，纵身坐上，又往前进了。

离屯五里，他们赶到地头一个杂树丛子边，杜善人跳下爬犁，四处搜找，找到一棵剥了一溜皮的小山丁子树，灰心丧气指一指道：

"这儿，往下挖吧。"

他说完，就退回几步，坐在爬犁裱板上，两手捧着耷拉着的脑瓜，一声不吱。

民兵用铁铲刨开冻雪。郭全海使着铁锹，刨着冻得像石头似的地土。铁锹碰在冻土上，发出丁当的清脆的响声。郭全海的胳膊软了，民兵接过铁锹来，使劲往下刨。雪下着，下白了人们的帽子和肩膀。从黑土里，挖出一个灰白的疙瘩。老孙头叫道：

"元宝出世了。"

接着，又挖出四个。人们抢着看。年轻一辈人，都没看见过元宝。这是一个古代酒樽似的铁灰疙瘩，两边有两个耳丫子，里外都粗糙，布满了小坑。人们谈论着：

"这家伙，扔半道也没人要呀。"

"这不是跟老铅一样？"

老孙头拿着一个，内行地用手指弹弹它的耳丫子说：

"你听听，老铅还能发这个声音？这是五十二两的。早先，在清朝，这玩意咱见得多了，可尽是人家财阀的。"

九

农会西屋，窗户门关得溜严。地上笼起一堆火，灌一屋子烟。人们咳嗽着，眼睛叫烟呛出了泪瓣。正在举行贫雇农大会，老孙头舞舞爪爪地唠着挖元宝的事。小猪倌跑进屋里来，到郭全海跟前小声地说了一句话。郭全海说：

“你再去听听。”

小猪倌走了以后，他又打发白大嫂子和刘桂兰出去打听到底是怎么一回事。

白大嫂子和刘桂兰来到杜善人家里的东屋的外屋，那里早有好些人卖呆，杜家两个儿媳正在吵嚷着。白大嫂子和刘桂兰站在小猪倌身后，只见瘦成麻秆似的二儿媳盘腿坐在南炕上，嘴上叼个大烟袋，脸涨得通红，也不避生人，移开烟袋吐口唾沫说：

“嘴里不干不净，倒是骂谁呀？”

胖乎乎的小儿媳，敞开青布袍子的衣襟，露出一个大咂咂，塞在哭着的孩子的嘴里。这时候，她把话接过来说：

“咋？我骂孩子碍着你事了？”

瘦麻秆在炕沿敲落着烟锅里的烟灰，重新装上一锅烟，一面说道：

“指鸡骂狗就不行。”

胖疙疸跳起来，把她噙着奶头的孩子又吓得哭了，她也不管，吵叫道：

“就是骂你，又怎么的？操她妈的，你成皇上了？骑马带子都露出来给千人瞅，万人看，也不害臊，也不识羞的。”

原来胖疙疸使小份子钱，置了一个金镏子，寄放在瘦麻秆那儿，就是从她身上抄出来的那副金镏子中间的一个。这几天来，胖疙疸老怪瘦麻秆不加小心，给露出来，怀恨在心，找碴儿吵闹。瘦麻秆心里也气得像火似的烧着。两人你一句，我一句，各不放松，两不相让。瘦麻秆说：

“你操谁的妈？”在炕沿敲着烟锅。

胖疙疸不顾孩子的哭唤，骂道：

“我操你的妈。”

瘦的走近来，烟袋杆子支在地面上，数落着：

“你凭什么操我妈？你搅家不良，成天在家，不骂天，就怨地。头年我在月子里，你两口子干仗，吓得我经血不止。”

胖的迈进一步，走近她妯娌跟前，左胳膊夹着哭喊的孩子，右手指指对方的鼻子，问道：

“倒是谁搅家不良？气得老爷子都给你磕头。男人一天当玩意似的哄着你，守娘娘庙似的守着你。”

“老爷子磕头为的你，为的你把我吓病了。我坐月子，你吵吵嚷嚷。”

“我吵吵嚷嚷，也没吵到你里屋。你病是自己作下的，黑更半夜，是谁叫唤的？月子里作下病，怪人家。”

瘦麻秆脸蛋红了，还是接过话来道：

“怪你就怪你，你们干仗，吓得我经血不止，还叫我五天头就下地做饭。”

胖的对这不回答，又回到老问题上来：

“是谁逼得老爷子给她磕头呀？”

瘦的还是那样的回答：

“老爷子磕头为的你。”

胖的说：

“为的你。”

瘦的气急眼了，就说：

“为的你，为的头年腊月前，你不叫扒外屋的炕！”

胖的也气了，忘了旁边有卖呆的人，说道：

“扒了没有？扒了没有？”

白大嫂子听到这儿，觉得里面好像有文章，对刘桂兰使一个眼色，两个人挤了出来，迈出院子，一面走着，一面猜测。白大嫂子说：

“咱们去告诉郭团长，多邀几个人合计合计，人多出韩信。”

两人奔农会去了。这里还在吵嚷着。卖呆的人也有光看着的，也有劝解的，也有议论的。议论和劝解的人们说：

“这妯娌俩，可真是针尖对麦芒了。”

“有一个让着点，也吵不起来。”

“一个巴掌拍不响。”

“这俩娘们真邪乎。”

“别吵吵呀。”

“有事上农会妇女会去谈嘛。”

“地主娘们还进妇女会？”

两妯娌还是吵嚷着，从晌午吵到天黑。而在这时候，贫雇农团在开小组会。听了白大嫂子的报告以后，郭全海的眉毛打着结，嘴上叼着小蓝玉嘴烟袋，他寻思半晌，才说：

“腊月里扒炕，哪有这事呀？”

刘桂兰插嘴道：

“他小儿媳说：‘扒了没有？扒了没有？’看样子，好像是扒了。”

郭全海又问：

“腊月里干啥扒炕呢？”

白大嫂子说：

“怪就怪在这。”

人们唠着，郭全海寻思一阵说：

“我寻思那个炕里有着啥玩意，咱们去瞧瞧。”

老孙头说：

“早瞧过了。”

郭全海又问：

“扒开来看过没有？”

老孙头说：

“那倒没有。”

“走，我们去扒去。先叫他们一家搬到西下屋去住。”

郭全海带领人们，拿着铁锹、铲子和铁探子，往杜家走去。到得那里，干仗的人收场了，卖呆的人回家了。妯娌俩一个在里屋，一个在外屋，一个躺下了，一个正在摆动摇车子[①]。郭全海要胖疙疸带着孩子，搬着东西到西下屋去住。他跳上她住过的南炕，使着铁探子，仔仔细细敲着每一块青砖。敲到炕琴旁边的一块，发出的声音有点不一样。他扔下铁探子，拿起铁铲，掀开那块砖，露出一个小洋铁盒子。这时候，大伙都跳上炕来，围着郭全海，铁盒子打开，里头装的是一副金钳子，一个金牌子，一个金屁股簪子。盒里放着一个油纸包，打开来看，有一卷伪满的地照，还有两张纸密密麻麻写着字。

郭全海叫小猪倌去请栽花先生来。这位黑长条子又带着算盘来了，他又以为要算细账。才迈进门，郭全海招呼他道：

"黑大叔，快上炕来看看这单子，看上头尽写些啥？"栽花先生把老花眼镜架在鼻梁上，拿起郭全海给他的一张焦黄的纸，念道：

民国三十五年夏历八月初八。红胡子萧祥带队逼咱交出祖产五十垧。分予李常有、初福林（老初）、田万顺、张景祥、孙永福（赶大车的）……

念到这儿，大伙都像堵在上流的水，冲开了闸口似的，哗哗地叫嚷起来，叫得最响的是老孙头：

"这是翻把账。操他妈的，把我的名也写上了，好大的胆子。"

郭全海气得脸红脖子粗，说不出话来。老田头说：

"他还管咱们穷人的救命恩人叫红胡子呢。"

老孙头说：

"这是汉奸话。'康德'二年，杜善人当自卫团长，跟日本子上

① 吊在炕前一根悬空的横木上的木制的小孩的摇篮。

山去撵抗日队，他管那叫红胡子，头年萧队长来，我一打听，才知道那是打日本子最带劲的赵尚志。”

这时候，老初也来了，老孙头忙告诉他：

“你的名也写上这翻把账了。”

老初的大嗓门子叫道：

“咱们去抓起他来，揍死他也不当啥。”

郭全海忙问：

“这家伙上哪儿去了？”

“他装蒜，上山拉柴火去了。”

这时候，郭全海心里平静一些，脸不红了，从从容容地说：

“咱们不抓他，可也不能由他自由自在往外跑。宽大也不能这样。他心还没死。”

老孙头接过话来：

“对，在早，周文王三分天下有其二，坏蛋们犯了国法，也画地为牢。”

所有的人都应和老孙头的话：

“对，对，咱们也得叫大地主都画地为牢。”

说完这话，有人急着往外走，郭全海叫道：

“别忙走，这儿还有一张条子，黑大叔，瞅这上头写的啥？”

栽花先生念道：

“元茂屯农会干部（共产党官儿）赵玉林、郭全海、李常有、白玉山、张景祥……”栽花先生往下念。元茂屯的小组长的名，都记在上头。底下是分他东西的人的名字。谁分劈他一石元豆[①]，一斗高粱，一棒子豆油，一个笊篱，他都记上了。谁家分了他的什么马，是骒马，还是儿马；什么毛色，几岁口，也都明明白白写上了。老娘们听到这儿，都叹口气，三三五五地议论道：

---

① 大豆。

“看看地主这个心！”

“他平日笑不离脸，可真是笑里藏刀。”

“他心眼像个马蜂窝，转个磨磨，就想糟践人。”

“他记下这账，要等‘中央军’来拉咱们脖子。”

“‘中央军’撵得远远的了，长春也围困住了，他还能来？”

栽花先生念完名单，老孙头走到他跟前，压低声音问：

“干部里头，有咱的名没有？”

“没有。你分他一腿马，倒是记上了，一个黄骟马的一条腿，对不对呀？”

老孙头挺直腰眼说：

“对，咱不赖账。干部里头，咋没我名？萧队长是咱用胶皮轱辘车接来的，他一来，咱就干了。”

栽花先生摘下眼镜子，笑着说道：

“对，他拉下你了，给你添上。”

郭全海把张景瑞拉到一边，叫他带着杜善人的旧地照和翻把账，套爬犁送给三甲萧队长，并且问往后咋办。张景瑞去不一会，带着萧队长的回信回来了。信上写着，开贫雇中农大会，宣布翻把账，看大伙说啥。不许打人，也不必绑人。干部要掌握这点。他们埋起翻把账，不定还插了枪，得追他的枪。

贫雇中农的大会开到夜深。大伙的愤怒又像头年斗争韩老六那样。老初提议：把杜家撵出大院，叫他住在一个马架里，尝尝穷滋味。“看他再翻把不翻？”

张景瑞叫道：

“旁的地主也得撵大院。”

郭全海站起来，问大伙道：

“赞不赞成？”

都鼓起掌来，有人往外挤，就要去撵地主大院。郭全海说道：

“别忙走。地主造翻把账，不定还插了枪，杜善人当过山林里把头，跟苇子河胡子有过来往，还当过自卫团团长，打过抗日联军，你们想，他插枪没有？”

好几个声音回答：

“一定有枪。”

“那还能少？”

“要不价，他家修四座炮楼子干啥？”

郭全海又问：

“大伙说，他有枪不往外拿，怎么办哪？”

声音像雷轰似的接二连三地爆发：

“揍他。”

“悠[1]他。”

“挖掉他两个细长眼睛，叫他留下枪也瞄不准。”

郭全海笑着摇摇头，吧一口黄烟说：

“只能文斗，不能武斗。武斗违反毛主席的政策，先调查清楚，杜善人到底能不能有枪？”

老孙头插嘴：

“有是准能有。光复那年，‘中央’胡子刘作非刚来不久，杜善人二小子还跟韩老六的大小子回家来过呢。咱亲自听见杜家响过一枪。”

郭全海忙说：

“这就露出点头了。咱们一面调查，一面开大会追根。”

十

元茂屯百分之八十的人们参加了斗争。大伙动手抠政治。从

① 吊。

打杜善人的翻把账起出来以后，人们知道地主心不垮，还是想反鞭[1]。仇恨的心，又勾起来了。他们都说："要保江山，要抠枪。""地主舍命舍财不舍枪。枪不抠尽，太平日子也过不消停。"黑天白日，大会小会，屯子里又卷起了暴风骤雨，向封建猛攻。

发现杜家翻把账的第三天下晚，农会西屋吊在横梁上的大豆油灯的五个灯苗不停地摇晃。照着炕上地下，黑鸦鸦的人堆。杜善人还没有来。人们吵吵嚷嚷议论着。老初的大嗓门子叫道：

"抠不出拉倒，送他到县大狱去，咱们也省心。"

郭全海没有吱声。他寻思一会，又跟几个积极分子低声合计了一会，往后叫白大嫂子跟刘桂兰去找杜家的小儿子媳妇，劝她坦白。郭全海正说到这儿，身后有人叫："来了，来了。"窗户外边，有灯光闪动，两个民兵带着杜善人挤进人堆里。杜善人脸庞煞白。胖大的身体摇晃着，差点站不住。头两天他又说出了三个地窖，想要叫人不抠他的枪，但是人们就是要抠枪，别的啥也不稀罕。屋里灯火，在人气和黄烟的烟雾里，忽明忽暗。有的人骂杜善人道：

"面善心不善的老家伙。笑不离脸，心里揣把刀。"

"你干过多少黑心事呀？"

"修桥补道，尽摊人家官工，你这叫借香敬佛，借野猪还愿。"

郭全海也慢条斯理地说道：

"要是他把匣子拿出来，陈年旧账管保都一笔勾销。"

杜善人听到这话，抬起眼睛，冲人堆斜扫一眼，想要说啥，却又收住，又顺下了眼睛。郭全海压低嗓门在老孙头耳边说一阵小话，叫他去劝劝。老孙头挤到前边，他想，还是先尊他一声：

"咱们菩萨心肠的善人。"

杜善人又抬起眼睛，瞅着在他家里吃过劳金的这个笑眯左眼的大车老板子，却没有答话。老孙头不慌不忙地接着说道：

---

① 翻把。

“你听我说：咱们一东一伙，也有些年，你有什么，咱也摸底。你在旧‘中华民国’，就养活过枪。光复那年，还摆弄过匣子。痛快都说了，放你出去，干正经活。”

“我没有呀，叫我说啥？”

老孙头说道：

“说来说去，还是这句话。你说没有，家修四个炮楼子，搁啥来把守？”

杜善人见钉得紧，又看见众人都冲他瞪眼，沉思一会，松了一句：

“我养活过一棵洋炮，再没有啥了。”

张景瑞紧迫一句：

“洋炮呢？”

“早交官家了。”

老孙头说：

“哪个官家？”

“旧‘中华民国’。”

“你他妈这旧脑瓜子。只有咱们八路哥才配称官家，你还不知道？”

张景瑞连忙打断老孙头的话，怕他把话引开了。杜善人却早抓住这点，他点头说：

“是呀，我是个旧脑瓜子。我是个‘夹生饭’。往后我知过必改。这回献出了金子，下定决心，跟农会走，站稳无产阶级立场，为人民服务。”

大伙都笑骂他口是心非。张景瑞忙说：

“别笑。老杜家，你要是真心改过，咱们也欢迎，可是得把大枪交出来。”

杜善人说：

“庄稼院哪有那玩意呢？”

老初插嘴：

“不说大枪，说匣子也行。”

“匣子更没有。”

老初挤过来：

“你二小子把二八匣子[1]插在靰鞡里，可屯都知道，你敢说没有？”

“确实没有。我要是有，天打五雷轰。”

老初脸红脖粗地叫道：

“没有，拉出去。”

张景瑞摆弄着大枪，枪栓当的一声响，杜善人吃了一惊，脸又变色了。老初又说：

“咱们调查确实，他有大枪匣枪，插起来是要翻把。他不讲咋办？”

“绑起来。”

“送他去蹲笆篱子。”

小猪倌动手就推。杜善人叫道：

“哎呀，妈呀，你们别吓我，我有气喘病。哎呀，不行，我眼花了，妈呀。”

他往地下倒。人们扶着他，不让他倒下。有人拿水瓢舀半瓢水给他喝。他才站起来，直着腰眼，两眼往上翻。小猪倌说道：

“这么大岁数，还叫妈呢。”

张景瑞气冲冲地用枪顿得地板响，骂道：

“装什么蒜呀？再不说，把他往外拉。”

蹲在炕上一直没有吱声的郭全海，这时候噙着小烟袋，和气地劝杜善人道：

“你得说呀，说了没事，不说没有头。”

---

① 匣枪的一种。

杜善人哭丧着脸道：

“叫我说啥呢？金子元宝都拿出来了。”

张景瑞接着问道：

“枪插在哪？再有金子元宝咱们也不要，光要枪。”

杜善人挨近炕沿，坐了下来，要碗水喝了，这才脊梁靠着墙，慢条斯理说起枪的事：

“头年五月，我那二小子跟韩老六的大小子韩世元打哈尔滨回来。韩世元带一棵匣枪是不假。放在靰鞡里，也是不假。他们坐一个车回来，韩世元还带一个窑子娘们，不敢回家，怕媳妇找他干仗，藏在我们家的西下屋。他和那个破鞋常唧唧。有天下晌，听见下屋枪响好几声，把我小孙子吓得够呛。咱们当他要打死那娘们。往后，他又到南门外搁枪打野鸡，叫大青顶子的胡子头北来知道了，半夜里来把他绑去，他连枪带人，随了北来队胡子。”

张景瑞打断他的话：

“胡说。”

老初也说：

“你别胡嘞嘞哪。”

老孙头望着郭全海说道：

“看他编得可圆全了，自己推得干干净净。”

杜善人仰起胖脸来道：

“我说的句句是实话。你们再详细调查，韩世元娘们还在，你们去问问。我说的话，要有一句不实在，搁枪崩我，也不叫屈。”

老孙头笑眯左眼说道：

“早调查好了。在你家吃三年劳金，你家的事，根根梢梢，咱都知道。你那二小子啥活不干，就好摆弄枪。韩大小子有枪，你二小子也有，你当老孙头我不知道。”

张景瑞瞪眼瞅着杜善人说道：

“你小子随了‘中央’胡子第三军，跟韩世元一块堆，打哈尔滨拉回一大车东西，连车带东西都是抢的。那时候，谁敢走车呀？他要没拿枪，能把东西拉回家？”

杜善人忙说：

“韩世元有枪，东西也是韩世元的。”

张景瑞驳他：

“别把过都推到死人身上。多会韩世元到你家西下屋住过？你儿子在西下屋冲灶坑里试枪，隔壁邻居谁没听见？谁不知道？”

老孙头插嘴说：

“你当咱们不知道你这根呀？”

老初挽挽袖子，露出黑不溜秋的胳膊，使大嗓门叫唤：

“他不说拉倒，拉他走。”

杜善人不走，也不吱声，站在地当心，像一个拴马桩子。小猪倌从老初的胳膊下面，钻出个头来，仰脸对杜善人说：

“我说你这大坏蛋，把枪留着是给谁预备的呀？你造一本翻把账，又插下枪，想反鞭，你不想活了？”

杜善人还是抵赖着：

“确实没有枪，……妈呀……你们冤屈好人。”

小猪倌笑道：

“看你有没有出息？这么大的人，孙子都有了，还叫‘妈呀’。”

郭全海上白大嫂子那一组去了一趟，又回来了。他背对着杜善人，压低嗓门跟近旁几个人唠着。杜善人不叫唤了，侧耳听着。郭全海转过身子来说道：

“干榆木脑瓜，死也不说，你小儿子媳妇早替你说了。”

杜善人听到这话，胖身子哆嗦一下，一会又镇定下来。还是说那句老话：

“确实没有呀，庄稼院哪有那玩意？”

郭全海叫把他送走。两个民兵从人堆里挤出，一个逮着杜善人的领子，一个拿出捕绳来动手要绑。郭全海说：

“绑啥？他还能跑掉？”

杜善人没有上绑，从屋里出来，老孙头跟到门外，冲那送差的民兵叫道：

“加小心呀，别叫他走近那棵榆树。”

一个民兵说：

“用你废话，咱们干啥的？”

月光底下，老孙头担心杜善人寻短撞树，小心望着三人走过那棵榆树，见没有事，才转回屋里。院子里新下的雪上，留着三个人的清楚的杂乱的脚窝。

十一

追问杜善人的枪的会散了，郭全海往妇女组走去。月亮照着雪地，四外通明。郭全海放下帽子的耳扇，两手笼在棉袄袖筒里，往杜家大院走去。杜善人家都撵大院了，妇女们在杜家大院的上屋，围着杜善人的小儿子媳妇，追问她家插起的枪支。

郭全海迈进杜家上屋的东屋。屋里冒出一股热气，把眼都蒙住了。他停一会，才往里挤。妇女们团团围住一个人，那是杜家小儿媳。她站在当间，胖脸上一对小眼，骨碌碌地往四外转动。有的妇女盘着腿，坐在炕上。有的叼个二三尺长的烟袋。有的坐在炕沿奶孩子。一个快坐月子的女人挺个大肚子，一个人占个半人的空当。老田太太坐在灯匣子旁边一条凳子上，一面用心地听着，一面捻麻线。赵大嫂子站在老田太太的旁边，两手扶着锁住的肩膀。白大嫂子和刘桂兰都站在胖疙瘩跟前，正在追问。郭全海进来，刘桂兰早瞧见了，只是装做没有看见的样子。白大嫂子挤过来告诉他说：

“好说歹说也不行，还是那句话：她不知道。”

郭全海吧嗒吧嗒抽着小烟袋，走到胖疙瘩跟前说道：

“都说你知道，要不早说，赶到咱们起出来，事就大了。”

胖疙疸听到郭全海说这话，觉着分量就不同，偷眼瞅瞅郭全海的脸色，就透出点口风道：

“要是说了，大伙上那儿起不出啥来咋办？”

郭全海移开烟袋道：

“只要说真话，起不出也不怪你。”他怕她动摇，又添上道：“你要不说，就得沾包，民主政府也有笆篱子，能关你的。闹到那步田地，后悔也来不及了。”

胖女人慢慢腾腾又问道：

“要是说出来，公公要揍我咋办？”

老初可嗓门叫道：

“他敢揍你！”

白大嫂子扬起她的黑眉毛说道：

“咱们妇女小组准给你撑腰，他按倒你一根汗毛，叫他跪着给你扶起来。”

老孙头眯住左眼说：

“咱们大嫂子真能。”

胖女人瞅着白大嫂子又问道：

“我要说出那玩意来了，能参加妇女会不能？”

白大嫂子说道：

“立下了功劳，大伙谁不欢迎你？不在妇女会，也一样光荣。”

胖女子叹了一口气，停一小会道：

“好吧，我说。”

她就说起她家二掌柜的把两棵大盖交给五甲她娘家兄弟，叫他插起来。二掌柜的跟她娘家兄弟拜过把，又都在家理。那时候，她正在娘家，枪是亲眼看见过，两棵崭新的九九大盖。插在哪里，可不知道。郭全海听到这儿，连忙挤了出来，叫老孙头马溜套爬犁；又要白大嫂子、刘桂兰和小猪倌加派妇女和儿童，封锁四门，不让一个人出去；又叫张景瑞住在农会看果实；安排停当，他和两个民兵带着杜家小儿媳，连夜上五甲。临走，郭全海叫把杜家小儿媳的孩子交给赵大嫂子，免得带去在路上冻着。

星星照着雪地，十分明亮。雪填平了道上了沟洼，爬犁在雪上飞走，赶上小汽车。在三匹马的清脆杂乱的蹄声里，郭全海跟胖疙瘩唠着，转弯抹角，又扯上匣枪。胖疙瘩说：

“有是能有。咱可不知道搁在哪儿。咱过门才三个年头，孩子他爹也不说这些。”

郭全海问她那天为啥跟她二嫂子干仗？提起这件事，她就上火。从她二嫂子娘家骂起，一直骂到二掌柜。爬犁跑了五里地，她骂了五里，临了，郭全海插嘴问道：

“你二嫂子能知道匣枪不能？”

胖子听到这儿，心想：“她妈的，我为啥要替她瞒着？”就大声地对郭全海说道：

“她咋不知道？二掌柜干的事，还能瞒着她？”

说到这儿，早到了五甲。爬犁停在胖子娘家的门口，这屋门窗都关得溜严。他们叫开门，点起灯来，胖子的兄弟起来了，他们让他穿好了衣裳。他姐姐跟他小声说了几句话，这小子就爽快地说道：

“你们跟我来。”

郭全海叫老孙头留在屯子里，陪着杜家小儿媳，自己和两个民兵跟这小子奔出屯子，往松林走去。日头冒花了，东方的天头通红一片。闪闪金光映在雪地上，晃人眼睛。走了三里，到一个慢坡，在一棵倒下的大松木下面，那小子用脚拨拨地上的松雪，在冻着的雪堆里露出一块黄油布。民兵上去，抓着黄油布豁劲往外拖，拖出一包东西来，解开来一看，两棵新的九九枪，见了太阳了。枪栓上涂着鸡油，枪筒却锈成焦黄。那小子又引着民兵，在离松木不远的填满积雪的一个窟窿里，起出了五十一排子弹。

爬犁拉着人和枪，往回赶时，郭全海跟杜家娘们闲唠着，有时又扯上匣子。两个民兵唱着："没有共产党就没有新中国。"爬犁赶上了公路，老孙头扬起鞭子说："插起枪，想反鞭，这一下看他再反！"

他们回来，屯子里正煮头晌饭。铺着雪的家家的屋顶，飘起灰白色的柴烟，没有刮风，白烟升起来，好像冻结在冷风里的白色的柱子似的，不晃也不动。爬犁拉进农会的院子，张景瑞还躺在炕上，听到人马声，他慌忙从炕上跳下，跑到院子里，帮忙卸下枪。人们都来到农会的里屋，围着看枪。郭全海叫老孙头和跟去的两个民兵回家去睡觉。他自己不困，招呼杜家小儿媳说道：

"你过来，咱们上你家里去。"

杜家胖儿媳跟郭全海走着，她边走边问：

"郭团长，你看我还能找对象不能？我们掌柜的两年没有音信了。"

郭全海没有吱声。看到这位年轻庄稼人一本正经的，也不看她，也不唔的，她也老老实实，不敢说啥了。到了杜家，找到她的二嫂子，她劝到晌午，瘦麻秆子没吐露一句。这时候，白大嫂子和刘桂兰来了。郭全海叫胖女人去睡，要白大嫂子、刘桂兰来劝。不到一个钟头，瘦麻秆子坦白了，说出了匣枪的所在。那是藏在杜家大院的柴火垛子的下边。农会动员二三百人，把柴火搬开，果然找到一棵二八匣子，啥都齐全，光缺撞针和枪子。白大嫂子对瘦麻秆子说道：

"快把撞针和枪子也说出来，你的功就圆全了。"

"这个我真不知道，得问公公他自己。"

郭全海带领一些积极分子，去问杜善人，不到半日，也问出来了。撞针和枪子装在一个灌满桐油的玻璃棒子里，埋在北门外的黄土岗子上。老初使铁锹挖出，棒子砸破了，桐油往外淌。二十五颗枪子和一个撞针，随着桐油，淌了出来。

大枪、匣枪和枪子，分埋在四处，顺顺溜溜地，都抠出来了。

引着人们起出匣枪的撞针以后，杜善人坐在黄土岗子的雪堆上，四肢无力，帽檐压在眉毛上，不好意思去瞅人。往回走时，人们乐乐和和的，杜善人一声不吱，人们问他话，他也不回答。快进北门了，他才用哭溜溜的嗓门，自言自语说一句：

“我这个心呀，像一盆糨子似的，想不成事了。”

才进屯子，东头一匹黄马奔过来，张景瑞翻鞍下马，气喘吁吁地冲郭全海叫道：

“来扫堂子的来了。”

郭全海冷丁吃一惊，慌忙问道：

“哪个屯子的？在哪里呀？”

“民信屯的，进了农会的院子。”

郭全海撇下起枪的人们，往农会跑去。他早听说过扫堂子的事，是外屯的贫雇农来扫荡本屯的封建。他想，这是不行的。他们爷俩在元茂屯住了两辈子，杜家有枪，还不太清楚，要不是他儿媳告发，还起不出来。本屯的人对本屯的情况还是这么不彻底，外屯的人更不用提了。要来扫堂子，准会整乱套。他赶到农会，民信屯的三十多张爬犁，都停在门外，二百多个男女，打着一面红绸子旗子，敲着锣鼓，都进了农会的院子。郭全海一面打发一个民兵到三甲去问萧队长，一面含笑招呼民信屯的人们道：

“到屋吧，外头好冷，快到屋暖和暖和。”

人们都拥进农会的上屋。元茂屯的贫雇农也都赶来看热闹。民信屯的贫雇农团长找着郭全海说道：

“听说你们屯子唐家大地主还没有斗垮。咱们屯子有他一块天鹅下蛋地[①]。他也剥削过咱们。咱们是来扫堂子的。早听说过，贵屯革命印象深，请不要包庇本屯的地主。”末尾一句话，说得郭全海脸一沉，心里老大不乐意，好久说不出话来。这是他的老毛病，

① 四围都被别人的地包围着的地。

冷丁受了气，或是着忙了，都说不出话来。站在一边的老初立起眼眉说：

“谁包庇地主？”

这时候，民信屯的贫雇农团的陈团长身后，转出一个长条子，取下他的套头帽子，脑盖直冒气，抢着说道：

“谁放着唐抓子不斗？”

郭全海的气消了一些，从容说道：

“唐抓子也正在斗呀。”

长条子还是叫道：

“放着大地主不斗，这不是要私情，包庇坏根吗？”

张景瑞把从五甲起出的大盖，横举起来，在长条子跟前晃了一下道：

“包庇坏根，还能起出这玩意来吗？”

老孙头起初看见一下来这许多张爬犁，民信屯的人都挎着大枪和扎枪，口口声声说是来扫堂子的，吓了一跳。扫堂子这话的意思，他是明白的，跳大神的扫清家宅的孤魂野鬼，叫扫堂子。他寻思民信屯的人敢来扫堂子，不定咱们屯子干错了事了，官家不乐意，叫他们来的。他站在人们的身后，不敢朝前站。这时候，他瞅瞅大伙，见谁也不怕，张景瑞也能顶几句，他胆大了，慌忙挤上去，从张景瑞身后探出头来，冲民信屯的贫雇农团的陈团长嚷道：

“亏你还当团长呢，啥好名不能叫？叫扫堂子。杜善人的老佛爷也给咱们砸歪了头了，你们还使大神的话。依我说，你们屯子比咱们慢一小步。”

这时候，郭全海怕两下顶嘴，把事闹大，走去拉着陈团长的手，挤出人堆，走到外屋。他蹲到灶坑边上，取下别在腰里的烟袋，装一锅子烟，在灶坑里对上火，给陈团长抽着。两个人就唠起嗑来。在县上开积极分子会议时，他俩见过面，彼此认识，因此郭全海一开头就扯到本题：

“你们来斗咱屯的地主，帮咱们翻身，咱们是挺欢迎的，就怕你们不彻底，整乱套了。”

陈团长说：

“咱们两个屯子开个会，一块堆合计一下好不好？”

郭全海说道：

“咋不好呢？”

这时候，窗外院子里，红旗飘动，锣鼓喧天。民信屯的人，把他们的红旗，挂在房檐上。元茂屯也学他们样，取出红旗来，插在院里粮食囤尖上。民信屯的人，敲打着锣鼓，元茂屯也敲打锣鼓，还添上喇叭。元茂屯的妇女陪着民信屯的妇女，到西屋生起一堆火，她们烤着手脚，烘着衣裳，脸庞都热得通红。民信屯的妇女低低嘀咕了一会，就齐声叫道：

“欢迎元茂屯的姊妹们唱歌。”

刘桂兰满脸通红的，站在炕上，指挥大伙，唱了一个“蒋介石越打越泄劲，咱们越打越刚强”。唱完，正要回敬民信屯，拍手打掌请她们也唱一个歌，郭全海嚷着开会，就都上东屋里来了。

郭全海站在炕上，正在说话：

“民信屯的贫雇农来咱们屯子，帮咱们翻身，欢迎不欢迎？”

几百个声音回答：

“欢迎！”

郭全海又问：

“欢迎咋办呀？”

好大一会，没有人吱声。老孙头的嘶哑的声音从一个角落里透了出来：

“咱们也上他们屯子扫堂子去，帮他们翻身。”

大伙都笑了，连民信屯的人也笑得闭不上嘴。郭全海笑着说道：

“这倒不用了。民信屯比咱们先迈一步。他们是来斗唐抓子的。我寻思唐家斗过两茬，底产有也不多了。这大冷天里，他们来回跑一趟，实在辛苦，咱们得匀出点啥，送他们带走，唐抓子在他们屯里也有一块地。大伙说说，匀啥给他们？”

老初说：

“唐家有两丈柈子，匀给他们吧。”

民信屯的长条子说道：

“你们把金银、粮食、衣裳都起去了，只剩下点柈子，这不是刨了瓤子，剩下皮给咱？”

两个屯子又吵起来了。男对男，女对女地吵嚷着。民信屯的妇女欢叫道：

“欢迎元茂屯，不包庇地主。”

白大嫂子上火了，从炕上蹦下地来叫嚷道：

“谁包庇了？起出枪来，还算包庇？”

民信屯妇女接口道：

“欢迎元茂屯，帮助咱们挖唐抓子底产。”

白大嫂子还要回答，郭全海使眼色叫她不要再说啥，自己站在炕沿上，一面摆手，一面叫道：

“都别吵吵，咱们穷人都是一家人，有事好商量，不能吵吵，叫大肚子笑话。这天下都是咱们的。咱们元茂屯少要点果实，也没关系。你们牲口缺草料，唐抓子的院子里的两个谷草垛，外加二三百块豆饼，都是给咱们农会留下的，你们先拿去。”

这时候，民信屯的贫雇农团长也站起来说道：

“民信屯的人听着，元茂屯的穷哥兄弟们待我们像一家子似的，还要匀果实给咱，这果实是他们农会留下做生产用的，咱们能不能要呀？”

民信屯的人雷轰似的分好几起回答：

“不能要！”

“决不能要！”

“人家的果实归人家，咱们坚决不能要！”

这么一来，原来是彼此相争的两个屯子，逐渐变得彼此相让了。两个屯子的积极分子集合在一块，合计了一会，结果，元茂屯的人逼着民信屯收下一垛谷草、一百块豆饼，补足他们冬季的牲口草料。临了，郭全海站在炕沿上宣布：

“才刚打发人去问萧队长，萧队长回信说：唐抓子的底产还是归咱们来整。信上又说：‘扫堂子是呼兰的经验。这办法对呼兰长岭区兴许还合适，咱们这儿行不通。可是，来扫堂子的民信屯的人，也是好意，两下不能起冲突，元茂屯的人要好生备饭，招待客人。’咱们早准备下饭了，没啥好吃的，大楂子大酱管够。老阳儿[①]快落了，请吧。”

吃罢饭以后，民信屯的人搁爬犁拉着豆饼和谷草，人们踏着雪，往回走了。元茂屯的人打着锣鼓，唱着歌，送到西门外。四九天气，刮着烟雹，冷风飕飕的，一股劲地往袖筒里、衣领里直灌。眼都冻得睁不开。两脚就像两块冰。人们的胡须上挂着银霜，变成白毛了。

十二

民信屯来扫堂子以后，元茂屯的人又在唐抓子的屋里院外，起出好些东西来。从别的地主们的院套里、马圈里、鸡窝里、障子下，以及一切想象不到的地方，起出各种各样的财物、粮食和衣布。有些地主，明知他们的日子不会再来了，却敌视穷人，宁可把财富扔在地下，沤坏，霉掉，烂完，也不交出来。他们失败了，财宝枪支先后露面了。地主们的心，都像杜善人说的：“像一盆糨子似的了。”

---

① 太阳。

富农李振江，老百姓管他叫“地主尾巴”。这一年来，他使尽计策，掩盖着自己的面目，在院子里喂猪，在上屋里养鸡，装作勤恳、诚实和可怜的模样。儿童团瞭哨，却发现他悄悄地跟地主们来往，把打听到的屯子里的情形，告诉现在已经不好活动的他的侄儿李桂荣。

这回工作队到来以后，李振江的八匹马，六匹拴到了贫雇农的槽头。对这事情，他是分外怀恨的。但他好像藏在窟窿里的长虫似的，一时伏着不动，等待钻出的时期。划阶级，定成分以后，他又到处转。屯子里斗错了中农，他喜在心尖，寻思中农都会来靠近他了。

富裕中农胡殿文，划成小富农，割了尾巴。胡家四匹马，农会征收了两匹。这么一来，谣言又像黑老鸹似的飞遍全屯。有的说：“中农是过年的猪，早晚得杀。”有的说：“如今的政策是杀了肥猪杀壳郎。”这些谣言起来以后，全屯的中农都来农会，自动要求封底产，有的说：“把我家也封上吧。”有的说：“反正都得分，趁早把我家封上。”还有的跑到老初家里，要求他道：“老初，我家还有一条麻花被，你们登记上吧。”人们谣传着，有两匹马的，要匀出一匹，有两条被子的，要匀出一条。开贫雇农大会，中农都不叫参加，他们疑心更盛了。中农娘们走到隔壁邻居去对火，站在灶屋里，就唠开了。

“眼瞅地主斗垮了，榨干了，光剩下咱们了。”

“嗯哪，眼瞅轮至咱们头上了。”

有的中农，干活懒洋洋，太阳晒着腚，还不起来。下晚不侍候牲口，马都饿得光剩一张皮，都趴窝[①]了。

有的中农，原先是省吃俭用的，现在也都肥吃肥喝了。“吃吧，吃上一点，才不吃亏。”他们起初把肥猪杀了，顿顿吃着大片肉，

---

① 趴在马圈地下起不来。

往后，壳郎也宰了。他们说：“咱给谁喂呀？”

有的中农，也学地主样：装穷。他们把那稍微好点的东西：被子、棉袄，甚至于炕毡和炕席，都窖起来。十冬腊月天，土坯炕上，不铺炕席，也不盖被子，孩子们冻得通宵雀叫唤，老娘们也都闹病了。

李振江娘们，原先不敢出头露脸的，这会子也出来串门。她走到中农的家里，装做对火、借碗，起初光是唉声叹气，啥也不说，往后，她假装惊讶地说道：“哎哟，这大冷天，你们被子都不盖？”经她一点，中农意见更多了。

萧队长从三甲来信，要农会反映中农的情况。郭全海找着妇女小组和儿童团，问到上面这一些情形，自己骑上马，跑到三甲，报告萧队长。他在那里参加了一个党的活动分子会，萧队长分析了情况，并且告诉同志们，团结中农，是今后的重要的工作。各个屯子，要派军人家属和积极分子，了解中农，倾听他们的意见，防止坏根拆散贫雇农和中农之间的亲密的团结。

回到屯子里，郭全海布置了这个工作。

旧历年关，眼瞅临近了。屯子里还是像烧开的水似的翻滚。各个小组算细账、斗经济的屋子里，灯火通明，黄烟缭绕。天天下晚，熬到深夜，熬到鸡叫。

中农刘德山跟李大个子出担架去了。刘家女人是一个勤俭老实的娘们，干活顶个男子汉。早先，她也参加了妇女小组，往后，耳朵里灌进些谣言，她有点犯疑，不敢迈步了。屯子里斗了伪满牌长①、富裕中农胡殿文以后，她越发毛了，再不敢到农会里去。

这以后，李振江娘们常来串门。李家女人叼个大烟袋，一来就上炕，一只腿盘着，一只腿蹬在炕沿。她们唠着嗑。李家女人一张嘴，就叹气：

① 牌长相当于甲长。

“唉，如今的世事，谁也不知道明天又该怎样了。”

刘德山的女人平静地说道：

“反正我不怕，狗剩子他爹上前方去了，咱们也算参加了。”

李振江娘们冷笑道：

“你那算啥？还是要斗，你瞅，如今在农会里掌权当令的，有中农吗？”

刘德山女人点一点头道：

“嗯哪，没有中农。”

李振江女人凑拢去说道：

“他们开会干啥的，都瞒得丝风不透，咱们底厚一点的人家，啥也不摸底。”

刘家女人说：

“嗯哪，早先开会还有人来吆喝一声，如今也没有人来叫了。”

“开当紧的会，不叫咱们，派车派饭，都有咱们的一份。”

“嗯哪。”

李家娘们看见刘大娘听信她的话，就进一步编造：

“派车派饭还不算啥，前屯还抓中农去蹲笆篱子呢。”

刘德山女人的娘家是在前屯，也是中农，听到李家女人这句话，猛吃一惊。可是不一会，她清醒一点，就不相信了，她娘家的兄弟，昨天还来过，没有说起这件事。

她问道：

“谁蹲笆篱子了？”

老李家女人胡乱编说道：

“老施家。”

老刘家女人抬头瞅着她说道：

“老施家？咱们屯子里没有姓施的呀。”

老刘家女人过门二十来年了，还是管娘家的屯子叫“咱们屯子”。李振江女人露了马脚，慌忙说道：

“没有老施家？那我记错了。反正这个政府的政策，咱们摸不清。”

刘德山女人同意她末尾的话，点一点头。李振江女人影影绰绰地又说了些小话，就叼着烟袋，一跛一跛地走了。在她身后，在老刘家的脸上和心上，留下一个阴阴凄凄的暗影。她寻思着，胡殿文的家底，也不过跟她家一样，就是多一个牲口，可是也斗了，不定老李家的女人的言语，有一些道理。她思前想后，一宿没睡好。第二天，吃完头晌饭，她牵着她家一个老骒马，外带一个马驹子，来到农会。为着不叫斗，不丢脸，她献出两马。农会却不收，老初说：“你先放着吧。”一听这话，她脸色变了。她还记得早些日子，地主假献地，农会也是这么回绝的：“你先放着吧。”这就是说，往后再来收拾你。把马牵回来，她又想起李振江娘们的话来：

“如今的世事，谁也不知道明天又该怎样了。”

三星高了，刘大娘躺在炕上，翻来覆去，老也睡不着。正在这时候，有人叫门，细听是一个女人的声音，她寻思着：“这会还有谁来呢？”她想起从前她随着大伙斗争地主时，也是叫一个女人，去叫地主的门的。她慌慌张张，不知咋办好。敲门的声音越来越紧急。她翻身起来，才披上棉袄，门外又叫了：“刘大娘咋不开门呀？是我呢！”这个声音很熟悉，很温和，她接口答道：

“是你吗，赵大嫂子？”

她三步并作两步，走去打开插着的柴门。她的心都敞亮了，赵玉林媳妇是一个老实厚道的妇女，平常和她谈得投缘。她把她引到上屋，拍掉衣上鞋上的干雪，叫她上炕。赵大嫂子盘腿坐在炕头上，跟狗剩子逗一会乐子，两个女人就唠着家常。赵大嫂子问：

“你们掌柜的上前方去几个月了？”

听到问这话，刘大娘松一口气，拿出烟笸箩和旱烟袋，一面把黄烟捏碎，往烟锅里装，一面从从容容回答道：

“三个多月了。说只去四个月的，这会子该回来了。”

赵大嫂子看她递过烟袋来，笑着说道：

“你抽你抽。刘大爷这回功劳可不小。”

刘大娘听到这话，心有底了。她噙着烟袋，心里暗想：“没有过，就不错，说啥功劳呢？”嘴上却说：

“都是应该的，打国民党胡子，抱一点辛苦没啥。”

赵大嫂子看一会鞋样，评论一会针线活，完了笑着问刘大娘道：

“这几天老没见你上农会。抠地主的政治，你咋不去呀？”

刘大娘喷一口烟，叹一口气道：

“我寻思如今贫雇农当令，咱们是中农，成分占不好。”

赵大嫂子连忙说道：

“中农成分还不好？这话谁说的？”

刘大娘本想告诉她：“这话是李振江娘们说的。”但一转念，怕说出来，对不起李家，话到舌尖，就改口道：

“没有谁说。自打定成分，划阶级，咱们中农没往前深入，贫雇农当令，你们说了算，你们是正经主子。”

赵大嫂子笑着打断她的话：

“啥主子不主子的？你这还是旧脑瓜。”

刘德山媳妇说道：

“凭你说啥，咱们成分占得不太好，腰眼不壮实，不敢往前探，抠谁呀，放谁呀，咱也不摸底，不敢多嘴，不敢插言。”

赵大嫂子接口说：

“你太多心了，毛主席不早说过‘言者无罪’，你不知道？”

刘大娘在炕沿敲掉烟锅里的烟灰，重新装上一锅子烟叶，点上抽着，眼也不抬地说道：

“屯子里的事，都是你们贫雇农说了算，妇女会里，也是你们贫雇农妇女打么[①]，咱们中农算是老几呀？”

---

① 吃得开。

赵大嫂子听到这儿，连忙接过话来说：

“分出你我，这不是一家人说两家人的话了？贫雇中农是一家，多咱是一样，哪里也一般。咱们跟毛主席那儿，早安上电报。萧队长今儿还捎信来说：毛主席打关里拍个电报来[①]，说要坚决地团结中农，不许侵犯。”

刘德山女人听到这儿，移开嘴里噙着的烟袋，抬起眼睛来问道：

“这话确实吗？”

赵大嫂子笑着说道：

“谁糊弄你不成？”

刘大娘又问一句：

“毛主席确实提到咱们中农吗？”

赵大嫂子说：

“萧队长还能糊弄咱们吗？哈尔滨还把毛主席的电报登上报了。”

刘家女人轻巧地笑了，吧嗒吧嗒抽一阵子烟，又道：

“我说呢，毛主席不会拉下咱们的。咱们中农黑灯瞎火地混几个朝代，也总是受人家欺侮。在‘满洲国’，地主把花销尽往小户头上摊。咱们掌柜的，也恨地主，就是人老实，胆子小，开头不敢往前站。”

两人越唠越投缘，越谈越对心眼儿。刘大娘起身从躺箱里取出一盘爆米花，一盆葵瓜子，放在炕桌上，又去烧壶水，泡上糊米茶，实心实意款待着客人。赵大嫂子一面嗑瓜子，一面说道：

“差点忘了：萧队长捎个信来，叫你有啥困难，都只管说，不要外道。萧队长还说：贫雇农是骨头，中农是肉。咱们是骨肉至亲，说话可不用抹弯，有啥困难，都只管说。”

刘大娘笑着说：

“可也没有啥困难，”寻思一会又说道：“咱家官车派得多一点，

---

① 指毛主席的《目前形势和我们的任务》。

往后劈了马的人家都得匀一匀才好。”

赵大嫂子答应把她这话转告郭团长。两个人又唠了一会家常嗑，刘大娘从炕上下来，对赵大嫂子说道：

“你坐一会，我出去一趟。”

说着，她走出去，推开外屋门，站在房檐下，朝四外一望，院子里白花花的一片，没有人影，也没有声响。她回到里屋，盘腿坐在炕头上，低声地，把李振江娘们常来串门子，说些啥话，根根梢梢，都说出来了。赵大嫂子叫她往后再听到什么，马溜去告诉农会，又说：

“郭主任明儿后晌召集贫雇中农开个团结会，合计解散贫雇农团，恢复农工会，中农和佃中农，也能参加。你一定去。会上还要合计分猪肉，劈麦子呢。郭主任说：眼瞅到年了，把斗出的猪肉、小麦，还有小鸡子，先放给大伙，包几顿饺子，过一个好年。”

说罢，她起身告辞，刘大娘要给她点上玻璃灯笼，她说：

“不用，不用，这大雪地里，明明亮亮的，要灯笼干啥？”

刘大娘的心随了这个好心肠的温和的女人了。她一径送客到门外，瞅着赵大嫂子隐没在下得正紧的棉花桃雪[①]里，身影全看不见了，她才插上门，欢欢喜喜地回屋里睡觉。

十三

屯子里开了一个贫雇中农的团结大会，取消了贫雇农团，恢复了农工会。农工会七个委员里有两个中农，郭全海当选做主任。农会宣布停止挖财宝，准备过新年，猪肉和麦子都分劈完了。贫雇农一人十斤猪肉、五升麦子。中农一人三斤猪肉、一升麦子。这种分

① 像棉花桃一样的大雪。

法，中农也没有意见；因为中农家家杀了猪，自己有麦子。而且家口多，分的多；家比家，中农分的和贫雇农差不了多少，而贫雇农连明年的麦种也还没有呢。

分完猪肉和麦子，白大嫂子和刘桂兰从农会出来，想回家去。在风雪里，她俩一面走着，一面合计慰劳军属的事，刘桂兰首先开口道：

"这回慰劳，得兴一个新办法，像八月节似的，家家都是十斤猪肉、十斤白面，也不大好。也有不要猪肉，想要布的。这回咱们果实有的是，拿出一些来做慰劳品，调查军属需要，谁家缺啥，就慰劳啥，比如说：赵大嫂子的锁住，棉鞋还没有穿上，咱们就送她鞋子，这样又好看，军属都乐意。"

"你这意见好，明儿咱们在会上提提。我倒忘了，明儿过小年，现在你去看看赵大嫂子，新年大月，叫她散散心，不要待在家里想过去的人了。我先回家去烧炕。"

刘桂兰和白大嫂子分手，到赵家去了。刚一迈进门，从昏黄的豆油灯光里，她看见赵大嫂子眼圈儿红了。锁住跳起来，扯着刘桂兰的衣角，叫她上炕。刘桂兰上去盘腿坐在炕头上，谈起屯子里的一些奇闻和小事，谁家的壳郎给张三[①]叼走，谁家的母鸡好下哑巴蛋[②]，她也说起老孙头常常唠着的山神爷[③]和黑瞎子干仗的故事，说得锁住哈哈大笑着。疼爱儿子的赵大嫂子也笑起来了，屋子里变得乐乐和和的。锁住从炕琴上拿来把剪刀、几张颜色纸，放在炕桌上，拖着刘桂兰的手，要她剪窗花。她用蓝纸剪只鸭子，再用绿纸剪只壳郎，又用红纸剪朵牡丹花。锁住叫他妈打点糨子，把牡丹花贴在中间窗户的当间，左边贴鸭子，右边粘壳郎。正在这时候，猪倌吴家富从外头回来，一面拍去身上的雪花，一面赏玩窗户上头新

---

① 北满农民管狼叫张三。

② 母鸡下了蛋不叫，农民称为"下哑巴蛋"。

③ 北满农民对老虎的尊称。

贴的窗花，说道：

“这叫鸭子跟壳郎，同看牡丹花。”

说得屋子里人都笑了。刘桂兰要走，锁住拖着她嚷道：

“姐姐给我再剪一个小猪倌。小壳郎没有小猪倌，要给张三叼走呢。”

刘桂兰指着吴家富笑道：

“这不就是小猪倌？”

锁住抓着她的手，还是不放，说道：“不行，他太大了。”

刘桂兰甩开手走了。走到院心，又回头冲窗户叫道：

“锁住小兄弟，别着忙，往后再来给你剪，别哭鼻子呀。”

十四

白大嫂子冒着风雪，回到家里；推开门扇，屋里黑漆寥光的。她还没有来得及点灯，扑通一响，炕上跳下一个什么来。她吓一大跳，回转身子，往外就跑，那人撵出来叫道：

“淑英，是我呀。”

听到这个熟识的声音，白大嫂子才停步，但也还没有说话，她的心扑通扑通地跳着。那人靠近她身子，紧紧搂着她。她笑着骂道：

“这瘟死的，把我吓得呀。我当是什么坏人呢。”

她握着他肥厚的大手。他摸抚她的暖和的，柔软的，心房还在起起落落、扑通扑通跳着的胸脯。院子里正飘着落地无声的雪花。屯子里有妇女的歌声。他俩偎抱着，不知过了多大一阵子，白大嫂子才挣脱身子来问道：

“多咱回来的？”

那人说道：

“等你坐得裤裆快要磨破了。你又是上哪儿串门子去了？这咱才回来。”

白大嫂子笑着说：

“你说得好，还有工夫串门子。”

她说着，回到屋里去点火去了。

这人就是白玉山。他要在年前回来的事，早在头回信上提到过，但还是给白大嫂子一种意外的惊喜。不管怎样泼辣撒野的女子，在自己的出门很久的男人的跟前，也要显出一股温存的。可是，白大嫂子的温存，并没有维持多久。她吹着麻秆，点起灯来，瞅着笑嘻嘻的身板壮实的白玉山，扬起她的漂亮的，像老鸹的毛羽似的漆黑的眉毛，噘着嘴巴埋怨道：

“一迈出门，就把人忘了，整整一年，才捎一回信。”

“人家不工作，光写信的？你还是那么落后？”

这句话刺伤她的心了。她想吵起来，又寻思他才刚回来，和他干仗，有点不像话。她闷不吱声，点着麻秆，上外屋去烧炕去了。领回的猪肉还搁在桌子上，没有煮，也没有剁馅。这几天来，她忙得邪乎，顾不上干家里的活了。说她落后，可真是有一点冤屈。自打白玉山做了公家人以后，白大嫂子见到公家人，就觉顺眼和亲切。对待农会的事，也像一个当家人对待自己家里的事一样。张富英和李桂荣当令，贪污果实，在农会里喝大酒，搞破鞋，闹得不成话。白大嫂子带领几个胆子大些的妇女，到农会去闹过一回。她站在农会的当院，骂张富英道：“你是做老包似的清官呀，还是做浑官？你们把破鞋烂袜引进农会，农会给整哗啦[1]了。你们成天喝大酒，看小牌，只当老百姓都眼瞎了？”骂到这儿，李桂荣招呼两个雇用的民兵把她撵走，在她身后，骂她是疯子。从那以后，她就再没上农会。刘桂兰被她公公欺侮和压迫，她打抱不平，把她接到家里住。往后工作队来了，她们两人参加挖财宝，查坏根，黑白不着

① 物件垮下的声音，用在这里，就是垮的意思。

家，她成了元茂屯的妇女组的头行人。如今白玉山回来，却说她落后。她赌着气，索性不把真情告诉他，看他又怎样？

白玉山把小豆油灯搁在炕桌上，拿出本子和钢笔，在写什么。他学会了写字，又花几个月津贴，买了一支旧钢笔，见天总要写一点什么。

白大嫂子端着火盆走进来，看见白玉山伏在炕桌上写字。他穿着青布棉制服，胳膊粗壮，写得挺慢，瞅着他那正经的精致的办事人的模样，她气也消了，坐在炕沿，笑着问道：

“饿不饿？要不要吃点啥呀？”

白玉山一面还是在写着，一面晃晃脑袋说：

“不吃啥了。你参加妇女组没有？”还是低着头，没有看她。

白大嫂子想逗他，随口答应道：

“没有呀，参加那干啥？”

听到这话，白玉山把笔一放，脸一沉，横她一眼道：

“参加那干啥？这道理还不明白？”

白大嫂子调皮地笑道：

“不明白呀，你又整年不着家，谁跟我说这些道理？”

“你不知道去找找人家？”

“我去找人，回头又说我串门子了。”

白玉山叹一口气说道：

“你真不怕把人气炸了，双城县里的公家妇女，哪个不能干？都能说会唠，又会做工作，你这个脑瓜，要是跟我上双城去呀，要不把人的脸都丢到裤裆里去，才算怪呢。你这落后分子，叫我咋办？”

听他称赞双城的妇女，白大嫂子有些醋意，收了笑容说：

“我是落后分子，你爱咋的咋的，你去找那能说会唠，会做工作的人去。”

看见她无缘无故吃醋了，白玉山笑着说道：

“你不参加妇女组，怎么能整垮封建？咱们都要克服散漫性，抱紧团体，单枪匹马顶啥用？你也检讨检讨吧，不检讨，不会进步的。”

“克服散漫性”，这是初次听到的新话，白大嫂子寻思着，到公安局工作，到底还是好。看他出口就跟先前两样了。她还想试试他肚子里的才学，看他能不能比上萧队长，越发搬出一些落后的话来逗他：

“抱团体，又能顶啥用？穷人多咱也是穷。富人多咱苦不了。穷富由天定，这话真不假。你看人家肩不担担，手不提篮，一年到头，吃香喝辣。穷人起早贪黑，手不离活，成年溜辈，短吃少穿，你说这不是命是啥？”

白玉山笑道：

“你倒成了算命先生了。”他不正面回答她的话，显出挺有学问的样子，先问她一问：

“你懂‘剥削’这两字不懂？”

白大嫂子笑着说：

“不懂。”

其实这两个字，她早听熟了。他们算过杜善人的剥削账，栽花先生把算盘子伸到杜善人跟前，她是记得清清楚楚的。她说“不懂”是逗着他玩的。说了假话，她忍不住笑。白玉山却正正经经，用他在党训班里得来的学问，解释给她听：

“剥削，就是地主坏蛋剥夺你的劳动的果实，像剥皮似的。”

这下，白大嫂子可真有点迷糊了。剥皮她是懂得的。“满洲国”腿子，向老百姓家要猫皮，不交不行，她还亲手剥过一只猫的皮，鲜血淋漓，她的两手直哆嗦，头也蒙了。可是啥叫“剥夺你的劳动的果实”呢？白玉山知道她不懂，紧接着就说：

“比方说：你收一石苞米，地主啥活不干，干要你三四斗租粮，这租粮是你劳动的果实，是你起早贪黑，大汗珠子摔八瓣，苦挣出来的。”

白大嫂子说：

“地可是他们的呀。”

“你没学过土地还家吗？”

白大嫂子笑着说：

“没学过，我又没有住过党训班。”

“土地也是穷人开荒斩草，开辟出来的，地主细皮白肉的，干占着土地。咱们分地，是土地还家，就是这道理。还有，光有土地也不成，你家没有劳动力，不能翻地，下种，薅草，拔苗，纵有万垧好地，管保你收不到半颗高粱。”

白大嫂子点着头，薅草，拔苗，她太懂得了。

白玉山又说：

“房子，粮食，衣裳都是劳力造出来的。啥命呀唔的，都是地主编来糊弄劳动哥们的胡说。”

白大嫂子听得入神了，又提出一个她还搞不清楚的问题：

“没有命，也没有神吗？我看不见起[①]。要是天上没有风部、雨部，没有布云童子，还能刮风下雨吗？要是天上没有雷公、电母，还能打雷撒闪吗？”

白玉山哈哈大笑，他正学了这一课，忙说：

“云和雨都是地上的水汽，跑上天去的。打雷撒闪，都是电气，跟小丰满的水磨电是一个样子，小丰满这个电母，也是咱们劳动哥们造的哩。”

正说到这儿，刘桂兰像一阵风似的闯了进来。白玉山是认识她的，只是她原先那两个垂到肩上的辫子不见了。在灯亮里，她的漆黑的短短的头发像一层厚密的细软的黑丝缨络似的遮着脖子。她穿一件灰布棉袍子，脚上穿的是垫着狍子皮的芦苇编织的草鞋。她才从外头跑进来，两颊通红，轻巧地快活地笑着。她对白玉山点一点

① 不一定。

头说：

“你们笑得欢，隔老远就听见了。多咱回来的，白大哥？”

白玉山笑着回答道：

“才刚不久。快上炕来暖和暖和，看冻着了。”

刘桂兰并不上炕，挨近炕沿说：

“大嫂子可惦念你呀，昨儿下晚，她还嘀咕着：‘说要回来，又不回来，也不捎个信，一出门就把人忘了。’”她又对白大嫂子笑着说：

“大嫂子，这下盼到了。”回头又冲白玉山说道：“大哥不知道，大嫂子可真能干哪，她是咱们妇女组的头行人。整地主，挖金子，起枪支，都站在头里，有机谋，又胆大，车老板子说：‘老孙头我今年五十一，明年五十二，走南闯北，也没见过这么能干的娘们。’赵大嫂子说：‘她可是咱们军属的光荣，女中的豪杰。’连郭主任也称赞她：‘真能顶上一个男子汉。’”

她还没说完，白大嫂子笑骂道：

“死丫蛋子，看你成花舌子了。”说着，要起身拧她，刘桂兰连忙讨饶道：

“好嫂子，别拧我吧，我问问你，搁啥来接大哥的风呀？送行的饺子接风的面，吃面没有？”

白玉山也笑着说：

“还吃面呢，快骂死我了。”

刘桂兰抢着说道：

“她骂你是假，爱你是真呀。”

“看我揍你。”白大嫂子骂着，却忍不住笑，起身要撵她，却又站住了。刘桂兰又像一阵风似的，飞到院子里去了。雪下着，刘桂兰又跑回窗户底下，隔着挂满白霜的玻璃说：

“大嫂子，可别乐蒙了，我走了。”

白大嫂子在屋里头问道：

“上哪儿去呀？”

“上赵大嫂子家里去睡去。”

刘桂兰走不多远，白玉山撵出门来，把她的被子送给她。她夹着她的一条精薄的麻花被子，冒着雪走了。脚步声音听不见以后，除了风声，四外再也没有声响，屋里灭了灯。几分钟以后，白玉山发出了舒坦匀细的鼾息。

第二天早晨，白大嫂子先起来，上农会工作，郭全海含笑冲她说：

“快回去吧，这儿今天没有你的事，我知道你心在家里。”

白大嫂子笑眯眯地骂：

“你胡扯。”但是两脚早就往外移，一会儿就迈到院子里去了。郭全海在屋里嚷道：

“叫白大哥到农会来玩，别老在家守着，把朋友都忘了。”

白大嫂子回到家里的时候，白玉山睡得正甜。她挽起袖子，搂柴点火，烧水煮肉。她的头发也铰了。青布棉袍子上罩一件蓝布大褂，干净利索，标致好看。参加妇女会之后，她性情变了，她的像老鸹的毛羽似的漆黑的眉毛不再打结了，她不再发愁，光是惦记白玉山。现在白玉山回来了，她的性格就越发开朗。她一面听听里屋白玉山的鼾声，一面切肉，一面低声唱着秧歌调。

白玉山起来，穿好衣裳，洗完脸，就上农会找郭全海唠嗑，到吃饭时才回。吃过头晌饭，屯子里的干部，从郭全海起，直到张景瑞、老孙头，都来瞧他。白家的门口，人来人往，川流不息。两口子间的关系，也和早先不同了。在早，白大嫂子瞅不起自己的掌柜，她较他能干，比他机灵。他黏黏糊糊，老是好睡。现在呢，他精明多了。下晚睡觉，他还是不容易醒来，白天却不像早先似的好睡。他还常常告诉白大嫂子，叫她“提高警惕性，反动派心里是有咱们的”。他跟人说话，都有条有理，屯子里的人们也都佩服他。客人走后，白玉山从他带回来的一个半新半旧的皮挎包里，拿出一张毛主席的像和两张年画。这是他在火车上买的，一张年画是《民主联军大反攻》，一张就是《分果实》。白玉山打了点糨子，把年画贴到炕头的墙上；又到灶屋，把那被灶烟熏黑的灶王爷神像，还有那红纸熏成了黑纸的“一家之主”的横批和“红火通三界，青烟透九霄”的对联，一齐撕下，扔进灶坑里。他又到里屋，从躺箱上头的墙壁上，把“白氏门中三代宗亲之位”，也撕下来，在那原地方，贴上毛主席的像。他和白大嫂子说：

“咱们翻身都靠毛主席，毛主席是咱们的神明，咱们的亲人。要不是共产党毛主席定下大计，你把‘一家之主’‘三代宗亲’，‘清晨三叩首，早晚一炉香’，供上一百年，也捞不着翻身。”临了，白玉山说道：“咱们要提高文化，打垮脑瓜子里的封建。”

往后，白大嫂子对屯子里的妇女也宣传这些，叫人们上街去买年画，买毛主席像，扔掉灶王爷。临了，她也总是说：

“咱们要提高文化，打垮脑瓜子里的封建。”

妇女小组，改成识字班，并请栽花先生做文化教员。但这是后话。

十五

刘桂兰待在赵家，白日照常去工作，下晚回到家里来，做针线活，或者给锁住剪一些窗花。日子过得乐乐和和的，转眼就到了年底。

腊月二十九，刘桂兰从识字班回来，正在帮赵大嫂子包过年饺子，她婆婆来要她回家。杜老婆子坐在里屋通外屋的门槛上，嘴里叼个旱烟袋，冲刘桂兰说道：

“你还是回去。过年不回去还行？”她说着，两眼瞅着赵大嫂子的脸色。

刘桂兰干干脆脆回绝道：

“我不回去。”

杜老婆子抽一口烟，笑着开口道：

“到年不回家，街坊亲戚瞅着也不像话。革命也不能不要家呀，回去过了年，赶到初五，再出来工作。好孩子，你最听话的。赵大嫂子，帮我劝劝吧。”

赵大嫂子没吱声。刘桂兰心想：“这会子糖嘴蜜舌，也迟了。”她又想起了那尿炕的十岁的男人，还有一双贼眼老盯着她的公公，铲地时她婆婆使锄头砍她，小姑子用言语伤她。走出来的那天下晚，下着瓢泼雨，她跑到院子里，听见狼叫，爬上苞米楼子，又气又冷又伤心，痛哭一宿，这些事，到死也忘不了啊。想到这儿，她晃晃脑袋：

“不行，我死也不回去了。”

杜老婆子听她说得这么坚决，收了笑容，用烟袋锅子在门槛上砸着，竖起眼眉说：

“回去不回去，能由你吗？你是我家三媒六证，花钱娶来的。我是你婆婆，多咱也能管着你。要不价，不是没有王法了？”

刘桂兰放下正在包着的一个饺子，转脸问道：

“谁没有王法？”

赵大嫂子也说：

“老大娘，这话往哪说？刘桂兰是妇女识字班的副班长，斗争积极，大公无私，你敢说她没王法？她没有地主的王法，倒是不假。”

锁住在炕上玩着哔唧棒[①]。听到杜老婆子跟他妈妈吵嘴了，他扔下小棒，跳下地来，从身后推着她骂道：

“滚蛋，你这老母猪。”

杜老婆子一动也不动，声音倒软和了一些，吧口烟说道：

---

① 一种棒子似的玩具。

“她是我家的人，逢年过节，总得叫她回去呗。”

赵大嫂子带着笑，又有分量地说道：

“逼她出来，这会子又叫她回去，你这不是存心糟践她？”

刘桂兰又低着头，一面重新包饺子，一面说道：

“过年我上街里去参加，不算你杜家的人了。”

杜老婆子冷笑一声道：

“你参加也唬不了人。我家献了地，也算参加了。”

刘桂兰抬起头来说：

“你也算参加？在‘满洲国’，你们打么，光复以后，你还和大地主一条藤，说的干的，只当人们不知道？咱们农工会，妇女会还没挖你臭根呢。也算参加！”

“我们干了什么，说了啥呀？倒要问问。”杜老婆子只当这童养媳一向胆子小，不敢说啥。气势汹汹地逼着她说。刘桂兰常常听萧队长说，光斗大地主，小地主和小经营地主[①]先不去管他。小老杜家是小经营地主，她就没有提材料。这会子杜老婆子装好人，反倒来逼她，她气不忿，就翻她的老根：

“十月前儿，你还说过：‘你们抖擞吧，等“中央军”来，割你们的脑袋。’”

杜老婆子急得嘴巴皮子直哆嗦，她知道，“中央军”是盼不来了，慌忙说道：

“你瞎造模。”

这时候，来了不少卖呆的，老初、老孙头也闻风来了。刘桂兰胆子更壮，又说：

“言出如箭，赖也迟了。那天你蹲在灶坑边对火，说了这句话，你忘了，咱可忘不了。”

杜老婆子望大伙一眼说：

---

① 租了地，又雇许多劳金来种，叫经营地主。

“屯邻们，谁不知道我杜家的心早随八路了？”

刘桂兰紧紧顶她：

“你嘴随八路，心盼胡子。那天你还骂农会的干部：‘这些牤牛卵子，叫他们多奓拉几天吧，“中央”来了，有账算的。’”

老孙头听到这话，说道：

“可了不得，骂得这么毒！这老家伙是想反鞭了。”

老初也暴跳起来，大嗓门可劲地叫道：

“把她捆起来，这老反动派！”

刘桂兰接着说道：

“在早我寻思，不管怎样，也在她家待一场，他们对不住我的地方，算拉倒，我没有工夫去算这个旧账，如今她倒招我来了。你们瞅瞅。”说着，她解开棉袍上的两个纽扣，露出左肩，那上边有一条酱红色的伤疤。她接着说：“‘康德’十二年，她嫌我薅草太慢，举起锄头，没头没脑，就是一下，瞅瞅这儿，当时血流一身，回家躺炕上，七天起不来。”她扣好衣裳，又说：“也不请大夫，痛得我呀，眼泪直往炕席上掉，她还骂呢：‘躺着装啥呀？地里正忙着，你躺下偷懒，白供你小米子吃了。还叫痛呢，这种料子，死也不当啥。’在她眼里，穷人就是这样不抵钱。”

刘桂兰停顿一下，老孙头忙着插嘴道：

“这会子叫她看看，谁不抵钱？”

刘桂兰接口说道：

“工作队到来不久，我参加了唠嗑会，她知道了，就不许我吃饭，还要剥我衣裳，皮笑肉不笑，冲我说道：‘打么了，工作队都看上你了，咋不穿队上，吃队上，住队上的去？’她嫌乎我，要撵我出来，怕我看见她和杜善人的娘们通鼻子。”

这时候，大伙要动手捆杜老婆子，赶巧郭全海来了，叫别动手，先听刘桂兰说完。刘桂兰看见他来，脸蛋红了，但还是说道：

“往后，我参加了妇女会，她母女俩，一见到我，冷嘲热骂，总要说两句，老的说：‘做啥工作呀？都是上农工会去配鸳鸯的。’少的说：‘人家是干部了，可别说，看人家报告你。’有一天下晚，全屯开大会，我闹头疼，早回来睡了，也没点灯，里屋漆黑。不大一会，听院子里细碎步子响，母女俩也回来了，她一迈进门，不知我躺在炕上，骂开来了：‘小媳妇，这时候，她翻了身，乐蒙了，叫她翻吧，等着瞅，有她不翻那天的。’她姑娘眼尖，看出炕上躺个人，料定是我，慌忙打断她的话：‘妈你干啥？’推她妈一把，给她个信号，她忙改口道：‘我骂你哪，还敢骂人家？’”

郭全海听到这儿，从人堆里挤到杜老婆子跟前，问道：

“你说：‘有她不翻那天的。’是啥意思？”

杜老婆子张眼一瞅，黑鸦鸦的，满屋子人，团团围住她。人多势众，她心怯了，死不承认说过这句话。她站起来，转脸冲刘桂兰说道：“不回去拉倒，我走了。”说着就往门边挤。郭全海拦住她，回头冲张景瑞做个眼势说：

“带她上识字班去，叫妇女追她的根，这老家伙不简单。”

在识字班，白大嫂子和刘桂兰带领几百个妇女围住杜老婆子，左三层，右三层，把她吓坏了。大伙你一句，我一句，抠她政治，问她要枪，追得她急眼的时候，老婆子翻一翻眼珠子说道：

“枪是没有，我一个老婆子，插枪干啥呢？”

听话里有音，几个声音催促她：

“你有啥？快说！”

“我有。”她说着，干咳一声，又停一下。

十来个妇女同时问：

“有啥？”

杜老婆子说：

“杜善人有副金镏子寄放我这。”

几十个声音同时问她道：

“搁在哪儿？快说。”

杜老婆子低声跟白大嫂子咬一会耳朵。白大嫂子大声嚷道：

"男人都出去一会。"

里屋光剩下妇女，白大嫂子动手搜她的身上，在她裤裆的缝里，起出一副金镏子，老孙头先走进来，挤去争看金镏子，他点点头：

"是杜善人的，我看见她小儿媳戴着过门的。搁在哪儿？"

白大嫂子说：

"你问干啥？还不是那些说不出来的地方。"

赵大嫂子搁身子遮着正在系裤带子的杜老婆子，冲大伙说：

"他们都是这样的，搁不着的地方，都搁了。"转身又对杜老婆子说："你回去吧，小老杜家的，咱们不扣你，也不绑你，可是也得改好你那旧脑瓜子，安分过日子，别给大地主们当枪使。"

十六

小老杜家是小经营地主，起先群众并没有动他，对屯子里的情况了如指掌的郭全海也料他们没啥了。从杜老婆子的裤裆里起出杜善人家寄放的金子，又引起了人们的气愤和怀疑。积极分子们两次三番地合计，一致认为大地主的亲故腿子还没有清查，人们又卷入了清查腿子的运动。快灭的柴火，又烧起来了。群众的斗争的火焰，延烧到替大地主寄放东西和散播谣言的腿子们：亲戚、本家、在家理的、磕头拜把的人家。封建老屋的横梁大柱早垮了，到如今，支撑这房子的椽子、墙壁和门窗也都在崩析。

过年时节，也在开会。抠政治，斗经济，黑白不停。全屯分六个大组，同时进行着。六处地方的灯火都通宵不灭，六盏双捻的大油灯嗞嗞地响着。管灯油的是个老跑腿子，名叫侯长寿，外号侯长腿。在旧社会，他穷怕了。他往来照顾这六盏油灯，常常嘀咕着：

“六双灯捻像六对老龙，吃油像吃水似的。”或者叹气说：“又一棒子了，这夜老长的，又得添了。”

武器是没有起出什么来了。金子银子和衣裳布匹陆续还起出些来，但都是星星点点，破破烂烂，不值一提的玩意，通宵熬夜，人们困极了。有些人，才说完话，一躺炕上就着了。有的干脆溜号了。有三个组，光剩儿童团的小嘎们，还在豁劲地追问。侯长腿说：“灯油太费，咱们是穷人，点不起呀。”老孙头说：“这叫干炸，不叫挖财宝。”郭全海看到了这些情形，听到了这些言语，马上派人骑马往三甲，报告萧队长。

萧队长也正在寻思。旁的村屯也汇报了这同样的情形，起不出啥了，还是抠着。真像老孙头说的，这叫“干炸”。萧队长反复寻思这句话。他记起了，不知谁说的：一个全面领导者，要留心一切的事。尽可能地注意一切的人说的话，即使是一个不重要的人的不重要的话，有时也很对。“干炸”也是这样子。他知道这个车老板子，平日有点贫嘴，说出话来，引人发笑。记起他的黑瞎子的故事，萧队长面带笑容，小声对自己说道：“那些都是胡扯八溜，可是‘干炸’这话，倒有点意思。现在，领导上是要注意拐弯了。现实的运动，往往是曲折复杂的，而人们常常想得直线和单纯，闹主观主义，总是在这些地方。”

依照平常的习惯，萧队长碰到新的疑难的问题，总是拿出他从毛主席的文章里体味出来的得力的武器：抱着虚心学习的态度，向社会、向群众、向他领导的人们作细致的调查。他随即动手写个报告给省委，又写一封信，把新情况告诉县委其他的两位同志。信和报告写好了，他派老万骑他那个白骟马送到县里去。他又叫三甲农会派五个民兵，分途通知元茂区的区村干部，明儿到三甲开会。

第二天，吃过早起饭，元茂区的区村干部们从方圆几十里地，先后来到了，有的坐车，有的骑马，有的走路。萧队长叫老孙头也参加这会。

会场在三甲一个中农的家里。人还没来齐的时候，萧队长到屯子里去转，跟人们闲唠，问他们的意见。他们有的说，还是要抠，还有财宝；有的却说，有也不多了，老这么下去是白搭工夫，倒不如去织炕席，整柴火，编粪筐，准备生产。

开会的时候，人们谈唠着、争辩着。意见是各种各样的，大体不外这两类：有的主张抠下去，有的说应该停止。老孙头也舞舞爪爪地讲着，他的意见，也有些对的，但大部分不过是一些引人发笑的故事。

萧队长坐在炕桌边，用金星笔细心记录着一切人的有用的意见。临了，他放下钢笔来问大伙道：

"我插一句嘴：咱们斗封建是为了啥呀？"

有的回答："为了报仇解恨。"有的说是："为了整垮地主。"萧队长又往下问道：

"打垮地主是为了啥呢？"

有的回答："为了铲除剥削。"有的说是："为了分地。"也有的说："为了睡暖炕，吃饱饭，过个捏贴日子[1]，逢年过节，能吃上饺子。"说得好些人笑了。萧队长笑道：

"也说得对。咱们闹革命是为大家伙都过好日子。可是，怎样才能办到呢？"

南北炕都烧得烫人，屋子当间还生一盆火。屋里太热，老初站起来，用袖子揩揩眼眉，敞开破羊皮袄说道：

"劈了房子地，有了牲口，有了犁杖耲耙[2]，咱们啥也不用愁了。"

"你说得比喝水还容易，啥也不愁了！没有籽种怎么办？"说这话的是张景瑞。老孙头把话接过来说道：

"还有车。打下粮食，摆在地里，没有车，看你搁啥往回拉？"

老初也反驳：

---

① 舒服日子。

② 把翻了的地里的土块耙平碾碎的农具。

"照你这么说：车也算上，碾盘也得算上呀。"

车老板子说：

"车子第一当紧。"

老初说：

"碾盘第一当紧。"

老孙头说：

"没有车，你的牲口顶啥用？"

老初说：

"没有碾盘，你的牲口有屁用！"

萧队长站起来，用拳头敲着桌子，叫大伙都不要吵嚷，然后说道：

"没有碾盘，没有车子，都是不行的。生产工具一样不能缺。现在，生产工具和土地，都由不劳动的地主手里，转到了劳动人民的手里，这就是翻身。翻身以后，就要发动大生产。可是咱们这区，还缺牲口，要是拿抠出的金子、银子，去换回骡马，牲口就不会缺了。"

蹲在炕上噙着烟袋的郭全海插嘴道：

"咱们元茂屯，再买进五六十头牲口，基本群众一户能摊上一头。"

萧队长接着说道：

"有了牲口，拉车、碾米、翻地都不为难了。咱们要赶紧分浮[1]分地，准备春耕，要不价，雪一化，就不赶趟了。节气是不等人的。地主兴许还有点东西，只要他们反不了鞭，不去管他也行了。"

郭全海移开烟袋说：

"也没啥好玩意了。"

萧队长问道：

① 分浮物，即分地主的财产。

“大伙说，咱们该咋办？”

正说到这儿，县里通讯员来了。从衣兜里掏出省委的指示信，萧队长叫郭全海主持开会，自己拆开信来看。省委指示信的大意是：平分土地运动，打击面太宽，必须迅速缩小打击面，纠正对中农的侵犯。果实要尽快劈完，赶春耕以前，地要分好，以备发动大生产。省委还说：《东北日报》上的《高潮与领导》，县区级干部要仔仔细细讨论和研究。

萧队长写了回信，问通讯员碰到老万没有。通讯员说：

“没有碰到，我从元茂来的，他大约是从五甲走的。”

萧队长没有再说什么话，打发通讯员走了。会议继续进行着。萧队长和大伙一块，核算参加斗争的人数，占全屯的人数的百分之八十。另外的百分之二十是打击面吗？中央的文件上说：地主富农只占全屯人口百分之八，超过了百分之十二，算来算去，有百分之六是斗错的中农，现在正在纠偏。那么，另外的百分之六是些什么人呢？郭全海从旁说道：

“还有百事不问的人。比方说：咱元茂屯的老王太太，从来没有到过会。”

萧队长紧跟着问道：

“这老王太太是个怎么样的人呢？”

郭全海说：

“也是穷人，她大小子连媳妇也娶不上。”

老孙头问道：

“东头老王家？早先确实穷，一家五口，一年到头，够头不够脚，老爷子死了，棺材板都备办不起，卷在炕席里抬出去的。她小儿子倒娶了个媳妇。”

萧队长问：

“她小儿子是个什么人？”

老孙头说：

“靰鞡匠。他媳妇说：‘他有门手艺，跟他总不会受穷。’他哥哥二十七八了，谁家也不乐意把姑娘给他。”

萧队长瞅着郭全海问道：

“他们家里干过黑心事吗？”

郭全海晃晃脑袋说：

“老实巴交一家人，啥也没干过，就是落后。跟韩老六家有一点亲戚，韩家瞧不起她，她又瞧不起旁的穷人。”

老孙头插进来说道：

“她是穷人长富心。”

萧队长眼睛瞅着大伙说：

“各屯都有这一号人吗？”

几个声音回答道：

“哪能没有呢？”

“有的是呀。”

“不多，也不能少。”

萧队长在大伙七嘴八舌嚷着的时候，寻思一会，就站起来说：

“会就完了，大家回去，要继续纠正侵犯中农的偏向。还要想方设法，发动落后。要使参加运动的人数，占全屯人数百分之九十二，除开还不投降，还没改造的大地主，要把所有的人都团结在农会和农会的周围。发动落后的人们参加斗争和生产也是件大事。明儿我回元茂屯去试摸一下，看怎么办。”

老孙头笑眯左眼说：

“对，萧队长回咱屯子好，咱们农会，又宽绰，又暖和，不像这儿窝窝憋憋的。坐我爬犁去，两袋烟工夫，管保就到。”

老初打断他的话：

“别啰嗦了。萧队长，二流大挂①的家伙，咱们要不要？”

---

① 懒懒散散，流里流气。

萧队长回答：

“要，要了慢慢改造他。”

散会以后，人们都走了。萧队长带着铺盖卷，坐老孙头的爬犁回到元茂屯，住在农会郭全海的房间里。他俩连夜合计发动落后的事情，造了一张落后分子的名单。可是怎么着手呢？躺在炕上，萧队长还在想这事，老也睡不着。他挑大灯亮，躺着翻看头天的《东北日报》，冷丁从第二版读到拉林的通讯，叙述他们发动落后的经验和办法，他连忙起来，叫醒郭全海，两个参照拉林的办法，酌量本屯的情况，想出了一些法子，打算明儿就着手。

十七

太阳照着窗户的上半截。窗外，柳树间的家雀在软软的枝条上蹦跳和叫唤。萧队长从炕上爬起，披好衣裳，一面洗脸，一面和郭全海合计布置两个座谈会：一个是老爷子和老太太的会，会场在农会的里屋。一个是二混子[①]的会，地点在农会的东下屋。老人的会，叫老孙头两口子和老田头两口子作陪。二混子们由郭全海和张景瑞招待。今儿停止开旁的会议，农会的其他的干部去清理果实：人分等级，物作价钱，成件的玩意都一件件贴上徽子，标明价值。

吃过头晌饭，开会的人都来了，上年纪的人走不动，农会派几张爬犁，来回接送他们。

全屯的屯溜子都来到农会的东下屋。彼此一看，来的尽是这一号子人，都忍不住笑了。他们住在一个屯子里，谁干过啥，彼此都心照。桌子上摆着一堆葵瓜子，一个烟笸箩，一叠卷烟的废纸。二流子们有的嗑瓜子，有的卷烟抽。一个名叫李毛驴的二流子站起

① 二流子。

来，歪歪脖子问郭全海道：

“郭主任，请咱们来贵干？”

郭全海说道：

“新年大月，找你们来见见面，唠唠家常。你们对农会有啥意见，都只管提提。”

李毛驴做个鬼脸，用半嘶的嗓门说道：

“没啥意见，都挺好的。”

二混子们有的挤眉弄眼，有的东倒西歪，有的把那吸在嘴里的烟喷出蓝圈圈。李毛驴脊梁贴在炕头墙壁上，一声不吱，闭上眼皮在养神。郭全海为了引他们说话，又开口问道：

“开全屯大会，你们为啥不来呀？”

旁的人都不吱声，李毛驴睁开眼皮，嬉皮笑脸说：

“咱成分不好，说啥也不当。”

张景瑞问道：

“你算啥成分？”

李毛驴笑道：

“大地主呗。”

郭全海说：

“人家都把成分往下降，地主装富农，富农装中农，你倒往上升，这安的啥心？”

李毛驴自己也忍不住笑，说道：

“你反正是这样，在早穷人倒霉，咱是穷人，如今地主垮了，咱又是地主。论分量，我较比你们轻，我要锻炼一下，再来开会。先走行不行？”郭全海留他不走，他又舞舞爪爪说些别的鸡毛蒜皮的事，光引人发笑，不说正经话。萧队长进来，他还只顾说着。萧祥悄悄地问道：“他是谁？”郭全海低声地告诉他：

“李毛驴。”

“怎么叫这个怪名？”

“这是外号，他本名叫李发。‘康德’五年，他从关里牵两头毛驴，娘们抱个五岁的小嘎，骑在一个毛驴上，另一个毛驴驮着马勺子、碗架子、笊篱子，嘁里喀喳，来到这屯。租了杜家五垧地。咱们这儿，毛驴是极少的，大家稀罕他牵俩毛驴，给他起下这外号。租种两年地，两个毛驴都贴了，光剩下个外号，小嘎又闹窝子病[①]死去，娘们走道[②]了。往后，他不种地，是活不干，靠风吃饭。逛道儿，喝大酒，看小牌，跳二神[③]，都有他的份，农会成立，大伙说不能要他，他也不来。”

萧队长说：

“往后你约他来谈谈。”

萧队长走到屋子的当间，大伙都敛声屏气，李毛驴也停止唠嗑。萧队长说道：

“新年大月，找大伙来谈谈，彼此见见面，认识认识。咱们都是庄稼底子，都姓穷，不姓富，你们没有姓富的吧？就是干过一星半点不该干的事，也是在地主社会里死逼无奈，不能怪大伙。”

脊梁贴在炕头墙上的一个要大钱的屯溜子点点头说道：

“嗯哪。在早这屯子的风情可坏啦。下雨天，大地主带头要钱，不要不行，不顺他的意，饭碗也摔了。”

萧队长接着说道：

“比如说：李——”他说个“李”字，差点带出“毛驴”两字来。他停顿一下，才说：“李发。”李毛驴听到萧队长叫他的名字，给愣住了。多少年来，屯子里人没有叫过他本名，光叫他外号。这回他很吃惊，也很感动。吃惊的是萧队长连他名字也知道，感动的是这八路军官长不叫他外号，叫他本名，把他当个普通人看待。娘们走道以后，好些年来，他自轻自贱，成了习惯，破罐子破摔，

---

① 伤寒。

② 改嫁。

③ 跳大神的巫师的助手。

不想学好了。没存想还有人提他的名字，他用心地听萧队长往下说道：

“李发乍来这屯子，可不也是一个好样庄稼人？租地主的地种，临了，两个毛驴都赔进去了，小孩也闹病死了，娘们养活不起，不久走道了。乍来那时候，他要钱吗？”李毛驴顺下眼睛。他想起他的毛驴、孩子和娘们，他想起娘们走道以后的头一个下晚的阴阴凄凄的情景。他想起来，有一年，青黄不接的时候，饿得慌了，到人家地里劈一穗苞米，被人家抓住，打得皮破血流，昏倒在地上。他想起往后的日子，人待得住，嘴待不住，结交一帮二混子，放局子，跳二神，正经活不干。人家瞧不起他，他不在乎，因为自己首先就瞧不起自己。这回萧队长却叫到他的名，也不轻贱他，这却使他不知咋办好。萧队长还在说着，态度很温和。

“早先不好的事，都是地主逼咱们干的，不能怪咱们，如今害人的坏根抠尽了，再不学好，再不朝前站，那就要怪自己了，到了人民当权的时代，大伙都应该改造，分了地，就得好好生产，做个好样的人。你们多唠一会，我去看看老爷子跟老太太他们。”

萧队长从屯溜子的座谈会上走出来，参加老人会。他坐在门外，屋里人都没有看见他。他听见老孙头正在说道：

“穷棒子闹翻身，是八仙过海，各显其能。老爷子，别说你岁数大了，太公八十遇文王。咱们五十上下的人，也算年纪大？上年纪的人，见识广，主意多。不瞒老哥说，萧队长有事还问咱。这回上三甲开会，咱说，有了牲口，就数车子最当紧，老初偏说，碾盘顶要紧，临了，萧队长还是说老孙头我说得对呢，老初算啥呀？咱过的桥比他走的道还多……”

老田头见他扯远了，打断他的话，改换话题道：

“没有共产党，咱们不能有今天，咱算是领共产党毛主席的情。在座的人，哪一位没有得到共产党的好处呢？”

一个银白头发的老太太移开嘴里的烟袋，连忙接过话来说：

“谁不领共产党毛主席的情？早些年，总是锅盖长在锅沿上。这下穷人算是还阳了，比先强一百套[①]了，咱们都得挺起胸膛来。”

一个老头子顶她：

“你干啥不挺起胸膛？光叫人挺起胸膛，头年你二小子哭着要参军，你还扯腿呢。”

白头发老太太说道：

“你胡扯，我扯什么腿？我还叫他不用惦念家，要好好地干，对地主恶霸，不用客气，咱们把他得罪了，他心有咱们，咱们也得加小心，脚不沾地地干。”

老头子笑道：

“光说得好听！”

萧队长怕老头子把老太太顶得难堪，连忙站起来，拿话岔开：

“大伙静一静，听我说两句。农会今儿请大伙来开交心会，问问大伙的意见。地主垮了，咱们也不受人支使了。翻身以后，工作还多着。老年人也有老年人的事干，咱们成立一个老年团，团结一心，跟着共产党，跟着农会走。谁再落后，谁再不许少的来参加，大伙开会批评他。赞成不赞成？”

到会的老人都叫：“赞成。”大伙不嗑瓜子了，三三五五，交头接耳，合计成立老年团。萧队长记起郭全海说的老王太太来，他问老孙头：

“老王太太来没有？”

车老板子张眼望一望人堆，便说：

“她没有来。那是一根老榆木疙瘩，挪不动的。”

会开完了，人都散了，萧队长邀郭全海同去看老王太太。他们迈进王家的东屋，看见这老太太穿一件补丁摞补丁的青布棉袍子，盘腿坐在南炕炕头上，戴副老花眼镜，正在补衣裳。瞅他们进来，

---

① 一百倍。

她冷冷地招呼一声：

“队长来了，请上炕吧。”

她仍旧坐着，补她那件蓝布大褂子。萧队长和郭全海坐在炕沿。郭全海找话跟老太太唠着。萧队长看她炕上，炕席破几个窟窿，炕桌短半截腿子，炕琴上叠着两床麻花被，又破又黑，精薄精薄的，看来岁数不小了。一个二十七八岁的粗黑眉毛的男子歪在炕头，这大约就是她的娶不到媳妇的大小子。他闭上眼睛，装睡着了。北炕铺着一领新炕席。炕梢一对朱漆描花玻璃柜，里头高高码着两床三镶被，两个大枕头，一色崭新。郭全海一面掏出别在裤腰上的小蓝玉嘴烟袋，装一锅子烟，一面问老王太太：

“你儿媳妇呢？”

老太太连眼也不抬地说：

“谁知道上哪儿去了？”

正说着，一个二十来岁的女人推门进来了。她穿一件半新不旧的青布棉袍子，一对银耳环子在漆黑的鬓发边晃动。她噘着嘴巴，不跟人招呼。老王太太瞪她一眼，嘴里嘀咕道：

“出去老也不回来，猪都饿坏了。”

年轻女人一面退到外屋来，一面顶嘴道：

“你们在家干啥的？”

老王太太听到这句话，沿脑盖子上，一根青筋绽出来，扔下针线活，跳到地下，暴躁地骂道：

“你倒要来管我了？这真是翻了天了。”

新媳妇脱下半新棉袍，准备烧火煮猪食，一面又道：

“翻了天，就翻了天咋的？”

老王太太嘴巴皮子哆嗦着说道：

“萧队长你听，她这还算不算人？”

婆媳两个针尖对麦芒，吵闹不休。歪在炕上的大儿子起来劝他妈道：

“妈你干啥？你让着点，由她说去，反正在一起也待不长了。”

萧队长和郭全海也劝了一会，退了出来。在院子里，遇见西下屋的军属老卢家，笑着邀他们到屋里坐坐。老卢家对火装烟，就小声地一五一十，把老王太太暴躁的缘由，根根梢梢，告诉了他们。

原来老王太太的做靰鞡匠的老儿子，凭着要手艺，积攒了一点私蓄，娶了一个小富农姑娘。兄弟娶亲了，哥哥还是跑腿子。老王太太成天惦念这件事。大小子是老实巴交的庄稼汉，干活是好手，人却有点点倔巴。又没有积蓄，年年说亲，年年不成。赶到今年平分土地时，富农老李家怕斗，着忙跟穷人结亲，愿把姑娘许配老王家，彩礼也下了。近来纠偏，富农知道对待他们和对待地主不同，老李家托底，再不害怕了，对这门亲事，就有了悔意。男家送去一床哔叽被，女家不要，非得麻花被不解。哔叽被比麻花被好，这明明是跟老王太太为难，知道她拿不出麻花被子，找碴子，想赖掉亲事。他们来时，老王太太心里正懊糟，对客人冷淡，跟儿媳吵嘴，都是因为心里不痛快。

萧队长和郭全海一面往回走，一面合计。两人同意从果实中先垫一床麻花被子给老王太太，做出价来，记在账上。待到分劈果实时，从她应得的一份里扣除。

民兵把麻花被子送到老王太太家里时，她乐蒙了，笑得闭不上嘴，逢人便说：“还是农会亲，还是翻身好。”

老王太太请媒婆把被子送到亲家，自己冒着风雪，上农会去找萧队长，萧队长正在跟李毛驴唠嗑。只听到李毛驴的半嘶的嗓门说道：

“叫我个人编炕席还行，要我编联小组，当二流子的头行人，那哪行呢？那不是要我的命吗？”

萧队长说：

“怎么不能行？”

李毛驴说：

"咱成分不好，名誉也次。"

萧队长带笑说道：

"日后只要决心务正，成分能变，名誉也能好。你还有啥话？"萧队长瞅他好像还有话说似的，这样问他。李毛驴四外看一眼，压低嗓门说：

"我要坦白一桩事：唐抓子有五个包拢寄放在我家，他说：'你家穷得丁当响，他们不会动你的。这会子你帮我一手，也能留一个后路。'昨儿萧队长的话，句句打中我心坎，我寻思自己也是穷人，再不坦白，太对不起共产党和民主政府，太对不起你了。"

萧队长拍拍他肩膀说道：

"说出来就好，你一坦白，就表明你跟农会真是一个心眼了。"

郭全海在一旁笑着问道：

"你也是庄稼底子，干啥替地主藏东西呀？"

李毛驴笑道：

"我不藏东西，你们煮啥夹生饭？"

这话引得萧队长也笑起来，说道：

"对，你有道理。包拢多咱送来都行。生产小组赶快编联好。你先回去吧。"打发李毛驴走了，萧队长回头问老王太太："你有什么事，老太太！李家又要赖？"

老王太太晃一晃脑袋，扯着萧队长的衣角，要他出来。萧队长跟她到外屋，老婆子踮起脚尖，嘴巴子伸到他耳边，低声谈一会，起先她说的话，连在里屋的郭全海也都听不准，往后声音稍大点，她说："咱们有点瓜葛亲，早先脑瓜子没开，抹不开嘴。他打头年起，就藏在那儿……"

萧队长眼望着窗户，怕窗外有人，连忙打断她的话说道：

"就这么的吧。"

老王太太走了。萧队长回到里屋，把她的活，一五一十告诉郭全海，完了小声跟他合计道：

“案子牵连本屯的人，非抓回来不行，得叫两个干练的人去，你自己去走一趟。还得找一个帮手。张景瑞不行，他要是走了，屯子里的治安工作就没有人了。老初太粗心，又不会打枪。你说谁去好？”

郭全海低头沉思一会说：

“白玉山还没有走，邀他去一趟行不行？他又是做这工作的。”

萧队长点头：

“他能去最好。他是请假回家过年的，要看他自愿。你去叫他来，咱们合计合计吧，事不能耽搁，怕万一走漏消息。”

掌灯时分，萧队长跟郭、白二人商量一会，又忙一阵，两个人束带停当，办好通行证和介绍信，又支了路费，萧队长写了一封信，叫他们上县里公安局去取公文，他又说：“公安局能派人同去最好。”

两人挎着屯子里新起出来的两棵九九式大枪，套一张爬犁，连夜赶到县里，再搭火车上吉林榆树去抓差[①]去了。

十八

郭全海和白玉山出发以后，屯子里着手分果实和分土地的准备。根据工作早迈一步的县区的经验，准备工作的重要的一环，是站队比号。站好了队，排好了号，分果实分土地就公平合理，也不麻烦。

会议黑白[②]进行着。比号的第三天下晚，人越来越多。有的来站队比号；有的来呐喊助威；还有那自问比不上的也来趁热闹。老

① 捕人。

② 黑夜白天。

王太太和李毛驴也都来了。

农会的西屋的两间房，间壁打通了，地当心笼起两堆火，烧着松木干栚子，火苗旺盛，一股松节油的香味飘满屋子的内外。里男外女，南北四盘炕，坐得满满当当的，后来的人连脚都插不进去。有的人站在地下。梁上吊的两盏豆油灯，被松柴的火烟冲得不停地摇晃。人们抽着烟卷，嗑着瓜子。妇女们笑声不绝，老孙头的话也不少。满屋子香烟缭绕，灯火通明，像办喜事似的；比起挖财宝的大会来，又是一番不同的景象。

比号的人像立擂[①]的好汉，一个挨一个地跳起来，自己报上名，谈历史，定成分。萧队长坐在门边一条板凳上，人们的肩背，像一堵墙似的堵在他跟前，他看不到出来比号的人的脸面，光听到声音：

"我叫初福林。我们家三辈子都是吃劳金的，谁能跟我比？"

靠西墙的一张八仙桌子边，团团坐着主席团的人，老初说完，主席团一个人问道：

"大伙看看他能评上一等不能？"

里屋南炕一个年轻人说道：

"老初是个正经八百的庄稼人，秋季还打鱼，往年还打过一条狗鱼。"听他说到这，大伙都笑着，知道他说的狗鱼，是指韩老六。那人接着说："老初算是个有出息的庄稼人，立了功劳，能评上一等。"

北炕一个上年纪的人摸着花白胡子说：

"他老人我也见过，也是个好样的庄稼人，种一辈子地。"

主席团又问：

"没有毛病吗？"

几个声音说：

---

① 比武。

“没有。”

话没落音，里屋一个中年男人坐在灯光照不到的北炕的炕梢，躲在人背后说道：

“我挑他点毛病。”

许多人嚷道：

“站出来说，听不准。”

那人抹不开，不愿意出来，推脱说道：

“算了，我不说了，反正毛病也不大。”

主席团说：

“那可不行，你就在那儿说吧。”

那人就说：

“老初起小放猪，劈过人家地里的苞米。”

老初红着脸，起身说道：

“那是不假，那时我是劈过地主的苞米。起早下草甸子放猪，地主又不给吃晌，劈过一二穗苞米烧吃是真的，那会子岁数小，也不知道不好。”

北炕的花白胡子嘴上叼着烟袋说：

“那不算毛病，地主成年溜辈剥削穷棒子，劈他一穗两穗苞米，也不算亏他。八九岁的小猪倌、小牛倌，晌午饿了，谁不到地头地脑，顺手劈两穗苞米烧吃？”

一个民兵小伙子站在原地说：

“嗯哪，这不算啥，我也干过。拿地主的，再多一点也是应该的，这叫捞本。只是，穷哥们的东西，咱们民主国家的东西别动就是了。我倒要挑老初个小毛病。那年，你当老唐家的打头的[①]，大伙铲完一根垄，在地头歇气，照老规矩，能抽一袋烟。远远瞅着老唐家提个棒子来查边来了，你可嗓门叫道：‘快抽，快抽，老爷儿

① 给地主扛长活的长工里的工头。

快落了，咱们还得赶出半根垄。’见地主来了，催大伙赶工，你这算什么思想？是不是溜须？算不算毛病？”

主席团问老初：

“有这事没有？”

老初脸红到耳根，脑盖冒热气，走到地当心，敞开衣襟，诚诚实实说：

“咱记不清了，反正也能有。那时我思想不好。脑瓜不开，也不像如今，有共产党来教导我。”

听了老初的话，大伙议论开来了。有的说：“这不算毛病，在旧社会，谁还能得罪地主？”又有的说：“那也犯不着溜须呀。”再有的说：“这也不算是溜须。”还有人说：“给谁干活要分清，给地主扛活，偷懒也行。给咱们自己下地，给咱们八路国家干活，可一点懒也不能偷，一样的事，两样的看法。看对什么人。”

后沿萧队长周围，人们也都叽叽喳喳议论着，说话的人都是背对萧队长，也不知道是些什么人。

“这一站队，干过黑心事的，可后悔不及。”

“咱们这民主国家兴的办法好，集体查根，比老包还清。”

“民主眼睛是尊千眼佛，是好是赖，瞒不过大伙，你不看见，他瞭见，他看不着，还有旁的人。”

“比得好，针鼻大的事，都给挑出来了。”

“赶上拔状元了。”

“你当这是闹着玩？这是祖辈千程的大事。”

老初站在地当心，没有人来比。半袋烟工夫，外屋的妇女里头，赵大嫂子慢慢走出来，还没开口，里屋一个声音说：

“赵玉林媳妇，这才真是第一呀。”人们怀想赵玉林，他为大伙打胡子，把命搭上了。他媳妇带领锁住，也不改嫁。她盟过誓，决心要把赵玉林的遗孤养大成人。这妇女正派老实，又肯帮人忙，寡妇人家，还收养着父母双亡的猪倌吴家富。白大嫂子坐在外屋南炕上，这时候说道：

“百里挑一的人品，推她第一。”

主席团接受了大伙的意见，把赵玉林媳妇排做头名。老初排第二。老初没说啥，退了下来，坐在炕沿上。老孙头这时从炕上蹦下，站在地当心，抖抖青布旧棉袍子的大襟，那上头粘着好些瓜子壳。他还没开口，老初笑问道：

“你也来较量较量？”

大伙都笑着，有人逗乐子：

“车老板子，讲个黑瞎子故事。”

“头年分马，还不敢要，这会子来抢探花了？”

“车、船、店、脚、牙，无罪也该杀，还抢探花呢。”

老孙头笑眯左眼，不理人家闹着玩的话，从从容容说：

“都寻思寻思，漏下谁了？我提一个人，姓郭，名全海。在早当过咱们副主任，往后升团长，再后升主任，如今去抓差去了，他该能比上你了吧，初福林？”

老初听说，自愿退位道：

“不用提了，他是咱们屯里头把手，别人我不让，单让郭主任。”

里屋外屋几个声音说：

“同意郭主任第二，老初第三。”

这时候，里屋北炕上，跳下一个小猴巴崽子，发育不全，看去好像八九岁的孩子样，这是十四岁的猪倌吴家富。他笑吟吟地说：

“我叫吴家富。三辈子扛活，八岁在老韩家放猪。赶到十三岁，韩老六用鞭子抽我，大伙瞅瞅这儿的伤口。”他要解衣裳，大伙忙说：

“不用瞅了，都知道。”

人们记起小猪倌被韩老六打得鲜血直淌的背脊，都恨韩老六，同情小猪倌，有一个人叫道：

“排他第三号。”

另外的人说：

“行。”

第三个人补充：

“这小家雀崽子，人没有说辞。”

人堆里又乱哄哄地吵嚷起来了。主席团的人用烟袋锅子敲桌子，可劲叫道：

“静一静，别吵吵，小猪倌排第三号，老初挪到第四号。谁还有意见？”

话没落音，白大嫂子从外屋的南炕上跳下，脸冲妇女们说道：

“姑姑婶娘，姐姐妹妹们。”

一个叼着烟袋的男人岔断她的话取笑她道：

“哟，瞅她妇女的立场多稳，光招呼娘们，咱们男人就不拥护她。”

另一个人说：

“咱们男子汉可别那样小气。”

第三个人说：

“别吱声，听她说啥？”

白大嫂子接着说：

“咱们掌柜的，早先在呼兰受训，如今调双城工作，这回回来，又去抓差。‘满洲国’他是个懒蛋，靠风吃饭。打工作队来，他变好了，人也不懒了。”

一个男人声音打断她的话说：

“老头卖瓜，自报自夸。”

白大嫂子扬起她的像老鸹的毛羽似的漆黑的眉毛说：

“怎么是自报自夸？你混蛋！”

那人调皮地笑道：

“说老头呀，不是说你老娘们。”

主席挥手道：

"静一静，听她说完。"

白大嫂子接着又说道：

"我们掌柜的，头年当武装，往后当治安，整天整宿忙工作，家也扔了。"

主席团说：

"白大哥的工作好，都没二话吧？大伙评评大嫂子人品。"

妇女堆里冒出一些声音说：

"都挺好的。"

"人也能干。"

"粗活细活，都不大离。"

男人堆里有人说道：

"就是嘴不让人，心眼儿倒没啥不好。"

又有人提议：

"白大嫂子是贫农。得先雇后贫。"

主席团临时合计一会，就宣布说：

"贫雇农是一家，不分先后，都按自己的工作和对革命的认识，挨着排下去。白大嫂子算第四号行不行？没有人反对？就这么的，她第四，老初再挪动一下，排到第五。"

老初旁边一个人笑他：

"又比下去了。还得挪。"

这时候，老田头站起身来说：

"咱们还漏下一个。这人带领担架队上前方去了，这会子正在爬冰卧雪抬彩号。咱们得给他排号。他叫李常有，外号李大个子，提起李铁匠炉来，谁不闻名？头年斗争韩老六，他连日连夜给自卫队打扎枪头子，他成分最好，人品也没比。"

没等老田头说完，男女堆里几个声音抢着说：

"拥护他排第五号。"

"老初挪下去，排第六号。"

坐在萧队长旁边的一个中年人，把烟袋杆子戳在地上支着手说道：

“我提议老田头该排第六，他姑娘叫田裙子，在‘满洲国’，宁死也不招出她女婿，真有穷人的骨气，她算是对革命有功，大伙拥护不拥护她爹？”

里里外外爆发一阵打雷似的鼓掌，全场同意田裙子的爹老田头，排在第六号。老初排了第七，这才站稳，没有往下挪。大伙又把老孙头评议一会，同意萧队长的话：“这老板子，没有功劳，也有苦劳。”排他第八。坐在他的旁边的老初忍着笑跟他道贺：

“恭喜你谷雨搬家。”

老孙头冷丁一下没有领会这意思，规规矩矩回答道：

“谷雨怕不能搬吧，房子没分好。”

老初笑起来，大伙也都笑。老孙头想起这是俏皮嗑，连忙改口：

“你才谷雨搬家呢，咱爱多咱搬，就多咱搬。”

刘桂兰问白大嫂子：

“谷雨搬家啥意思？”

白大嫂子说：

“骂人的话，大河里王八才谷雨搬家。”

开会的时候，在人们的空隙挤来钻去的赵锁住，这会子正站在刘桂兰跟前，听到“王八”两个字，他发问道：

“姐姐，王八在哪？”

刘桂兰笑着指指坐在里屋炕沿上的老孙头，小锁住蹦着跑过去，抱着老孙头的腿脚道：

“老爷子，你是王八，咋不到黄泥河子去，在这儿干啥？”周围的人都笑了，笑声像水浪，一浪推一浪，推遍全屋。有的人笑锁住的这句孩子话，有的人笑这个笑声，有的人不知道笑啥，心里痛快，也就跟着人笑了。

满屋子灯火通明，柴烟缭绕，松节油的香气飘满屋子的内外。

人们都笑谈不绝，只有坐在萧队长一条板凳上的一个长条子男子，从不发言，也不发笑。

会议进行着。萧队长跟这个长条子家长里短地唠着，才知道他叫侯长寿，外号侯长腿，腿长个子大，下地干活，顶个半人。早先地主都乐意雇他。今年四十六岁了，扛二十六年大活。论成分，他算没比，会上却没有人提他，他也不敢出头露脸去比号。萧队长问他：

“你怎么的？怎么不较量较量？”

侯长腿没有回答。萧队长疑惑不定，到比号的第四天的会上，人们回答了萧队长这天下晚的这个疑问。

十九

比号第四天的大会，讨论三个特别的人物：一个是李毛驴，一个是老王太太，再一个是侯长腿。三人都是穷人，但各人有各人的问题。李毛驴和老王太太的事，前头提起过，怎么排号，争论还多，萧队长答应往后再商量，会上停止讨论了。而侯长腿的问题，又引起了大伙的争吵。

站队比号，终于比到侯长腿。按成分，按历史，他该是站在前头的。但有人提出了他娶唐抓子的侄媳李兰英的事，人们意见就多了。斗争杜善人的时候，地主们的家属，害怕火焰烧到自己的头上，各谋出路。唐抓子的侄媳李兰英，丈夫早死了。她在一个黑夜，抱个铺盖卷，往侯长腿的马架里来了。侯长腿四十六岁，她才三十，她想这是马到成功的。没存想差点挨揍。侯长腿对地主痛恨，对唐家有仇。在唐家卖工夫的那些年份，唐家男人的铁青的脸色，娘们嫌乎的神情，他忘不了。有一年，他闹眼睛，工钱花没了。到年回家，米还没有淘。他上唐家去借米，唐抓子瞪着眼珠子说道："黄米哪有往外匀的呢？"一个娘们的口音在里屋嚷道："撵他走得了！"这些话，他都还记得。这会子，老唐家垮了，这妇女投奔他来了。他一上火，抬手想揍她。看见她站在门边的那可怜的样子，他心软了，手放下来，挥手叫道："你来干啥？早先正眼也不瞅咱们，现下倒找上门来了，还不快滚，看我揍你！"李兰英只得走了，忘了带走铺盖卷，和她的镜子、梳子、手绢，和女人用的一些七零八碎的玩意。这些小玩意，放在一个碰也没有碰过一下女人的四十六岁的跑腿子的炕上，引得他整宿没有睡，鸡叫三遍，窗户露明，侯长腿骂起来了："操她小妈的，送上门来了，什么玩意？"

第二天下晚，从农会回来，他点起灯，又看见那娘们的铺盖卷、镜子和梳子，脑瓜子里钻出个思想："听说她娘家兄弟也是个老庄。"才想到这，另外一个思想就骂他自己："你他妈的，想那干啥？"一会儿，头一个思想又出来了："兴许她会再来，把被子拿走。"而她没有来。

第三天下晚，从农会回来，半道上他寻思着，要是她把铺盖卷拿走了，就好了。到屋他点起灯来，一眼看见她那床麻花被没有拿走，旁边似乎还有一个人躺在炕上。他倒不惊讶，但是跺着脚，粗声粗气地骂道：

"又来干啥？杂种操的。"

李兰英翻身起来，盘着腿脚，坐在炕头，笑眯眯地瞅他一眼道：

"来拿被子的。"

"干吗还不走？"

李兰英笑道：

"我留下来，帮你烧火煮饭，你下地回来，也有热饭吃，不行吗？"

侯长腿还是骂道：

"扯淡，别啰嗦了，快滚吧。"越骂嗓门越小了。

李兰英带笑接过话来说：

“地主娘们也是不一心，有好有赖，有的帮地主，有的向穷人。我娘家也是庄稼底子，我兄弟还吃过劳金呢，那年爹拉下唐家饥荒还不起，把我送上唐家做押头的呀。”

侯长腿顶她：

“瞎编啥呀？谁不知道你娘家是个小富农，还是姓富？”

女人连忙娇媚地笑道：

“姓富？到了你家，不就姓穷了？”

“别啰嗦了，还是走吧，天不早了。”

李兰英听侯长腿语气温和些了，就笑着说道：

“我不走了，我怕。”

“怕啥？”

“怕张三呀。”

“外头月亮照得明明亮亮的，你怕啥？”

李兰英露出可怜的讨好的样子笑着撒赖说：

“反正我是不走的了，你爱怎么的，就怎么的。你要不让我睡炕上，我躺地下好不好？”

侯长腿听到这，好大一会没有再说话，心里冷丁觉得这女人也是怪可怜的了，宁可躺地下，撵也撵不走，这么大冷天，地下乍凉乍凉的，怎么能躺呢？一种同情心，冲淡他对地主家里人的仇恨之心了。他心软了。偷眼瞅瞅她的半新不旧的青布棉袍子和她的挂笑的脸面，他寻思道：“好男不跟妇女斗，伸手不打笑脸人。”随即叹几气，语气随和地说道：

“唉，你这么撒赖，可叫我咋办？”

娘们马溜嘻嘻地笑着接口，说道：

“有啥不好办的呢？炕这么大，你躺炕头，咱躺炕梢，咱们井水不犯河水，天一放亮就走了，不碍你事。”

赶到天亮，她没有走。往后一径没有走。消息一下传遍全屯了。全屯的劳动男女，都骂开来了，连中农也骂。有人提议不许侯长腿再到农会来，有人说他比杨老疙疸还坏十倍。比号大会第四天，提到他的名，全场轰动，到后来不是比号，而是整他了。人们七嘴八舌地骂他，追他，连主席团也压制不住。说话的人，同时好几个，分不清哪一句话是谁说出来的。

“侯长腿，你姓穷，还是姓富？”

侯长腿来不及吱声，身后又飞来一句：

“你是不是穷人长了个富心？”

侯长腿来不及答话，左边一个说：

“你向地主投降了？”

侯长腿还没有听清，右边又轰起来了：

“你穷不起了？”

张景瑞走到他跟前，说道：

“谁是敌人，谁是自己，咋如今还认不清呀？两口子挺近乎的，有啥话不对她说？咱们开会还能叫你参加？家有个地主娘们，你是不是成了敌人？”

老初的大嗓门说道：

“你往家抱狼，久后生个孩子，也是狼种。”

老孙头也挤到跟前，眯住左眼道：

“多少年你等了，这两天就熬不住了？你算是给她拐带走了。”

侯长腿见是老孙头，就不怕他，忙分辩道：

“她找到我门上来的，怎么说是她拐带了我呢？”

老孙头笑着说道：

“她上你家，能和你一条心？久后生个孩子，算是贫雇农呀，还算是地主？他长大要斗地主，他妈不让怎么办？”

张景瑞却说：

“那还用挂心？等到他孩子长大，地主早没了。”

老孙头说：

“没有地主，也没有美蒋反动派不成？”

老初说：

“美蒋反动派也不会有了。”

老孙头晃一晃脑瓜：

“也还是不行。总归不一心，你要吃酸，她要吃辣，你嫌炕热，她嫌炕凉，你要赶车，她要摆船，怎么也闹不一块堆。怎么能行呢？要我宁死也不要。”

张景瑞说道：

“说啥风凉话？我看你要没老伴，娶得比他还快呢。”

老初又把话转到侯长腿身上：

“老侯你要有出息，快把李兰英撵走，要不价，就按地主办。”

侯长腿两手放到胸口上说道：

“穷哥兄弟们，李兰英是她自己到我家来的，她在我家，烧火，煮饭，铡草，喂猪，顶个半拉子，我就收留了她。”

老初打断他的话：

“先别说这些，你倒是撵不撵吧？”

萧队长站起来说道：

“让他说完，老侯，你说你的吧。”

老侯又说：

“我今年四十六岁。”

老孙头插嘴：

“你还算年轻，我今年五十一，过年五十二，干活赶车还是个顶个。”

萧队长说：

“别打岔，让老侯说。”

老侯叹口气，抬起头来说：

“我老侯扛二十六年大活，腰都累折了，也没混上个媳妇。爹妈在世的时候，年年给我说媳妇，年年说不成。扛大活连吃连穿都捞不上，谁家姑娘乐意跟我遭罪呀？打二十起说亲，到今年，二十六年了，还是跑腿子。记得有一回，保媒的说妥一门亲，姑娘家姓张，是个贫农，他爹对保媒的说：'那小子行，黑脖溜粗的，长个好个子，还长个好心，活也好，轻重拿得起，家穷一点，我姑娘跟他也不能受罪。你叫他爹送两个布来，咱们小门对小户，也不计较他彩礼。'爹乐得蹦高，着忙去张罗钱买布，上杜善人家说情贷钱，说来说去都不行，杜善人脸上挂着笑，接待我的爹，说道：'对不起，屯邻家好事，理应帮忙，正赶巧，这几年艰难，年成不好，花销又多，如今别说两个布的钱，一尺布的钱，也拿不出。'我爹说：'您家拿出两个布的钱，不过是牛去一毛，仓去一粟呀，却是成全咱们小子一辈子的好事了。'怎么说，杜善人也是不借，那门亲事就这样黄了。女家老人也说得有理，不收你彩礼，姑娘衣裳总得做一身，不能露着肉来拜天地呀。兄弟姐妹们，在旧社会，穷人娶媳妇，那真是空中的雁，水底的鱼，捞不着的呀，穷人的姑娘也不能许配穷人。"侯长腿说到这儿，停了一下。用手背擦擦眼窝。跟着，妇女组里，好像也有人哭泣。那是刘桂兰。她想起她爹也是拉下杜家的饥荒，拿她作押头，送给杜家作童养媳的。听到侯长腿的话，她同情他，又可怜自己，她忍不住，哭出声来了。坐在她边上的赵大嫂子也拿袖子擦擦自己的眼窝。侯长腿又说：

"别哭，姐妹们，听我说完，老跑腿子那个罪呀，说也说不清，衣裳破了没人补，雪一化，就光脚丫子！"

一个跑腿子的应声说道：

"跑腿子一个人，下地回来，累得直不起腰来，还得烧火，要不，饭是凉的，炕是凉的，连心都凉透。"

侯长腿接着说道：

"我打定主意，当绝户头了。我死以后，没人给爹妈扫坟、上供，也不能怨我。"

张景瑞插嘴：

"你这才是封建呢，死都死了，上供不上供，还不都一样？"

侯长腿又说道：

“到如今翻了身，彩礼也备办得起了。可是你瞅瞅，鬓角长了白毛了。”他取下狗皮帽子，在灯光下，露出他的花白的短头发。他看着大家，又戴上帽子，往下说道：

“说要娶个媳妇吧，娶什么人家的呢？穷人家口少，姑娘就不多。就是那些姑娘乐意跟我，我这面也不能要呀，我下晚睡下，后面布土了，还能娶个穷人的十五六岁小姑娘，叫她半辈子守寡？连自己心也不忍。”

老孙头说：

“你也想得太远了。”

侯长腿又说：

“一句话归总，我也不想要媳妇了。那天下晚，这娘们上我家来，撒赖不走，宁可睡地下。叫我咋办？我想用鞭子抽她，又往回想，好男不跟妇女斗，伸手不打笑脸人，就由她了。”

他低下头来，屋子里静静地没人吱声。他又说道：

“今儿下晚听大伙一说，我又想起来，咱们正在跟大地主算账，我娶个地主娘们，真也对不起大伙，可是，生米做成了熟饭，叫我咋办？”

还是没有人吱声，连咳嗽的也没有了。侯长腿接着说道：

“撵她走吧，她病倒了。成天躺炕上，心里想吐。隔壁的嫂子说，怕有身孕了。大伙说吧：叫我咋办？”

还是没有人说话。萧队长走去和主席团低声合计一小会，立起身来，像要说话。人们都围拢来，妇女们都往前挤，盯着萧队长，都要看他怎么说。萧队长瞅着侯长腿说道：

“到这步田地，就算了吧，也不必撵了。”

妇女们都松一口气，有的笑了。男人堆里议论开了，有的说“行”，也有的说：“太便宜她了，一下成了贫雇农。”张景瑞说：“咱们穷哥们，就是心肠软。反正也不怕，料定他们也反不了鞭了。”老孙头笑眯左眼说：“八路哥，就是个宽大。”萧队长又往下说道：

“咱们对投降的敌人都是宽大的。”他又转脸叮咛侯长腿：“可也得加小心啊，不该她知道的事，可别叫她知道。”

张景瑞添补着说：

“你要有出息，别把咱们会上的话告她。”

侯长腿连忙点头：

“那还用提？要那样，还能算个人？”

萧队长接着说道：

“日后还得留心她思想，看她到底是向着穷人呢，还是向着地主？别光听她嘴上说。得看她爱不爱干活，老实不老实？两口子天天一块堆，挺近乎的，啥也瞒不了。劳动能改造世界，也能改造人。你可告诉她：劳动五年，大伙也不再把她当地主娘们看待了。可得加小心，不要叫她把你拐带走，你得引她往前走才对。”

大伙同意萧队长和主席团的提议，侯长腿不必撵走李兰英，争取改造她，叫她劳动。分地分浮，侯长腿按他排的号数办，他排上一百二十号。李兰英能得到地，浮物没有份。

会后，侯长腿邀萧队长上他家串门，萧祥也正要去瞧瞧他新媳妇，就跟他去了。到他小马架跟前，远远看见一个穿青布旧棉袍子的妇女，挽着袖子在门口喂猪。侯长腿用嘴巴子指一指说道：

“那就是她。”

李兰英抬头瞅萧队长一眼，仍旧低着头喂猪。萧队长迈进屋里，看见炕上放着一件正在连补的破棉袄，屋子里收拾得干干净净，两床被子叠在炕梢，窗户上还贴着红纸窗花。萧队长坐在炕沿，李兰英进来拿火柴，从眼角偷瞅萧队长，她胆怯，心虚，赶到看见萧队长满脸笑容，才放松一些。萧队长看她出去要点火，忙道：

“不用烧水，我就走了。”说罢，起身要走，又跟侯长腿说道：

“过了灯节，上粪还早，你们要整点副业才好。她能干啥呀？”

女人站在外屋，用心听着，却没有吱声，侯长腿代她说道：

“她能编草帽，赶到雪一化，下甸子去割点苇子，就能动手。”

两人一面往外走，一面唠着家常，谈着生产，萧祥说：

“只要她干活，就是好的。可是也得提防她，等风暴过后，她兴许又不乐意劳动，不愿意跟你。地主家的人，都是白吃白喝，游手好闲惯了的。”

侯长腿说道：

“她敢！要不听话，揍她狗日的，再不听话，撵她滚蛋。”

萧队长笑道：

“揍是不能揍，看样子也还老实。跟她多说理。”萧队长临了又笑道：“安家立业了，日子过好了，可是不能忘本啊。”

侯长腿慌忙说道：

“那哪能呢？我从心里领共产党的情，要是没有共产党毛主席的这土地改革呀，扛活扛到棺材边，也挣不到一根垄、半间房，还能说媳妇？萧队长放心，咱不是老花，决不忘本。”

听到侯长腿提起老花来，萧队长寻思，还得去看一看他。他离开侯家，往花家走去。

二十

天头灰灰暗暗的，比平日冷些。没有下雪，白杨树枝上，柳树丛子上，秫秸障子上，都挂满白霜，像披挂着的银须似的，晃着人眼睛。这是下“树挂”。

萧队长从侯长腿马架里出来，到花家去了。老花住的是一座小小巧巧的围着柳树障子的院子。萧祥推开柴门，两只白鹅惊飞着跑开，雄鹅伸着长脖子，一面叫着，一面迈方步，老爷似的不慌不忙地走开，看样子，你要撵它，它要迎战似的。院子里的雪都铲净了，露出干净的地面。屋角通别家院子的走道，垛着高达房檐的柈子。马圈里拴着一个黄骟马，胖得溜圆，正在嚼草。院心放着一张大爬犁。上屋房檐下，摆个猪食槽，一个老母猪和五个小壳郎，在争吃猪食。一只秃尾巴雄鸡，飞上草垛子，啼叫一声，又飞下来，带领着一小群母鸡，咕咕啾啾的，在草垛子边沿的积雪里、泥土里、干草里，用爪子扒拉，寻找着食物。

萧队长进屋的时候，张寡妇站在锅台的旁边，盖着锅盖的锅里，冒出白烟似的热气，灌满一屋子。张寡妇待理不理地，跟萧队长淡淡地打一个招呼，没有再说啥，拿起水瓢舀水去了。老花迎出来，请客人上炕。张寡妇前夫的小子，一个十来多岁的小猴巴崽子坐在炕上梳猪毛。老花比早先更没有话说，光笑着，吧嗒吧嗒地抽烟。这回平分土地，老花一天也没有参加。人家在开会，他赶一张爬犁上大青顶子去拉木头、打柴火，回屯就待在家里。他怕人们邀他去参加大会，回来又得跟张寡妇干仗。有一回，张景瑞看见他在公路上遛马，问他咋不参加会，他叹一口气说道：

“唉，换换肩也好，革命大事，还能凭几个人包办？”

说完，他抱愧似的笑笑，牵着他那胖得溜圆的黄骟马走了。

过年分猪肉小麦的时候，大伙念他打胡子有功，还是按贫雇农的例，给他一份。老花不去领。他说：“无功受禄，领回吃着也不香。反正咱们的白面，也够吃的了。”张寡妇却说：“分内的东西，还不去领？就你才这样二乎。”说着，提溜个簸箕，上农会去领果实去了。

花永喜是不迈步了，但跟张寡妇还是有区别。他寻思着：“我的是我的，人家的还是人家的。”张寡妇却是这样：“我的是我的，人家的也有我的份。”

花永喜怕张寡妇，干啥都依她，成了她的尾巴了。郭全海说：“老花真是心眼小，守着个破娘娘庙，窝窝囊囊的，不像个男子汉。”

花永喜的张寡妇和侯长腿的李兰英是不相同的。侯长腿媳妇，胆小心怯，跟着他走，从早到晚，扔下粗活干细活，遇事也不敢多嘴。老侯家里，男的说了算。花永喜娘们，胆大心尖，强嘴硬牙，老花说不过她，干仗总是吃败仗。没有活干，她也叫老花老待在屋里，不跟人来往。外头闹翻天，他们也不睬。老花小心听媳妇支使，在他们家里，女的说了算。

起先，老花也并不是服服帖帖地听媳妇支使。煮夹生饭的时候，花永喜见天上农会，家里的事都扔下了。张寡妇煮饭，没有干柈子，现整的湿柈子冒烟不好烧。赶下晚花永喜回来，张寡妇就跟他吵了：

“你倒是要家，还是要农会？要农会，就叫农会养活你家口，要不咱们就分开。嫁汉嫁汉，穿衣吃饭，你不干活，光串门子，叫我招野汉子养活你不成？”

话说得难听。老花骂了她几句。这娘们拍手打掌，哭天抹泪的，牵着孩子，就往外走。老花拦住她，跟她赔小心，道不是，好话说得嘴唇都磨破，张寡妇才回心转意，不提走了。打这回起，张寡妇占了上风，凡事老花都得让着点。赶到下晚，娘们又用软手段，体贴他，笼络他，跟他轻言软语地说道：

“谁家过日子，没有一点活干的呀？把家扔下，叫咱娘俩要饭去，你也不忍吧？孔圣人也得顾家呀？”

花永喜一听，也说得有理。往后就常待在家里干活，不大上农会去了。张富英那茬干部把郭全海整下台来，花永喜明知冤屈，也不出头说句话。

男女积极分子吵吵嚷嚷地议论花永喜和张寡妇的事：

“为一头带犊子的老乳牛，忘了大伙，也误了自己。”

“他好事不做，坏事不沾，就是不迈步。”

“守着娘娘庙，天塌也不管。”

萧队长不笑他，也不骂他，跟他耐心地谈唠，说明他有责任去管管屯子里的事。提起他打胡子的功劳，引他想起光荣的往日。这一席话，打动了他，他也不顾张寡妇站在门边瞪眼睛，寻思一会，跟萧队长说道：

“回头我上农会来，再找你唠唠。”

萧队长走了。他从头到尾，没有提起老花转正的事。他对人的原则是“党内紧，党外松”。他欢迎老花回到工作岗位上来，但他要恢复组织生活，还得有进一步的事实的表现，并经过小组讨论。他又寻思等老花再来农会时，要多跟他谈一谈。

二十一

萧队长从老花家回到农会，坐在八仙桌子边，抽出金星笔来写信给县委组织部长：

……千闻不如一见，又去看了花永喜，了解好多情况。干部家里人扯腿，是个普遍问题，三甲也有……

正写到这儿，冷丁一阵风似的闯进一个人，跑到他跟前。这是刘桂兰。萧队长收好日记本，笑着招呼她：

“乐得那样，有什么喜事？”

刘桂兰才从外头跑进来，脸冻得通红，也许是臊得通红，好大一会，才沉住气说：

“有宗事得请求你。”

萧队长问道：

“什么事呀？”

刘桂兰脑袋一晃，把那披到左脸上的一小绺头发，甩到后头去，这才说道：

“咱们识字班有个人叫我来打听打听：她要打八刀[①]能行不能行？”

刘桂兰抹不开说是她自己的事，假托一个人，但她脸更红了，连忙避开萧队长的眼睛，低头坐在炕沿上。她穿一双芦苇织成的草鞋，青布旧棉袍子上有几个补丁。漆黑的头发上除开一个小巧的黑夹子以外，什么装饰也没有，她浑身的特点是屯里待嫁的姑娘的身上特有的简单和干净。萧队长早猜着她是来打听她自己的事的。没有等萧队长回答，她又笑着问：

“倒是行不行呀？”

萧队长说：

“看谁打八刀，谁跟谁打八刀。”萧队长说到这儿，笑着打趣说：“童养媳是不准打八刀的。”

刘桂兰跳下地来说：

“怎么的，你们欺侮童养媳？”

萧队长带笑说道：

“吃婆家饭长大，还说啥呢？”

刘桂兰不知不觉，说起自己来：

“谁也没有白吃他们饭。打十一岁起就给他们家干活，屋里屋外，啥活都来。那小嘎今年才十一。老家伙是个畜生。婆婆是个马蜂窝，谁也惹不起。有一天她那黄骟马的尾巴给人剪去一小绺，这也没啥，她闹翻天了，站在当院，吵骂一顿饭工夫：‘是哪个断子绝孙的，哪个死爹死妈的，铰了我的马尾，叫他五个指头个个长疔疮，叫他糊枪头子[②]，叫他不得好死。’骂得好毒。从那回以后，左右邻居，谁也不敢上她家。这样的家，我能待吗？要说对待儿媳呀，哪儿也没有这么恶毒的婆婆。”

---

① 八刀合成一字，是“分”字，打八刀，就是离婚的意思。

② 挨枪毙。

刘桂兰说到这儿，记起她在杜家的五年，遭多少罪啊。五年没有吃一顿热饭，没有穿件囫囵个衣裳，她想起她婆婆揍她一锄头的事，想要告诉萧队长，寻思他准知道，到底没有提，只是噘着嘴巴说：

“妈没有死，我回家就哭，妈也哭着对我说：‘孩子，也是你的命，心屈命不屈，还是忍着吧。’我忍五年了，如今你又说，打八刀不行。翻身也不能翻掉这条苦命，我只有死了，反正咱们这号人，多死几个，也不当啥。”说着，泪珠子滚下来了，她擦擦眼窝，跳起身来往外跑。萧队长赶上，把她叫回，跟她说道：

“闹着玩的，你就当真了。民主政府下面，只要男女随便哪面有充足的道理，离婚都是自由的。你找栽花先生写个申请书，给区长捎去。区长找你婆家和你当面去谈判，道理要在你这面，事就成了。”

刘桂兰笑了。萧队长又问：

“相中谁了？”

“可不能告你。”

萧队长吓她：

“你要不说呀，事可难办了。”

刘桂兰忙说：

“我说出来，你可别告人。”

“那还用提？”

刘桂兰脸颊绯红了，半晌，才吞吞吐吐地说道：

“咱们是量女配夫。咱不识字，也得找个不识字的人。”

萧队长笑道：

“老孙头一个大字也不识，你相中他了？”

刘桂兰起身要跑，萧队长忙说：

“别忙走。问你正经话，你相中的姑爷工作好不好？成分好不好？人品怎么样？要是都行，给你找个保媒的，一说就妥。要是不行，趁早打消好。”

刘桂兰连耳根都红了，眼睛瞅着别处说：

“是个扛大活的，工作要不好，大伙还能拥护他？人品呢，”刘桂兰笑着不肯往下说，停了一会，才又说道：“谁知道人怎么说他？反正配我是够了，咱们俩谁也不硌硬谁就得了。”

萧队长笑着羞她：

“‘咱们俩’，那一面是谁？媒婆还没有，就称‘咱们俩’了？”

羞得脖子通红的刘桂兰说道：

“萧队长今儿咋的哪？喝多了吧？”

萧队长今儿事都办完了，宗宗样样，都称心如意，从心里感到欢喜，还想逗她：

“老实告你，你相中的人，早有对象了。”

刘桂兰这下急眼了，转身忙问道：

“谁？你说他相中谁了？”

“你先说，‘他’是谁，兴许我搞错人了。”

“你先说他相中谁了？”

萧队长说道：

“谁知道你的‘他’是谁？”

正说到这儿，电话铃响了，萧队长走到电话机子边，拿起耳机。刘桂兰不走，等着要问明这桩事。她看着萧队长嘴巴冲受话筒问道：

“谁？郭全海他们来了电话？”

刘桂兰听到这名字，脸上一热，走近电话，用心听着。萧队长听着县里的电话，吃惊地说：

“不准他们去抓人？往后不准农会到城里抓人，怕整乱套？听不清楚，你大点声。还是听不清，你把机子摇摇。对，听清楚了。由公安机关按照法令统一处理，这当然是对的啰。又听不清了，再摇一摇。对。你打电话告诉公安处，咱们要的这个人，是这儿一个大特务，这儿有个案子，得把他找回，才能破案。还有，老百姓要不亲眼看见他落网，总不放心。这么的吧，叫他们派人协同郭全海，用他们名义依法逮捕，押到我们这儿来审问追根，完了咱们不处理，送回他们，行不行？你打电话告诉陈处长，说这是我们的意思。别忙挂。”萧队长说到这儿，笑着添说：“郭全海回到县里，叫他快回来，有好事等着他呀，你问什么事？大喜事。”

萧队长挂上电话，对刘桂兰笑着。这个圆脸庞姑娘紧跟着追那老问题：

“他相中谁了？”

萧队长坐在八仙桌子边，从从容容说：

“他相中一个圆脸姑娘，元茂屯有名的没上头的童养媳，姓刘名桂兰。”

“刘桂兰，刘桂兰。”白大嫂子在院子里可嗓子叫唤。刘桂兰脸红到脖根，趁这机会，逃跑出去。白大嫂子说：“你在这儿呀，叫我可屯找遍了。人家等咱们开会，你还消消停停，待在这儿。”

萧队长朝窗外说道：

“她在谈她终身大事呀。”

白大嫂子走进门来笑道：

“谈她跟郭主任的事吗？萧队长你给她保媒？”

萧队长笑道：

“这是老孙头的活，大嫂子，你看他俩合适不合适？”

“可不正合适？龙配凤，还不好？办事那天，咱们要敲锣打鼓，大闹一场。咱们快去吧，人家等着呢。”

白大嫂子拉着刘桂兰的手，往门外跑去。门外一群从地主家里没收的白鹅，吓得展开白煞煞的大翅膀，边跑边飞地逃开，还嘎嘎地叫着。在鹅叫声里，从远处传来青年男女的轻松的、快活的笑声。

二十二

咱们离开元茂屯，往外头走走，看看郭全海和白玉山他们的公事，办得怎样了。

发动落后的时候，凭老王太太的告发，萧队长知道韩老六的哥哥，哈东五县特务韩老五，藏在榆树县一个靠山屯子里。他派郭全海去抓，请假回家过年的白玉山也跟着去了。到了省里，赶巧上头禁止农民“远征”别县，和进城抓人。由于案子的特殊，在电话里和信件里再三讨论，最后由省里介绍到榆树，再由公安处派遣三个公安员，协助他俩。这样的，往来耽搁了些日子，郭全海一路担心，怕走漏消息，怕韩老五跑了，完不成任务，又惦念屯子里的事：等级评好没有呢？坏根放火烧了果实怎么办？他一着急，饭也吃不下，觉也睡不好。白玉山却不慌不忙，不急不慢，睡得挺好，吃得也不少。

到榆树县取了介绍信，他们连夜出发，爬犁也不套，五个人步行。三星晌午，赶到离县三十里的一个靠山屯子里。郭全海叫白玉山去跟农会联络，他带领公安员一径奔向他们预先打听清楚的韩老五的房子。郭全海知道韩老五是个炮手，两手能同时开两棵匣子。他要大家伙都作战斗的准备，大枪都安好刺刀，上好顶门子。郭全海又摸摸自己的衣兜，他准备的火柴、松明，硬硬的都在。韩家三间草房是在一个慢山坡边上，独立独站，坐北朝南，北面靠山。房后，爬过一个光秃的山坡，就是一座稠密的杂树林子。屋前是一片平川地，离开别家，最少的也有五六十步远。要是有人往他家里走，他站在门口，老远能望见。他们四个人跑到一个草垛子后面，在星光下，望着韩家，用手指点着，低声合计着怎样接近那房子。屋顶、草垛和场院上的石磙，都盖一层雪，白花花的。四外静悄悄，没有一个人影。郭全海叫一个公安员抄左边去堵韩家的后门，他跟两个公安员往前门奔去，才从草垛背后转出来，韩家的狗和邻近的狗，冷丁都叫起来了。郭全海担心韩老五被狗叫声搅醒，起来抵抗或逃跑，压低嗓门着急地说道：

“跟我来，动作要快。”

他一人当先，冲到韩家的门口。这是一扇柳条编造的柴门，关得严严实实的。狗狂叫着，上屋有响动，有人起来了。郭全海急眼了，忙用枪柄和枪尖在柳条门上拨开个窟窿。三个人钻进去，到了院子里，郭全海对两个公安员说道：

“你们留外头，我进去。要是他开枪，只牺牲我一个。”说罢，他纵身蹦到上屋的门外，一脚踢开门。屋里漆黑，才从星光照亮的有雪的院子里，进到灶屋，眼睛啥也看不见。里屋嘎嘎地响着，准有人起来。郭全海抢到里屋的门口，再一脚把门踢开，端着的枪尖指着南炕，在窗户玻璃透进的微光里，炕上好像有好几个人，坐起来了。郭全海摆弄下枪栓，猛喝道：

“不许动，谁也不许动。”

郭全海左胳膊夹着枪，右手往衣兜里掏出火柴和明子，正要擦火柴，点明子，但一转念，觉得不妥。郭全海的胆子大，往年又打过胡子，临阵不慌张，还能想事。他寻思要是手里点着明子，那不正好做了韩老五的射击的靶子，暗处打明处，是最方便的了。可是不点火不行。屋里黑漆寥光的，怎么找人呢？他用枪尖逼着炕上一个黑影子，豁劲喝道：

“快点灯！”

炕上一个娘们声音说：

“没有火柴。”

郭全海把自己的火柴扔给她。那妇女划着火柴，爬到炕头，点起灯匣子上的豆油灯。屋子照亮了。南炕坐着俩妇女，一老一少，还有一个小子和一个七八岁的姑娘。他们脊梁靠在窗台边，并排坐着，腿脚伸在被子里。他们不慌张，不吃惊，也没有人哭，好像早就料到这事会发生似的。那小姑娘瞪眼瞅着郭全海。南炕没有韩老五。炕北堆放着苞米。郭全海奔到躺箱跟前，揭开盖子，被子、衣裳和棉花，塞得满满的，藏不住人。角角落落，箱箱柜柜里都找遍了，他冲窗外叫唤道：

“韩老五跑了！”

三个公安员一齐跑进来，同声问道：

“跑了吗？”

正慌乱间，天棚上嘎嘎地响动，郭全海抬眼一望，天棚上戳个大窟窿，吊下个光脚丫子。他用大枪对准这窟窿，扳动枪栓，喝叫道：

“快滚下来。”

这时候，白玉山和这屯子里的农会主任，带领二三十个民兵，绕屋前屋后包围起来了。听到屋里人说：“找着了。”白玉山先跑进来，他瞅着从天棚上慢慢下到躺箱上的男子，大头粗脖，两个鬓角都秃了，跟韩老六一样。他穿一套沾满烟尘的白衫裤，冻得直哆嗦。这人就是韩老五。他听见狗咬，才从睡梦里惊醒。他混进农会，当上文书，屯子里的朋友又不少，只当不会有事了，两棵匣子，都插起来，门前准备抵抗的壕沟，灌满了雪，也没有打扫，寻思混过长长的冬季，赶到树叶发芽的时候再说吧。但树叶子还没有发芽，衣裳鞋袜，还没有来得及穿上，他就落网了。郭全海用枪指着他，白玉山从腰上解下根捕绳，笑吟吟地说：

“对不起，得委屈你一下。”

韩老五一面穿裤袄，一面也笑着说道：

“没啥，绑吧。”

他伸出胳膊，让白玉山套上绳子，坐在炕上的他的七岁的姑娘爬起身来，跑去拖住白玉山的手，用牙乱咬，使手乱撕。白玉山一推，把她推翻在炕上，她也不哭，再要上来，叫她妈妈喝住了。白玉山手背叫她咬一口，破了一块皮，他用嘴巴舐着伤口说道：

“这么小，也成强盗了。”

郭全海跟本屯的张主任招呼，给他赔礼：

“对不起，怕他蹽了，没有先上农会来。”

张主任忙说：

“没啥。”说着，脸上有点点抱愧，他们屯子里藏下这么条坏根，还混进农会，当上文书，太不体面。他一面陪着他们往外走，一面说道：“早觉他可疑，来历也不明，忙着别的事，没有来得及查根，这回你们干得好，给我们也除了大害。到农会暖和暖和，我去吩咐套爬犁。”

郭全海怕生意外，连忙说道：

“不用，不用。”

张主任执意要去套爬犁，带领屯里民兵都走了。郭全海寻思“满洲国”这么一个大密探，藏在这儿一年多，没有发觉，一定有爪牙。大股胡子消灭了，零星散匪，就能都尽了？他想了一下，就催白玉山带领两个公安员押着韩老五先走，他跟一个公安员在后头走着，不时回头，瞅瞅身后。爬犁滑木在干雪上滑走的声响，夹着马蹄声，从他们身后，从老远的地方，越响越近了。郭全海冲后头端起枪来，响亮地喝道：

“谁？站住！”

爬犁上回答：

“靠山屯农会来的。”

郭全海说：

“不管是谁，站住，过来一个人。”

爬犁停在离开他们二十来步的地方，一个披老羊皮袄的中年人跑过来说道：

“咱们主任说：你们辛苦了，叫我套爬犁送你们上县。”

星光底下，郭全海上下仔细打量他一番，又见爬犁上没有别的人，这才放心叫白玉山转来。都上了爬犁。三个大马拉着七个人，在滑润的冻雪上，轻巧地往榆树飞奔。赶爬犁的说：

“这家伙来历不清，没根没叶的。他说家在佳木斯，姓李名柏山。有一回，他小嘎跟人家干仗，盟誓说：‘我姓韩的要是说了半句谎话，天打五雷轰。’我家小小子问他：‘你姓韩吗？’那小子慌忙改口：‘我妈姓韩。’那时候，大伙忙着斗地主，没人理会这桩事。这回可好，咱屯里人也高兴，卧底胡子逮住了，祸根拔了。”赶爬犁的转脸瞅着韩老五笑道：

“到底是姓李呢，还是姓韩呀？”

东方天头开始露青色，稍后又转成灰白，再以后，又化作绯红。太阳冒花了。道旁屯落里，雄鸡起起落落地啼叫。清早的寒风，刮得毕剥响，人们冷得直哆嗦。

爬犁直送到榆树。省里三个公安员都往回走了。郭全海办好手续，没有停留，就和白玉山，押着大特务，搭上了当天东去的火车。

他们回到县里也没有停留，雇上爬犁，急急忙忙赶回元茂屯。

二十三

载着郭全海他们的爬犁才到元茂屯的西门外，消息早传遍全屯。人们都迎了出来，堵塞着公路，围住韩老五。治安委员张景瑞忙道：

“闪开道，叫他走，往后看他的日子有的是。”

小猪倌钻到前头，仔细瞅瞅韩老五的脸庞，说道：

“跟韩老六一样，也是豆豆眼，秃鬓角。”

老孙头笑眯左眼，挤到韩老五跟前，故意吃惊地问道：

“这不是咱们五爷吗？大驾怎么回来的？搭的太君的汽车呢，还是骑的大洋马？”

韩老五张眼一望，黑鸦鸦的一堆人，望不到边。他的心蹦跳着，脸像窗户纸一样的灰白。但他还是强装笑脸，假装轻巧地回答老孙头的话：

“他们没撵上雪貂，抓个跳猫回来了。”

韩老五关进了农会近旁一个空屋里，人们还不散，都站在当院，围住白玉山和郭全海，问长问短，打听事件的经过。听到人家农会套爬犁相送，老孙头说：

“看人家多好！”

张景瑞接口说道：

“要不，咋叫天下工农是一家呀？”

郭全海插进来说道：

“往后咱们也得学学样，帮助外屯。”

闲唠一会，人们才散去。张景瑞和小猪倌合计，在韩老五住的房子周围，白日儿童团加派哨岗，下晚归民兵负责。郭全海和白玉山回到农会，萧队长正在和积极分子们计算这回查出来的地富的黑马和买回的新马，捎带合计分劈的办法，他叫郭、白二人先歇歇，分浮分马，不用他们管。郭全海留在农会，找个机会小声问萧祥：

“县委胥秘书说，你去电话，叫我‘别在县里耽误，赶紧回来，家有好事等着我’。倒是什么事呀？”

萧队长笑着说道：

“大喜事，你先睡睡吧，回头告诉你。”

“要不告诉我，就睡不着。”

“要是告诉你了，怕你连睡也不想睡了。你先歪歪吧。老初，咱们来干咱们的，你说，先补窟窿好，就这么的吧。先调查一下，哪些人家，算是窟窿。”

老初说：

“你比方说：小猪倌还没有被子，就是个窟窿。”

郭全海躺在炕上，听了一会，就睡着了，他有两宿没有合上眼。这回抓差，操心大了，他黑瘦了一些。他歪在炕头，没有盖被子，就发出了微小的鼾息。刘桂兰走来，瞅他那样地躺着，怕他着凉，在人们都围着桌子，合计分劈果实的时候，她把炕沿上谁的一条红被子摊开，轻轻盖在他身上。

白玉山回到家里，白大嫂子欢欢喜喜接着他。舀水给他洗脸。她坐在炕桌边上，一面纳鞋底，一面唠家常，先不问他出外的情形，忙着告诉他："刘桂兰相中了郭全海，捎信给区长，跟小老杜家那尿炕掌柜的，打八刀了。"

白玉山脱掉棉袄和布衫，露出铜色的结实肥厚的胸脯，趁着洗脸的水还热，擦一擦身子。听到他屋里的说到尿炕掌柜的，他笑起来说道：

"咋叫尿炕掌柜的？"

"才十一岁，见天下晚都尿炕，可不是尿炕掌柜的？"

白玉山又问：

"区长批准吗？"

"那还不批准？她跟郭主任倒是一对。工作都积极。人品呢，也都能配上。刘桂兰是称心如意的，如今就等郭主任，看他怎么样。你说吧，他能看上她不能？"

白玉山没有回答她这话，他擦完胸背，又洗脖子和胳膊，穿好衣裳，完了又从他的旧皮挎包里，掏出公安局发给他的牙刷和牙膏，一面刷牙，一面问道：

"谁保媒呀？"

"萧队长叫老孙头保媒，老孙头说：'红媒[①]得俩媒人。'"

白玉山在漱口盂子里洗着牙刷，一面问道：

"刘桂兰也算红媒？算白媒吧？"

白大嫂子说：

"她到老杜家还没上头呀，咋算白媒？"

---

① 姑娘嫁人，叫做红媒。结过一次婚的女人再次结婚，叫做白媒。

白玉山点点头说：

“另一个媒人是谁？”

“老初。可咱们得合计合计，送啥礼好？”

“你说吧？”

“依我说，咱们去买点啥，不要送钱。也别用果实，果实都从地主家来的，送礼不新鲜。”

“好呀，我去买张画送他，《分果实》那张画不错，《人民军队大反攻》那张也好。”

白大嫂子笑起来说道：

“哎哟，把人腰都笑折了。人家办事[①]，你送《人民军队大反攻》。”

“不反攻，事也办不成。一切为前线，不为前线，‘二满洲’整不垮台，还有你穷棒子娶媳妇的份？”

白大嫂子笑着说：

“对，你说的有理，就这么的，也得再买点啥送他呀。”

“到时候瞧吧，饭好没有？”

“我给你留了一些冻饺子，我去煮去。你先歪一歪。”

白玉山歪在炕头，一会睡着了，发出匀称的鼾息。白大嫂子正在外屋里点火，听见鼾声，忙走进来，从炕琴上搬下一床三镶被，轻轻盖在他身上。

农会里屋，人越来越多。大伙围着萧队长，吵吵嚷嚷，合计着分果实的事。老初的嗓门最大，老孙头的声音最高。郭全海才睡不一会，给吵醒来了。他坐起来，用手指背揉揉眼窝。跳下地来，站在人背后，老是留心着他的刘桂兰瞅着他醒来，也不避人，忙跑过来，用手指一指西屋，低声说道：

“上那屋去睡吧，那屋静点。”

---

① 办喜事。

郭全海晃晃脑瓜，说他不想再睡了。他挤到八仙桌子边，参加他们的讨论，听到老初的大嗓门说道：

“就这样办，先消灭赤贫：先补窟窿。不论谁，缺啥补啥。”

刘德山媳妇打断他的话问道：

“中农也一样？”

老初说道：

“贫雇农跟底儿薄的中农都一样补，缺粮补粮，缺衣裳补衣裳。今年分果实，不比往年，今年果实多，手放宽些，也不当啥，先填平，再拉齐套[①]，有反对的没有？”

没有人吱声，老孙头反问一句：

“你说缺啥补啥，咱缺的玩意，可老鼻子哪。往年光分一腿马，连车带绳套，还有笼头、铜圈、嚼子、套包[②]，啥啥都没有，都能补上吗？”

老初回答道：

“车可补不起，通起只有十来挂大车，你一人分一挂，那还能行？别的都能补。”

张景瑞问老孙头道：

“套包你自己还不能整？亏你赶这么些年车。”

“谁说不能整？有现存的，就不必整呗。”

老初又说：

“都别吵吵，昨儿下晚咱们小组合计的，烈属军属，不管缺不缺，都上升一等，比方，赵大嫂子原是一等，如今上升一等，算作特等。正派的赤贫小户，都算一等。”

老孙头忙问：

“李毛驴能算几等？”

---

① 几匹马齐头拉车的意思。

② 用苞米包皮编制，外边裹布的，套在马脖子上，以便拉车的椭圆套圈。

老初说：

“他赤贫是不假，能算正派吗？叫他自己说说。李毛驴来了没有？”

站在角落里的李毛驴说道：

“咱论分量，较比大伙都轻，听大家伙，排到几等算几等。”

老孙头说：

“李毛驴干的事儿都坦白了，排他三等吧。”

老田头也应和着说：

“嗯哪，排他三等。”

这时候，老初又问道：

“老王太太算几等？”

老田头说：

“老王太太立下大功了，该排一等。”

老初说道：

“平常她会也不到，啥也不积极。”

老田头说：

“这回功劳可不小，要不是她，放着韩老五在外，抓不回来，都不省心。”

后沿几个声音同时回答道：

“算她一等吧。”

老初又问：

“家口多的怎么办？”

大伙不吱声。家口多的雇农是没有的，雇农还是跑腿子的多。家口多的贫农，也还能有。有人提出，家口多的上升一等，比如一等户，家口有四个人到六个人，是本等，七人以上的，上升一等。这事有一番争执，到后来，还是依照萧队长的意见，家口多的上升一等。跑腿子的都按本等分两份，准备他们娶媳妇。

老初又说：

“咱们那一组还合计过，赤贫户缺吃短穿，多分粮食和衣裳，还得分劈硬实的牲口，底儿厚的户，多分漂亮一点的衣裳，不太结实也不要紧。”

老孙头说：

“咱们那一组也赞成这个意见，还补充一点，缺马的老板子，得先挑牲口。”

大伙都笑着，张景瑞笑道：

“多咱也漏不下老孙头你的。”

老初说道：

“别吵了，咱们就动手分吧，果实都摆在小学校的操场里，咱们就走，上那儿去。”

大家往外走。院子里的干雪上，一片脚步声，小嘎们早跑到前头去了，老太太们还在院子里慢腾腾地一跛一跛地走着。萧队长坐在八仙桌子边的炕沿上，叫郭全海别走。郭全海取出别在腰上的烟袋，装一锅子烟，跑到外屋灶坑里对着了火，返回盘腿坐在炕头上，问萧队长道：

“有啥好事等着我呀？”

萧队长笑着，一种温和的，希望人家走运的好心的微笑，挂在瘦削的脸上，这是郭全海在早没有留心的。一年多来，他们算是混熟了。可是一向在斗争中，工作中，一向都忙着，没有工夫唠家常，谈心事。郭全海把萧队长当做一个圣贤，当做一个一切都为工农大伙，不顾个人利害的好汉，不论对自己，对别人，他都不会有私心，他个人的要求和希望，从来不说。这回萧队长的笑，就有些不同，像是有些体己话要唠唠似的。他又惊奇，又欢喜，抽一口烟，瞅着萧队长，等他的回答。萧队长心里，早就留意郭全海，认为他是这个区里的好干部。他想培养他做区委书记，他寻思他是一个成分好，年纪轻，精明强干，胆大心细的干部，又是最早一批发展的党员，党内锻炼也有一些了，再加一点文化知识，和更多的斗争经验，他能成为一个好区委书记。

现在，他想叫郭全海安家立业，娶个好媳妇，让他日子过得好一点，工作更安心。他没有回答郭全海的话，先笑着问道：

“想不想安家，比方说，娶个媳妇？”

郭全海脸庞绯红，没有吱声，烟袋抽得吧嗒吧嗒响。萧队长凑近他一点，声音也压低一点说：

“人品能配上，也是熟人，干活做工作，都是头把手。”

郭全海早猜着了，还是不吱声，吧嗒吧嗒抽着烟。萧队长问道：

“没有意见吧？老孙头跟老初保媒。”

郭全海脸上发烧，心房蹦跳。移开噙着的烟袋，声音里有一点颤动地说：

“就是怕人家说话。”

“怕人说啥？娶媳妇又不是不正当的事。”

“人家说，看他农会办的，给自己办事去了。”

“别多心吧，谁也不会说话的。好吧，就这么的，咱们瞧瞧他们分东西去吧。”

他们走进小学校的操场里，看见屯子里的人围一个大圆圈，当中一堆一堆地摆着各种各样的衣裳、被子、布匹、鞋帽，都堆起人一般高，比往年果实，丰富十倍。栽花先生手里拿着石板和名单，叫头一名，烈士家属赵玉林媳妇。赵大嫂子从人们身后挤出来。大伙闪开道，她慢慢腾腾地走了出来。场子上几千只眼睛落到她身上。她穿一件青布棉袍，外罩一件蓝布大褂，脚上还穿着白鞋。人们小声地发出各种各样的议论：

“瞅她，还挂孝呢。”

“瘦了一些。”

“这种媳妇，才算媳妇，要照如今的妇女呀，哼，别说守一年，男人眼没闭，她早瞧上旁人了。”

“这也是赵大哥积福修来的。正锅配好灶，歪锅配蹩灶。”

“要不，月下老人干啥的？玉皇大帝不早撤他的差了？”

“都别吱声，瞅她挑啥。”

赵大嫂子走到无数小山似的衣堆的当间，寻思自己缺一条被子，锁住缺衣裳鞋帽，先挑一条半新不旧的麻花被。老初从旁边叫道：

“那条不好，你再挑。”

赵大嫂子回答道：

“行，尽挑好的，刨了瓤子，剩下皮给人，不是心眼不好使了吗？”

小猪倌也为她着急，老远叫道：

“大婶婶，挑好点的呗！人家都让你先挑，你不挑好的，太不领情了。”

赵大嫂子说：

“行，有盖的就行。”

说着，她又去挑一顶狗皮帽子，一双棉鞋，一套七成新的小孩穿的棉裤袄。老初在旁边又叫起来：

“大嫂子，那帽子不好，瞅你脚边那一顶好，我来替你挑。”

他跳进去，替她挑选，旁边一个人叫道：

“让她自己挑，不准别人挑。”

老初冲他瞪着眼珠子，说道：

“她是烈属，帮她挑挑还不行？”

老初走进衣裳鞋帽堆，给赵玉林媳妇挑了一件小嘎穿的貉绒皮大氅，一顶火狐皮帽子，一双结实青布小棉鞋，都是九成新。他又走到被子堆边，翻来掏去，挑出一条全新的温软的哔叽被子，给她抱出来，到小学校的课堂里去登记。半道有人笑着说：

“老初眼真尖，尽挑好玩意。”

老初瞪着大眼说：

“我尖，是为我自己？”

这时候，栽花先生叫郭主任挑衣。郭全海站在萧队长旁边，不肯去挑，腼腆地说道：

“配啥算啥。”

老孙头说：

“你抹不开，我给你挑。”

他走进衣堆，给他挑一件羊皮袍子，一条三镶被，外加一个枣红团花缎子大幔子[1]。张景瑞指指幔子问：

“挑这干啥？”

老孙头笑眯左眼说：

“这玩意就用得上了。他用完，还能给你用。”

第三名是小猪倌。他钻出娘胎以来，从来没有置过被子。早先在韩家放猪，十冬腊月天，雪堵着窗户，冰溜子像透亮的水晶小柱子，一排排地挂在房檐上，望着心底也凉了。下晚，老北风刮着，屋里寒气透骨髓，他没有被子，钻在草包里，冻得浑身直哆嗦，牙齿打战，泪珠扑扑往下掉，掉在谷草秆子上，破炕席子上，不敢哭出声，要是哭醒东家来，事闹大了，连草包也钻不成了。他走到被子的小山的旁边，想起早先那些苦日子，眼泪又想滚下来，但不是冷，而是一阵想起旧的生活的酸楚，加上一阵对于新的生活的感激。这么许许多多的被子，都是穷人的了，几百条被子都随他挑选，这不是小事。五光十色的被子，把他两眼晃化了。红绸子，绿缎子的被子，他决计不要，“那玩意光好看，不抗盖，一个冬天就坏了”。他在结实的被子中挑着，拿起这一条，觉得那条好，挑着那一条，眼睛又瞅着另外的一条。挑来选去，没有完全中意的，觉得这条好，那条也不错。三条照第二条，又强一色。待要拿起第三条，第四条闪闪地发亮，在招引着他。他走来走去，两手还是空空的，旁边的人说道：

---

① 挂在炕前的幕布似的东西，常用于新婚和喜庆时节。

"挑花眼了。"

"老初，替他挑吧。"

"尽包办还行？"

"由他挑吧，大伙别催他。"

"天不早了，帮他挑挑吧，叫他挑，得挑到杏树开花，毛谷子开花。"

老初跑进去，替他挑一条又大又结实的麻花大被子，小猪倌笑笑，也觉得这条是最好的了。

天不早了，有人提议，一回多叫几个人，分头挑选。刘桂兰挑了出嫁用的一件大红撒花的棉袄，又挑两个大红描花玻璃柜，老孙头过来，笑着对刘桂兰说道：

"嫁妆挑好了。"

刘桂兰羞红着脸，假装不懂说：

"你说啥呀？"

老孙头笑笑：

"你还装聋卖傻哩，谁给你们保媒？还不谢媒人呢？"这时候，围拢许多人，老孙头的嘴又多起来："还是翻身好，要在旧社会，你们这号大姑娘，门也不能出，还挑嫁妆，相姑爷呢，啥也凭爹妈，凭媒婆。媒婆真是包办代替的老祖宗，可真是把人坑害死了，小喇叭一吹，说是媳妇进门了，天哪，谁知道是个什么，是不是哑巴、聋子？罗锅、鸡胸？是不是跛子、瞎子呢？胸口揣个小兔子，蹦蹦地跳着，脑瓜子尽胡思乱想，两眼迷迷瞪瞪的。小喇叭又吹起来，拜天地了。咱到天地桌[①]边，偷眼瞅瞅，哈哈，运气还不坏，端端正正，有红似白的，像朵洋粉莲。"

周围的人都大笑起来，老孙太太挤在人堆里，皱起抬头纹骂道：

"看你疯了，这老不死的。"

---

① 旧式结婚时，新婚夫妇拜天地时摆香烛的桌子。

赶到下晚，老孙头欢天喜地回到家里来，发现房檐下，搁副红漆大棺材，顶端还雕个斗大的“寿”字。他寻思：“这算啥呀？”三步迈进门，冲老婆子嚷道：

“领那玩意干啥呀？”

老孙太太说：

“土埋半截了，要不趁早准备好，指望你呀，一领破炕席一卷，扔野地里喂狼。”

当夜，老孙头没话。第二天，天才麻花亮，老孙头起来，提溜着斧子，到院子里，房檐下，砰砰啪啪的，使劲劈棺材。老孙太太慌忙赶出来，棺材头早已劈开了。这一场吵呀，可真是非同小可，惊动左右邻居，都来劝解，也劝不开，农会干部也来劝半天。结论还是老孙头做的，他说：

“叫她挑个大鳖，她领个这玩意回来，老孙头我今年才五十一岁，过年长一岁，也不过五十二岁，眼瞅革命成功了，农会根基也稳了，人活一百岁，不能算老，要这干啥呀？也好吧，柈子也挺贵，劈开作柈子，拣那成材的，做两条凳子，农会工作队来串门子，也有坐的了。”

二十四

第二天一早，白玉山到农会来起了路条，回双城去了。

屯子里事，分两头进行。萧队长带领张景瑞在一间小屋里审讯韩老五。郭全海和老初带领积极分子们，忙着分牲口。他们把那早一腿一腿地分给小户的马匹，都收回来，加上金子元宝换的马，再加抄出的黑马，整个场子里，有二百七八十匹骡马，还有二三十头牛，外加五条小毛驴。牲口都标出等次，人都按着排号的次序，重新分配，他们计算了，全屯没马的小户，都能摊上一个囫囵个儿顶用的牲口。

是个数九天里的好天气，没有刮风，也不太冷。人们三三五五，都往小学校的操场走。他们穿着新领的棉袍、大氅、新的棉裤袄。新的靰鞡在雪地上咔嚓咔嚓地响着。小学校的操场里，太阳光照得黄闪闪的，可院的牛马欢蹦乱跳，嘶鸣，吼叫，闹成一片。人们看着牲口的牙齿、毛色和腿脚，议论着，品评着，逗着乐子。

“分了地，不分马，也是干瞪眼。”

“没有马，累死一只虎，也翻不来一块地呀。”

“挖的金子买成马，这主意谁出的？”

“还不是大伙。”

“这主意真好。”

“今年一户劈一个牲口，不比往年，四家分一个，要是四家不对心眼儿，你管他不管，你喂高粱，他喂稗草，你要拉车，他要磨磨，可别扭哪。”

老孙头走到一个青骟马的跟前说：

“这马岁数也不太小了，跟我差不一点儿。”说着，他扳开马嘴说：

“你看，口都没有了。”

小猪倌仰脸问道：

“咋叫口都没有了？”

老孙头一看是小猪倌问，先问他道：

“放猪的，你今年多大？”

小猪倌说：

“十四岁，问那干啥？”

老孙头摆谱说：

“我十四岁那年，早放马了。你还是放猪。你来，我教你，马老了，牙齿一抹平，没有窟窿，这叫没有口。口小的马，你来瞅瞅。”他带着小猪倌走到一个兔灰儿马子跟前，用手扳开它的嘴说道：

“看到吧，大牙齿上一个一个大窟窿，岁数大，草料吃多了，牙上窟窿磨没了，这叫没有口，听懂没有？”

小猪倌站在人少的地方，一面准备跑，一面调皮地说：

“你吃的草料也不少了，看看你牙齿还有没有口？”

老孙头扑过来抓他，他早溜走了。老孙头也不追他，叹一口气，对人说道：

“咱十四岁放马，哪像这猴儿崽子，口大口小也不懂？骂人倒会，不懂牲口，还算什么庄稼人？”

院子当间摆一张长方桌子，郭全海用小烟袋锅子敲着桌子说：

“别吵吵，分马了。小户一家能摊一个顶用的牲口，领马领牛，听各人的便。人分等，排号，牛马分等，不排号。记住自己的等级、号数，听到叫号就去挑。一等牛马拴在院子西头老榆树底下。”

人们拥上来，围住桌子，好几个人叫道：

“不用你说，都知道了。动手分吧，眼瞅晌午了。”

郭全海爬到桌子上，踩得桌子嘎啦啦地响。他高声叫道：

“别着忙，还得说两句。咱们分了衣裳，又分牛马，倒是谁整的呀？”

无数声音说：

“共产党领导的。”

郭全海添着说：

“牲口牵回去，见天拉车，拉磨，种地，打柴火，要想想牲口是从哪来的；分了东西就忘本，那可不行。”

许多声音回答道：

“那哪能呢？咱们可不是花炮。”

郭全海说：

“现在分吧。”说罢，跳下地来，栽花先生提着石板，叫第一号。第一号是赵大嫂子。她站在人身后，摆手说不要。老初忙走过来问她：

“大嫂子，你咋不要？”

赵大嫂子右手拉着锁住，左手摇摇说：

“咱家没有男劳力，白搭牲口，省下给人力足的人家好。”

老初说：

“我说你真傻，要一个好呀，拉磨，打柴，不用求人了。”

赵大嫂子说：

“小猪倌要另立灶火门，咱娘俩能烧多少柴，拉多少磨？还是不要好。”

老孙头站在旁边寻思着：要是赵家分了马，他插车插犋[①]，不用找别家，别家嘎咕[②]，赵大嫂子好说话。他怂恿她道：

“还是要一个好呀，你要没人喂，寄放我家，咱两家伙喂。你们烈属还不要，谁还配要？”

赵大嫂子说啥也不要。栽花先生叫第二名，这是郭全海。老孙头慌忙跑去，附在他耳边说道：

“拴在老榆树左边的那个青骒马，口小，肚子里还有个崽子，开春就下崽，一个变两个。快去牵了。”

郭全海笑道：

“开春马下崽子了，地怎么种？”

“一个月就歇过来了，耽误不了。”

郭全海对自己的事从来总是随随便便的，常常觉得这个好，那个也不赖。老孙头要他牵上青骒马，他就牵出来，拴在小学校的窗台旁的一根柱子上，回来再看别人分。

叫到老初的名字的时候，他早站在牛群的旁边，他底根想要个牤子，寻思着牤子劲大，下晚省喂，不喂料也行，不像骡马，不喂

---

① 两家或三家的牲口伙拉一辆车，叫做插车，两家或三家的牲口伙拉一具犁或耙，叫做插犋。

② 难对付，不好说话。

豆饼和高粱，就得掉膘。他今年粮食不够，又寻思着，使牛翻地，就是不快当，过年再说吧。他牵着一个毛色像黑缎子似的黑犍牛，往回走了。一个小伙子叫道：

“老初，要牛不要马，是不是怕出官车呀？”

老初回过头来说：

“去你的吧，谁怕出官车？摊到我的官车，不能牛工还马工，换人家马去？”

老田头走到老孙头跟前，问道：

“你要哪个马？”

老孙头说：

“还没定弦[①]。”

其实，他早打定了主意，相中了拴在老榆树底下的右眼像玻璃似的栗色小儿马。听到叫他名，他大步流星地迈过去，把它牵上。张景瑞叫道：

“瞅老孙头挑个瞎马。”

老孙头翻身骑在儿马的光背上。小马从来没有骑过人，在场子里乱蹦乱跑，老孙头揪着它的剪得齐齐整整的鬃毛，一面回答道：

“这马眼瞎？我看你才眼瞎呢。这叫玉石眼，是最好的马，屯子里的头号货色，多咱也不能瞎呀。”

小猪倌叫道：

“老爷子加小心，别光顾说话，看掉下来屁股摔两瓣。”

老孙头说：

“没啥，老孙头我赶二十九年大车，还怕这小马崽子，哪一号烈马我没有骑过？多咱看见我老孙头摔过跤呀？”

刚说到这儿，小儿马子狂蹦乱跳，越跳越高，越蹦越有劲。两个后腿一股劲地往后踢，把地上的雪，踢得老高。老孙头不再说

---

① 打定主意。

话，两只手豁劲揪着鬃毛，吓得脸像窗户纸似的煞白，马绕着场子奔跑，几十个人也堵它不住，到底把老孙头扔下地来。它冲出人群，跑出学校，往屯子的公路一溜烟似的跑走了。郭全海慌忙从柱子上解下青骒马，翻身骑上，撵玉石眼去了。这儿，老孙头摔倒在地上，半晌起不来，周围的人笑声不绝。趁着老孙头躺在地上叫哎哟，不能回嘴的机会，调皮的人们围上来，七嘴八舌打趣道：

“怎么下来了？地上比马上舒坦？”

“没啥，这不算摔跤，多咱看见咱们老孙头摔过跤呀？”

“这屯子还是数老孙头能干，又会赶车，又会骑马，摔跤也摔得漂亮。啪嗒一响，掉下地来，又响亮，又干脆。”

老孙头手脚朝天，屁股摔痛了。他哼着，没有工夫回答人们的玩话。几个人跑去，扶起他来，替他拍掉沾在衣上的干雪，问他哪块摔痛了？老孙头站立起来，嘴里嘀咕着：

“这小家伙，回头非揍它不解。哎哟，这儿，给我揉揉。这小家伙……哎哟，你再揉揉。”

郭全海把老孙头的玉石眼追了回来，人马都气喘吁吁。老孙头起来，跑到柴火垛子边，抽根棒子，撵上儿马，一手牵着它的嚼子，一手狠狠抡起木棒子，棒子抡到半空，却扔在地上，他舍不得打。

继续着分马。各家都分了可心牲口。白大嫂子，张景瑞的后娘，都分着相中的硬实马。老田头夫妇，牵一个膘肥腿壮的沙栗儿马，十分满意。李大个子不在家，刘德山媳妇代他挑了一个灰不溜的白骟马，拴到她的马圈里。

李毛驴转变以后，勤勤恳恳，大伙把他名也排上了。叫号叫到他的时候，他不要马，也不要牛，栽花先生问他道：

“倒是要啥哩？”

李毛驴说：

“我要我原来的那两个毛驴。”

"那你牵上吧。"

李毛驴牵着自己的毛驴，慢慢地走回家去，后面一群人跟着，议论着：

"这真是物还原主。"

"早先李毛驴光剩个名，如今又真有毛驴了。"

李毛驴没有吱声。他又悲又喜，杜善人牵去的他的毛驴又回来了，这使他欢喜，但因这毛驴，他想起了夭折的孩子，走道的媳妇，心里涌出了悲楚。后尾一个人好像知道他心事似的，跟他说道：

"李毛驴，牲口牵回来，这下可有盼头哪，好好干一年，续一房媳妇，不又安上家了吗？"

三百来户，都欢天喜地。只有老王太太不乐意。她跟她俩小子，没有挑到好牲口。牵了一个热毛子马。这号马，十冬腊月天，一身毛褪得溜干二净，冷得直哆嗦，出不去门。夏天倒长毛，蹚地热乎乎地直流汗。老王太太牵着热毛子马，脑瓜耷拉着，见人就叹命不好。老孙头说：

"那怕啥？你破上半斗小米，入在井里泡上，包喂好了。"

老田头也说：

"过年杀猪，灌上两碗热血就行。"

老王太太说：

"还要等到过年啦。"

郭全海看着老王太太灰溜溜的样子，走拢来问道：

"怎么的哪，这马不好？"

"热毛子马。"

郭全海随即对她说：

"我跟你换换，瞅瞅拴在窗台边的那个青骒马，中意不中意？"

老于太太瞅那马一眼，摇摇头说：

"肚子里有崽子，这样大冷天，下下来也难侍候，开春还不能干活。"

郭全海招呼着一些积极分子，到草垛子跟前，阳光底下，合计老王太太的事。郭全海蹲在地上，用烟袋锅子划着地上的松雪，对大伙说道：

“萧队长说过：先进的要带动落后的，咱们算先迈一步，老王太太落后一点点，咱们得带着她走。新近她又立了功，要不是她，韩老五还抓不回来呢。要不抠出这个大祸根，咱们分了牲口，也别想过安稳日子。”

老孙头点头说道：

“嗯哪，怕他报仇。”

郭全海又说：

“如今她分个热毛子马不高兴，我那青骒马跟她串换，她又不中意，大伙说咋办？”

老孙头跟着说道：

“大伙说咋办？”

老初说：

“她要牛，我把黑牤子给她。”

白大嫂子想起白玉山叮咛她的话，凡事都要做模范，就说：

“咱领一个青骒子，她要是想要，咱也乐意换。”

张景瑞继母想起张景祥参军了，张景瑞是治安委员，自私落后，就叫他们瞧不起，这回也说：

“咱们领的兔灰儿马换给她。”

老田头跑到场子的西头，在人堆里找着他老伴，老两口子合计了一会，他走回来说：

“我那沙栗儿马换给她。”

老孙头看老田头也愿意掉换，也慷慨地说：

“我那玻璃眼倒也乐意换给她。”但是实在舍不得他的小儿马，又慌忙添说：“就怕儿马性子烈，她管不住。”

老初顶他一句说：

“那倒不用你操心，她两个儿子还管不住一个儿马子？”

郭全海站起来说道：

“好吧，咱们都把马牵到这儿来，听凭她挑选。”

郭全海说罢，邀老王太太到草垛子跟前，答应跟她掉换的各家的牲口也都牵来了。老王太太嘴上说着：“就这么的吧，不用换了，把坏的换给你们，不好。”眼睛却骨骨碌碌地瞅这个，望那个。郭全海把自己的青骒马牵到她跟前，大大方方地说道：

“这马硬实，口又青，肚子里还带个崽子，开春就是一变俩，你牵上吧。”

老王太太看看青骒马的耷拉着的耳丫子，摇一摇头走开了。老孙头的心怦怦地跳着，脸上却笑着说道：

“老初的大黑犍子好，下晚不用喂草料，黑更半夜不用爬起来。黑骡子也好。就是马淘气，还费草料，一个马一天得五斤豆饼，五斤高粱，十五斤谷草，马喂不起呀，老王太太。”

老王太太看了看老初的犍牛，又掉转头来瞧了瞧白大嫂子的骡子，都摇一摇头，转身往老孙头的玉石眼儿马走来了，老孙头神色慌张，却又笑着说：

“看上了我这破马？我这真是个破马，性子又烈。”

老初笑着又顶他道：

“他才刚还说，他这马‘是玉石眼，是最好的马，屯子里的头号货色’。这会子说是破马了。”

老王太太走近去，用手摸摸那油光闪闪的栗色的脊梁，老孙头在一旁嚷道：

“别摸它呀，这家伙不太老实，小心它踢你。我才挑上它，叫它摔一跤。样子也不好看，玻璃眼睛，乍一看去，像瞎了似的。”老孙头不说“玉石眼”，说是“玻璃眼”。跟着还说了这马好多的坏处，好处一句也不提。临了他还说：“这马到哪里都是个扔货，要不是不用掏钱，我才不要呢。”

不知道是听信了他的话呢，还是自己看不上眼，老王太太从玉石眼走开，老孙头翻身骑上他这“玻璃眼”，双手紧紧揪着鬃毛，一面赶它跑，一面说道：“你不要吧，我骑走了。”说罢，头也不回地跑了。老王太太朝着老田头的沙栗儿马走去。这个马膘肥腿壮，口不大不小，老王太太就说要这个。老田头笑着说道：

“你牵上吧。”

大伙都散了。老田头牵着热毛子马回到家里。拴好马，进到屋里，老田太太心里不痛快，一声不吱。老田头知道她心事，走到她跟前说道：

“不用发愁，翻地拉车，还不一样使？”

老田太太说：

“咱们的沙栗马膘多厚，劲多大。这马算啥呀？真是到哪里也是个扔货。”

“能治好的，破上半斗小米子，搁巴斗[①]里，入在井里泡上，咱们粮食有多的，破上点粮给它吃就行。”

老田太太坐在炕沿说：

“到手的肥肉跟人换骨头，我总是心里不甘。再说，咱们光景还不如人呢。”

老田头说：

“你是牺牲不起呀，还是咋的？你忘了咱们的裙子？她宁死也不说出姑爷的事？亏你是她的亲娘，也不学学样，连个儿马也牺牲不起，这马又不是不能治好的。”

“是呀，能治好的。”这是窗户外头一个男子声音说的话，老两口子吃了一惊。老田太太忙问道：

“谁呀？”

“我，听不出吗？”

① 藤或柳条制的笸子，播种时盛籽种的。

“是郭主任吗？还不快进来，外头多冷。”

郭全海进屋，一面笑着，一面说道：

“我的青骒马牵来了。你们不乐意要热毛子马，换给我吧。”老田太太的心转过弯来了，笑着说道：

“不用换了。咱们也能治，还是把你的马牵回去吧。各人都有马，这就好了，不像往年，没有马，可憋屈呀，连地也租种不上。”

彼此又推让一会，田家到底也不要郭全海的马，临了，郭全海说道：

“这么的吧，青骒马开春下了崽，马驹子归你。”

二十五

分完牲口，郭全海上萧队长那儿，报告经过，完了就待在那儿，看着萧队长、张景瑞，和县里来的两个公安局的人员审问韩老五。

审讯三宿，没有结果。萧队长严格遵照省委的通知，和政府的法令，不打不骂，不用刑法。会要死狗是韩老五这一号人的天生的本领，他要么嬉皮笑脸，要么哭天抹泪，目的只有一个：不说真话。旁人常捏住拳头，心里冒火，但萧队长总是从容地说：

“慢慢地来，叫他慢慢地想。他一个月不说，整他一个月，一年不说，问他一年。他迟说一天，对他自己不好，坦白也得赶时候，太迟就不行。”他又对郭全海说道：“你们先去开重分土地的会，再迟就不赶趟了，省里通知，赶送粪以前，得把土地调整好。”

郭全海走了。这边，连日连夜讯问韩老五。老王太太虽说告了他，但她不敢来当面对质，抹不开情面。萧队长正在寻思晓以利害的方法，警卫员老万来说：

“担架队回来了。”

正说着，院子里一个汉子的粗重的声音问道：

“萧队长在这儿吗？”

这是铁匠李大个子李常有的声音，屋里的人才回答说“在呀”，高大的李大个子早迈进来了。他的左肩倒挂着缴获的崭新的美式冲锋枪，走到门口，他习惯地低一低头，怕上门框碰着他的脑瓜。跟他进来的中农刘德山笑道：

“上门框老高，碰不着的，弯腰干啥？”

萧队长起身迎接着他们，握着他们的手，瞅着他们两人的脸面和脖子都是漆黑漆黑的。两人都穿着美制军衣，挂着个军用水壶，乍一看去，都不像庄稼汉子。萧队长招呼他们到另外一个屋里；请他们上炕，笑着说道：

“你们辛苦了。”

刘德山皱起抬头纹，笑着说道：

“没啥，你们在后方还不是一样辛苦。”

老万找到一个长烟袋，装上黄烟，到灶坑里对着火，进来递给李大个子。他正在把冲锋枪从肩膀上取下，小心地轻轻地安放在炕上，说道：

“不用，不用，这儿有烟袋。”说着，他从军装的左边衣兜里取出一个短短的锅子很大的洋烟袋，一面往烟袋锅子里装烟，一面说道：

“这是李司令员送给我做念想的，也是胜利品。”

萧队长带笑说道：

“我看你浑身都是胜利品。怎么样？都回来了吧？”

李大个子叼着洋烟袋问道：

“你说谁？担架队员？咱们屯子五副担架，四十个人都回来了。在前方，咱们还节省两回菜金，买鸡子慰劳彩号。”

萧队长转脸瞅着刘德山，含笑问他道：

“怎么样，老刘？”

刘德山还来不及回答，李大个子说：

“刘德山这下可立了功哪，敌人还没有打退，炮火还没有停，他就上火线去抢运彩号，胆子可大。”

刘德山说：

“也不算啥。前方八路军弟兄，不都是庄稼底子？他们也不怕。”

萧队长寻思，这人原先胆子小，干啥也是脚踩两边船，斗争韩老六，畏首畏尾，不敢往前探。这回从前方回来，才一进来，就看到气色不同，乐得不停地笑着，萧队长说：

“看见‘中央军’了吗？”

刘德山笑着说：

“看见了，一个个像落汤鸡似的。”

萧队长笑着逗乐子：

“还怕不怕他们过来拉你脖子呀？”

刘德山没有吱声。他寻思着，这是不必回答的问题。他笑着说：

“不抗打呀，家伙什儿好，也不顶事，抵不住咱们战士的天下无双的勇猛，一打，就哗啦了。”

接着，刘德山滔滔地谈起前方战士的英勇的故事，谈起轻伤不肯下火线的那些彩号，听的人都感动了。萧队长说：

“你们这回可是受到教育了。”

刘德山点头答道：

“嗯哪，我算是受了锻炼了。”

李大个子插嘴说：

“听听他自已使一个木棒子缴两棵枪的事吧。”

这时候，屯子里的人都来看李大个子来了。他们站在地下，听刘德山说在四平附近，一个下晚，光有星星，没有月亮，五步以外，人也看不准。敌人败了，败兵往四外逃跑，他手执一根木棒子，站在一个屯子的道口，对面两个黑影子飘游过来，刘德山端起木棒子，像举枪瞄准似的，学着咱们战士的口气，高声喝叫道：

“干什么的，站住。”

黑影子都站住了，冷丁往地下缩短了半截似的，一人一根棒子高高横在头顶上。原来是蒋匪两个兵，两棵美国冲锋式，双手高举在头上，远远望去，影子好像缩短半截似的，是因为他们猛听一声喝，吓破胆了，跪在地上。刘德山三步并两步跑上，收了两棵枪，叫他们起来往前走。

李大个子补充说：

“咱们还背回一棵。”

大伙围拢来看枪，欢笑着，有的还摆弄着枪栓。萧队长说道：

“你们回去歇歇吧。下晚开个会，欢迎你们，叫屯子里人都听听你们的故事。”

他们辞出来。刘德山回到家里，他女人正在舀泔水，煮猪食，看见他回来，慌忙放下瓢，在一个瓦盆子里洗着手。她还没有跟他唠嗑，先叫她的在西屋闹着要吃饺子的小子：

“狗剩子，你瞅，谁回来了？”

刘德山才迈进东屋，七岁的狗剩子跑了过来，抱住他的右腿叫道：

“爹。”还没有说别的话，刘德山抱起他来，放在南炕，自己也坐在炕头，抽着烟袋。狗剩子骑在他腿上，用手去摸抚他的缴获的美国军装的扣子。絮絮叨叨告诉他，家里过年，吃半拉月饺子，他妈说他不听话，打过他一回。刘德山女人乐得头蒙了，里屋外屋，到处走着，不知先干什么好。一会叫他歪歪，一会问他吃了没有。刘德山移开噙着的烟袋说道：

“在县里吃了，刘县长摆酒接风，还讲了话。”

狗剩子岔进来说：

“刘县长头年到咱们屯子里来过。”

刘大娘唤道：

“狗剩子你别打岔，听爹说话。县长说啥呀？”

“县长说：你们这回立了功，前方的军队、后方的老百姓都忘不了你们，回去要好好儿带头生产。”

“见过萧队长了吗？”

“才从那儿来，今儿下晚开大会，他叫我讲前方的故事，你也去听听。”

刘大娘忙了一阵，终于用一块布擦干了手，坐在炕沿上，两口子唠着家常。她告诉他：“农会纠偏了，划错的中农，都划了回来。斗出的果实也退回来了。咱们献出的两个马都牵回来了。萧队长还说：贫雇中农是一家，贫雇农是骨头，中农是肉，贫雇中农是骨肉至亲。”刘德山噙着烟袋，听他屋里的唠着。听到这儿，他说：“前方也闹这问题，李司令员说：贫雇农和中农成分的战士，一样打仗，一样勇敢，贫雇中农，要团结一心，才能打垮反动派。”

刘德山屋里的又告诉他，萧队长、郭主任和赵大嫂子，都来看过她，叫她不用惦记。他们都想得圆全，怕家里人惦念出门人。她又告诉他，郭主任叫他们都别信谣言，不会掐尖[①]的。谁收得多，归准家，不会归大堆[②]。刘大娘说到这儿，称心如意地说道：“咱们打的粮，交了大租子[③]，都拉回自己仓里了。土豆子下了地窖，归啥大堆呀？还不都是反动分子胡造谣。”她又凑到刘德山耳边，低声地说：“你看见韩老五吗？”刘德山点一点头，衔着烟袋，没有吱声。刘大娘嗓门越发压低地说：“他该不会乱咬吧？光复那年，他到过咱们家，还想邀你磕头拜把呢。就怕他咬咱们一口。”

刘德山一面在炕沿砸烟袋锅子，一面岔断她的话：“怕啥？立得正，不怕影儿歪。没做亏心事，不怕鬼叫门。萧队长他们也都知道我老刘家就是个胆小怕事，往年斗争韩老六，我躲进茅楼，这事不体面，是个臭根子。除开这事，我姓刘的啥黑心事也没有干过，

---

① 斗争冒出尖来的，即富裕一些的中农。

② 把各家收获的谷物，及其他生活资料，归拢一起。

③ 农民称公粮为大租。

萧队长心里亮堂堂，还能不调查，听信韩老五的话？”

刘大娘乐得眼睛眯细了，笑着说道：“你这一说，咱心尖都亮了。瞅你困了，快歪一歪，才晌午打歪，开会还早呢。过年的冻饺子还留着一些，狗剩子见天吵闹着要吃，我寻思你快回来了，得给你留点。这两天麻尾雀[①]老叫，我寻思快了，倒也没存想有这么快。狗剩子，快下来吧，叫爹躺一躺，快去搂柴火。”

刘德山从炕琴上取下个枕头，和衣歪在炕头上。刘大娘在外屋烧火，烟灌进里屋，呛着眼睛。刘德山没有睡着，翻身起来，拿着烟袋往外走。刘大娘问他：

“不歇一歇，又往哪去呀？”

刘德山一面推开门，一面回答：

“去瞧瞧牲口。”

但他没有先去看牲口，先看看大门边的苞米楼子，里头满满装着黄闪闪的苞米。完了他又走到屋后菜园的地头，看着他在家里码的柴火垛子，五个月当中，三垛烧去两垛半。他抽一口烟想：“过几天还得打几车柴火。”跑回院子里，看见谷草垛子，三股吃去一股了。他抬眼瞅瞅马圈，惊叫起来：

“怎么多出个马来了？”

刘大娘在屋里说道：

“那灰不溜的白骟马是李大个子的。咱寻思他跟你一块出门，家没有人，帮他领回，代他养着。”

刘德山点一点头，回到屋里，在摆着水缸的角落里找出块豆饼，用切豆饼的刀子切下一小半，再切成细块，泡在桶里，准备下晚喂牲口。泡好豆饼，他又到屋后看地窖，回来的时候，手里拿个烂土豆，对刘大娘说：“土豆子坏了一半，下窖不小心，烂的没捡掉。秋天雨水多，土豆子好烂，回头得起出晒晒。”

---

① 喜鹊。

刘德山屋前屋后地转着，把家当都拾掇得妥妥帖帖的。他是一个种地的能手，庄稼活样样都行，人又勤恳，又精明，屯子里人都说："老刘真算一把手。"他就是有点私心。他种的苞米，粒儿鼓鼓的，棒子有一尺多长，人们问他："一样的地，一样的工夫，出的庄稼总赶不上你的，是啥道理？"他不回答，总是支支吾吾走开了。头年他听到坏根传播的风声，说要斗中农，李振江娘们来说："可了不得，谁冒尖，就得斗谁呀，三个马的匀两个，两个马的匀一个。收了庄稼归大堆。"完了还说："别说你那两个破马，人还不知道怎样呢？"他吓坏了。碰巧屯里出担架，他慌忙报名。他到前方去，不是真积极，而是去躲躲屯里风浪的。到了前方，看到国民党反动派的败局已定，自己心里先去了一层顾虑，前方的指战员们都对他亲热，凡事又信得着他，李大个子也对他很好。在战场上抢救彩号时，他受了很好的锻炼。后来，他自己使根木棒抓着了两个俘虏，人们越发敬重他，几桩事凑在一块，脚踩两边船的刘德山这一回来，跟先前完全两样了。他女人受赵大嫂子的影响，也变了一些，两个人完全站在农会一条船上了。

刘德山回到里屋，歇了一袋烟工夫，刘大娘摆好炕桌，酸菜粉条煮猪肉，炒豆腐皮子，还有饺子，都搬上来了。按照他们家里的光景，这个接风的席面，赶上过年吃浇裹[①]。饺子是过年时节剩下来的冻饺子，这两样菜是她这两天来老是听见麻尾雀在叫，猜着他准要回来，替他准备的。

下晚开大会，担架队员都说了话。萧队长吩咐把韩老五带来，叫他听听。听到刘德山讲话的时候，张景瑞瞅着韩老五的脸上红一阵白一阵，一会低头，一会叹气。刘德山说到蒋匪不抗打，兵败如山倒的时候，韩老五站了起来，往外屋走。张景瑞要叫住他，萧队长使个眼色小声说："由他去吧。"张景瑞还不放心，跟他出去了。

---

① 很好的食物，如饺子之类，总称为浇裹。

韩老五在院子里走来走去，走了一会，又停下来，用皮鞋尖掏着雪块和土块，低头沉思着。只听他低声说道：“垮了，塌了，完了。”刘德山是他要在这屯子里拉拢的对象，如今他说：“蒋匪不抗打。”他走到下屋跟前，坐在门槛上，胳膊肘顶着波棱盖，支着头在想。张景瑞装着要小便，跑到大门外，看见小猪倌在门外放哨，他走过去低声地说：

“你知道谁在院子里吗？”

小猪倌提着扎枪回答说：

“知道，跑不了，你放心吧。”

韩老五坐了一会，又走一会，临了进屋，找着萧队长说道：

“我有事找你谈谈。”

萧队长说：

“好吧。”

萧队长立起身来，跟他挤出了人堆，走到农会的西屋。大会散了，人都回去了，他们还在谈。灯油点尽了，老万添到第三回，他们还在谈。小鸡子叫了，天头由灰暗转成灰白，又变得通红，老万醒来，听到韩老五的收尾的话：“插枪的地点也说了，人也都说出来了，再没有了，我所知道的，就是这些人。‘八一五’光复那年，我受‘先遣军’的指令，到这屯来过，下晚在我兄弟家里待一宿，暗中联络好些家，都写上了。也到过刘德山家里。这人两面都怕。第二回叫人去找他，他不敢见面，上外屯去了。这都是实情，一句虚话也没有。我是做下对不起乡亲的事了，能宽大我，一定洗心革面，报答恩典，要有二心，天打五雷轰。”

萧队长打发韩老五走了，但还不睡。他叫张景瑞立即带人去逮捕韩老五供出来的本屯的特务，又叫两个公安员带了韩老五的供词，和他供出的暗胡子的名单，连夜上县，交给公安局办理，外县特务的名单，和他供出的插枪的地点，由县委写成“绝密”件，派专人送往省里，转达公安处。

二十六

第二天，萧队长又讯问了一天。下晚，农会正在举行丈地会议。大吊灯下，萧队长出现了。他开怀地笑着，大伙看得出，他是从心里往外涌出了欢喜。他跳到炕上说道：

“同志们，乡亲们，咱们斗垮了地主，封建威风算是扫地了。可是地主是明的，美蒋反动派还派了些特务，这玩意是暗的。暗胡子不追干净，终究是害。前不几天，咱们抓回一个人，大伙都知道：就是韩老六的亲哥韩老五。审讯三宿，他没有说啥。这回担架队回来，他听到带回的前方胜利的消息，感到蒋匪是垮了，塌了，完了。他坦白了。”

一阵雷声似的鼓掌，有一袋烟工夫，还没有停止。待到掌声停息后，萧队长又说：

“他坦白他原先是日本特务，‘八一五’后又变成了国民党特务。他说他听到李常有、刘德山讲前方的情形，讲国民党军队不抗打，注定很快要垮台，觉到没有指望了，这才决心坦白的。‘八一五’以后，他到这个屯子里来过，利用亲友邻居，三老四少，磕头兄弟，和耶稣教门，进行活动，建立点线。”

老孙头插嘴：

“我早说过：‘野猪叫’不是好玩意。”他管“耶稣教”叫“野猪叫”。

张景瑞顶他：

“你多咱说过？人家整出了特务，你来吹牛了。”

郭全海起来叫道：

“都别打岔，听萧队长报告。”

萧队长又说下去：

“他坦白了本屯的坏根，他说，头茬农会主任张富英是……”

说到这儿，他停顿一下，咳嗽一声，屋里起了骚扰了，有的快意，有的着忙，和张富英打过交道的，在他煎饼铺里有过交易的，和他相好的小糜子有过来往的，都吃惊着急。一个妇女问：

“他是啥呀？”

萧队长笑着说道：

“他是煎饼铺的老板子。”

听到这话，会场爆发一阵轻松的笑声，紧张的气氛，缓和得多了。但性急的人还是问道：

“倒是啥呀？”

“是不是坏根？”

萧队长说：

“他是半拉国民党，国民党特务的外围，国特的腿子，他身后还站着一个人。”

几个声音同时问：

“谁呀？”

萧队长说道：

“李振江的侄儿李桂荣，是真正的特务，他的上级就是韩老五。”

没等萧队长说完，老孙头慌忙从炕上跳下地来，一面往外挤，一面说道：

“快去把他抓起来，狗日的原来是个卧底的胡子，谁敢跟我去？”

张景瑞笑着说道：

“还等你说呢。”

郭全海也带笑说道：

“等你这会子去抓，李桂荣早蹽大青顶子了。”

一阵叫好声和鼓掌声以后，萧队长满脸笑容地说道：

“毛主席在《目前形势和我们的任务》里说：‘现在……人民解放军的后方也巩固得多了。’这正是咱们这儿的情况。毛主席的军队在前方打了大胜仗，李常有、刘德山他们亲眼看到了。”

坐在炕沿的刘德山移开噙着的烟袋，点点头说道：

“嗯哪，胜仗不小，俘虏兵铺天盖地，搁火车拉呀。”

萧队长接着说道：

“‘中央军’插翅也飞不过来了，除非起义，投降，或是做俘虏，他们别想过来了。”

刘德山抽一口烟，点一点头说：

“嗯哪，做俘虏，还能过来，咱们还能收容他。”

萧队长又说：

“在后方，卧底胡子也抠出来了。明敌人，暗胡子，都收拾得不大离了。往后咱们干啥呢？”全会场男女齐声答应道：

“生产。”

萧队长应道：

“嗯哪，生产。”

妇女里头，有人笑了，坐在她们旁边的老孙头问道：

“笑啥？”

一个妇女说：

“笑萧队长也学会咱们口音了。”

老孙头说：

“那有啥稀罕？吃这边的水，口音就变。”

萧队长接着说道：

“你们正开调整土地的会，这回要好好地分。这回分了不重分。地分好了，政府就要发地照。咱们庄稼院，地是根本。这回谁也不让谁，男女大小，都要劈到可心地。韩老五、李桂荣和半拉国民党不用你们操心了。咱们打发他们到县里去。现在分地吧。我提议咱们成立一个评议委员会。土地可不比衣裳，地分不好，是要影响生产的。”说完，萧队长走到外边，打发张景瑞带着介绍信，带五个民兵，押送韩老五、李桂荣和张富英上县。

萧队长打发他们走后，他又回来，坐在角落里，听大伙评地。

人们三五成堆地议论。郭全海叫道：

“大伙别吵吵，先推评议。”

老头队里一个人说道：

“我推老孙头。”

刘德山媳妇说：

“我推白大嫂子。”

老初从板凳上跳起来说道：

“分地大事，尽推些老头妇女当评议还行？”

刘德山媳妇说：

“别看白大嫂子是个妇女，可比你爷们能干。早先她年年给地主薅草，哪一块地，她不熟悉？”

老孙头站起身来，用手指掸掸衣上的尘土说道：

“白大嫂子行，咱可不行。”

众人说道：

“别客气。”

老孙头不睬他们的话，光顾说道：

“咱推一个人，这人大伙都认识，咱们屯子里的头把手，是咱们的头行人，要不是他，韩老五还抓不住呢。”

小猪倌在炕上叫道：

“不用你说了，郭主任，咱们都拥护。”

往后，又有人提到李大个子和老初。李大个子又提到刘德山，引起大伙的议论。

老初说：

“他是中农，怎么能行呢？”

李大个子说：

“他可是跟咱们一个心眼。这回上前方，看到咱们军队，他心就变了。咱们这屯子里的地，数他顶熟悉，哪块是涝地[①]；哪块地

① 容易被雨水淹没的土地。

旱涝保收；哪块地好年成打多少粮；哪块地在哪一年涨过大水，钓过大鱼，他都清楚。”

大家又碰到个难题，到底能不能请中农来做评议？许多眼睛瞅着萧队长。萧队长起来说道：

“要问中农愿不愿意把自己的地打烂重分。”

刘德山说：

“可以。”

老初问道：

“光说‘可以’，倒是乐不乐意呢？”

刘德山半晌不吱声。萧队长知道他不大乐意，就说：

“这事慢慢再说吧。”

会议进行着，讨论往年分地的情形。萧队长随便挑个地主问大伙：

“你们说，唐抓子的地都献出来了吗？”

刘德山对地主的地最熟悉，他反问一句：

“唐抓子献了多少地？”

郭全海回答：

“九十六垧。”

刘德山摇头：

“他不止这些。”刘德山说着，又在心里默算一下子，说道：“他有一百二十来垧地。”

萧队长听到这儿，插进来说：

“照你说，他隐瞒地了？”

刘德山说：

“嗯哪，准有黑地。”

萧队长跟大伙提出了黑地的问题，给大伙讨论。妇女组里，刘桂兰站起来说：

“怨不得头年我给唐抓子薅草，一根垄老半天也薅不完。”

萧队长吃惊地问道：

"头年他还叫工夫薅草？"

刘桂兰说：

"可不是咋的？一根垄那么老长，一垧地那么老大，三天薅不完，要是没有隐瞒不报的黑地，我就不信。"

白大嫂子也说，她给杜善人薅草，也是一样。给地主们打过短工，薅过草的妇女们都起来证明地主除开留的地，还有黑地，自己种不完，还是叫工夫，还是剥削人。检讨起来，往年因为地情不明，干部没经验，分地真是二五眼[①]。

往年没收韩家的地以后，各家地主，都献地了，但都献远地，献坏地，少献地。给自己留的是好地、近地，而且留得多。加上隐瞒不报的黑地，地主依然是地主，还是暗暗把地租出去，吃租子，或是零碎叫工夫，剥削着劳金。

贫雇农里头，除了自己不敢要地的人家，其他各户分到的地，又坏、又远、又少、又分散。老田头分一垧地，劈做两块。一块是黄土包子地，在西门外；一块是好地，在北门外的黄泥河子的北边，送粪拉庄稼，得蹚水过河。老孙头往年不说不敢要地，实际不敢要，随便人家分块地，又不好好地侍弄，打的粮食不够吃。这时候，萧队长问他：

"你地好不好？"

老孙头回答：

"咋不好呢？种啥长啥。"

老初也起来说道：

"我家的地顶近的一块，也在五里外，铲趟不上，不长庄稼，净长苣荬菜[②]。"

---

① 马虎，差劲，不行。

② 一种易长的野草，嫩的还能吃。

听到这些话，萧队长和郭全海合计，叫大伙多开几次会，多提意见。今年形势好，家家想要地，分地比分浮还要热闹。个个说活，家家争地。分地的办法，大伙一致公议，两头打乱重分，依照《中国土地法大纲》，地主的地全部没收，不留地，再按照他应得的数，分他一份。中农原则上不动。在这点上，起了争论，有的说中农地不动，就不好分。顶好中农也打乱，再分给他地，不叫他吃亏，他原来是百年不用粪的地，还是给他这样的地，只是地方变动，好叫大伙打乱重分，分得匀匀的。萧队长瞅瞅刘德山，瞅他耷拉着脑袋，一声不吱，老初扯起大嗓门问道：

“老刘你怎么样？打乱行不行？”

萧队长却补充着说：

“老刘你有困难，不愿意，也只管说。”

刘德山慢条斯理地说道：

“萧队长要不叫说，我也不说。我家那块月牙地[1]，是我老人成年溜辈摔汗珠子，苦挣下来的，侍弄多年，地性摸熟了。地南头还连着一块坟茔地，我大爷、爹、妈，都埋在那儿，跟自己地连着在一块，清明扫个墓，上个坟唔的，也比较方便。”

还没有听他说完，老初气得满脸通红地叫道：

“你是什么封建脑瓜子？地换地，有进无出，你还不换，滚你的蛋！”

刘德山瞅着萧队长、郭全海都在，胆子大些，不怕老初，反驳道：

“我也是农会会员，你能叫我滚？”

老初气得红脸粗脖地跳了起来：

“你是什么农？才刚划回来，就抖起来了。才出一回担架，就摆谱了：‘我也是农会会员。’往年躲在茅楼里的是谁呀？”

---

① 形似新月的土地。

刘德山听到老初揭他的底，慌忙笑着说道：

“往年斗争韩老六，我躲在茅楼里头是不假，那是我的大臭根。如今我算往前迈步了。萧队长又说，贫雇中农是骨肉至亲，我才敢说话。大伙要不叫说，我就不说，要不让我参加这个会，我就走。”

老初拦住他说道：

“不用你走，我走。”

大伙叽叽嘈嘈议论着，有的同情老刘，有的支持老初。吵吵嚷嚷，谁说的话也听不准。郭全海连忙站起来说道：

“都不能走，大伙别吵了，听萧队长说话。”

老孙头也站起来说道：

“谁要再吱声，谁就是坏蛋的亲戚，王八的本家，韩老六的小舅子。”

人们冷丁不吱声。但不是听了老孙头的话，而是看到人堆里冒出个头来，那是萧队长。他站在板凳上说道：

“同志们，朋友们，听我说一句，咱们共产党的政策，毛主席的方针，是坚决地团结中农。中农和贫雇农是骨肉至亲。咱们一起打江山，一块坐江山，一道走上新民主主义社会。老刘的地，不乐意打乱，咱们就不动他的。这屯子的地，刘德山没有一块不熟。他又会归除，咱们欢迎他参加打地。”说到这儿，萧队长自己首先鼓掌，屋子里四方八面都鼓起掌来。萧队长又说：“今儿会开到这疙瘩。”关于老初，萧队长一句没有说，但老初还是不乐意，噘着嘴巴子。会后，萧队长留着他不走，跟他谈政策，直谈至三星晌午。

第二天，天气还是冷，下着桃花雪。打地的人分成四组，每一个组，有两个抻绳子的，一个约尺杆的，一个找边界的，一个记账的，还有一个是会归除打算盘的人。寒风呼呼地刮着。人们脚踩着湿雪，脚片子都冻木了，手冷得伸不出袖筒。人们不怕冷，还是跟着看丈地。每一个组后尾，都跟一大帮子人。老田头和老孙头的劲头比年轻人还足。老田头说：

“丈地是大事，一点不能错。大伙瞧着，谁也不能行私弊。这回平分地，不比往年，这回是给咱们安家业，扎富根的。往年由人家丈地，杨老疙疸、张富英，不跟咱们一个心，分地都是二五眼，也怨咱们自己，分到哪算哪。这回可得好好地瞧着。”

人们用铁绳子约地的时候，大风把铁绳刮歪，老孙头在一旁叫道：

“加小心呀，别叫绳抻歪歪了，一歪就差两根垄。”

五天工夫，地打完了。再五天工夫，地分好了。比往年慎重。人分等，地不分等。个人要，互相比，大伙评。个人要，就重，比方南门外韩老六家那块百年不用粪的平川地，要的有三家，三家争不清，就比一比：比生活，比历史，比根底，比功劳。这么一比，就分出上下，解决问题。但也有弊病。疵毛[①]的家伙，叽叽嘈嘈，争个不休。问题难解决。大伙正比得热热烘烘，郭全海低着头，在抽烟。老孙头一向认定他是郭全海的心腹朋友，怕他吃亏，替他着忙，走到他身边，低声地说：

“郭主任你要哪块地，得说呀，张口三分利，你要不说，分上坏地，怎么娶媳妇，养小子？”

郭全海没有吱声。他的念头，和老孙头的想法是不相同的。他寻思他负责这屯子工作，把这屯子工作搞好了，人人分了可心地，个人还愁啥？大伙都好，他也会好。他是共产党员，萧队长对他说过，共产党员就得多想人家的事，少打自己的算盘，他觉得有理。他一向就是这样：自己的事，他马马虎虎，全屯的事，他就想着是他个人的事一样。老孙头却想的不同，他想着：南门外的那块抹斜地，百年不用粪，他寻思他自己是要不到手的，老初这汉子和张景瑞那小子，都不会让他。他寻思着这一块地，与其落在不知谁的手，宁可叫郭全海领着。郭全海是他对心眼的朋友，又随和，又大

---

① 调皮。

方，他帮他争到这块好地，往后上他地里劈穗青苞米，还能不让？寻思到这，他跳上炕沿，大声叫道：

“别吵了，听郭主任要地。”

大伙听到郭主任要地，一下都不吱声了。老头队的人说：

“先尽他要，咱们比苦、比功劳，谁家也比不过他。”

郭全海噙着小蓝玉嘴烟袋，没有吱声，老孙头忙代他说：

“他要南门外韩老六家那块抹斜地。”

郭全海坐着不动弹，说道：

“别听他瞎说，你们先分。”

人们说啥也要把这块抹斜地分一垧给郭全海。郭全海回想起来，他在韩家吃劳金，在这块地上甩的汗珠也不少，这一垧地，侍弄得好，黄闪闪的苞米，能打十石，交完大租子，两个人吃穿不完，他知道这是大伙的好意，平常人一人半垧，他是跑腿子，分一垧是准备他娶媳妇的，他接受了大伙的好意，要了这块地。为了报答大伙的好意，他要尽心竭力给大伙干活，努力把工作做好。

大伙分了可心地。老田头笑嘻嘻地说：“这下可有盼头哪。”老孙头宣布，他家分的一垧地，要种三亩稗子，稗子出草，供牲口吃，牲口养得肥肥壮壮的，冬季进山拉套子，不能误事。李大个子的铁匠炉子连日连夜生着通红的烈火，他正忙着给人修犁杖，打锄头，准备来年大生产。

屯子里的人都下地里插橛子去了。桃花雪瓣静静地飘落在地面上、屋顶上和窗户上。农会院子里，没一点声音，萧队长一个人在家，轻松快乐，因为他觉得办完了一件大事。他坐在八仙桌子边，习惯地掏出金星笔和小本子，快乐地但是庄严地写道：

彻底消灭封建势力，就是彻底消除几千年来阻碍我国生产发展的地主经济。地主打垮了，农民家家分了可心地。土地问题初步解决了，扎下了我们经济发展的根子。翻身农民在共产党的领导之下，会向前迈进，不会再落后。记得斯大林同志说过：落后者便要挨打。一百年来的我们的历史，是一部挨打的历史。一百年来，我们的先驱者流血牺牲渴望达到的目的，就是使我们不再挨打的目的，如今在以毛主席为首的中共中央的英明领导下，快要达到了。

写到这儿，萧队长的两眼潮润了，眼角吊着两颗泪瓣。萧祥是个硬汉子。他出门在外，听到妈病重，因为没有钱抓药而死去的信息，也没有掉泪，这回却淌眼泪了。但这眼泪，不是悲伤，而是我们这一代的有着为人民服务的大志的群众政治家的欢喜和感激的标记。

二十七

三月二十一日，桃花雪停了。分完地以后，萧队长和郭全海、李常有诸人把经验总结了一下，萧队长和老万，一个人骑一匹马，连夜回县去开扩大的区书联席会，准备出席四月省委召开的县书联席会议的材料。

家家的地里，都插了橛子。妇女识字班领导妇女编筐子，选籽种，做完一些农忙时节不能做的针线活。男子们淘粪送粪，调理牲口，修整农具，打下一年烧的柴火和柈子。屯子里的粪堆变小了，消失了，而每家的院子里都添了漆黑的小山似的柴火垛，和焦黄的围墙似的柈子墙。

三月的化冻的日子里，天气暖和了。桃花雪也叫埋汰雪，雪花飞落到地面上，随即融化了，黑土浸湿了，化成了泥浆。道路不再像封冻时期的干燥和干净。人们传说和探听着松花江开江的情形。

老孙头赶车上县卖柈子，回来对大伙说道：

“今年江是文开，不是武开。武开要起大冰排，文开朝底下化。今年化冰早，年头不会坏。”

劳动的人们都欢欢喜喜，走道哼着小曲，办事的人家，一个星期总有一二起，屯子里常常听见呜呜的喇叭声。

郭全海搬进了分给他的新屋里。这是杜善人租给人住的，三间小房，带个小院，小巧干净。西屋是老田头住着，老田头嫌乎农会下屋太大了，冬天烧火费柈子，自愿搬到这小屋。东屋就是郭全海的新房，农会为了他办事，特为分劈给他的。屯子里到处谈唠着郭、刘的喜事，在李大个子的屋子的房檐下，聚着一堆人，正在抽烟晒太阳，谈唠着屯子里的事，也谈起郭全海的喜事：

“是龙配凤呀。”

“男女两家，都没老人，小日子利利索索的。”

“听说是老孙头保媒。”

“你瞅不是那老家伙来了。”

老孙头来到人们的跟前，大伙围拢来，问这问那。上年纪的人们问道：

“还用不用开锁猪[①]呀？”

老孙头说：

“用啥开锁猪？咱们郭主任不信这一套，西墙连锁神柜也没有安。”看到人们爱听他的话，他话就多了：“都要经过这一遭的。三十年前，我办事那天，老岳母非得要开锁猪不解。穷家哪有肥猪呀？光有小壳郎，就送个小壳郎过去，外加二升黄米，一升黄豆，一棒子烧酒。老岳母瞅着送来个小猪，就骂保媒的：‘说是双猪双酒，送来就是这么个玩意。你这媒是怎么保的？你算啥玩意？吃啥

---

① 满族风俗：生了儿女，要把名字写在红布上，藏于居室西墙锁神柜。姑娘出阁的那天，要从锁神柜里，把那写着她的名字的红布取去，叫做外锁。开锁时要用一只猪，或两只猪祭奠锁神，这猪就叫开锁猪，由男家送来。

长大的？你妈生下你来光糊弄人的？’保媒的叫她这一骂，夹着尾巴就跑了，下马席①也没吃成。老岳母回头瞅瞅那小猪实在太小，就换上她猪圈里的一个大肥猪，牵进里屋，叫它冲西墙站住，叫我老伴冲西墙跪下，叩了三个头。傧相把酒往猪耳丫子上浇去。他们说：酒浇上去，要是猪耳朵动动，两口子就都命好，要是光晃脑瓜，不动耳朵，那就不好。他们把酒浇着猪耳朵，那肥猪说也奇怪，动一动耳朵，又晃一晃脑瓜。两样都来了一下。”

李大个子插嘴道：

“那你两口子的命，不是又好又不好？”

老孙头回答：

“可不是咋的？赶二十九年大车，穷二十八年，到头看见共产党，才交鸿运。我这命可不是起先不好？现在呢，分了房子地，外加车马，外加衣裳，还当过评议，可也不坏了。”

李大个子笑着说：

“对，你那开锁猪算是聪明到家，早就算出你的命来了。听，小喇叭响了，咱们快去帮郭主任的忙去。”

老孙头说：

“你们先去，咱还得去换换衣裳。”

人们都往郭家走。走事的人①来不少了。小院子里，拥挤不通。农会和妇女会的积极分子，郭、刘两家的远亲和近邻，都来道贺。老田头忙着在屋角的墙根前烧水，到屋里拿烟，沏茶，帮郭全海张罗外屯的男客。来一个客，他笑着迎接：

“快进屋吧。”

他笑着，好像自己的小子办事，进进出出，脚不沾地。两个吹鼓手在大门外，摆一张桌子，两个人坐在那儿，一个吹着小喇叭，

① 新娘进门那天的酒宴。

② 贺喜的宾客。

一个吹海笛[①]。三个大师傅忙成一团，灶屋的白蒙蒙的热气，从窗户上和门上的窟窿，一股一股往外冒，冒上房檐，把那挂在房檐上的冰溜子，也融化了。门楣上贴着一个红纸剪的大“囍”字，两旁一副对联，用端端正正的字迹，一边写着“琴瑟友之”，一边写着“钟鼓乐之”，这是栽花先生的手笔。

吃过下晌饭，接新娘的大车载着两个媒人和接亲娘子出发了，吹鼓手也跟着去了。郭主任的小院子里，没有音乐，显得很寂静。天落黑时，新娘从白大嫂子家里动身了。她端端正正地坐在三马拉的胶皮轱轳车当中，上身穿着红棉袄，下边是青缎子棉裤，脚上穿着新的红缎子绣花鞋子，头上戴朵红绒花，后头跟着一辆车，坐着两个吹鼓手，四个老爷子和两个媒人。马的笼头上和车老板子的大鞭上，都挂着红布条子。

车子进到郭全海的新家的时候，天色渐渐暗下来，日头卡山了。新娘的车停在大门外。小嘎们都围拢去，妇女和男子也跟着上来，他们瞅着头戴红绒花，身穿红棉袄的刘桂兰，好像从来不认识似的。刘桂兰低着头，脸庞红了。这红棉袄是分的果实，原来太肥，刘桂兰花一夜工夫，改得十分合身，妇女们议论着她的容貌和打扮：

“长眉大眼睛，瓜子脸儿。”

“还搽胭脂呢。”

“哪是胭脂？是红棉袄照的。”

“哪里，她臊红脸了。”

“人是衣裳，马是鞍，一点不假，这人品配上这衣裳，要算是咱们屯里的头一朵花了。”

刘桂兰听着妇女们闲唠和取笑，只是低着头，一声不吱。她穿的红缎子绣花单鞋，两脚冻木了。她伸直腿脚，想要下车，张景瑞

---

① 横笛。

笑着阻止她，闹着玩地说：

“别忙，快了，得憋一憋性哪。”

老孙太太叫一个妇女端杯水来，要刘桂兰喝。刘桂兰晃一晃脑袋瓜，老孙太太说：

“得喝呀，这是糖水，喝了嘴甜。”

刘桂兰红着脸说：

“要嘴甜干啥？”

老孙太太说：

“姑娘可别使性，这是老规矩，哪个新娘也得喝。”

端糖水的妇女把碗伸到刘桂兰嘴边，她只得呷了一口。她现在的心里，又是欢喜，又是迷糊，手脚飘飘，像做梦似的，听人摆布。两只脚冷得一直麻木到波棱盖上来了，她盼着这一切都快些完结，好让她下车，上灶屋去烤烤腿脚。这时候，又一个妇女端一盆水来，叫她洗手，老孙太太在一旁说道：

“洗一洗手，省得打碗。”

刘桂兰两手在盆子的温水里浸了一浸，又用那妇女递给她的毛巾把手擦干了。她伸开冻得要命的腿脚，正要下车，第三个妇女端一盆火来，通红一盆木炭火，不停地爆裂着细小的火花。刘桂兰寻思，这盆火来得正好，两只脚都快冻折了，烤烤正好。可是，端火的妇女却要她烤手。

老孙太太在一旁劝说：

“烤一烤好呀，来个客热热乎乎的。”

刘桂兰只得伸手烤一烤，就要下来，老孙太太说：

“别沾地呀，踩在茓子上。”

原来从大门外停着新娘大车的地方，经过院子当间的天地桌，一直到新娘房的炕沿边的地面上，都铺着炕席和茓子。刘桂兰下车，在炕席和茓子上才迈上几步，冷丁听到人叫唤：

“郭主任来了。”

刘桂兰听了，眼睛闪亮着，一种热热乎乎的感觉，涌上她的心。她偷眼瞅他。这位连眉毛她都熟悉的郭全海，现在完全变成一个她不认识的人了。他穿一件崭新的青直贡呢棉袍，戴一顶铁灰色呢帽，这都是老孙头替他借来，叫他穿戴的。青棉袍子上交叉披着红色绸带和绿色绸带。脸庞直红到耳根，小嘎们叫道：

“新郎比新娘害臊，看他脸红的。”

接亲娘子把新娘和新郎引到天地桌跟前，吹鼓手吹着海笛，奏着喇叭。三张炕桌摞起的天地桌上，点着两支红蜡烛。闪亮的烛光在下晚的冷风里摇晃。五个红花瓷碗盛着五样菜：猪肝、猪心、白菜、粉条，还有鲜鱼，摆成梅花形，每一碗菜上，都插一朵大红花。一个盛满高粱的斗上插着一支香，还插着一杆摘去了秤砣的秤。新郎和新娘，冲大门外站在天地桌跟前，妇女们里三层外三层地站在桌子的四周。她们的眼睛老瞅着新娘，有时也看看新郎，她们肩挨着肩，手拉着手，评头论脚，叽叽嘈嘈地小声地吵嚷个不休：

“瞅她鞋上的花。”

“瞅那红棉袄，样子多好看，多合身。”

“这红袄是杜善人小儿媳妇的，原先太肥，她自己改的。”

“手艺巧着呢。”

“还用你说？她是咱们屯子里的细活的能手。”

“她剪窗花也是头把手。”

刘桂兰听人当面议论她，只是低着头，没有吱声。要是在平常，她就得改正她们的话：“咱剪窗花还赶不上白大嫂子手巧。”妇女还是谈唠着：

“听老人说，拜天地都得穿红，要不，得愁一辈子。”

“可不是？我过门那年，做不起红袄，借他大地主的，好容易才借到手呀，那时候，穷人处处都为难。”

“这时候，穷人样样都好办。老王太太大小子那门亲事，亲家指定要麻花被子，老王太太愁得呀，下晚合不上眼皮，眼瞅要黄了，农会垫上条被子，如今这儿媳可不娶到家来了？”

这时候，有人说：天头太冷，还是快拜天地吧。又有人反对：子时没有到。第三个人说：等到子时，新娘脚要冻掉了。老孙头也说：“早拜天地，早生贵子。”吹鼓手吹打起来，仪式开始了。

拜完天地，郭全海靠左，刘桂兰靠右，两人迷迷瞪瞪地，踏着茓子，朝上屋走去。一群年轻媳妇跑在先头，站在门口，等着新郎新娘的到来。她们笑闹着，议论着：

“看她左脚先迈门呢，还是右脚？”

“这有什么讲究？”

“右脚先迈，先养姑娘，左脚先迈，先养小子。”

新娘新郎走到门口时，老孙太太赶上来叫道：

“新娘子，别踩滴水檐呀，踩着了，婆家不发。”

不知是因为冷呢，还是咋的，刘桂兰脑瓜都蒙了，没有听到老孙太太的叫唤，就迈进门了，站在门边的年轻媳妇和姑娘们都叫起来：

“左脚，左脚先迈进去的，先养小子。”

他们昏昏迷迷来到了洞房。老孙太太忙把一个高粱袋子铺在炕沿边地上，叫道：

“让新郎上炕。”她指着高粱袋子添着说：“踩踩这个，步步升高。”挂在炕前的枣红花缎子幔子放了下来。新郎新娘盘腿坐在炕头上。一个青年媳妇在给新娘子梳头。炕上还坐着三对抱孩子的媳妇，她们不说话，也不笑。刘桂兰坐在炕上，脚才慢慢不冷了。她低着头，想起老孙太太的这些规矩，忍不住笑着，郭全海和她，都不信这些，可是老孙太太说：

“不行礼，那不成了搭伙一样了？”

行了礼，拜了天地，还要干啥呢？刘桂兰想：“由他们去吧。”她迷迷糊糊，听人摆布。

洞房是赵大嫂子给他们布置起来的。天棚上挂着一个大吊灯，八仙桌上点着一对高大的红蜡烛。桌上的鲁壶[①]、茶碗，都盖着红纸剪的纸花。西墙，原是贴三代宗亲的地方，现在贴着毛主席和朱总司令的肖像。炕梢墙上贴两张红纸，上书“和谐到老，革命到底”八个大字，右边一行小字“郭全海刘桂兰新婚志喜”，左边落的款是：“萧祥敬赠”。

里里外外，人们挤得满满当当的。老吹鼓手来唱完喜歌以后，执事的妇女端着两樽酒，一樽给新郎，一樽给新娘，叫喝一口，交换着酒樽又叫喝一口。吹鼓手吹着进酒的海笛。小嘎们都挤上前来。他们仰着脸庞，瞅着他们喝完交杯酒，还是不散。老初挤过来张罗什么，小嘎们净往他的身边挤，老初叫道：

“小嘎都回家睡去，三星晌午了。”

老孙头也站在门口，说道：

“这些小崽子，将来你们都有这天的。这会子忙啥？”

孩子们笑着，只是不走。郭全海下炕张罗客人们吃饭。西屋是女客房。老田太太和赵大嫂子作陪客。老田太太说：

“这会子真省事了。早先那规矩才是大呢。穷人别想娶媳妇。还没过门，就要八口猪。又是过节猪，又是过年猪，还有开锁猪。讲究的，得双猪双酒，彩礼衣裳还不算。穷人往哪去整这些财礼？”

赵大嫂子也应和着说道：

“这会子这些都免了，真好。”

老孙太太不同意她们的意见：

“规矩还是有点好。要不价，不是成了搭伙一样了？”

赵大嫂子说：

“翻身以后的大规矩是对相对中，不比咱们那时候，见也没见过：碰得巧就好，碰不巧，两口子不对心眼，一辈子的事。”

老孙太太也同意这话：

---

① 瓷茶壶。

“对相对中好，省心，先把姑爷的脾性模样，都打听好了，免得往后闹别扭，保媒的也省事。”

年老的年轻的妇女都唠起来：

“这会子，没过门，还能见到，还能在一块工作。”

“没有看见的，也能打听得明明白白。”

“咱们做姑娘的时候，谁要是打听姑爷，可不要把人笑死。”

“不打听，要是嫁个跛子呢，要是嫁个不成材的，不劳动的呢？”

“只好认命呗。”

“在早，妇女也是旧脑瓜，嫁汉嫁汉，穿衣吃饭，婆家能供她衣食，就千依百顺，打骂都由人。如今，谁试一试压迫屋里的看吧，妇女会就找上门来斗你了。”

“在早还有童养媳……”

这话没说完，老孙太太做个眼势，叫说这话的人放低声音，自己又低声地说道：

“咱们这位，可不也是童养媳？”

年轻妇女们交头接耳，低低地递着小话：

“你说，她这算是红媒呢，还是白媒？”

“还没上头，算红媒。”

“要不价，咱们郭主任还能要她？他连碰也没有碰过妇女呀。”

男客房是隔壁张家的西屋。满屋客人坐在那儿嗑雪末籽[①]，唠家常嗑。新娘迈进门，保媒职务就完了，两个媒人，老孙头和老初都坐在那儿。老孙头舞舞爪爪地又在唠着他的开锁猪：

“穷赶车的，上哪去整双猪双酒？我把一个养不肥的小壳郎送去，爱要不要。老岳母吵骂一通，也只好换上自己的肥猪，那肥猪倒是很乖巧，叫它站在锁神柜跟前，把酒浇它的耳朵，它又动耳朵，又晃脑瓜。打那时候起，我就知道，我这个命呀，又好又不好。”

---

① 向日葵籽。

老初插嘴问道：

“往年你不是常说：你命里招穷，外财不富命穷人？”

老孙头忙说：

“往年是往年，今年是今年，你当年年年都一样？小家雀子年年待一个窝里？早先要双猪，没有双猪，也得送一个，没有肥猪，也得送个小克郎。如今刘桂兰啥也不要，还带半垧地过门[①]。这会子，啥都变了，命也变了，人也变了。”

老田头点点头笑道：

“嗯哪，这都是翻身的好处。穷人都娶上媳妇，光叫那些不劳动的坏种，去当绝户头。”

老孙头笑眯左眼说：

“我要是没有老伴，也能娶上一个带地的娘们。”

老初笑着说：

“快叫老孙太太来，听听他这话。”

男客屋里正说说笑笑，喇叭和海笛又吹响了。男男女女都拥挤出来，瞅着新人分大小，认亲友，吃子孙饺子。屋里院外，乱马人哗地，直闹到小鸡子叫第三遍，东方冒红花。

二十八

半个月后，萧队长带着警卫员老万，带着一个紧急的任务，为了取得一个典型的经验，又来到了元茂屯。到农会见了农会主任兼党的支部书记郭全海，就笑嘻嘻地说道：

“成了家了，恭喜恭喜，我来迟了。”完了又逗着乐子：

“怎么样？小刘也不出门了？做了新娘子，有了爱人，就不工

---

① 北满分地时，未嫁姑娘也分半垧地，过门时带往婆家。

作了？”

郭全海脸庞红红地说道：

“那哪能呢？她领着妇女，在编草帽。头年这屯子涝不少地，今年春耕前，人吃马喂都不够，得发动妇女，整点副业，到外屯外县去淘换点粮草。”

萧队长打断他的话：

“你先别谈这个，粮草好整，政府还能放一点。有一件重要的事，咱们得合计合计。咱们全县，特别是咱们这个区，这个屯子，宗宗样样工作都还不大离。往年打胡子，头年起枪挖财宝，都是有名的。扫堂子也没出岔子。侵犯过中农，这是一个错误，北满都犯了这个错误，咱们纠偏也还不算慢。就有一桩事，咱们落后了，你猜是啥？”

郭全海掏出别在腰里的赵玉林的蓝玉嘴烟袋，塞满一烟锅子黄烟，上外屋去，蹲在灶坑边，扒开热灰去对火。他早猜到他们屯子落后的是啥，但是他不马上说，点着烟袋，待了一会，才回来说道：

“参军的少了。”

萧队长笑道：

“猜对了。那么，依你说咋办？”

“这回要多少？”

“我先问你，这屯子有多少军属？”

“三十九家。”

“也不算少，不过现在是大兵团作战，要的兵员多。这回要是还能扩到这么多，就能赶上人家了。人家呼兰长岭区，扫堂子是出了岔子，参军倒好，长岭一个区，一个星期里，有一千多个年轻人报名参军，挑了又挑，挑出一个营，就叫长岭后备营，多么光彩。”

郭全海坐在炕沿，耷拉着脑袋，一声不吱，烟袋抽得吧嗒吧嗒响。萧队长凑近他一些问道：

“有啥困难吗？”

郭全海说道：

“困难不能少。”说着，他抽一口烟又说：“可也不要紧。分了房子地，还有牲口，家扔不开了。”

萧队长说：

“有困难，就得克服。你先去找人来开个小会，完了再开个大会。呼兰的经验是开家庭会议，妻劝夫，父劝子，兄弟劝哥哥，都有效力。”

郭全海起身去找人。走到门口，他又回身转来说：

“张景瑞、白大嫂子、赵大嫂子都提出了入党的要求。”

萧队长问道：

“你们小组讨论过吗？他们对党的认识怎么样？”

“讨论过，白玉山回来过年，跟白大嫂子谈到参加组织的事，跟她解释了共产党是干啥的。”

萧队长说：

“她现在的认识呢？”

“她说，共产党是为全国老百姓都翻身，为了大家将来都过美满的日子，不是火烧眉毛，光顾眼前。她认定了这个宗旨，决心加入共产党，革命到底。”

“张景瑞他们的认识呢？”

“张景瑞认为没有共产党，就没有新中国，没有共产党，就没有元茂屯农民的翻身。不加入共产党，单枪匹马，啥也干不成，加入了共产党，永远跟着毛主席走，啥也不怕。赵大嫂子说：‘我们掌柜的是共产党员，我要不跟他学习，不怕苦，不怕死，一心一意为人民，就对不起他。’”

萧队长说：

“回头我找他们一个个谈谈。”

郭全海又说：

“还有一个也提出了要求。”

萧队长早猜到了八九分，却故意笑问：

“谁呀？”

“刘桂兰。”

萧队长笑着点头。他知道中国农村的特点，一家出了一个革命的，那一家子，就多少染红，甚至于全家革命。而刘桂兰的确也是一个在早最苦，现在是明朗健全、积极肯干的青年妇女。他没有再问，就说道：

“办完参军，我们跟着要整党建党，这几个人我都要一个一个找他们详细谈谈。你先去吆喝李大个子他们来，开个小组会，布置一下，再召集积极分子会议。”

积极分子的会开过以后，屯子里掀起了参军的运动。大会、小会和家庭会议，黑天白日地进行。过了三天，报名参军的，还只有三个，一个是共产党员，才出担架回来的李大个子，一个是要求入党的张景瑞，还有一个是老初。老初是快四十的人，送去一定验回来。张景瑞呢，家有一个参军了，他后娘到农会来找萧队长，说是张景瑞爸爸年纪大，又有病，家里没有劳动力，请求把他留下来。萧队长原想叫元茂屯成为一个参军模范的屯子，来推动全区全县的这个工作。可是现在呢，看样子是要失败了。这一天，天上有云，日头有时冒出来，有时又缩进云堆。屯子里外，风不再是呜呜叫着的刺骨的寒风，刮在脸上也不感觉冷。萧队长出南门溜达，融了雪的漆黑的地里，露出了星星点点的绿色。春天出来最早的荠荠菜[①]和猫耳朵菜[②]，冒出叶芽了。地里有一群小嘎，在挖野菜，锁住也在内。萧队长叫锁住过来，他抱他起来问道：

“你在干啥？”

“妈说，挖点荠荠菜做馅儿饼吃。”

---

① 一种春天最早生长的小叶子野菜。

② 一种野菜，叶子有点像猫耳朵。

萧队长放下他来，赶巧太阳隐没在云里，小锁住唱道：

太阳出来毒毒的，上山给你磕头的。

他说："这么一唱，太阳就会钻出来。"可是，唱了半晌，太阳还是没有冒出头，萧队长笑着说道：

"锁住，你这法儿不灵了。"

锁住笑着跑走了。萧队长走回屯子，在公路上溜达。公路上，上粪的车子来来往往，打柴火的大车从山里回来，车上的漆黑的柴火堆得高高的。融了雪的焦黄的洋草屋顶上，飘起了淡白色的炊烟，南门里的一家小院里，一个年轻小伙子，穿着皮袍，在马槽边，使根棒子，在拌马草和马料，马喂得大腿溜圆，深黄色的毛皮，油光闪闪。那小子望着马嚼草，入了神了，没有看见萧队长，萧队长也不惊动他。另外一家院子里，靠东下屋，有一个穿着红袄，剪短的头发上扎着大红绒绳的新媳妇，正在劈柈子。萧队长也没有进去。他又走了几家，青年男女有的正在编炕席，有的铡草，有的遛马，有的喂猪。生活都乐乐和和，和和平平，忘了战争了。

下晚，萧队长又找农会的干部合计，看怎么办？他们召开一个大会，军属讲了话。临了，郭全海也讲了话，他说：

"这天下是咱们贫雇中农的天下，还得叫咱们贫雇中农保。蒋介石还没有打垮，咱们就脱袍退位，光顾个人眼前的生活，要是反动派再杀过来，咱们怎么办？"

大伙不吱声，白大嫂子跳起来说道：

"我要不是妇女，早报上名了，一个男子汉，待在家里，窝窝憋憋的还行？"

一个年轻人说：

"都去参军，把地都扔了？"

白大嫂子说：

“你们去参军，咱们来生产，管保一根垄也不叫扔。”

老田太太也说：

“咱们上年纪的，还能喂猪养鸡，整副业生产，帮补过日子。”

小猪倌也起身说道：

“咱们半拉子，也组织起来，薅草拔苗，挑水打柴，两个就顶一个男劳力。”

郭全海坐在角落里，低头抽烟，没有再吱声。大会散了以后，又有五个人，来报名参军，除掉一个长大骨节的，其余四个，都是年轻结实的小伙子。但是预定的目标是四十个人，如今哩哩啦啦的，还只有六七个人报名，相差还太远。萧队长又召集了一个积极分子会，研究参军的热潮还没有到来的原因。萧队长叫各人多想些办法，明天再开大会。

当天半夜，刘桂兰上农会来找郭全海。萧队长从炕上爬起，划着火柴，点起油灯，在灯光里，瞅着刘桂兰的红棉袄说道：

“他早走了。没有回家？是不是到李大个子家去了？你去找找看，别着急，不会丢掉的。”

刘桂兰一面往李大个子家里走，一面张望着道旁的小屋，家家的窗户门都关得溜严，院里黑漆寥光的，没有人影，没有声音。到李家铁匠炉门口，门窗关了，也没有声音。刘桂兰高声问道：

“大个子，见着郭全海没有？”

问了几声，大个子才醒转来回答：

“没有呀，是小刘吗？怎么的，丢了人了？”

刘桂兰脑瓜急蒙了，但也没有法，只得先往家里走，看他回去了没有。

郭全海开完积极分子会以后，走到老王太太家，参加他们的家庭会议。这家子有兄弟俩，他寻思，兴许能动员一个人参军。老王太太开首没吱声，郭全海催她劝劝她儿子，她就说道：

“二小子是靰鞡匠，脚长大骨节，去也验不上。大小子呢，跟主任一样，才刚办事。”老王太太说到这儿，偷偷瞅瞅郭全海，看见他脸红，又添着说：

“唉，年轻的人，主任也不是不明白，好容易娶门媳妇。咱也难开口。”

老王太太絮絮叨叨地，还说了一些，不知道是真心话呢，还是讽刺话？

郭全海从她家出来，没有回家，也没上农会。他信步往小学校走去。小学校的教员早睡了，课堂里没有灯光，空荡荡的，没有一点点声音。他坐在小学生的书桌上，手里搬弄着赵玉林的遗物，小小的蓝玉嘴烟袋。从老王太太的言语和眼色里，他知道了这回参军不容易动员的道理：都恋着家了。而他自己又不能起模范作用。他想起了赵玉林为大伙，把命豁上了。老赵也有媳妇，还有小嘎呢。他寻思着，这几天来，他说话没劲。自己恋着家，光叫人家去，人家嘴头上不说，心里准不服。想到这儿，好像是刘桂兰笑着进来了。“你来干啥？”“你不能去啊，咱们在一起才二十天。”说着，她哭了。把头伏在他波棱盖上，他心又软下来了。冷丁地哗啦一声响，一只花猫从天棚上跳在一张书桌上，把桌上一个墨水瓶打翻，掉在地上砸碎了。他睁开眼睛，心里清醒了，眼前没有刘桂兰，他还是坐在小学校的空荡荡的课堂里，他掏出赵玉林的小烟袋，放到嘴里。小蓝玉嘴子触着他嘴巴，他瞪着眼睛说道：

“忘了你是共产党员了？家也不能舍，才娶了亲，就忘了本了？你不去参军，恋着家，叫刘桂兰拖住，完了跟着花炮走，叫人扔掉你。”

他抬手摸摸滚烫的脸庞，从桌上跳下，再没有想啥，就往农会走。刘桂兰才走，萧队长还没有吹灯，他叫他进来，笑着说道：

“怎么的？你们两口子，那个去了，这个又来，倒是怎么一回事？你没有回家，上哪儿去了？”

郭全海没有回答萧队长的这一连串的问题，坐在炕沿，嘴里叼着没有装烟的烟袋。萧队长知道他有话要说，就等着他，半晌，郭全海才才道：

“政委，我参军去。”

萧队长从炕上跳下，有一点感到意外地说道：

“你？”

郭全海移开烟袋，平静地回答：

“嗯哪。”

萧队长又说：

“这屯子的工作咋办？”

郭全海站了起来说：

“你另挑人，李大个子，或张景瑞都行。”说罢，他就往外走。萧队长叫着：

“别忙，别忙，还有一句话。”

但郭全海走出了院子。萧队长跑到门口连声叫唤道：

“郭全海，郭全海。”

脚步声远了，没有人回答。萧队长回到里屋，好半天也没有躺下。他寻思着：郭全海是他培养两年的这个区里的头等干部，他历史清白，勇敢精明，机灵正派。他是想要把他培养成为区委书记的。现在他要参军了，他舍不得放他。但一转念，他想起了郭全海的果决的勇武的神色，回头又责怪自己：把好干部留在自己工作的地区，使这儿的工作做得漂亮些，不顾及全体，忘了战争，这是什么思想呢？他取笑自己：

“我变得跟屯子里的落后娘们一样了。火烧眉毛，光顾眼前。本位主义，实际上是个人主义的扩大。这和一个光看见炕上的剪刀，再远一点，啥也看不见的落后的老娘们，相差多少呢？”他躺下来，闭上眼皮，半睡半醒地断续地想着：“他是对的，谁呀？郭全海。为了全中国的解放，咱们工农阶级得把最有出息的子弟送进军队去。咱们的党得把最优秀的党员派往前方。他结婚才二十来天，刘桂兰不会哭吗？他做得对。郭全海他完全正确。可是他怎么跟刘桂兰说呀？”不大一会，细小的鼾声打断了他的思路。

二十九

郭全海回来的时候，刘桂兰也才刚回来。她坐在炕上，正在发愁。灯匣子上的小豆油灯还没有熄灭，她解开红袄的纽扣，露出胸脯鼓鼓的白粗布衫子，正要躺下，还没有躺下。听到院子里的脚步声，她转身冲窗外问道：“谁呀？”郭全海早就推门进来了。瞅着刘桂兰正在发愣，他说：

“你还没有睡？”

刘桂兰没有回答他的话，反问他道：

“叫人好找，倒是上哪儿去了？”说着，怕他冷，忙把炕头的火盆移到他身边，郭全海拨开火盆里的热灰，点起烟袋，他抽着烟，瞅着刘桂兰的脸上欢喜的气色，先不提参军的事，他手扶着小烟袋问她：

“马喂过没有？”

刘桂兰笑着回答道：“忘了喂了。”郭全海噙着小烟袋，起身往外走。他要去喂马，刘桂兰说道：

“暖和暖和再去嘛。这死人真是，牲口就是他的命。”

郭全海确实爱马。他从不用鞭子抽马。对这怀着身孕的青骒马他分外爱惜。他再困难也喂它点豆饼，不管怎么冷的天，半夜也要起来喂它一遍草。他说：“不得夜草马不肥。”马干活回来，浑身出汗，他就要牵着它遛遛，先不叫喝水，免得患水病。马圈里打扫得溜干二净，还搭着棚子，挡住雨雪。凭着他这么细心的侍候，马胖得溜圆，干起活来，气势虎虎的。如今要走了，他要再去喂一回夜草，摸摸它那剪得齐齐整整的鬃毛。一迈出门，张望着马圈，星光底下，牲口不见了，他慌忙走近马槽边一瞅，马趴蛋了。一个漆黑的小玩意在它后腿跟前蠕动着。他欢叫道：

“你来，你来，快出来看呀，马下崽子了。”

刘桂兰正在火盆里给郭全海烧土豆子，听到这话，撇下土豆，跳下地来，光脚丫子跑出来，边跑边说：

“别糊弄我，小崽子在哪？”

星光下面，郭全海瞅着她的光脚丫子踩在湿地上，骂道：

“你找死了，这么冷，光脚丫子跑出来？快去穿鞋子。”

刘桂兰说：

“不用你管。小马崽子在哪儿？这老家伙，不声不响，就下下来了。”

小马驹子躺在它妈妈的后腿的旁边，乱踢蹄子，挣扎要起来，可是老也起不来。它浑身是黏黏的水浆，冻得直哆嗦。郭全海跑进灶屋拿出一个破麻袋，蹲在旁边，擦干它身子，完了把麻布袋盖在它身上，用手掐断它的脐带，抱它起来，用棉袍的大襟小心地兜着，就往屋里走。刘桂兰也跟着进去。躺在地上的青骒马嘶叫着，想要起来，却起不来。夫妇俩抱着小崽子，放在炕上。小家伙四只腿子乱打乱踢，挣扎着站了起来，身子打晃，终于又摔倒在炕上。刘桂兰哈哈大笑，西屋老田头也给闹醒了。老头子披着棉袄，走过东屋，看着小马驹子说：

“哟，这样好事，一声不吱就下了，我来瞅瞅，是个儿马子。”

刘桂兰忍不住笑着说道：

“嗯哪，要不他赶巧出去，这样大冷天，小家伙早冻坏了。”

老田头用手摸一摸炕席，随即说道：

“太凉，快去烧烧炕。唉，你们年轻人，仗着身板好，炕也不烧。”说着，揭开炕席，下头炕着苞米，摸摸还有一点热气，忙把小崽子扶到苞米上，叫它炕干身上的湿气。刘桂兰点着松明，跑到外屋，抓一把柴火塞在灶坑里，点了起来，完了又塞进几块干拌子。灶火通红，照着刘桂兰的红红的圆脸和她沿脑盖子上的几根乱发，和她胸脯绷得紧紧的新白布衫子。她伸手理一理乱发，站起身来，走进里屋。老田太太眼睛看不见，起来趁一会热闹，又回西屋去睡了。郭全海蹲在炕头，用破麻布袋子仔仔细细揩擦马驹的湿漉漉的小身体。老田头坐在炕沿，眼睛盯着马崽子，不紧不慢，絮絮叨叨地说起这新生的小玩意的家史："它妈是老王家卖给杜善人家的，它爹是杜善人的那个兔灰儿马。它妈年轻的时候，是这屯子里的有名的好马。翻地拉车，赶上最棒的骟马，我瞅瞅小家伙的蹄子。"老田头用手拖住一个胡乱踢着的蹄子，看看说道："又尖又小，干活准快当。赶到两岁半，个子长得大，就能夹障子[①]，三岁拉套子，赶到五岁，拉它一刀[②]，就能给你干十来多年。"

郭全海搁麻布片子擦净小马的蹄子，一面说道：

"我这马崽子早答应送你。"

老田头说：

"我可不能要。"

郭全海说：

"我是说话算话的，说出的话，不能往回收。"

"说啥也不能要呀。"

"往后再说吧，刘桂兰，你记着，咱们这小家伙断了奶，就拴到老田头马圈里去。"刘桂兰笑着答应。老田头唠一会闲嗑走了。剩下两口子，一面揩擦着小码崽，一面唠着家常嗑。刘桂兰说：

"正赶上送粪，它坐月子了。你看这咋办？"

郭全海说：

"跟人换换工嘛，叫它多歇几天。这会子小户谁家没有马？在早，大财阀家的牲口多，马下了崽子，歇一个来月，比人坐月子还

---

① 干轻快活。

② 阉。

要娇贵。小户人家的马，下了崽子，才十来多天，就得干活，大的没养好，小的没奶吃。我们只顾说话，忘了它妈了，你快去添点高粱，再整点豆饼，叫它吃着好下奶。”

刘桂兰出去一阵，回来的时候，郭全海正在梳理小马的黄闪闪的茸毛，用手握住它的整整齐齐的小嘴巴子。刘桂兰上炕，还是不困。她东扯西唠，说明年一定要拴一挂小车，上山拉套，不用求人。她说老母猪也快下崽子，又说今年要把后园侍弄得好好的，多种些瓜菜，多栽些葱。她含笑问他：“头回你说爱吃地瓜[①]，我问老田头要了些籽种，给你种一点，如今有了地，咱们爱吃啥，就种点啥，不像早先……”

郭全海没有吱声，光顾抽烟袋。刘桂兰搂着马驹子，摇晃着，顺着它的茸毛，摸着它的脊梁，冷丁她说道：

“我还忘了告诉你。”

这话才说完，她又顿住，脸庞连耳根都涨得通红。郭全海看着她的气色，听着她的言语，叼着烟袋子问道：

“你怎么的哪？”

刘桂兰半吞半吐地说道：

“我……身上不来了。不知是有病呢，还是咋的？早该来了，过了十天期，往常一天也不差的。”

她脸上绯红，心里却有一种道不出口的欢喜，紧紧搂着马崽子，把自己的脸蛋贴在马崽子的长长的小脸上。郭全海没有吱声，她却像开了话匣子似的，不停地闲唠：

“老孙头说：今年松花江是文开，冰往底下化，年景不会坏。庄稼上得快，种啥都能有七八成年成。早先，没马哈马地[②]，种不起小麦，今年咱们跟老田头伙种二三亩，到年也能包半拉月饺子。”

---

① 红薯，北京叫白薯。

② 翻地。

郭全海还是不吱声。刘桂兰轻轻打一打朝她咂儿上乱蹦乱踢的马崽子的腿子，又说：

“杨树枝枝上都长上了小红疙疸，有些还冒了花苞。小枝梢梢上都冒嫩绿叶芽了。小猪倌说：‘山上雪化了，花开了，槟榔花、鞑子香花、驴蹄子花、猫耳朵花，还有火红的、鹅黄的、雪白的山芍药花，满山遍野的，都开开了，星星点点，五颜六色，又香又好看。’小猪倌还送你一根木头，说是狗奶子木。”她说着，伸手从炕席底下，掏出一根二尺来长的焦黄的树根，“这是狗奶子木头，能治病，能去火，小猪倌还说：‘用这木头磨做筷子，菜里放了毒药，筷子伸进去，就冒烟。’他说你斗争坚决，反动派心里有你，不定放毒药药你，得加点小心，送你这个磨筷子。”

郭全海笑起来说道：

“哪有这事？狗奶子木熬药能去火，那倒听说过，哪能试出毒药来？别信他孩子话了。”

刘桂兰还唠了一些山里和地里的闲嗑，郭全海想要说话，但是又不说，刘桂兰忙问：

“你是咋的哪？”

郭全海寻思，总得告诉她的，就简捷地说：

“我要参军去。”

刘桂兰心里一惊，抱在怀里的小马驹子放松了，她问道：

“你说啥呀？”

“我要报名参军去。”

刘桂兰凑近他问道：

“你骗我是咋的？”

“骗你干啥？我跟萧队长说了。”

“他能答应你？”

“怎么不答应？”

“农会的工作能扔下？”

“大伙另外推人呗。”

刘桂兰知道这是真的了。过门以来，半天不见郭全海，她就好像丧魂失魄似的。如今他要走了，去参军了，她嘴上说：

“好，那你去吧。”心里却酸一阵，两个胳膊软绵绵，抱着的小马崽子，从她怀里滚下来，摔倒在炕上，蹄子乱踹，想爬起来。它连跌带晃地站起来一会，又摔倒了。头正搁在刘桂兰的盘着的腿脚上，一滴冷冷的水珠掉在它的晃动着的长耳丫子上，接着又一滴。它不知道这水珠是啥，不知道这是妇女的别离的眼泪。

郭全海把小烟袋别在腰里，过来替刘桂兰脱下棉袄，扶她躺下，他也解衣躺下来，脑瓜搁在炕沿上，低声说道：

“别哭，你一哭，我心就乱了。参军的人有的是，打垮蒋匪，我就回来的。萧队长说：‘蒋匪快垮了。’”

刘桂兰还是哭泣着。郭全海往年打胡子的那股劲头又涌上来了。他心一横，骂起来了：

“你哭啥，要扯腿吗？要当落后分子吗？”

刘桂兰用手背擦下眼泪，说道：

“我不哭，我不哭了。”

但是不听话的眼泪还是像断线的珍珠似的，配对成双地往炕席上掉。她接着哭溜溜地说道：

“我也知道，你去是对的，不用跟我说道理。我就是个舍不得。咱们在一块堆的日子太浅了。”

郭全海打断她的话说道：

“往后在一块堆的日子多着呢。”

刘桂兰手擦着眼窝又说：

“我要是男人，跟你去多好。”

“在家生产也当紧。咱们合计一下，家里还有啥活要干的，明儿开大会，我就报名了。”

刘桂兰脑瓜靠紧他胸脯，黑发抵住他的下巴颏。她低声地说：

“家里事倒不用惦记，咱们宗宗样样都有了。你这一去，不知有几年？”

“快了。蒋介石跟他的美国爸爸，都不抗打。一两年后，打垮蒋匪，就能回家。我准挣个功臣匾回来。”

“衣裳铺盖，啥也没有收拾好呀，还得几天吧？”

“那不用你操心，啥也不用带。这一报名，三两天就走。你怎么的，又淌眼泪？妇女都不结实。别哭了，听小鸡子叫了，咱们再躺一会，就得起来了。忘了告诉你，你的请求，我跟萧队长说了，你还得自己去请求。”

“啥呀？”因为别离，刘桂兰一时蒙住了，记不起来。

“你要入党的请求。”

刘桂兰抬起头来。她知道郭全海是共产党员，她自己早想参加党。郭全海干的事，她都想干。她想她入了党，懂事更多，和郭全海更挨得近了。她连忙问道：

“萧队长说啥？够不够条件？”

郭全海瞅着她泪眼婆娑的脸庞说道：

“条件倒是够，可是不能哭，你要再哭，就不够资格，哪儿也没有哭天抹泪的共产党员呀。”

“我不哭了，我再不哭了。”

三十

全屯的参军大会，在小学校的操场里举行。红旗飘动着。郭全海参军的消息宣布以后，会场上引起了参军的狂潮。当场有三十多个年轻小伙子争上来报名。老王太太才办事的大小子，也报名了。他说：“跟着咱们郭主任爬高山，过大河，上哪去都行。到关里也行。”小猪倌吴家富也报上名了。老孙头把胡髭一抹说：“老孙头我今年五十一，也还是能干，太公八十遇文王，屯子里的小蒋介石算是整垮了。咱们去打大蒋介石，把他整垮，大伙都过安生日子了。”刘德山也要报名，他说：“咱是中农，这江山咱们也有份，咱也要去，咱们家有农会照顾，不用惦记。”刘德山带头，有七个年轻的中农先后报了名。李大个子在会上不声不响，开完了会，回到家里，把铁匠炉和全部家当都收拾好了，整一挂小车，拉到西门外他表姊家里，他表姊见他把家当拉来，惊讶地问道：

“你这是干啥？”

李大个子一面搬东西，一面说道：

“咱去参军，打垮蒋介石，回来再打铁，铁匠炉寄放你家。”

说完就走，跑到农会，找着萧队长说：

“我早报名了，得让我去。”

萧队长睁眼瞅着他说道：

“你一定要去？都去了，这屯子交谁来管？”

“人有的是。我非去不行。人家上前方，当上英雄了。我待在屯子里，窝窝憋憋的，算个啥呀？带担架队上前方，要不是领队，早不回来了。”

萧队长说：

“你这个想法，不是共产党员的思想，前方后方，不是一样？一样得安心地工作。不行，老一点的党员得留下一两个。郭全海要去，你就不能去。”

农会各小组，来了个竞赛。有的说上前方痛快，有的看着郭主任也去，非跟去不行。有的是家人、朋友和农会小组组员的督促和动员。三天三宿，父母劝儿子，女人劝丈夫，兄弟劝哥哥，都用郭主任来做例子，郭全海成了参军的旗子。第四天清早，郭全海和参军的其他党员，骑着马上区委会去，要了党的关系信，回元茂屯时，已经是晌午，萧队长正在农会的上屋，检查参军的人的名单。他点点人数，一共一百二十八名。其中有一个，名叫杜景玉，萧队长皱着眉尖，好像记起啥来了。他问站在一旁的郭全海道：

“这人名字好像看到过。”

郭全海说：

“这是杜善人的侄儿，在伪满当过两年国兵，‘八一五’后，从长春回来。”

萧队长道：

“把这个人留下。”

郭全海问：

“怎么的？地富成分不行吗？”

萧队长说：

“地富成分也行，当二年国兵也不要紧。问题是他从长春回来，怎么去的，怎么回来的，要搞清楚。我们不能叫一个来历不清的人混进我们的军队里去。”

萧队长瞅着名单，又把李毛驴、老孙头、老初、小猪倌等的名字都抹了。张景瑞的哥哥张景祥早参军了，他家里要求把他留下来，萧队长也把他名字涂掉。一百二十八个人里头，他挑来挑去，通共挑了四十一个人，这四十一个人都是成分占得好，岁数是十八岁到二十八岁的结实小伙子。

农会的灶屋，三个大师傅，剁菜，炖猪肉，切成菜，安排明儿欢送参军的酒席。西门的木头门框上，民兵用山里拉回的松枝，扎着彩牌楼。小学校的课堂里，点着两盏豆油灯，白大嫂子、赵大嫂子和刘桂兰领着十来多个妇女，用红色的油光纸，扎着大红花。

三星晌午，刘桂兰才回到家里。她给郭全海煮好的四个鸡子，他没有吃。他们又唠了一宿，到天亮时，郭全海先起来穿戴，对刘桂兰说：

“今儿不要再哭了，知道吗？”

刘桂兰擦干眼窝说：

“知道。”

郭全海走进灶屋，挑起水筲，上外面的井台上，挑回一担水，放下水筲嘱咐刘桂兰："下晚多挑两挑水，灶坑边上，别堆乱柴火，小心火烛。"往后又到马圈边，给青骒马添一些谷草，加一点豆饼；又回屋里找到一把铁梳子，梳着马毛。他嘴噙烟袋，屋前屋后，都细看一遍。柴够一年烧的了。谷草少一点，他叫刘桂兰在种大田前，多编点草帽，交农会去外屯换些谷草。他又吩咐了一些家常，民兵来请他赴席，他就走了。

这是阳历四月里的一个清早，冰雪都化了。屯子里外，只有沟沟洼洼，背阴洼地里，星星点点的，还有一点白色的雪点子。道旁的顺水濠里，浑绿的水，哗哗地流淌。一群一群的鹅鸭在濠里游走、寻食和鸣叫。大地解冻了。南风吹刮着，就是在清早，风刮在脸上，也不刺骨了。柳树和榆木的枝上冒出红的小疙疸，长着嫩绿的叶芽，远远一望，好像一片贴在蓝玉的天上的杂色的烟云。小家雀子在枝头上啼噪和蹦跳。家家的洋草屋顶上，升起白色透明的炊烟。家家的院子里，柴火垛赶上房檐似的高。房前屋后，在没有篱墙、没有障子的地方，都堆起一列列的柈子，整整齐齐的，像是木砌的一垛一垛的高墙。

牲口都添喂豆饼和高粱。犁杖、耲耙和锄头都摆在院里，人们准备春耕了。

太阳透过东边的柳梢，屯子里的各种乐器都响了。首先是锣鼓和喇叭，跟着是小学生的洋鼓和军号。民兵、儿童团、小学生、老年团、农会和妇女会都在公路上，排成了队伍，农会的红绸子旗子，在空中飘荡。三挂四马拉的四轱辘大车，越过人群，往西门奔去，为首一挂车上赶车的是老孙头，他的大鞭上吊个红布条子。大车赶出西门外，停在公路上等着。

喇叭吹着《将军令》，军号和鼓乐一齐伴奏着，欢送着从农会里宴罢出来，往西门走着的四十一个人。队伍跟随着他们，到了西门，都停下来。以郭全海为首的四十一个参军的青年，冲南面一字儿排列在西门外的公路旁。锣鼓停了，海笛奏细乐。妇女会的正副会长白大嫂子和刘桂兰从行列里出来，手里拿着许多红色的花朵。刘桂兰走到郭全海跟前，喇叭吹着《将军令》。男女老少的眼睛都望着他俩，眼光里含着惊奇和敬意。老孙头老伴低声地跟旁边的老王太太说：

“才二十来天，一个月还差几天。”

老王太太说：

“还不是为咱们大伙。我那大小子也非去不行。”

她们声音低，没有人听到。人们都望着刘桂兰把一朵带小铁丝的红花往郭全海的胸脯上簪着，郭全海起首不望她，往后，眼睛不由自主地落在她的泪水汪汪的眼睛上。他小声说道：

“收拾了蒋匪，我就回来的，不用惦念我。快擦干眼窝！”

刘桂兰哽咽着，没有吱声。她的眼泪和郭全海的小声的话语，只有贴近他们站着的老田头看到了和听到了。这老头子也用冒着青筋的枯干的右手，擦擦自己的眼窝。这时候，刘桂兰的手颤了，手里拿着的红花掉下一朵，一阵风把它刮走了。刘桂兰慌忙拿起另外一朵花，簪在郭全海的棉袄前胸的扣眼里，从他跟前走开了。被风刮走的红花，停在第一挂大车的跟前，老孙头见着，忙跳下地，把花捡起来，插在自己棉袄的扣眼里，旁边小猪倌笑着说道：

“看老孙头也戴光荣花了。”

老孙头笑眯左眼说：

“参军的光荣，咱送参军，也沾点光。这回咱也报了名。萧队长叫咱留下，说在后方赶车也重要。要不是他叫留下，咱也走了。有出息的人，谁乐意待在家里，守着老婆子，成天听她絮絮叨叨的。”

这话给他老伴听到了，回敬他一句：

“你才絮絮叨叨呢，你要去，人家也不能要你。”

这时候，音乐都停了，军属代表老王太太在说话。她的话，句句是对她大小子说的：

“你只管放心，不用惦念家。房子地有了，牲口也分到手了。啥啥都齐全了，你新媳妇有家里照顾，不用挂心，咱们翻身了，南边的穷人还没有翻身，光咱们好了，忘了人还掉在火坑里，那是不行，你去好好地干吧，孩子。”

郭全海听到这儿，走出来说：

“老王太太的话是对咱们大伙说的，咱们到了连队，都得好好干，争取立功，一人立功，全屯光荣。”

接着，李大个子走过来，站在四十一个人的跟前。他出过担架，上过前方，习惯了敬礼，举起手来说：

“我代表农工会向大伙敬礼。你们放心去，后方有咱们，大肚子管保反不了鞭了。你们上前方，多打胜仗，多抓俘虏；咱们在后方，多打粮食，多交公粮；咱们把公粮晒得干，扬得净，叫你们吃了，打仗更有劲，早日消灭蒋介石匪帮，回家过太平日子。”

临了是萧队长说话，他简简单单说了几句，鼓乐声停后，他说：

“你们是东北劳动人民优秀的子弟，你们是元茂屯的工农代表，咱们的先烈赵玉林同志的屯邻，希望你们出去好好地干，今儿戴着光荣花出去，不久扛着光荣匾回来。凭着共产党的领导强，毛主席的谋略好，蒋匪快要垮台了，全国快要解放了。那时候，你们得胜还乡。”说到这儿，他抬手指指眼前一望无边的漆黑的平川，接着又说：“那时候，在这一大片土地上，咱们大伙来生产，开始用马来种地，往后就用拖拉机。”

送行的和参军的都大鼓掌，萧队长临末说道：

“好吧！请你们上车，祝你们都成为英雄，得胜回乡。”

喇叭奏着《将军令》，军号吹着得胜号。参军的人都上车子了。小学生唱着《没有共产党就没有新中国》。在鼓乐声和歌唱声里，车子开动了。老孙头“喔喔，驾驾”地吆喝着牲口，十二匹膘肥腿壮的大马，放开步子往前奔跑了。到了车子看去好像一些乌黑的小点子，在地平线上往西蠕动的时候，送行的人才往回走。萧队长和李大个子并肩走上横贯屯子的公路，两人小声谈着屯里往后的工作。萧队长说道：

“回头吆喝张景瑞、白大嫂子、赵大嫂子和刘桂兰上农会里来，咱们合计合计往后怎么办，咱们要开始整党和建党，建立支部，工作队都得取消了，日后屯子里的工作都靠支部来坚持开展。”走进农会院子里，萧队长又添一句说：

“还有，老花的问题，咱们回头也研究一下。”

下晚，老孙头趁着月亮，赶着空车，打县上回来的时候，捎回郭全海一个口信：叫刘桂兰不要惦记，安心工作。还说：小马驹子断奶以后，不要忘了送给老田头。

全书完。一九四八年十二月二日。哈尔滨。

图书在版编目（CIP）数据

暴风骤雨：典藏版 / 周立波著．-- 北京：作家出版社，2024.11．-- ISBN 978-7-5212-3048-2

Ⅰ．I247.5

中国国家版本馆 CIP 数据核字第 20241P89R5 号

暴风骤雨

作　　者：周立波
策　　划：张亚丽
责任编辑：姬小琴
装帧设计：棱角视觉
责任印制：金志宏
出版发行：作家出版社有限公司
社　　址：北京农展馆南里 10 号　　**邮　　编：**100125
电话传真：86-10-65067186（发行中心）
86-10-65004079（总编室）
E-mail: zuojia@zuojia.net.cn
http: //www.zuojiachubanshe.com
印　　刷：北京盛通印刷股份有限公司
成品尺寸：145×210
字　　数：344 千
印　　张：13.25
版　　次：2024 年 11 月第 1 版
印　　次：2024 年 11 月第 1 次印刷
ISBN 978-7-5212-3048-2
定　　价：58.00 元（精）

·1947—1948·
暴风骤雨